『사상계』와 1950년대 문학
Sa-Sang-Kye and 1950s' Korean Literature

저자 김건우(金建佑, Kim Kun-Woo)는 1968년 대구에서 태어났다. 서울대학교 국어국문학과를 졸업하고 같은 대학원에서 박사학위를 받았다. 주요 논문으로 「김동리의 해방기 평론과 교토학파 철학」, 「4·19세대 작가들의 초기 소설에 나타나는 '낙오자' 모티프의 의미」, 「한국문학의 제도적 자율성의 형성」 등이 있다. 현재 서울산업대 기초교육학부 기금교수로 재직 중이다.

사상계와 1950년대 문학

—

초판 1쇄 발행 2003년 11월 25일 **초판 2쇄 발행** 2010년 8월 30일
지은이 김건우 **펴낸이** 박성모 **펴낸곳** 소명출판 **출판등록** 제13-522호
주소 서울시 서초구 서초동 1621-18 란빌딩 1층
전화 02-585-7840 **팩스** 02-585-7848 **전자우편** somyong@korea.com **홈페이지** www.somyong.co.kr

—

값 16,000원
ISBN 978-89-5626-059-4 93810

ⓒ 2003, 김건우

—

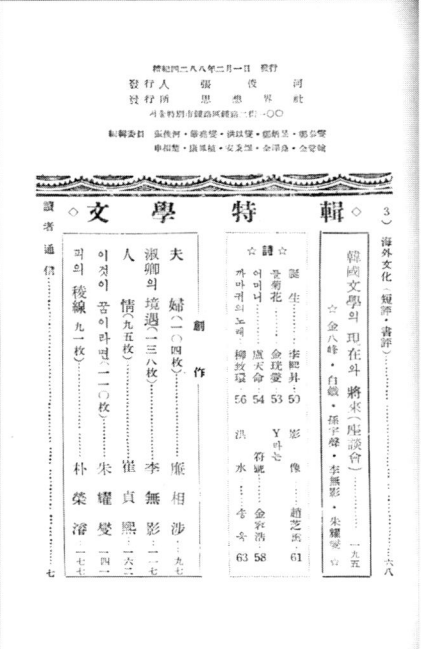
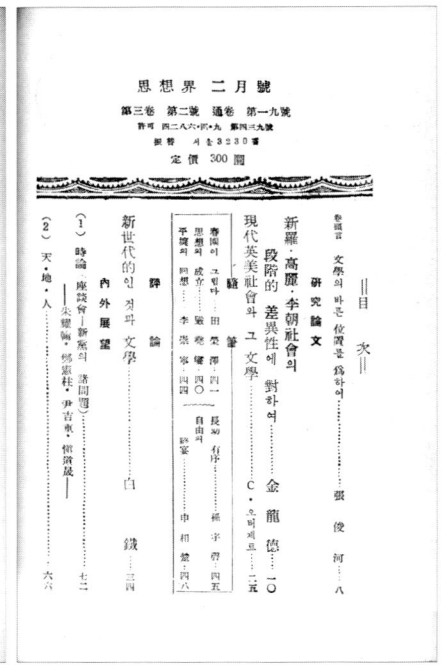

▲『사상계』 1955년 2월호의 목차. 이 호는 1월에 김성한이 『사상계』의 초대 주간으로 취임한 후 처음으로 전체 편집에 간여한 호이다. '문학특집'으로 기획된 2월호에는 장준하의 권두언으로부터 시작하여 창작 면까지 지면의 대부분을 문학을 주제로 한 글들이 차지하였다. 김성한이 초대 주간이 된 이 해 1월은 공교롭게도 『현대문학』이 출범한 달이기도 했다. 목차에 등장하는 필진들은 문단의 원로들이지만 『현대문학』의 주요 필진들과는 다른 사람들임을 쉽사리 발견할 수 있다. 아직 신진들은 중심으로 나오지 않았던 때였다.

▲ 1955년부터 1958년까지 초기 『사상계』를 이끌었던 멤버들. 왼쪽에서 두 번째 인물이 발행인 장준하. 장준하를 둘러싸고 왼쪽에 있는 인물이 그의 오랜 동지인 김준엽. 사진 중앙 앞에 앉은 인물이 교양 파트 편집을 담당하던 안병욱, 중앙 뒤쪽에 서있는 인물이 문학예술을 주로 담당하던 주간 김성한이다.

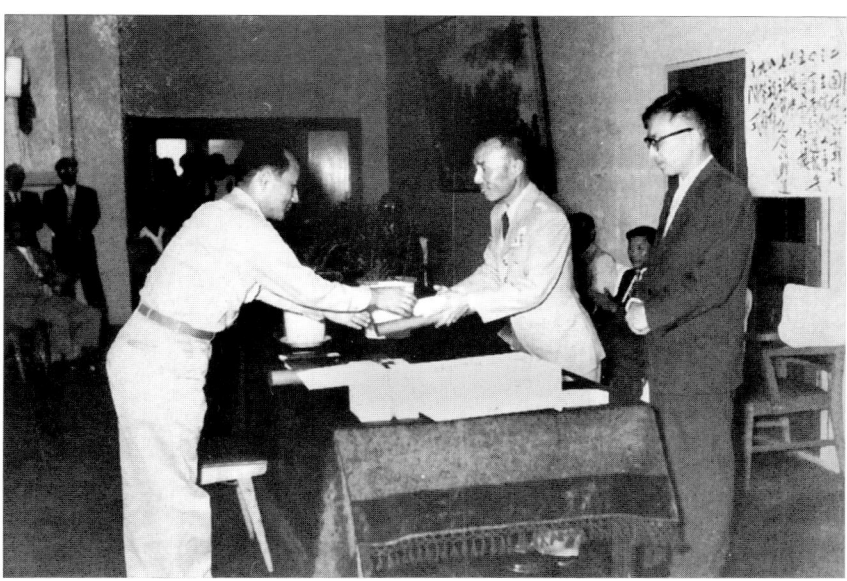

▲ 1957년 『불꽃』으로 제2회 동인문학상을 수상하는 선우휘. 사진 우측에 사상계사 대표인 장준하가 서 있다. 이때 선우휘는 현역 대령이었으며 수상 직후인 10월에 예편했다. 당시 선우휘는 김성한과 함께, 이북 출신의 월남 신세대 문인들 가운데서도 '사상계 식'의 문화주의를 가장 잘 보여주는 작가였다. 제1회 동인문학상은 김성한이 「바비도」로 수상했다.

▲인도 여행 중에 있는 선우휘의 모습(1972년). 선우휘의 오른편에 신상초의 모습이 보인다. 신상초는 선우휘의 고향 평안도 정주의 동갑내기 친구로서 『사상계』 초기부터 1960년대 초반까지 줄곧 『사상계』 정치면의 편집에 깊이 관여하였다. 사진을 찍었을 당시 선우휘는 『조선일보』의 주필이었으며, 신상초는 『중앙일보』 논설위원이었다.

▲ 1962년 제7회 동인문학상을 공동 수상한 이호철(좌)과 전광용(중). 우측에 장준하가 보인다. 이호철과 전광용은 두 사람 모두 함남 출신이었다. 당시에 이미 전광용은 신소설 연구로 1956년 제1회 사상계 논문상을 수상한 바 있었다. 1956년 제1회 동인문학상을 수상한 김성한으로부터 시작하여 이 시기까지 『사상계』의 동인문학상은 수상자나 심사위원을 막론하고 이북 출신 월남문인들이 완전히 장악하고 있었다.

3

▲ 1965년 1월 함석헌(사진 중앙)과 장준하(좌측에서 두 번째)가 함께 찍은 기념사진. 맨 오른쪽에 양호민의 얼굴도 보인다. 이 당시는 『사상계』가 '공화당 식'의 근대화 정책에 분명하게 반기를 들었을 때이다. 초기 『사상계』의 편집진들 중 상당수가 길을 달리해 갔으며, 초기 『사상계』 인맥의 한 축이었던 이른바 한신(韓神) 계열이 장준하와 함께 노골적인 정권 비판을 감행하기 시작한 때였다.

▲ 양호민(가운데 앉은 이)이 『조선일보』에서 정년 퇴임하던 날 논설위원들이 자리를 함께 했다(1984년). 선우휘(우측에서 세 번째)가 함께 했고, 장준하의 손아래 동서였던 유경환(좌측에서 두 번째)의 얼굴도 보인다. 양호민은 오랜 기간 『사상계』의 편집위원을 맡았으며, 1960년대 초반에는 김준엽에 이어 주간을 맡기도 했다. 『사상계』의 초기 멤버들 중 이후 언론계에 몸담게 된 사람들은 김성한처럼 『동아일보』나 여타 신문사로 간 경우도 있지만, 상당수가 『조선일보』로 자리를 옮겼다. 일제시기부터 『조선일보』에는 서북 문화주의자들이 인맥을 형성하고 있었기 때문일 것이다.

『사상계』와 1950년대 문학
Sa-Sang-Kye and 1950s' Korean Literature
김건우

소명출판

책머리에

　자신이 연구하는 대상에 대하여 특별한 애정과 집착을 가지는 것은
모든 연구자들에게 공통된 일일 것이다. 대개 그들은 자신의 연구 대상
을 다른 대상들과 객관적으로 견줄 만한 위치에 서지 못한다. 이런 사
정은 이 책의 집필자에게도 물론 해당된다. 연구를 진행하는 내내 『사
상계』와, 그리고 『사상계』를 만들던 사람들이 보여주는 매력으로부터
벗어날 수 없었다는 것을 말해두고 싶다.

　이런 사정으로 인해 『사상계』와 그 시대의 문학에 대해 지금 뭐라고
말하려는 것도 얼마나 객관적인 공감을 불러일으킬지 자신하기 힘들다.
그렇지만 저자가 보기에 『사상계』와, 『사상계』를 만들던 사람들, 그리
고 그 자장에 있던 1950년대 문학의 한 줄기는 다음과 같은 세 가지 의
미들을 가지고 있다.

　첫째, 『사상계』는 이른바 '계몽'의 열정을 보여주었던 마지막 잡지였
다. 1960년대 초반까지는 아직 한국사회가 확고한 분화에 기초한 대중
사회의 모습을 갖추지 못했으며(비록 한국사회가 일제에 의해 근대로 진입하긴
했지만), 이는 곧 이 시기가 이른바 '지식 엘리트'들이 자신들이 꿈꾸는
사회를 만들 수 있다는 자신감으로 충만하던 때였음을 의미한다. 공론
영역이라 말할 수 있는 것이 실제로 존재한다고 가정한다면, 이 시기

『사상계』는 그 훌륭한 매개 기능을 수행했다고 할 수 있다. 이 책의 5장은 그 점을 요약하고 있다.

둘째, 『사상계』를 만들던 사람들은 그 지맥과 학맥상, 분명한 구심과 뿌리를 가지고 있던 집단이었다. 그들은 해방 후 월남한 지식인 집단으로서 과거 일제시기 도산으로 대표되는 서북의 문화주의 전통을 고스란히 이어받고 있었다. 본 연구가 근본적으로 문학의 영역에 속하지만, 이 점은 국학계 전반에 제기하는 문제 제기라고 할 수 있다. 이런 문제들은 기본적으로 지식사의 영역일 것인데, 이 책의 2장, 특히 두 번째 절은 그 점을 보여주려 하였다.

셋째, 대략 1955년에서 1963년에 이르는 시기에 비평과 소설 등 문학 담론의 형태로 제출된 텍스트들 가운데 상당수는 『사상계』가 펼치던 지식 담론의 자장으로부터 직·간접적인 영향을 받고 있었다. 1950년대 후반 문단에서의 참여론과 세대론은 이 점을 간과하고서는 설명할 길이 없다. 이 책의 3장과 4장은 비평과 소설 각 영역에서 이러한 양상이 어떻게 전개되었는지를 보여주려 하였다.

이 책의 1장은 전형적인 학술 논문의 형태를 가지고 있다. 연구자 외의 어떤 다른 독자가 있을지 알 수 없지만, 전문 연구자가 아니라면 굳이 1장을 들춰볼 필요는 없을 것이다.

독자들이 이 책을 지식사 연구의 한 부분으로 이해해 준다면 저자로서는 고마운 일일 것이다. 또한 이 책이, 제대로 되었든 아니든 문학을 문화론적으로 연구하는 한 방식을 보여주는 것으로 이해되었으면 한다. 이 물론 저자의 바람일 뿐이다.

세상을 살면서 할 수 있는 일들 중 혼자 힘으로만 이룰 수 있는 일이란 별로 없는 듯하다. 공부도 마찬가지일 것이다. 책을 출간하는 마당에 감사의 말을 빠뜨릴 수 없다. 대학원에서의 십 년에 가까운 세월을 한결같이 지도해 주신 박동규 선생님, 그리고 조남현·권영민 선생님, 이제는 퇴임하신 김윤식·한계전 선생님께 감사의 말씀을 올리고 싶다. 어려

운 사정에 책의 출간을 허락해 주신 소명출판의 박성모 사장님께도 감사의 말씀을 전한다. 일상의 시간들을 항상 함께 하고 있는 명신과 지수에게는 마음 깊은 곳으로부터의 고마움을 전한다. 아버님, 어머님께는 감사함을 표할 길이 없다. 당연하게도 이 책은 당신들께 바치는 것이다.

2003년 9월
김 건 우

차례

『사상계』와 1950년대 문학

책머리에 / 3

Sasangge Monthly

서론

1. 문제의 제기

　1950년대 문학을 연구함에 있어 우선 접하게 되는 당혹감 중의 하나는, 분단과 전쟁으로 말미암아 일제하의 중요 문인들이 대거 월북함으로써 문학사의 명맥이 일단 단절되었다는 데에서 기인하는 것 같다. 시각을 확장해 보면 사태는 좀더 심각한 것으로 보인다. 당시의 중요 '문인'만이 아니라 기본적으로는 당시의 중요 '지식인'들이 대거 월북했기 때문이다. 이 책의 기본적인 문제의식은 여기로부터 나온다. 상당수 지식인들(문인을 포함)이 월북했다는 사실이 지성사의 단절과 관련된다면, 그 다음에 새롭게 출발하는 자리에는 '누가' 있었는가 하는 점이다.

　여기서 '월남' 지식인(문인)의 존재가 한국 문학사와 지성사에 있어 가지는 의미를 조명해야 할 필요성이 제기된다. 이 책은 분단과 전쟁의

와중에 월남한 지식인들 가운데 1950년대에 본격적으로 창작과 비평 활동을 했던 인물들을 연구 대상으로 삼고자 한다. 이른바 '전후세대'라 지칭된 이들의 문학이 그 우선적 대상이 될 것이다. 월남 문인, 지식인이 비단 '전후세대'에 국한될 수만은 없을 것이나, 앞으로의 논의가 보여줄 바와 같이 1950년대의 새로운 문학, 새로운 지식 운동의 최전방에 있던 사람들이 전후세대로 지칭되는 '젊은' 문인, 지식인이었음에 문제의 주안점이 있다.

그럼에도 불구하고, 이 책이 '전후'문학 혹은 '전후세대'문학이라는 표현을 피하는 것은 이 용어에 대한 통념적인 이해 때문이다. '전후문학'이라 하였을 때는 말 그대로 문학 텍스트를 전쟁과 암암리에 연관시키는 경향이 있는 것으로 보인다. 전후의 허무적 분위기와 겹쳐져서 이 시기 문학은 전쟁의 상처를 드러내거나 극복하는 데 초점이 있다는 식의 생각들이 그 대표적인 경우일 것이다. 물론 '1950년대'라는 용어를 사용함에 있어서도 문제는 있다. 실제로 1950년대 문학이 새로운 작가, 비평가의 대거 등장과 함께 분출된 것은 1955년경이며, 이때부터 형성된 시대적 자장은 적어도 1963년경까지는 지속되기 때문이다. 요컨대 이 책은 '전후'라는 용어를 피하고 부득이 '1950년대'라는 용어를 사용하되, 실제 그 대상으로 삼는 기간은 1955년경에서 1963년경에 걸친 시기가 될 것이다.

기존의 1950년대 문학, 혹은 전후문학에 대한 연구에 있어 그 시각은 대체로 문학사 내부에 국한된 것이었다. 그렇지만 이 시기 문학은 당대의 지식인 담론[1]과 밀접한 관련을 맺고 있었던 것으로 보인다. 특히 1920년경을 전후하여 태어나 한국전쟁을 전후하여 문단에 나온 월남인들 중 일부는 그 이념과 지역적 연고에 있어 당대 지식인 담론을 주도

---

1) 이 책에서 '지식인 담론'이란 용어는, 지식인층 내부에서 발화와 수화가 이루어지는 담론이라는 의미로 사용될 것이다. '지식인에 대한 담론(The discourse on the intellectuals)'은, 본문에서는 '지식인론'이란 용어로 구별하여 사용할 것이다.

하던 『사상계』 지식인 집단과 강력하게 결합되어 있었다.

　여기서 말하는 『사상계』 지식인 집단이란 발행인 장준하를 위시하여 김준엽·김성한·신상초·안병욱·김하태·전택부 등 『사상계』 편집위원들, 그리고 『사상계』 편집위원은 아니지만 지역적으로 서북 출신이면서 『사상계』에 많은 글들을 기고한 함석헌·김재준 등의 월남 지식인들, 또한 『사상계』 편집위원도 아니고 서북 출신 월남 지식인도 아니지만 학맥으로 이들과 연결되어 『사상계』에 필진으로 참여하게 되는 유달영(양정고 시절 김교신의 제자였다) 등의 인물들을 포괄한다. 이들은 이념적으로도 강하게 결합되어 있었던 것으로 보인다.

　이들이 이념적으로 강하게 결합되어 있었다는 의미는, 『사상계』라는 잡지가 하나의 뚜렷한 잡지이념을 가지고 있었다는 사실을 전제한다(그 이념의 내용과 성격에 대해서는 이후 집중적으로 검토될 것이다). 이용성은, 『사상계』를 지식인 잡지로 규정하면서 그 근거로 『사상계』가 지식인을 주요 독자로 설정하며 지식인을 통하여 잡지이념을 실현하고자 했다고 말한다. 이러한 지식인 잡지는 잡지이념의 실현에 주력한다는 점에서 이념 잡지(idea magazine)라고 볼 수 있는데 『사상계』가 그 하나의 전형이 된다는 것이다.[2]

　또한 이용성은, 1955년 1월 『사상계』 편집위원회의 구성과 함께 '『사상계』 지식인'이라는, 잡지를 매개로 한 최초의 지식인 집단이 출범하게 되었다고 본다. 이 『사상계』 지식인은 지연·학맥·종교 등에서 동질성을 가지고 있는 집단이면서 1950년대 지식인의 전형적인 의식세계를 공유하고 있었다고 보았다.[3]

　이 책의 연구 대상은, 기본적으로는 이 『사상계』 지식인 담론의 맥락에서 비평과 창작 활동을 수행했다고 판단되는 문인들의 텍스트가 된

---

2) 이용성, 「『사상계』의 지식인과 잡지이념에 대한 연구」, 『출판잡지연구』 5호(출판문화학회), 경인문화사, 1997, 55면.
3) 이용성, 위의 글, 56~57면.

다. 비평의 경우 주로 그것은 김붕구·김우종 등의 텍스트가 될 것이며, 창작의 경우 김성한·선우휘 등의 소설들이 주되게 언급될 것이다. 이들 외에도 이념적·제도적으로 견인되어 오던 작가·비평가들의 텍스트 일부가 언급될 것이다. 실제 이들은 지연, 학맥으로도 『사상계』집단과 강한 유대관계에 있었는데, 이러한 면모들은 본론을 통해서 드러날 것이다.

이후에 상세히 논증되겠지만, 이 시기 각 학문의 분과는 엄격한 제도적 분화에 기초해 있지 않았던 것으로 보인다. 분과학문의 체계는 분명히 존재했지만 일제의 교육체계의 이식에 기반했던 만큼, 해방 후 일본인 학자들이 돌아가고 많은 일급의 지식인들이 월북한 빈 공간은 학문의 전문적 분과의 자율성을 불가능하게 했다. 이러한 상황에서 『사상계』의 출현은 새로운 지식기반 구축의 중심 역할자가 등장함을 의미하였다.

이는 1950년대 후반의 지성계가 지식인 담론 일반의 차원에서 공통된 의사소통이 어느 정도 가능한 공간이었음을 의미한다. 이러한 점들을 고려할 때, 문학비평에 있어 1950년대 말의 '참여론'의 문제와 '전통론', '세대론'의 문제, 그리고 소설에 있어 이른바 '행등적 실존주의'를 표방하던 선우휘·오상원 등과 '지식인문학'의 대표격으로 인식되던 김성한 등의 문학은 『사상계』를 중심으로 형성되던 지식인 담론을 염두에 두지 않을 경우 그 의미가 제대로 드러날 수 없을 것이다.

이 시점에서 1950년대 문학에 대한 기존의 연구사를 검토해 볼 필요가 있다. 1950년대 문학비평에 대한 평가에 있어, 일반적 통념 중의 하나는 이 시기 비평이 서구문학을 무비판적으로 추수하는 모습을 보였다는 것이다. 정현기는 「문학비평의 충격적 휴지기」[4]에서, 1950년대는 전쟁과 분단으로 말미암아 근대문학사에서 가장 충격적이고 비극적인 시기가

---

4) 감태준 외, 『한국 현대문학사』, 현대문학사, 1989.

되었다고 하고, 이 시기에 이루어진 일체의 비평들이 민족현실을 외면하고 서구문학을 맹종한 오류를 범했다고 비판했다. 특히 김현이 「테러리즘의 문학」에서 1950년대 비평을 서구이론의 무비판적이고 부정확한 수용기였다고 비판한 이후로, 이러한 관점은 이후 1950년대 비평을 부정적으로 평가하는 논자들의 공통된 논거가 되었다.

이러한 견해들은 당대 비평의 수준을 살필 때 어느 정도 설득력을 가지고 있는 것으로 판단된다. 그렇지만, 이 시기 담론의 층위를 살피게 되면 사정이 그리 단순하지만은 않음이 발견된다. 이후에 집중적으로 논의하겠지만, 전체 지식장에서 문학비평이 어떤 영향을 받고 있었는가 하는 점이 반드시 고려되어야 한다. 또한 이 문제는 『사상계』 집단이 가지고 있던 이념적 계보의 특성과도 결부되어 있음이 드러날 것이다.

1950년대 비평에 대한 또 하나의 일반화된 시각은, 1950년대 후반 '참여론'과 같은 논의들이 매우 추상적인 수준에서 이루어졌으며, 그 추상적 형태가 1960년대 중반 이후에 참여의 방법론과 관련하여 인식이 구체화되면서 리얼리즘론으로, 또 세계관과 결부되어 민족문학론으로 발전해 갔다는 것이다. 그러나 이러한 논리는 단선적일 뿐더러 실제 문학의 제도적 장의 변화를 전혀 고려하지 않은 것이다. 더구나 이런 식의 결론은 문학 텍스트가 여타 지식인 담론과 가지는 결합력이 강했던 1950년대 후반을 대상으로 하면서도, 문학 텍스트에 국한된 시각을 가짐으로 해서 나온 것이다.

앞에서 언급한 김현의 평가도 그러하지만, 사실 1950년대 비평에 대한 학계의 기존 평가들에는 이른바 4·19 세대 비평가군의 세대 감각이 투영되어 있는 것으로 보인다. 김윤식은 『한국 현대문학비평사』에서 1960년대 "순수, 참여 논쟁의 분출은 1950년대 비평의 탈이데올로기적 상태를 마감하면서 한국 비평사의 연속성을 재확인시켜준 논의였다"고 말한다.[5) 임

---

5) 김윤식, 『한국 현대문학비평사』, 서울대 출판부, 1982, 280면.

헌영 또한 '참여문학론-민족문학론-리얼리즘문학론'으로 이어지는 일
련의 과정을 진보적 담론의 맥락에서 파악하는 관점을 보여준다.[6]

　문학사 기술도 역사 기술의 한 형태임은 물론이며, 따라서 기술자의
관점이 당연히 투영되는 것임에는 틀림없다. 김윤식은 이른바 '4·19 세
대 비평'의 연장에서, 임헌영의 논의는 일종의 지성사 연구의 차원이긴
하나 진보 담론의 시각에서 비평사 기술을 '출발'함으로 인하여 두 논
의 모두가 공히 실제로는 '1960년대 후반' 우위론으로 귀결되는 듯하다.
어떤 의미에서 보면 이러한 관점은, '정신의 진화'라는 헤겔적 시각에서
비평사를 바라보는 것이 아닐까 추측되기도 하는데, 분명한 것은 이런
시각이 1950년대(1960년대 초반까지) 비평을 1960년대 비평의 수준에 아직
이르지 못한 '열등한' 무언가로 인식하는 경향을 보인다는 점이다.

　사실 1950년대 비평은 그 논리적 세련성과 사유의 깊이 면에서 볼 때
'수준 미달'로 인식될 만한 요소를 다분히 가지고 있다. 그러나 1950년
대 비평의 의미는 1960년대 중반 이후의 비평을 출발점으로 하여 소급
해서 보아서는 그 면모가 온전히 드러난다고 볼 수 없다. 앞서도 잠깐
언급한 바와 같이, 비평의 의미는 문학사의 통시적 지평 내에서는 잘
드러나지 않는다. 텍스트를 확장하여 1950년대 비평 텍스트를 같은 시
기의 여타 텍스트와의 관련 속에서 파악해 볼 경우, 이 시기 담론의 층
위 속에서 1950년대 비평의 의미가 새롭게 규정될 수 있다.

　1950년대 비평에 대한 소장 연구자들 가운데는 한수영의 연구가 두
드러진다. 한수영의 1950년대 비평 연구의 성과 가운데 중요한 부분은
그 자신이 내세우는 바와 같이 '최일수'에 대한 발견이라고 할 수 있다.
최일수의 민족문학론에 대한 발견을 통해 "1950년대의 비평이 우리 근
현대 비평사의 '고립된 섬'이 아니라 해방 전과 1970~80년대의 진보적
인 비평을 잇는 중요한 징검다리였음을 확인"하게 되었다는 것이 그의

---

6) 임헌영, 『한국 현대문학 사상사』, 한길사, 1988, 101면.

이야기다.7)

한수영의 연구 성과는 분명 중요한 것임에는 틀림없다. 문학사의 연속성과 관련하여 1950년대라는 공간 안에서 진보적 비평을 찾아낸 점은 분명 의미있을 것이다. 그러나 최일수 비평은 1950년대 비평의 주류로 보기는 힘들 뿐더러, 최일수 비평을 보는 이러한 관점 자체가 1970~1980년대 리얼리즘론과 민족문학론의 시각을 1950년대에 재투사하여 진보 비평의 맥락을 의식적으로 복원하려는 의도에서 나온 것으로 판단된다. 이러한 접근은 1950년대 비평의 중심을 비켜나갈 수도 있는 위험을 안고 있다.

한수영의 이러한 시각은 다음과 같은 말에서도 확인된다. "우리가 좀 더 관심을 기울여 고찰해야 할 부분은 (1950년대 문학비평에 있어서) 모더니즘에 비해 리얼리즘 논의가 왜소하다는 사실 자체보다도, 리얼리즘 논의가 자유롭게 이루어지기 어려운 상황 속에서 비평이 어떻게 그러한 성격의 논의를 회복해 나가는가 하는 '과정'의 문제라고 생각한다. 그런 점에서 이 시기는 오히려 리얼리즘 대 모더니즘의 구도를 적용하기보다는 모더니즘의 지배적 영향력 아래에서 리얼리즘이나 민족문학론의 입지를 넓혀가는 하나의 '운동적' 상황으로 파악해서 그 두 쪽을 함께 살펴보려는 시도가 더 필요한 것이 아닌가 생각하며 (…하략…)"8)

사실상 이러한 관점은 한수영이 극복하고자 하는 임헌영의 논의 즉 1950년대 실존주의를 진보적 시각에서 보아 탈역사적이고 허무주의적인 것이라 부정적으로 평가하는 관점9)과 동일한 지반 위에 있는 것이다. 한수영이 1950년대 비평의 생산적 측면을 지적함에도 불구하고, 그

---

7) 한수영, 『한국 현대비평의 이념과 성격』, 국학자료원, 2000, 2면. 민족문학론과 연관하여 최일수에 대한 관심은 신승엽에게서도 보인다. 신승엽, 「전후 비평에서의 전통논의에 대한 시론」, 『민족문학을 넘어서』, 소명출판, 2000.

8) 한수영, 위의 책, 20~21면.

9) 염무웅도 임헌영과 같이 1950년대 남한문학의 특징을 서구문학에 대한 종속성의 강화와 반역사적 복고주의의 팽창으로 요약하면서 부정적으로 평가한다. 염무웅, 「5, 60년대 남한문학의 민족문학적 위치」, 『창작과비평』, 1992년 겨울호.

의 관점은 임헌영·염무웅과 같이 1970~1980년대 민족문학론을 준거로
하여 1950년대 비평으로 역투사하는 방식이기 때문이다

본 연구가 추구하는 담론 연구방식과 관련하여 생각해 볼 때, 이 시
기 비평에 대한 강경화의 연구도 주목할 만하다. 강경화는 비평 연구의
전반적 경향과 관련하여 비평 주체와 비평 담론을 완전히 동일시 혹은
반대로 극단적으로 분리하여 파악하려는 관점에 대해 의문을 표시한다.
아울러 그는 비평 주체의 인식이 담론화되는 과정에 대한 적극적 고려
의 필요성을 제기한다.10) 소설의 경우에는 말할 것도 없거니와, 강경화
의 지적처럼 비평의 경우라 하더라도 비평 주체의 의도가 텍스트에 직
접적으로 이입될 것이라는 전제는 비판의 여지가 많다. 그렇지만 여기
에는 주의해야 할 부분이 있는 것으로 보인다. 강경화가 그 필요성을
제기하는 "비평 주체의 인식이 담론화되는 과정"에 대한 고려는 쉽사리
인식론적인 비판의 대상이 될 가능성이 있기 때문이다. 다시 말해서 비
평 주체의 인식을 파악하는 경로는 텍스트밖에 없을 터인데, 비평 주체
에 대한 연구자의 선이해(그 역시 텍스트에 의해 형성된)를, 그것이 곧 '비평
주체의 인식'이라고 생각해 버릴 가능성이 있는 것이다. 이렇게 되면 담
론 연구를 추구한다 하더라도 실제로는 비평 주체에 대한 연구자의 인
식을 텍스트를 통해 확인하는 방식이 되기 쉽다. 따라서 여기에서 필요
한 것은 담론화되는 '과정'보다도 담론화의 '조건'이 되어야 할 것으로
판단된다. 본 연구가 문학 텍스트와 지식인 담론과의 상관성을 문제삼
는 것은 1950년대 비평 텍스트를 통해 나타나는 담론의 생산 조건을 드
러내고자 하기 때문이다.11)

그럼에도 불구하고 비평 주체와 비평 담론을 지나치게 분리하려는 강
박관념(소설에서도 마찬가지이다)에 대한 강경화의 문제 제기는 적절한 것이
라고 생각된다. 전기 비평이 될 위험성(전기 비평은 쉽게 심리주의 비평이될

---

10) 강경화, 『한국 문학비평의 인식과 담론의 실현화 연구』, 태학사, 1999, 16~17면.
11) 이는 본 연구의 4장에서 소설 텍스트를 분석하는 데에도 마찬가지로 적용될 것이다.

위험이 있다)을 주의한다면, 텍스트 생산의 조건을 드러냄에 있어 그 하나의 조건으로서 비평 주체 혹은 창작 주체를 구성하는 사회·문화적 맥락에 대한 고려는 필요한 것이라 판단되기 때문이고 그러한 사회·문화적 맥락과 비평 담론 사이의 매개로서 비평 주체가 기능하고 있음을 인정해야 할 것이다. 맥락과 텍스트 사이의 '매개로서의 주체'에 대한 고려를 지나치게 배제할 경우, 그 논의에는 자칫 추상적이고 공허한 것이될 수 있는 위험이 항상 도사리고 있다. 이 책의 2장에서 논의되는 『사상계』 지식인 집단의 이념적 계보에 대한 연구가 1950년대 문학 연구에 있어서 가지는 중요성도 이러한 맥락에서 파악할 수 있다.

강경화의 1950년대 비평 연구에서 또 하나 눈여겨봐야 할 부분이 있다. 강경화는 1950년대 비평에 대한 기존의 시각에 대해 반성적으로 접근할 것을 제안한다. 이때 '반성적' 접근이란 해석학적 차원에서 이루어진다. 현재 우리 비평계를 이끌어 가는 중견들 중 상당수는 1950년대를 세대적 대타관계로 설정했던 비평가들이며, 주체적 자신감의 확보가 절실했던 이들 비평가들의 입지 구축에 1950년대 비평은 대타적인 대상으로 존재했음을 보아야 한다는 것이다. 또한 그 다음 세대, 즉 비평과 학문의 후속세대 역시 이들의 비평적 입장과 이론적 영향 아래 성장한 비평가들이며, 따라서 1950년대 비평을 적극적으로 의미화하는 작업에 소홀했다는 것이다.[12] 강경화의 이러한 지적은 어떤 면에서는 권성우의 "4·19세대의 인정 투쟁"론과 맥을 같이 하는 것이라고도 볼 수 있다.[13]

이러한 권성우와 강경화의 견해는 양가적 측면이 있는 것으로 보인다. 한국 비평사가 빈번히 세대론의 형태를 띠었다는 점, 그리고 이와 연관해 논쟁 위주로 전개되었다는 점을 고려한다면 권성우의 '인정 투쟁론'은 그 시기의 비평사적 특수성을 드러나지 못하도록 만드는 것일

---

12) 강경화, 앞의 책, 23면.
13) 권성우, 「60년대 비평문학의 세대론적 전략과 새로운 목소리」, 『1960년대 문학연구』 (문학사와비평연구회 편), 예하, 1993.

수 있다. '인정 투쟁', 즉 자기 존재를 인정받고자 하는 투쟁이란 근본적
으로 내용의 우열을 떠난 욕망의 문제로 치환되기 때문이다. 이러한 문
제점에도 불구하고 이러한 생각들은, 실제로 오늘날 비평가와 연구자의
의식을 상당 부분 형성하고 있는 '특정 담론'의 체계에 대한 '탈신비화'
를 촉구하는 면이 있다. 따라서 이제 다시 1950년대를 당대의 자장 안
에서 복구해 보아야 할 필요성이 제기되는 것이다.

　본 연구는 비평영역을 넘어 이 시기 소설에 대해서도 살펴볼 것인데,
주된 대상으로 삼을 소설들은 이 시기 『사상계』 지식인 집단의 일원이
었던 김성한과 선우휘의 소설들이다. 이들 작가에 대한 기존 연구에서
눈에 띄는 부분은 '지식인 소설'로 바라보는 시각이다. 1950년대만큼 지
식인이 주동 인물로 등장하는 소설이 많았던 시대도 드물다고 볼 수 있
는데, 송재영은 이미 오래 전에 한국 지식인 소설의 양상을 개관하면서
1950년대 김성한에 와서 지식인 소설이 본격화되었다고 한 바 있다.14)
비교적 최근에도 역시 이러한 시각에서 이루어진 이은자의 연구가 있
다.15) 선우휘에 대해서도 비슷한 접근이 있었다. 김치수는 선우휘의 소
설들을 '지식인 소설'의 범주에 포함시킨 바 있다.16)

　대체로 이러한 연구들이 소설의 형식보다는 주제에 초점을 맞추는
경우임은 물론이다.17) 이들의 관점은 기본적으로, 조남현의 지적과 같
이 지식인의 본질·역할 등에 대한 각성을 텍스트 내에서 추출해내야

---

14) 송재영, 「지식인소설의 전개」, 『현대문학의 옹호』, 문학과지성사, 1979.
15) 이은자, 『1950년대 한국 지식인 소설 연구』, 태학사, 1995.
16) 김치수, 「지식인의 고뇌, 지식인의 행동」, 『선우휘 문학선집』 2, 조선일보사, 1987, 379면.
17) 이 시기 소설 연구에 있어 기법의 새로움에 주목하는 방식도 일반화된 연구 경향 중 하나라고 할 수 있다. 한국의 현대문학이 1950년대를 기점으로 하고 있다는 견해는, 대체로 1950년대 소설이 '기법'상의 새로움을 보여준다는 데 기초하고 있는 듯하다. 이상(李箱)이 시도한 실험은 말 그대로 선지적 실험의 양상으로 끝나고 1950년대 소설에 와서 그 기법상의 새로움이 전반적 양상이 된다는 것이다. 구인환, 「전후 한국문학의 지형도」, 『한국 전후문학 연구』(구인환 외), 삼지원, 1995, 24면.

할 과제를 가지는 것이다.[18] 이러한 지식인의 역할에 대한 사유는 필연적으로 '이념'을 문제삼지 않을 수 없다. 이런 면에서 볼 때, 선우휘에 대한 기존 연구가 이데올로기 비판으로 나아간 것은 어찌 보면 필연적이라 할 수 있다.

한수영이 지적한 바와 같이 선우휘의 소설들은, 이데올로기적 색채를 분명히 했던 다른 많은 작가들과 마찬가지로 극단적인 이분법적 평가의 대상이 되어 왔다. 예컨대, '행동주의'의 간판격이자 '자유와 휴머니즘'을 옹호하는 작가라는 긍정적인 평가와, '반공 이데올로기'의 프리즘을 통해 한국 근현대사, 특히 분단과 전쟁을 지나치게 보수 우익적 관점에서 묘사함으로써, 역사의 왜곡과 현실의 합법칙적 연관을 외면했다는 부정적 평가가 그것이다.[19]

이동하는 그 부정적 평가의 한 전형을 보여준다. 그는, 선우휘의 「불꽃」이 당시 우리 사회 내부의 문제점들을 철저히 도외시한 체제순응적인 문학이라고 비판한다.[20] 이러한 관점이 1950년대 후반 소설들에 대한 일반적 통념의 한 예임은 분명한 듯하다. 그러나 선우휘의 문학이 '반공적'이라고 말하는 것과 '체제 순응적'이라고 말하는 것은, 적어도 1950년대 후반의 한국 지식인 담론의 성격과 관련해서는 동의어가 될 수 없다. 선우휘의 소설에 드러나는 이념의 큰 축이 '반공'인 것은 분명한 사실일 것이다. 그렇지만 본론에서 살펴보게 될 바, 1950년대 후반 지식인 담론의 맥락에서 '반공'은 너무나 압도적임으로 인해, 역설적으

---

18) 조남현은 「현대소설에 나타난 지식인상 연구」(서울대 박사논문, 1983)에서 지식인 소설이 갖추어야 할 요건의 하나로, 지식인의 본질·역할 등에 대한 사유 내지 각성이 포함되어야 함을 지적한 바 있다.

19) 한수영, 「윤리적 인간, 혹은 반공 이데올로기의 기원—선우휘 론」, 『실천문학』, 2001년 봄호, 261면. 사실 이러한 평가는 1950년대 후반 『사상계』 지식인들에 대한 이분법적 평가와도 상통한다. 철저한 반공주의로 지배 이데올로기를 생산했다는 평가와, 반대로 1960년대 중반 이후 『사상계』 담론의 변화를 역투사하여 진보 담론을 생산하던 공간으로 인식하는 것이 그 전형이다.

20) 이동하, 「한국 전후문학의 한 모습—선우휘의 "불꽃"」, 『문예중앙』, 1986년 여름호, 327면.

로 '체제'와 관련된 지식인사회의 쟁점이 되지 못했다.

『사상계』 지식인 집단의 공산주의 인식에 대한 공제욱의 분석에 기대 보면, 이들 집단에게 있어서 공산주의는 민주주의와 민족주의, 심지어 휴머니즘의 대립물로 파악되고 있음이 드러난다. 한 가지 주목할 점은 그들이, 중립진영에 포함되는 신생국에 있어서 독재라는 반민주적 요소가 공산주의의 침투를 쉽게 용인하는 것이라 보고 있다는 점이다.21) 따라서 신생국들이 처한 공산주의 침투의 위기에 대처하는 방안은 '민주주의'가 갖는 보편적 원리를 개화시키는 것이라는 결론이 이들 지식인들에게 나올 수 있다. 다시 말해서 자유민주주의라는 보편적 가치의 개화만이 신생국의 자립과 자유를 확보해줄 것이라는 시각이 존재했던 것이다.22)

공산주의에 대한 이론적 비판과 소비에트 공산주의 비판이 주로 한국전쟁 직후에 쏟아져 나왔다면, 공산주의의 침투를 막기 위해서는 사회를 민주화해야 한다는 논의는 주로 이승만 정권 말기에 등장한다는 점이 주목을 끈다. 반공 담론은 지배권력에 의해 민주화 요구에 대한 탄압의 도구로 사용되기도 했지만, 경우에 따라서 반독재의 논리로도 활용되고 있음을 알 수 있다. 분명한 것은, 반공 담론이 이 시기 지식인 담론의 가장 기저에 놓여 있으면서도 한국사회 내부의 '쟁점'이 되지는 못하였다는 점이다. 반공 담론은 당시 지식인사회 일반이 '공유'하고 있었던 것이기 때문이다. 요컨대 반공 담론은 이 시기 남한사회 지식인층 전반을 지배하는 힘을 가지고 있었으며, 그 힘이 너무나 압도적임으로 인해 오히려 지식인층 내부에 있어 대립선을 형성하는 쟁점은 되지 못했다는 의미가 된다. 따라서 선우휘의 소설에서 반공이념을 문제삼는

---

21) 조기준, 「아시아적 침체성의 제문제」, 『사상계』, 1957.8; 이동욱, 「후진국에 있어서 관료부패의 원인」, 『사상계』, 1959.11.
22) 공제욱, 「1950년대 한국사회의 계급구성」, 『1950년대 한국사회와 4·19혁명』(이종오 외), 태암, 1991, 144~145면.

것은, 당대의 자장을 재구성한다는 차원에서는 어떤 면에서 큰 의미를 가지지 못하는 것일 수도 있다.

1950년대 문학에 대한 기존의 연구사와 관련하여 앞으로 필요한 과제가 몇몇 학자들에 의해 제시된 바 있다. 이 중 결코 빼놓을 수 없는 부분이 '실존주의'문제이다. 우한용은 앞으로의 전후문학 연구의 중요한 과제 중 하나로, '실존주의'가 한국에서 어떤 방향으로 '굴절'되었는지에 대한 고찰이 필요할 것이라고 지적한 바 있다.23) 이 책의 문제의식의 큰 축도 여기에 있다. 앞으로 상세히 고찰하겠지만, 한국에서 실존주의의 굴절은 그 '굴절'을 만드는 힘이 무엇인가를 살펴야만 그 양상과 의미가 제대로 드러난다.

김철은 이 시기 문학에 대한 접근에 있어, 문학 텍스트 생산의 사회적 조건들이라 할 수 있는 당대 사회의 문학적 제도·관습 등을 살필 것을 중요한 방법으로 주문한 바 있다. 그는 이 제도와 관습으로 등단제도, 문학단체의 성격, 특정 작품이나 경향을 옹호하거나 배척하는 비평행위, 출판매체를 통한 일정한 가치의 형성, 특정한 독자 집단의 기호 및 작품 수용의 태도, 어떤 작가나 작품을 옹호 또는 배격하는 정치권력의 성격, 한 국가기구에서의 문예정책의 방식, 문학교육에서의 특정 이데올로기의 재생산과정 등의 요인들을 거론하고 나서, 이러한 요인들에 대한 연구가 앞으로의 과제가 되어야 할 것이라고 말한다.24) 이 역시 이 책이 대상에 접근하고자 하는 방법이자 대상 자체이기도 하다.

이 책의 관점에서 볼 때, 이 두 과제 즉 실존주의의 한국적 굴절과 당대 한국사회의 제도적·이념적 조건은 그 성격상 뗄 수 없는 문제이다. 나아가 이 책의 문제의식은 이러한 두 과제와 함께 1950년대 지성

---

23) 우한용, 「전후문학의 양상과 연구과제」, 『한국 전후문학 연구』(구인환 외), 삼지원, 1995, 49~50면.
24) 김철, 「한국 보수우익 문예조직의 형성과 전개」, 『한국 전후문학의 형성과 전개』(윤여탁 외), 태학사, 1993, 26면.

사에 대한 복원에도 있다. 남송우는 한국 지성사 연구의 과제 중 하나로 지성사의 근원적 맥을 찾는 일이 필요하다고 말한다. 또한 그 방법으로서, 한 시대의 중심을 이룬 지식인 개인이나, 해석 공동체를 이룬 집단 차원의 지식인들의 이념과 실천을 그들의 세계관, 인생관과 관련지어 연구하는 작업이 필요하다고 말한다.25) 이러한 과제를 1950년대 지성사 연구에 적용해 본다면,『사상계』 지식인 집단이 형성한 해석공동체의 이념을 그 공동체 구성원들의 출신배경과 사상적 계보로 연결하여 살펴보아야 할 필요성이 자연스럽게 제기된다.

연구의 난점 가운데 하나는, 국학계를 통틀어『사상계』의 이념에 대한 기존의 연구가 거의 이루어져 있지 않다는 데 있다. 언론학계에서는『사상계』에 대한 박사 논문 한 편이 제출되어 있는 형편이다. 이용성의「한국 지식인 잡지의 이념에 대한 연구-『사상계』를 중심으로」(한양대 박사논문, 1996)이 그것으로, 이 논문은 1950년대와 1960년대 전체에 걸쳐『사상계』 논조의 이데올로기적 성격을 분석한 글이다. 그렇지만 이 논문은 주로 장준하의 권두언에만 의존할 뿐 아니라,『사상계』 지식인 집단의 이념적 계보에 대해서는 거의 다루지 않는다는 문제점을 안고 있다.

월남 지식인의 이념에 대해서도 몇 편의 소논문이 제출되어 있지만, 이들 연구 역시『사상계』 지식인 집단에 대한 연구로까지 본격적으로 확장되고 있지는 못한 형편이다. 김상태의「평안도 기독교 세력과 친미 엘리트의 형성」(『역사비평』, 1998년 겨울호)이 그 대표적 예이다. 이 논문은 월남 지식인의 서북 지역과의 연고를 어느 정도 드러내긴 했지만, 장리욱·백낙준 등 해방기 친미 엘리트들의 분석에 그쳐『사상계』 지식인 집단까지 내려오지 못했다. 이 책에서 드러나게 될 바『사상계』 편집위원들은 대개 1920년을 전후하여 출생한 이들로 당시로서는 30대의 '젊은' 지식인들로 구성된 집단이었다.26)

---

25) 남송우,「지역자치 시대의 지식인상을 위한 변명」,『한국의 지성 100년』(장회익 외), 민음사, 2001, 272면.

1950년대 지식인사회에 결정적 영향력을 행사했을 뿐 아니라 그 이후에도 오랫동안 영향을 끼쳤던 『사상계』 지식인 집단에 대한 연구가 아직까지도 제대로 이루어져 있지 않음은 의아한 일이다. 따라서 이 책은 부득이 이들 집단에 대한 연구의 성격도 겸할 수밖에 없었다.

본 연구는 이러한 문제의식에 입각해 다음과 같이 구성될 것이다. 우선 2장에서는 이 시기 문학 텍스트 생산의 조건으로서 『사상계』의 위치와 그 이념을 드러낼 것이다. 이는 곧 『사상계』가 가지고 있던 지식인 사회에 대한 영향력과 함께 월남 지식인의 이념을 드러내는 작업이기도 한데, 이를 통해 신세대 월남 문인들의 이념적 기반이 함께 드러날 것이다. 3장에서는 2장의 논의에 기반하여 1950년대 후반 문학비평의 이른바 '참여론' · '전통론' · '세대론' 등이 지식인 담론으로서의 '근대화론', '근대화 주체론'의 맥락에서 재해석될 것이다. 이를 통해 서구의 실존주의가 한국 지식인들에게 어떻게 굴절되는지가 드러나게 될 것이다. 4장에서는 신세대 월남 문인들 가운데 『사상계』 지식인 집단과 이념적으로 강하게 결합되어 있던 선우휘 · 김성한 등의 소설이 집중 분석될 것이다. 그 이념성이 직접적으로 드러나는 비평 텍스트와 달리, 소설의 경우 이념을 실어 나르는 담론은 표층 서사에 나타나는 실존주의적 언술에 의해 은폐된 형태로 존재하게 되는 바, 표층의 실존주의를 걷어내고 심층의 이념을 드러내는 방식이 4장의 주된 작업이 될 것이다. 마지막으로 5장에서는 본론의 논의에 기반하여 1950년대 후반 문학 장(場)의 구도를 재구성해 보고, 더하여 이 시기 문학 장이 가지는 문학사적이고 지성사적인 의미를 서술하게 될 것이다.

---

26) 기존의 신문학 연구에서 『사상계』의 이른바 '오산문화 · 숭실문화'적 성격을 언급한 경우가 전혀 없지는 않다. 심도있는 논증은 되지 않았지만, 정진석은 그의 글에서 『사상계』에 '오산 · 숭실문화적 색채'가 있었음을 언급한다(정진석, 「『사상계』와 장준하」, 『정경문화』 222, 1983.8, 184면). 그러나 실제로 『사상계』를 중심으로 형성된 1950년대 지식인 담론의 사상적 계보를 연구한 글은 전무한 것으로 보인다.

2. 연구의 방법

　담론이라는 용어는 개별학문마다, 심지어 개별학문 내에서도 상당히
유동적으로 사용되는 경향이 있다. 가장 넓은 의미에서 이 개념이 사용
되는 경우, 화자와 청자를 상정하는 모든 발화 중에서 어떤 식으로든
타인에게 영향을 미치려는 의도가 화자에게 있는 발화라면 모두 담론으
로 인정되어야 한다는 견해도 있다. 혹은 의사소통이라는 상호성을 강
조하여 담론을 화자와 청자 사이의 대화 일반으로 파악하는 경우도 있
다. 이러한 견해들은 모두 담론을 매우 넓은 의미로 사용하고자 하는
경우일 것이다.27) 그렇지만 이렇게 넓은 의미로 사용되는 경우라 하더
라도 담론은 화자와 청자 사이에 어떤 정해진 형식을 전제로 하여 가능
한 것이므로, 일정한 형식과 약호(code)를 공유하는 '담론 공동체'와 같은
개념이 요청될 수밖에 없다. 특수한 시공간 속에서 하나의 사회 집단으
로서 지식인 역시 담론 공동체를 형성할 수 있을 터이며, 이렇게 지식
인 집단이 화자이자 청자로 설정되는 경우 지식인 집단 내부에서 통용
되는 담론(이 책의 '지식인 담론'은 바로 이런 의미에서 사용된다)들은 다양한 형
태로 때로는 '중층적'으로, 때로는 길항하며 존재할 것이다.
　문화이론에서 담론이란 용어가 사용될 때 특히 강조되는 것은 담론
이 가지고 있는 제도적 본성이다. 이 경우 담론이란, 사회적 맥락 안에
서 활성화되고 결정되며 또 그 사회적 맥락이 계속 유지될 수 있도록
기여하는 발화·문장·언술들의 집합체로 정의된다.28) 따라서, 담론적
맥락을 사회적이고 제도적 맥락과 더불어 파악하는 것은 문학 연구에서
상당히 중요한 의미를 가질 수 있다. 하나의 문장이 표면적으로는 동일
한 형태로 나타난다 하더라도, 사회적 차원에서 볼 때 어떤 담론적 맥

27) S. Mills, 김부용 역, 『담론』, 인간사랑, 2001, 15~17면.
28) S. Mills, 위의 책, 25면.

락에서 그 문장이 나타나느냐에 따라 의미가 전혀 다른 언술로 기능할
수 있기 때문이다.[29] 문장을 담론적 맥락에서 이해해야 한다는 이러한
생각은 이 책의 기본적인 문제의식을 구성하게 된다. 예컨대 앞으로 상
세히 살펴보겠지만, '현실에 대한 참여'를 말하는 문장은 1950년대 후반
의 문화 담론의 맥락에서 사용되는 경우와 1960년대 중반 이후 사용되
는 경우 각각 그 의미가 다른 언술들이 되는 것이다.

담론은 또한 투쟁의 대상이거나 투쟁이 일어나는 자리이기도 하다.
따라서 담론은 고정된 것이 아니며 당연하게도 변화를 그 본질적 특성
으로 가질 수밖에 없다. 또한 어떤 담론들은 다른 담론들이나 사회적
실천들과의 갈등 상태에 놓이기도 한다. 담론을 이렇게 파악할 경우 결
국 '권력'의 문제가 핵심 요소가 될 수밖에 없다.[30] 즉 담론들은 공간적
장(場) 속에서 서로간에 인력과 척력으로 작용하게 된다. 이렇게 담론이
공간적 장 속에서 힘으로 작용하면서 동시에 끊임없이 변화한다는 사실
은, 특수한 공간 속에서 담론간의 대응, 대립축들을 설정하고 그 축들이
시간의 흐름 속에서 어떻게 변화해 나가는가를 탐지할 필요성을 제기한
다. 담론이론에 따라 문학 연구를 한다고 할 때도 사정은 전혀 다르지
않다.

한 시기 문학의 장을 구조화하기 위해 대비축을 설정함에 있어 그 축
에서 배제되는 사람들이 누구이며 무슨 이유로 배제되는가를 살펴보는
것은 중요한 의미가 있다. 이 문제는 잡지나 출판사들의 전략과도 관련
되어 있을 수 있다.[31] 따라서 문학의 장을 구조화하는 연구에 있어서
작가 '개인'에 대한 접근을 넘어 작가가 가담한 매체의 성격을 살펴야
할 필요성도 제기된다. 그 매체가 배제하는 '타자'의 성격을 살피는 작
업이 함께 수행되어야 함은 말할 것도 없을 것이다.

---

29) S. Mills, 앞의 책, 96면.
30) S. Mills, 앞의 책, 32~37면.
31) P. Bourdieu, 하태환 역, 『예술의 규칙』, 동문선, 1999, 80면.

이러한 작업은 몇몇 이른바 '일류'로 공인된 작가나 비평가에 대한 연구의 차원을 넘어야 할 필요성도 함께 제기하는 것이다. 한 시기 문학을 연구함에 있어 이른바 '일류로 공인된' 작가, 비평가들만을 대상으로 하는 분석은 분명한 약점을 지니게 된다. 그러한 연구는 연구자에 의해 무시된 작가들이 작용, 반작용의 논리에 따라 '잘 알려진' 작가들에게 행사했던 '결과들'만을 따라잡을 위험이 있다. 이러한 연구는, '사라진' 작가들의 활동이 문학사에서 '살아남은' 작가들의 작품에 일으킨 '결과'에 대해서만 주목함으로써, 진정한 이해에 도달하는 데 실패하게 될 수도 있다. 부르디외는 플로베르를 논구하는 과정에서, 플로베르가 자기와 대립하는 작가들에 대해서 어떤 부정을 내세우는가를 중요시한다.32) 부르디외의 이러한 연구방식은 적어도 한 시기 문학에 대한 구조주의적 연구를 시도함에 있어서 중요한 시사점을 제공하는 것으로 보인다.

문학 텍스트에 대하여 이 책이 접근해 갈 이러한 방식은 신역사주의(New Historicism)와 문화 연구(Cultural Studies)의 문제의식을 따르는 것으로,33) 좀더 근본적으로는 부르디외를 포함하는 범 구조주의에 바탕을 두는 것이다. 크게 보아 미셸 푸코의 문제의식의 연장에 있는 이러한 방법은 문학작품들이 생산된 본래의 사회 문화적 장을 재구성하면서, 작품들을 다른 장르, 나아가서 문학 외적 담론들과 관련시킬 뿐 아니라 동시대 사회제도 등 비담론적 실천들이 작품에 미치는 영향 등을 함께 고찰하는 것을 그 특징으로 한다. 이러한 기획은 자율적인 문학사의 통시적 텍스트를 문화적 체계의 공시적 텍스트로 대체하면서 상호텍스트성의 축을 재설정하는 것이다.34) 다시 말해서 문학사 내부에 설정된 문학 텍

---

32) P. Bourdieu, 하태환 역, 『예술의 규칙』, 동문선, 1999, 103면.
33) 이 책이 '문화 연구'의 문제의식을 따른다는 말은, 문화 연구의 기본적인 가정 즉 의미의 사회적 생산이 근본적으로 권력의 문제와 관련이 있다는 가정을 받아들인다는 의미이다. I. Ang, 「문화와 커뮤니케이션」, 백선기 역, 『문화연구란 무엇인가』, 커뮤니케이션북스, 2000, 490면.
34) Louis A. Montrose, "The Poetics and Politics of Culture", *The New Historicism*(ed. by H. Aram

스트 사이의 상호텍스트성의 축을, 문학 텍스트와 그 문학 텍스트가 놓인 사회 문화적 체계의 여타 텍스트 사이에 작용하는 상호텍스트성의 축으로 전환시킨다는 것이다.

　논문 전반의 이러한 관점에 입각하여, 이 책은 우선 2장의 맨 첫 소절에서 지식인 일반론의 차원에서 볼 때 1950년대 후반 한국 지식인의 성격을 어떻게 이해할 것인가의 문제를 간략히 논의할 것이다. 서구에서 '지식인(intellectuals)' 개념의 발생은 문학 장의 자율화와 깊은 관련을 맺고 있다. 드레퓌스 사건 때 에밀 졸라는 문학 장의 자율화 담론을 극단으로 몰고 가는 가운데, 정치적인 영역에까지 문학 담론이 내세우는 독립의 가치를 확장하려 했던 것이다. 이 문제는 매우 역설적인데, '지적 장의 자율성이 한 작가의 정치적 행동을 추동'하고 있기 때문이다. 즉 작가는 문학 장에 고유한 자율성이라는 규범의 이름으로 정치 장 속에 개입하고 그럼으로써 스스로를 '지식인'으로 만들었던 것이다.[35]

　서구사회에서 '지식인(intellectuals)' 개념이 출현하는 이러한 배경을 살펴 볼 때, 이 개념은 적어도 1950년대 한국사회에서의 지식인의 의미와는 어느 정도 다른 것일 수도 있다는 생각을 하게 만든다. 인텔리겐차와는 다른 '인털렉츄얼로서의 지식인'은 제도적이고 담론적인 장의 '분화', 자율성에 분명히 기초하고 있는데, 사실 1950년대 한국사회는 최소한 제도적 토대에 있어서는 분화가 '덜' 이루어진 것으로 보이기 때문이다. 물론 한국사회 역시 일반적인 제3세계 사회가 가지는 특성으로서 '비동시적인 것들의 동시성'이 복잡하게 구현된 사회일 것이다. 따라서 적어도 개념에 있어서는 많은 요소들이 '착종되어' 있으며 그런 면에서 1950년대 한국의 '지식인' 개념이 서구사회의 '지식인(intellectuals)' 개념과는 명백히 다른 것이라고는 말하기 힘들 것이다. 그렇지만 당대의 지식인들이 '지식인' 개념을 어떻게 파악하고 있었는가 하는 문제는 이 지점

Veeser), Routledge, 1989, p.17.
　35) P. Bourdieu, 앞의 책, 177면.

에서는 적어도 크게 중요하지는 않다. 이 지점에서 더 주목되어야 할 것
은, 제도적이고 물질적인 토대가 어떤 수준에서 존재했는가의 문제라고
생각된다.36)

2장의 전체적인 논의와 3장의 첫 절은 작품의 가치를 생산하는 제도
로서 『사상계』라는 매체와 '동인문학상'과 같은 평가제도를 거론할 것
이다. 이러한 작업의 방법론적 전제는, 예술작품의 가치를 생산하는 존
재는 예술가가 아니라는 데에 있다. 어떤 작품의 예술적 가치에 대한
평가 기준은, 예술가가 창조자로서 힘을 가진다는 믿음을 생산하면서
동시에 예술작품의 가치를 생산하는 '신념'의 장에서 만들어진다. 따라
서 작품의 직접적인 생산자들인 작가뿐만 아니라, 예술의 가치에 대한
믿음과 작품들을 구별해 주는 가치에 대한 믿음을 창조함으로써 작품의
가치 생산에 참여하는 행위자들과 제도들 전체를 고려해야 할 필요성이
생긴다.37) 1950년대 문학 연구에 있어 동인문학상 등의 제도, 더 기본적
으로 『사상계』와 같은 매체를 고려해야 할 필요성도 이 때문에 나오는
것이다.

그렇다면 문학예술에 있어 제도를 고려한다고 할 때, 1950년대에 일
어난 제도 구성원의 '격변'(신인의 대거 등장과 같은)을 어떻게 설명해야 할
까? 일반적으로 한 장(場)의 내적 질서와 사회적 위치가 공고할 때에는
외부에서 그 장으로 진입하는 것이 엄격히 통제되기 마련이다. 장이 공
고하지 못한 '어떤 시기'에 거대한 격변이 일어나는데 대개 이러한 격
변은 새로 도래한 사람들의 폭발적 증가와 더불어 일어난다. 이 '새로
운' 사람들은 그들의 숫자와 질을 통해 생산물이나 기술에 있어서 개혁
을 가져오고, 생산물에 대한 새로운 평가 양태를 부여하려 한다.38)

---

36) 물론 여기서 물질적인 토대가 당시 한국사회의 경제적 수준이나 진행 정도만을 의미하
  는 것은 아니다. 여기에는 매체 등의 제도적 요소가 특히 중요한 것으로 고려되어야 한다.
37) P. Bourdieu, 하태환 역, 『예술의 규칙』, 동문선, 1999, 302~303면.
38) P. Bourdieu, 위의 책, 298면.

신인들의 등장이 장의 변화를 일으키는 전형적인 상황인데, 이들은 새로운 사고와 표현방식으로 기성세대와 차이를 보이고 단절하면서 자신의 정체성을 확립해 나간다.[39] 이러한 논의는 일반론이면서도 1950년대 문학계라는 특수 상황에서도 유효하다. 1950년대 문학에 있어서 이러한 변화는 형식의 측면에서 보자면 시의 경우 난해시의 실험과 같은 양상으로 나타나며, 소설의 경우도 형식 실험이 분명 존재했다. 그렇지만 이러한 형식 실험조차도 근본적으로는 1950년대 후반의 전체 지식 담론이 요청하고 있었던 새로운 '이념'에 의해 추동되었던 것으로 보인다.

1950년대 한국사회는 전체적으로 커다란 변화를 일으키고 있었던 것이다. 특히 지식사회에 있어 이러한 변화는 하나의 '이념'과 함께 이루어졌던 것으로 보인다. 문학제도 내로 진입하는 '새로운 사람들' 중 강력한 이념의 후원을 받고 있던 특정 집단이 세대 투쟁뿐만 아니라 이념 투쟁, 미학 투쟁을 전개했던 것이다. 기존 문학사에서는 이러한 '이념'의 변화를, 전후세대의 진입과 함께 그 '세대'의 사상인 실존주의가 문학 장의 중심으로 진입함으로 인해 발생했다고 보는 듯하다. 그렇지만 이 문제가 월남 지식인들의 진입과 더불어 형성된 '지식인 담론'과 서로 착종되어 있다는 사실은 오랫동안 간과되어 온 것이다.

문학과 지식인 담론의 비교 작업은, 원칙적으로 '문학'과 '문학 아닌 것' 사이의 경계가 얼마나 공고한가를 따져본 후에 이루어져야 할 것이다. 그런데 이 '문학적인 것'과 '비문학적인 것'의 차이는 '정의 내리기' 혹은 '경계선 설정'의 결과라고 볼 수 있다. 또한 이 둘 사이의 경계에는 제도화하는 힘도 작용한다.[40] 무엇을, 혹은 어디까지를 문학으로 혹은 소설로 인정하느냐라는 문제가 제도에 의한 것이라면 물론 이 경계선에도 역사성이 있을 수밖에 없다. 문제는 이러한 명제 역시 원칙론에 불과한 것이며 구체적으로 특정 시기마다 그 성격이 다를 수밖에 없다

39) 현택수, 「문학예술의 사회적 생산」, 『문화와 권력』, 나남출판, 1998, 36면.
40) 현택수, 위의 글, 22면.

는 데에 있다. 1950년대 한국문학 '비평'의 영역과 관련하여 보자면, 이 경계를 따지는 문제는 무게가 실리는 논의가 된다. 1950년대 문학비평과 일반 논설 사이의 경계는 매우 '흐릿한' 것으로 보이기 때문이다. 이러한 '흐릿함'은 흡사 개화기문학의 반복처럼 보이기까지 할 정도인데, 이런 현상이 개화기와 같이 장르의 미분화(혹은 지식영역의 미분화)로 인해 발생하는 것으로 보기는 물론 어렵다. 그렇지만 당시 어떤 '분위기' 혹은 '힘'이라고 비유적으로 말할 수 있는 무언가가 그러한 현상을 발생시키고 있었음은 분명했다. 이것이 무언가를 밝히는 것 역시 본 연구의 과제 중 하나이다.

현대문학에 있어 문학 텍스트와 여타 텍스트들 간에 제도화된 차이점들이 분명히 존재하는 것이 사실이지만, 담론 연구의 입장에 설 때는, 기본적으로 두 종류의 텍스트들 사이의 '제도적 차이'라는 기존 관념을 의도적으로 무시해야 한다. 이러한 방식은 실제로 특정 시기의 문학에 대한 담론 연구를 구체적으로 수행하고자 한다면 피할 수 없는 것이다. 특히 한 시기에 함께 놓여 있던 텍스트들 사이의 유사성을 파악하기 위해서는, 그리고 그 유사성에 근거해 특정 시기 '지식'의 재구성을 위해서는 이러한 접근은 필수적으로 요청된다고 말할 수 있다.[41]

그렇지만 이러한 접근이, 비평을 연구함에 있어서는 쉽게 효과를 지니지만 소설 텍스트를 연구함에 있어서는 상당한 주의가 요구된다. 하나의 소설 텍스트의 공간에는 다양한 문화적 약호들이 결합하고 상호작용하고 있음을 인정해야만 하기 때문이다. 극단적으로 보자면, 소설 텍스트의 이데올로기적 통일성은 가능하지 않을 수도 있다. 다시 말해서 주어진 '문학작품'의 이데올로기적 위치는 중층 결정되고 불안정하다고 볼 수 있는 것이다. 그렇지만 작품의 이데올로기적 위치가 중층 결정되었다는 의미가, 이데올로기의 '부재'를 의미하는 것은 아니다. 한

---

41) S. Mills, 김부용 역, 『담론』, 인간사랑, 2001, 43면.

편으로 모든 텍스트들은 아무리 다원적이고 비일관되게 보일지라도 이데올로기적인 특성을 또한 가지는 것이다.[42]

문학 텍스트가 가지고 있는 이러한 양면적이고 동적인 성격은 1950년대 문학 연구에도 물론 시사하는 바가 있다. 비평이 이념의 직접적 틈입이 비교적 가능한 장르라면, 소설의 경우는 항상 '은폐된' 형태로 이념을 드러낸다. 이러한 현상은 작가의 의도와는 무관하게 소설이라는 장르의 성격상 일어나는 것이다. 이 은폐된 것을 드러내는 작업이 이 책 4장의 기본적인 목표가 된다. 이러한 작업은, 텍스트 하부에서 그 텍스트를 '중심적으로' 규정하는 서브 텍스트(sub-text)로서의 지배적 약호가 존재한다는 관점을 전제하고 있다. 이 책은, 소설 텍스트를 규정하는 이 지배적 약호가 '담론 공동체'를 통해 추출될 수 있을 것으로 판단하고 있다. 이 책의 2~3장의 논의가 4장 논의에 있어 바탕이 되리라는 이 책의 판단 역시 이 점에 근거하는 것이다.

이 책이 기초로 삼고자 하는 방법론이 기본적으로 구조주의적인 문제의식과 연관되어 있기는 하지만, '강한'(엄격한) 의미의 구조주의는 아님을 밝혀 둘 필요가 있겠다. '강한' 구조주의가 아니라는 말은 곧 이 책이 '주체'의 행위 개념을 무시하지 않는다는 의미이다. 이러한 설명방식에 있어 부르디외의 이론이 도움이 됨은 분명하다.

주지하다시피, 장의 구조 속에서 객관화되고, 행위자 혹은 집단의 정신구조 속에 내재화되는 '지각, 평가, 성향의 체계'를 부르디외는 아비튀스(habitus)라고 부른다. 어떤 작품을 지각, 평가하는 범주로서 아비튀스가 작동한다면 이 아비튀스는 각 개인 혹은 집단의 문화 자본의 보유나 계급적 위치와 연관되어 있을 것이다. 즉 아비튀스는 그것을 동질적으로 소유하고 있는 집단 성원들이 공유하고 있는 출신·학력·성향 등으로부터 나오는 것이면서 동시에 그 성향을 다시 재생산하는 것이다. 이

42) Louis A. Montrose, "The Poetics and Politics of Culture", *The New Historicism*(ed. by H. Aram Veeser), Routledge, 1989, 22면.

렇게 되면 결국 문학의 장 역시 서로 상이한 아비튀스들이 충돌하는 공
간이 된다.[43)

그렇다면 문학의 구조적 연구에 있어 굳이 '아비튀스' 개념을 도입해
야 할 이유가 무엇일까? 어느 특정 시대에 있어 문학이란 무엇인가라는
관념은 어느 한 천재작가에 의해 만들어지는 것이 아니라 그 관념을 만
들어내는 장 속에 참여하고 있는 행위자들의 '행위'와 이를 가능케 하
는 '구조'의 산물 양면 모두라는 '경계'에 아비튀스 개념이 놓여 있기
때문이다.[44) 이 방법론의 도입은 우선, 문학 연구가 유파론으로 가지 않
으면서도(아비튀스는 집단이 겉으로 표방하는 슬로건과는 다른 것이므로 같은 유파
의 일원들이라도 아비튀스가 다를 수 있으며 반대로 다른 유파에 속하지만 같은 아
비튀스를 가질 수도 있다) 한 개인의 창작이나 비평을 좀더 큰 틀에서 설명
할 수 있게 만든다. 한편으로 이 방법론의 도입은 제도주의, 혹은 엄격
한 구조주의로부터 벗어나기 위해서도 필요하다. 엄격한 구조주의의 경
우 주지하듯이 '변화'를 설명하기 곤란하다. 아비튀스 개념의 도입을 통
해 변화를 설명한다는 것은, 문학인들의 성향 변화를 단지 '개인적인'
성향의 변화로 설명하지 않고 '사회적 궤적'으로 그려낸다는 것을 의미
한다.[45) 이 책에서 다루는 1950년대 참여론자들이 1960년대 중반 이후
변화되는 양상도 이러한 틀에서 설명되어야 할 이유가 있다. 이들의 변
화는 개인적인 '변절'같은 것이 아니라, 문학 장의 구조 안에서 아비튀
스들이 충돌하는 양상의 변화, 혹은 더 크게 보아 전체 지식 장의 구조
안에서 담론이 재배치되는 양상으로 볼 수 있기 때문이다. 이렇게 접근
한다면, 순수한 반영론을 피하면서도 1950~1960년대 한국사회의 전반
적 변동과 맞물리는 설명이 가능하게 된다.

본론에 들어가기 전에 마지막으로 반드시 언급되어야 할 문제가 남아

---

43) 현택수, 「문학예술의 사회적 생산」, 『문화와 권력』, 나남출판, 1998, 39~42면.
44) 현택수, 위의 글, 46면.
45) 현택수, 앞의 글, 44면.

있다. 문학이 지식의 영역에서 어떤 위치에 있는가 하는 문제이다. 사실 이 문제에 대한 보편적 논의는 불가능하다고 할 수 있다. 이 역시 역사적 특수성의 차원에 놓인 문제이기 때문이다. 한 사회에서 지식의 '공공성' 문제는 정치권력의 형태나 자본주의의 진행 정도에 따라 변화하게 마련이다. 또한 지식의 영역 내에서 문학의 위치도 그에 따라 변화한다. 테리 이글턴의 영국 비평 연구는 이 문제와 관련된 것으로 이 책의 논의에 중요한 시사점을 가진다. 조금 상세히 논의해 볼 필요가 있다.

테리 이글턴에 의하면 18세기 초 영국의 경우 정기간행물은 부르주아 공론영역(public spheres)의 핵심적 요소였다고 한다. 『태틀러(The Tatler)』가 그 대표적 잡지에 속하는데 이 시기 몇몇 순문학 잡지들이 있었지만, 『태틀러』는 교양강좌, 그 중에 주로 문학에 진지한 관심을 기울임으로써 대중의 취향을 고양시키려는 성격을 분명히 가지고 있었다고 한다. 이 시기 『태틀러』의 문학비평은 비평이라는 전문적 형식이 존재했음에도 불구하고 아직까지는 자율적인 전문가의 담론은 되지 못했다. 문학비평은 도덕적·문화적·종교적 성찰과 분리할 수 없는 보편적이고 윤리적인 휴머니즘의 한 분야였다는 것이다. 물론 여기에서 문학비평이 사회 문화적 이데올로기에 의해 전적으로 결정되지는 않았지만, 그래도 비평은 아직 '문학적'인 것이라기보다는 '문화적'인 것이었다. 테리 이글턴은, '정치, 경제, 교회, 사회 및 윤리의 주제를 다룬 영국 최초의 출중한 비평잡지'로 평가되는 디포우의 『리뷰(Review)』도 이와 비슷한 성격을 가졌던 것으로 파악하는데, 이 경우 비평가는 문학 전문가라기보다는 문화를 다루는 전략가로서 전문화를 거부하는 존재였다고 할 수 있다.[46]

요컨대 『태틀러』의 시기 문화적인 언어는 정치적인 언어와 끊임없이 상호 침투했다는 것이다.[47] 이 시기 문학비평가들에게 있어 비평 행위는 자율적인 미학의 영역에 속하는 것이 아니라, 일상세계에 대한 보편

---

46) T. Eagleton, 유희석 역, 『비평의 기능』, 제3문학사, 1991, 23~24면.

47) T. Eagleton, 위의 책, 29면.

적 판단과 경험 양식의 근저에 작용하는 '보편적인 이념(general ideology)'과 유기적으로 연관을 맺어야만 하는 무엇이었다. 이 경우 문학비평은 공론영역의 중심부 어딘가에 위치해 있는 것이다.[48]

19세기에 오게 되면 영국에서는 '문인(man of letters)'이라는 범주가 탄생하는데, 이 명칭은 당시에는 존재하지 않았던 '지식인(intellectuals)' 개념에 가장 근접한 영국의 용어라고 한다. 18세기의 정기 간행물 발행인처럼, 이 '문인'은 전문가로서 지식을 단순히 설명하기보다는 보편적인 이데올로기적 지혜를 유포하는 사람이었으며 전문적 관심사에만 시야가 한정되지 않고 포괄적인 눈으로 당대의 문화적·지적 풍경을 전체적으로 조망할 수 있는 사람을 의미했다. 또한 이 시기 출판은 엄청난 영향력을 발휘하는 가운데 교양인들의 공동체를 만들어 내면서 동시에 민주주의를 가져오는 매개 역할을 했다.[49]

빅토리아시대의 영국의 지적인 풍토는 이글턴에 의하면 이데올로기적인 불안정기라 할 수 있는데, 이러한 상황에서 '문인'의 임무는, 이념적으로 혼란스러운 상태에서 방향을 상실한 독자와 대중들을 '가르치는' 것이었다고 한다. 이들 문인들은 당대의 사상을 알기 쉽게 풀어서 설명해 주는 일을 하기도 했는데, 이러한 작업을 통해 문인들은 사회 불안을 막고 통합에 기여하고자 했다. 요컨대 문인들은 경제적·사회적·종교적 과도기를 겪고 있는 대중들을 돕도록 요구되었던 것이다. 더불어 문인들은 자본주의화가 진행되면서 붕괴되는 공론영역을 적극적으로 다시 만들어내야만 하는 임무를 요청받았다. 이러한 문인들의 작업은 '서평같은 평론과 평론같은 서평' 등을 통해 이루어졌다고 한다.[50] 그들에게 있어 지식이란 '사실에 대한 순수한 설명이나 전달'과 다른 차원의 문제였음은 물론이며, 반대로 주체의 고유한 내면성을 드

---

48) T. Eagleton, 유희석 역, 『비평의 기능』, 제3문학사, 1991, 38면.
49) T. Eagleton, 위의 책, 47~48면.
50) T. Eagleton, 앞의 책, 50~52면.

러내는 수단으로서 존재하는 것도 아니었던 것이다.

19세기 영국에서 '문인'의 임무가 보편적 인문주의에 기초하는 것이라고 할 때, 그러한 작업은 영국사회에서 계속되는 지적 노동의 분화를 감당해낼 수는 없는 것임은 분명하다. 문인들의 보편적인 '아마추어적' 휴머니즘은 이후 담론 공동체의 구심 역할을 할 수 없게 된다. 윤리적 책임, 개인의 자율성, 자유로운 자아를 믿는 휴머니즘은 지식의 발전을 진전시키려 했으나, 오히려 그 지식의 발전에 의해 공격을 받게 되는 것이다. 사실 비평이 여론과 결부되어 문화 전반에 걸쳐 보편적 인문주의자의 휴머니즘적 책임을 다함으로써 스스로를 정당화하는 방식은 부르주아사회가 발전함에 따라 점차 무기력해질 수밖에 없는 '아마추어주의'이다. 부르주아사회의 진전은 이들에게 폭넓은 사회성을 포기하는 대신 기술적인 전문성을 갖추도록, 다시 말해서 비평의 전문성을 확립함으로써 자신의 존재 이유를 찾도록 요구하기 때문이다.[51]

사실 이글턴이 분석하는 19세기 영국의 지적 상황의 변화 양상은 1950년대 후반의 한국의 지적 상황과 1960년대 중반 이후의 그 변화를 설명하는 데에 상당히 중요한 시각을 제공하는 것으로 보인다. 1950년대 후반 한국의 경우는 물론 좀더 양상이 복잡할 수밖에 없기는 하다. 젊은 지식인들의 지적 감각에서 '실존주의'가 끼치는 영향력이 문제를 혼돈스럽게 만들고 있기 때문이다. 그렇지만 이 문제가 '실존'의식과 착종되어 있더라도, 이후 논의에서 드러나겠지만 1950년대 후반 한국의 지식인들이 말하던 '휴머니즘'은 서구적 의미의 '실존주의'와는 분명 다른 것이었다. 이렇게 말할 수 있는 중요한 근거는, 한국사회에서 공론영역이 어떤 형태로 존재하고 변화하는가 하는 문제가 이 시기 문학과 지식의 영역을 파악함에 중요한 시사점을 제공하기 때문이다.

주지하다시피 원칙적으로 공론영역이란 기본적으로 사적 이해관계로

---

51) T. Eagleton, 앞의 책, 56~58면.

부터 벗어나 있으면서, 법적 구속력을 가진 집단에 의해서 형성될 수도 없는 것이다. 자본주의의 진전이 '덜' 되어 있는 시기로 1950년대 후반의 한국을 바라본다면, 1950년대 후반『사상계』를 통해 형성되는 '논의' 영역은 커다랗게 열린 공론영역의 공간이었다고 하더라도 무리가 없을 듯하다. 이는 또한 문학이 '전인적 교양'과 사실상의 동의어가 되며, 공동체를 위한 계몽적 기능을 수행하는 역할을 맡게 된다는 사실을 의미한다. 비록 제3세계 문화란 사회 경제 구조가 도달해 있는 수준과 무관하게 서구로부터 틈입해 온 지식이 담론으로서의 힘을 가지는 공간이며, 알튀세 식으로 달리 말하자면 '비동시적인 것들'이 서구와는 또 다르게 동시에 혼재하는 공간임을 인정한다 하더라도, 이는 유효한 명제가 될 것이다.

2

『사상계』와 담론 생산의 조건

1. 1950년대 후반 지식인 담론에 있어서 『사상계』의 위치

1) 제3세계 지식인과 '인텔리겐차'

1955~1963년경의 한국 지식인을 지식인 일반론의 차원에서 어떻게 개념 규정할 수 있을까?[1] 이 개념 규정문제는 한국에 있어서 근대적 지식인 개념이 등장하게 된 역사적 과정과도 결부되어 있을 것이다. 인텔리겐차 (intelligentia)에 대한 칼 만하임의 규정이 시사하는 바와 같이 이 문제는 특

---

[1] 당대 한국사회의 지식인 '일반'의 성격을 한마디로 규정한다는 것은 물론 무리가 따르는 일일 것이다. 특정 시기 특정 사회의 지식인들이라 하더라도 다시 그것은 길항하는 집단들로 나눌 수 있기 때문이다. 그렇지만 본 연구의 이후 논의에서 상세히 검토될 바, 1950년대 말의 지식인 담론은 『사상계』 그룹이 대표하는 어떤 집단에 의해 명백히 주도되고 있었다. 이 사실이 전제된 상태에서 본 소절의 논의가 이루어지는 것이다.

수한 사회, 역사적 맥락에서 검토되어야 하기 때문이다. 칼 만하임은 「이데올로기와 유토피아」에서, 어느 사회에서나 그 사회에 대하여 세계 해석이라는 특수한 과업을 떠맡은 사회 집단이 있는데 이를 인텔리겐차라고 부른다고 했다.2) 이러한 지식사회학의 문제의식은, 우리가 지식인(인텔리겐차)의 문제를 항상 특수한 역사적·사회학적 맥락 속에서 다루어야 하며 또한 정신사, 혹은 지성사와의 관련 속에서 다루어야 함을 지적하는 것이다.3)

강수택에 의하면, 러시아에서 널리 사용되어온 용어 '인텔리겐차'가 약어 '인텔리' 및 번역어 '지식계급'과 함께 국내로 건너와 사용되기 시작한 것은 구한말, 일제 초기 무렵이었다고 한다.4) 임현진 역시, 근대적 지식인 개념이 한국에 처음 등장하게 된 것은 일제 치하로서, 당시에는 제국주의 아래 민족독립이라는 절명의 과제로 인해 인텔리겐차가 인텔렉츄얼(intellectuals)보다 적극적으로 수용된 것으로 판단한다.5) 무릇 지식인이란 성향상 반체제적이며 적극적 현실 비판의 자세를 견지해야 한다는 우리나라의 일반적 통념도 당시 러시아가 처했던 것과 같은 혼란스런 반(半)주변부 상황에서 연유한다는 것이다.6)

한국에 일찌감치 등장한 '인텔리겐차' 개념은 이상희에 의하면, 제정러시아사회의 지식인들로서 서구 계몽사상으로 무장되어 있었던 체제 비판적이고 변혁적인 지식인층으로 이해된다. 이에 비해 '인텔렉츄얼'은 근대 유럽에서 지식이나 문화를 창출하고 그것을 발전·보급시키던 사람들이었는데, 이들 역시 대중에 대한 계몽적 태도와 사회·문화에 대한 비평정신을 소유하였다는 측면에서는 러시아 인텔리겐차와 동일하다고 한다.7)

---

2) P. Ludz, 「인텔리겐챠의 비교연구상의 방법론적 문제」, 『인텔리겐챠와 지식인』(A. Gella 편), 학민사, 1988, 42면에서 재인용.

3) P. Ludz, 위의 글, 43면.

4) 강수택, 「박정희 정권 시기의 지식인론 연구」, 『사회와 역사』 59호(한국사회사학회), 문학과지성사, 2001, 113면.

5) 임현진은 '인털렉츄얼'을 전문적 지식인으로 이해하는 듯하다.

6) 임현진, 「지성의 변조」, 『한국의 지성 100년』(장회익 외), 민음사, 2001, 231면.

7) 이상희, 「지식인은 누구인가」, 『한국의 지성 100년』(장회익 외), 민음사, 2001, 17면.

그렇지만, 인텔리겐차와 인텔렉츄얼에 대한 이러한 규정들은 좀더 엄밀히 검토되어야 할 것이다. '인텔렉츄얼'이라는 서구의 용어의 연원도 우선 분명히 지적되어야 할 것이며, 무엇보다도 19세기 러시아의 '인텔리겐차' 개념을 한국의 지식인들에게 적용하는 것이 어느 정도 설득력을 가질 수 있느냐의 문제가 남아 있기 때문이다. 이를 위해 우선 지식인 일반론을 좀더 검토할 필요가 있다.

서구사회에 있어 '지식인(intellectuals)'이라는 용어는 드레퓌스 사건의 와중에서 나온 '지식인 선언'의 산물로서 1898년 프랑스에서 처음으로 널리 쓰이기 시작했다고 한다.[8] 이 지식인 개념에도 일정 정도 당대의 지배문화에 대한 비판적 거리가 전제되어 있음을 알 수 있다. 그렇지만 '인텔렉츄얼'이라는 용어의 기원에 대한 이러한 사실은, 지식인의 역할 및 사명이 처음으로 사회적인 주목의 대상이 된 것은 서구국가가 아닌 동구국가들에서였음을 의미하는 것이다. 서유럽의 경우 지식인의 사명이라는 개념이 사회학 문헌에서 널리 사용되기 시작한 때가 20세기를 거의 눈앞에 두고 있을 때였던 데 비해, 동유럽과 러시아의 경우에는 이미 19세기 중반 무렵 사회의 도덕적 혁신을 추진하고자 하는 인텔리겐차라는 집단이 등장했기 때문이다.[9]

그런데 인텔리겐차와 인텔렉츄얼 사이에는 동유럽과 서유럽이라는 지역 차이, 혹은 어떤 용어가 먼저 문헌에서 명시적으로 등장했느냐 하는 시기 차이를 뛰어 넘는 훨씬 더 중요한 차이가 있다는 점을 보아야 한다. 부르디외가 말하고 있는 바와 같이, 기본적으로 서구의 '지식인' 즉 인텔렉츄얼은 한 사회의 제도적 장의 분화가 어느 정도 공고히 이루어진 다음에 출현하는 개념이다.[10] 이러한 사회 내의 인텔렉츄얼이란 그 사회의

---

8) L. Feuer, 「지식인이란 무엇인가」, 『인텔리겐챠와 지식인』(A. Gella 편), 학민사, 1988, 52면.
9) Tibor Huszar, 「지식인 개념의 변천」, 『인텔리겐챠와 지식인』(A. Gella 편), 학민사, 1988, 86~87면. 립셋(Seymour M. Lipset) 역시 1860년대의 러시아에서 '인텔리겐챠' 개념이 널리 쓰이기 시작했으며, '지식인'이라는 명사적 의미로서의 intellectuals의 용법은 1898년 드레퓌스 사건의 와중에서 정착된 것이라고 말한다. S. 립셋, 「지식인의 정치적 역할」, 같은 책, 97면.

정치권력, 주류문화에 대한 격렬한 비판을 수행할 수 있으나 이 역시 자
신들이 기초하고 있는 제도적 장의 자율성에 엄격히 근거하고 있다. 그
들이 거하고 있는 사회는 이미 '근대화'의 과정을 겪은 후인 것이다. 이
러한 사실은, 1950년대 말 한국의 지식인들을 성격 규정하는 문제에 있
어 매우 중요한 기준을 제공한다고 할 수 있다. 당시 한국 지식인들이 서
구적 담론에 익숙해 있었다 하더라도 당대 한국사회의 기본 구조가 서구
와는 크게 달랐다는 사실에 주목해야 하는 것이다. 따라서 역으로 러시
아와 동유럽에서 등장한 '인텔리겐차'의 성격에 좀더 주목해야 할 필요
성이 자연스럽게 제기된다.

'인텔리겐차' 개념은 엄격하게 규정한다면 19세기 후반에서 20세기
초에 걸쳐 러시아와 동유럽에 특유하게 존재했던 하나의 '사회계층'(상
류계급이나 중류계급의 다른 교양층과는 구별된다)으로 이해될 수 있다.[11] 이에
비해 서구 지식인들은 '사회계층'을 형성하지는 않았다. 그들은 사회적
으로 '복합적인' 집단이었다. 서구 지식인들과는 달리 인텔리겐차는 처
음부터 하나의 사회계층으로 나타났던 것이다.[12]

기본적으로 러시아의 '고전적' 인텔리겐차는 이러한 '계층'으로서의 성
격 외에도 어떤 '일정한 가치와 태도'를 공유하고 있다는 특징을 가지는데,
이 점은 이 책의 논의에서 더욱 중요하다. 그들의 이러한 가치와 태도를 형
성시키는 중요한 제도는 교육체계(김나지움, gymnasium)였는데, 이 김나지움의

---

10) P. Bourdieu, 하태환 역, 『예술의 규칙』, 동문선, 1999, 177면.
11) 이러한 경향은 대개 역사가들에게 일반적인데 이에 대한 반론으로서, 사회학적 형태
    론에 따른 규정이 가능할 수 있다. 넓은 의미에서 인텔리겐차는 각 시기, 각 나라에서
    나타났던 교육받은 사회계층, 즉 '모든 지식인 집단'을 가리키는 용어로 사용될 수도
    있다는 것이다. 미국의 사회학자들에게 특히 전형적으로 나타나는 이러한 넓은 규정은
    인텔리겐차를 사실상 지식인 일반과 동일시하는 입장이다(A. Gella, 「인텔리겐챠 사회학
    서설」, 『인텔리겐챠와 지식인』(A. Gella 편), 학민사, 1988, 13~16면). 그렇지만 이런 식
    의 생각에 의거할 경우, 특정 사회의 지식인의 성격이나 행태를 연구하기 위해 인텔리
    겐차와 인털렉츄얼의 개념을 살펴보는 시도 자체가 무의미해질 것이다.
12) A. Gella, 위의 글, 28~29면.

학생들은 '민족을 이끌어 가는 것'을 근본적 사명으로 여기도록 기대되었다고 한다. 즉 러시아 인텔리겐차의 성원들은 그들의 직업이나 경제적 지위에 관계없이 '민족에 봉사'하는 것을 공통된 사명으로 여겼다는 것이다.[13]

겔라(A. Gella)는 지식인(intellectuals)과 인텔리겐차 사이의 구별을 강조하면서, 지식인이란 쉴즈(Shils)의 지적과 같이 산업사회뿐만 아니라 어떤 사회에서든 불가결한 존재이지만 인텔리겐차는 봉건사회가 산업화해 가는 과정에만 나타난다고 말한다. 따라서 그는, 러시아의 '고전적' 인텔리겐차와는 구분하여 2차 대전 이후 신생국가들에 있어서 민족주의의 주도권을 놓고 토착 부르주아지와 경쟁하는 교육받은 계층 역시 인텔리겐차로 규정될 수 있다고 본다.[14]

겔라의 관점과 같이, 한 민족 내에서 지배계급의 지식층이 민족 근대화의 과제를 제대로 해결해 나가지 못할 때 인텔리겐차가 발전해 나오는 것으로 이해할 경우,[15] 당연하게도 2차 대전 이후 아시아와 아프리카의 신생독립국에서 민족적 지도력을 발휘하는 교양층을 인텔리겐차라고 지칭하는 것은 충분한 설득력을 가지는 규정이 될 것이다. 겔라는, 제3세계에서 인텔리겐차 발전의 역사적 조건이 19세기 러시아와는 분명 다른 것임에도 불구하고 양자간에 기본적 유사성이 있다고 본다. 그 유사성은, 수입된 이념과 지식을 교육받고 그로부터 영향을 입은 세대가 출현한다는 점이다. 그런 세대의 경우 자국의 근대화 추진에 강한 열망을 보인다는 것이다.[16]

겔라의 이러한 견해는 1950년대 『사상계』를 중심으로 형성된 지식인 담론의 성격을 고려할 때, 이 시기 한국의 지식인들을 인텔리겐차로 볼

---

13) A. Gella, 앞의 글, 18~20면.

14) A. Gella, 앞의 글, 30~31면.

15) A. Gella, 앞의 글, 33면. 인텔리겐차에 대한 다른 규정도 존재한다. 굴드너는 인텔리겐차를 일종의 '기술자'로 보았다. 즉 기능적 지식인을 가리킬 때 인텔리겐차라는 용어를 사용하는 것이다. A. Gouldner, 「제3세계 혁명적 지식인이론 서장」, 『인텔리겐챠와 지식인』(A. Gella 편), 학민사, 1988, 230면.

16) 스펜서 류의 사회진화론에 영향을 받았다는 점에서도 그러하다. A. Gella, 「인텔리겐챠 사회학 서설」, 『인텔리겐챠와 지식인』(A. Gella 편), 학민사, 1988, 24~25면.

수 있는 사회학적 설명 모델을 제공하는 것이다. 그 타당성 여부는 결국 1950년대 후반 지식인 담론에 대한 분석에 달려 있을 것인데, 제2장의 남은 부분에서 다루게 될 본격적 논의에 앞서 우선 여기서는 지식인 형성의 제도적·사회적 기반문제를 간략히 언급해 둘 필요가 있겠다.

한 사회의 지식인 형성에 있어 중추적 기반으로 인식되는 공립 고등교육제도의 문제를 살펴보면, 1950년대 후반 한국의 지식인사회가 재건된 조건을 추측할 수 있는 방증 자료를 얻게 된다. 일반적으로 공립학교에서의 고등교육은 인텔리겐차와 지식인의 대량 생산을 위한 제도적 기반이 되며, 다른 한편 초·중등 공립학교의 팽창은 지식인의 일자리를 대폭 확대시켜 주는 것으로 알려져 있다.[17] 에드워드 쉴즈(Edward Shils)도 발전도상국 지식인의 중요한 특징으로 진보적인 현대 교육을 받았다는 점을 들고, 이러한 발전도상국의 지식인들이 종사하는 직업으로 언론과 교육직이 대표적이라고 본다.[18] 이러한 일반론은 1950년대의 한국 상황에도 물론 적용된다. 이 시기 한국사회는 통계적인 차원에서 보더라도 '교육에 대한 열망'이 폭발할 때였던 것이다. 그런데 1950년대 우리나라에서 많은 지식인들이 교육계에 투신한 것은 이렇게 지식인의 대량 생산의 조건이면서 그 결과물이기도 했지만, 민족의 근대화와 계몽에의 사명감이라는 당대 지식인 담론 차원의 영향 면에서 살펴야 할 부분이 있다.

민족의 근대화와 계몽의 문제는 1950년대 한국사회의 공론영역의 존재 조건에 기본적으로 관계되는 문제이다. 러시아 및 동유럽국가들에서 부르주아적 진보의 지체, 왜곡으로 인하여 지식 계층의 운동의 영역이 더욱더 이상주의적이고 이데올로기 지향적인 성격을 띠었다는 사실은 상당히 중요한 의미를 담고 있다. 서구사회의 경우에도 지식인의 독립성이 논의되던 시점이 부르주아사회의 어떤 퇴행의 시점이었기 때문이

---

17) A. Gouldner, 「제3세계 혁명적 지식인이론 서장」, 『인텔리겐챠와 지식인』(A. Gella 편), 학민사, 1988, 216~217면.
18) 홍승직, 『지식인의 가치관 연구』, 삼영사, 1984, 12~13면.

다.[19] 이러한 사실은, 부르주아사회의 발전 혹은 퇴행이 지식인 집단의 성격과 나아가서 한 사회 내의 공론영역의 범위나 성격과도 일정 정도 연관되어 있음을 의미하는 것이다. 이는 1950년대 『사상계』를 중심으로 한 한국의 지식인 문제를 살펴보는 데에도 시사하는 바가 큰 것이다. 이 시기 한국의 사회 경제적 조건을 간략히 검토할 다음 소절에서도 드러날 바, 부르주아적 진보가 지체되고 있었던 1950년대 후반에 한국사회의 공론영역이 『사상계』라는 매체를 중심으로 강력하게 형성된 것으로 보이기 때문이다. 이러한 현상을 가능케 한 한국적 조건은 무엇보다도 일찍부터 교육을 통해 형성되었던 근대적 지식인의 전통에 있을 것이다. 제3세계에서 이 근대적 지식인이 사회 경제적인 면에서의 부르주아적 진보에 일찌감치 앞서 등장함은 말할 나위도 없을 것이다. 요컨대 1950년대 후반에서 1960년대 초에 이르는 기간은, 지식인 내부에서 한국사회의 '근대화' 담론이 폭발하던 때이며 이런 의미에서 부르주아적 진보를 준비하던 또 하나의 '인텔리겐차의 시대'였던 셈이다.

2) 지식인사회의 재건과 『사상계』의 영향력

주지하다시피 1950년대에 대다수의 인구는 농업과 어업에 종사하였다. 1961년 『한국통계연감』에 따르면 1955년에서 1960년 사이의 기간 동안 농림어업인구는 큰 변화없이 전체 경제인구의 거의 80%에 달하였다. 또 다른 분석에 따르면, 1950년대 농민층은 약 65% 정도로 계급 구성에 있어 가장 큰 비중을 차지하고 있으며, 전체 노동자 가운데 산업노동자는 5%에 불과했다고 한다. 이외에 특기할 만한 사실로는 실업자를 포함한 주변적 무산자층의 비중이 크다는 사실이다.[20]

---

19) Tibor Huszar, 「지식인 개념의 변천」, 『인텔리겐챠와 지식인』(A. Gella 편), 학민사, 1988, 90~91면.

공제욱에 의하면, 1950년대의 가장 중요한 계급 변동으로 구 지주계급의 몰락을 꼽을 수 있다고 한다. 1949년 6월부터 농지개혁이 실시되는 1950년 6월의 1년 사이에도 많은 농지가 방매되었는데, 농지개혁 이후에는 대부분의 농지가 자작지화되었다. 농지개혁 당시 지주들은 보상을 지가증권의 형태로 받았는데, 이것이 당시의 높은 인플레이션의 영향하에서 지주몰락의 중요한 계기로 작용한다. 그러므로 일제시기에 이미 자본가로의 전화를 준비하고 있었거나 1950년대에 정권과 결탁할 수 있었던 소수의 예외적인 경우를 제외하고는, 대부분의 지주는 자본가계급으로의 전화에 실패하고 몰락의 과정을 걷게 되었다고 할 수 있다.[21] 이러한 분석들에 근거했을 때, 1950년대 한국사회는 기존의 농업사회적 성격이 점차 와해될 조짐을 보이고 있었음을 쉽사리 판단할 수 있다.

이러한 사회 경제적 조건하에서 1955년을 전후하여 지식인사회의 재건의 움직임이 분명하게 나타난다. 이러한 지식인사회의 형성은 김동춘에 따르면 대학의 팽창과 교직자의 증가, 그리고 『사상계』의 창간 등을 통해 이루어졌다고 한다.[22] 해방 이후 근대화의 과정에서 가장 주목할 만한 진전의 하나로 꼽을 수 있는 것이 바로 교육 기회의 확대와 대학의 급격한 팽창이었다. 예컨대 1945년 8개에 불과하던 대학(초급 포함)의 수는 1952년에 31개로, 1956년에는 다시 90개로 증가하였다. 또한 13세부터 18세에 해당하는 중등교육 인구 또한 일제하에서처럼 소수가 아닌 대중교육의 수준에 도달하고 있었다.[23]

---

20) 공제욱, 「1950년대 한국사회의 계급구성」, 『1950년대 한국사회와 4 · 19혁명』(이종오 외), 태암, 1991, 72면.
21) 대지주 중에는 농지개혁법의 교육재단에 대한 우대조항을 활용하여 교육재단 설립자가 된 경우를 많이 볼 수 있다. 또한 그 자녀들에게 고등교육을 받을 수 있는 기회가 부여되었기 때문에, 이를 통한 지위계승이 이루어진 점도 무시할 수 없다. 그러나 이는 지주계급의 틀을 벗어남으로써만 가능하였던 것이다. 공제욱, 위의 글, 72~78면.
22) 박태순 · 김동춘, 『1960년대의 사회운동』, 까치, 1991, 52면.
23) 13~18세 재학인구는 1940년의 2.4%에서 1955년에는 26.1%로, 19~24세 재학인구는 1940년의 0.2%에서 1955년에는 4.4%로 각각 급격히 증가했다. 특히 1950년대 후반에서

대학의 팽창과 함께, 해방 당시 7천 명에 불과하던 대학생 수도 1953년 4만6천 명, 1955년 7만8천 명, 1957년 8만8천 명을 거쳐 1960년에는 10만 명에 육박하게 된다.[24] 국민들의 높은 교육열은 도시 거주민을 대상으로 한 당시의 사회조사에서도 확인된다. 이효재의 조사에 의하면, 1959년 현재 도시민의 97%가 아들은 대학 이상 진학을 희망하고 딸에 대해서는 63.4%가 그러한 기대를 가지고 있었다고 한다.[25]

다른 통계에 의하면 대학생을 제외한 인텔리 층은 1955년 약 11만5천 명이며, 1960년에 약 14만5천 명으로 조금 증대한다. 1960년 당시 인텔리 층의 직업별 구성에서는 단연 교원이 큰 비중을 차지하며(9만3천 명), 다음이 목사 등의 종교관계 종사자, 의사, 언론인 등의 순이었다.[26] 도시지역은 보다 많은 교육을 받은 인구층으로 형성되어 있으면서 동시에 보다 많은 언론매체에 노출되어 있었다. 일간지의 구독자 수는 인구 천 명당 1952년의 50명에서 1960년에는 170명으로 증가하였다.[27]

이렇게 확대되어 가는 지식인사회에 영향력을 행사하는 잡지로『사상계』·『새벽』·『세계』등의 종합 월간지들이 있었다. 『세계』는 외국의 학술과 사상을 소개하는 데 역점을 두었고, 『새벽』은 장이욱을 발행대표로

1960년대 초반 사이에 대학인구는 급격히 늘어나 1966년에 와서는, 19~24세 전체 인구의 10% 정도를 차지하게 되었다. 김경일, 「1950년대 후반의 사회이념」, 『한국현대사의 재인식』 4(정신문화연구원 편), 오름, 1998, 47~48면.

24) 김동춘, 『근대의 그늘-한국의 근대성과 민족주의』, 당대, 2000, 146면. 1960년대에 실시한 인구조사에 따르면 대학 졸업자(누계)는 1944년 당시 2만2천 명에서 1960년에는 28만4천 명으로, 중·고등학교 졸업자는 19만9천 명에서 187만6천 명으로 늘어났다고 한다(박태순·김동춘, 앞의 책, 51면).

25) 이효재, 「서울시 가족의 사회학적 고찰」, 『한국문화연구원논총』 제1집(이화여대 한국문화연구원), 1959; 김동춘, 『근대의 그늘-한국의 근대성과 민족주의』, 당대, 2000, 147면에서 재인용.

26) 경제기획원, 『인구주택 국제조사보고』 2, 1960, 238~241면; 공제욱, 「1950년대 한국사회의 계급구성」, 『1950년대 한국사회와 4·19혁명』(이종오 외), 태암, 1991, 100~101면에서 재인용.

27) 경제기획원, 『한국통계연감』, 동아출판사, 1963, 403면; 오유석, 「1950년대 남한에서의 민족주의」, 『한국현대사와 민족주의』(유병용 외), 집문당, 1996, 118면에서 재인용.

하여 신동문·김재순 등의 편집진용으로 이루어져 있었던 흥사단 계열의 기관지였다.[28] 실질적으로는 주요한이 발행하던 『새벽』(1954.8~1960.12)은 한때 『사상계』와 쌍벽을 이루던 종합지였다. 이 잡지는 원래 1926년 5월 창간되어 1932년까지 통권 40호를 발행한 『동광』의 후신이었다.[29]

그러나 무엇보다 큰 영향력을 행사하던 잡지가 『사상계』였다는 사실에는 이론의 여지가 없다. 『사상계』는 2만여 명의 정기 구독자를 포함, 당시로서는 엄청난 부수인 7만여 부까지 발행하기도 하였다.[30] 이렇게 지대한 영향력을 행사했던 『사상계』의 이념적 특징들은 이후에 살펴보게 될 것이지만, 우선 지적할 수 있는 사실은 『사상계』 편집에 있어 발행인 장준하의 이념적 방향이 끼친 비중이다.

출판사와 잡지사는 그 본질상 소규모로 출발하기 때문에, 출판사업은 경영과 편집이 분화되지 않는 것이 보통이고 발행인과 편집인도 구분되지 않고 한 사람이 두 가지 역할을 동시에 수행하는 경우가 많다고 한다. 신문사와 방송사에 종사하는 사람은 방대한 조직 가운데 일부분이 되어 맡은 역할을 수행하고 활동하지만, 잡지와 출판은 어느 나라거나 경영주의 개성이 편집에 강력하게 반영되는 매체라는 점이 큰 특징으로 지적된다.[31] 『사상계』를 분석함에 있어 장준하를 거론하지 않을 수 없는 이유도 여기에 있다. 그렇지만 『사상계』의 이념이 장준하 '개인'의 사고에만 국한된 것이 아니었음은 물론이다.

1955년은 『사상계』가 지식인사회에 미치는 영향에 있어 전기가 되는

---

28) 박태순·김동춘, 『1960년대의 사회운동』, 까치, 1991, 198면.
29) 정진석, 「잡지 변천사」, 『신문연구』 68호(관훈클럽), 1998년 가을, 57면. 1926년 당시 동아일보사에 재직 중이었던 주요한이 발행한 『동광』 역시 흥사단의 정신을 구현하는 것이었다. 『새벽』은 1959년 10월에 장이욱이 사장이 되고 주요한은 편집 겸 발행인, 김재순이 주간이 되어 혁신호를 발행하면서부터 『사상계』와 쌍벽을 이루는 종합잡지로 명성을 날리게 되었다고 한다. 정진석, 「인물로 본 한국언론 100년(13)—잡지출판인들」, 『신문과 방송』 260호(한국언론연구원), 1992.8, 70면.
30) 박태순·김동춘, 앞의 책, 198면.
31) 정진석, 앞의 글, 62면.

중요한 해이다. 1955년 1월에 『사상계』는 그 동안의 장준하 1인 편집 체제를 마감하고 새로 주간(主幹) 주재의 편집위원회 체제를 택했다. 초 대 주간에 김성한이 취임하고 편집위원으로는 발행인 장준하를 포함하 여 엄요섭·홍이섭·정병욱·정태섭·신상초·강봉식·안병욱·전택부 가 위촉되었다. 또 그 해 6월호 「학생에게 보내는 특집」 기획을 계기로 이전까지 창간호로부터 계속되던 3천 부 발행부수가 대폭 증가하기 시 작한다.32) 또 그 해 8월호에는 「사상계 헌장(憲章)」이 제정, 발표된다. 10 월에는 그 동안 200여 면 내외이던 지면이 3백여 면으로 늘어났다.

증면에 따라 편집위원회 운영방식을 개편하여 상임편집위원을 두기 로 했다. 편집위원 대부분이 대학교수인데, 상임위원이란 가급적 매일 출근하여 일하는 위원으로, 역사 전공의 김준엽(1959년 10월 개편에서 3대 주 간이 된다)이 사회과학 부분을 맡고, 교양은 철학 전공의 안병욱(1958년 4월 개편에서 2대 주간이 된다)이, 문학예술은 소설가이자 주간인 김성한이 맡은 것이다. 그 해 12월호는 발행부수가 1만3천 부로 늘어났다고 한다.33)

1956년에 함석헌의 글이 기고되면서 1957년 사이에 함석헌과 윤형중 의 논전이 『사상계』를 통해 게재되는데, 이 시기에 발행부수는 4만에 육박하게 된다. 이후 몇 년간 『사상계』는 발행부수 5만 부 선을 기본적 으로 유지한다. "『사상계』를 들고 다녀야 대학생 행세를 하던 풍속"이 이때 생겨났다고 한다.34) 1955년에서 1957년으로 이어지는 『사상계』 발 행부수의 신장은 이 잡지가 지식인사회에서 가지는 영향력의 증대를 의 미하는 것으로 보아야 할 것이다. 1950년대 말 『동아일보』·『조선일보』 등 유력 일간 신문의 발행부수가 겨우 10만 부를 넘지 못하던 때에 『사 상계』의 이러한 획기적인 발행부수는, 이 잡지가 지식인사회에 얼마나 큰 영향력을 미치고 있었는지를 잘 보여준다.35)

32) 박경수, 『재야의 빛 장준하』, 해돋이, 1995, 290면.
33) 박경수, 위의 책, 121면.
34) 박경수, 앞의 책, 291~293면.

일제하 잡지사를 대표하는 기관은 개벽사로 알려져 있다. 일제하의 잡지가 대개 단명한 것에 비해『개벽』은 1920년 7월 창간되어 만 6년간 72호를 발행하여 당시로서는 긴 발행실적을 남겼다.『개벽』은 월간지였지만『조선일보』·『동아일보』와 거의 같은 비중을 가진 언론매체로 인정되었다.[36]『사상계』가 1950년대에 가지고 있었던 비중 역시 이에 비견될 수 있는 것이 아닐까 생각된다.

『사상계』의 필진들이 당대 지식인 집단을 주도하던 최고의 엘리트라는 인식 역시 광범위하게 존재했던 것으로 보인다. 5·16 직후 국가재건최고회의는 자문단체로 기획위원회라는 조직을 두어 운영했는데,[37] 당시 군정세력들은『사상계』와 '전국대학 교원명부'를 놓고 필요하다고 생각되는 인물들을 모두 망라해, 위원에 충당했다고 한다.[38]『사상계』 집단의 영향력을 방증하는 예라고 할 수 있다.

3) 저널리즘과 문학 / 아카데미즘의 결합

문인들이 곧 저널리스트이기도 한 경우, 또한 학자가 곧 저널리스트

---

35) 1950년대 말 대표적인 야당지라 할 수 있는『동아일보』와『경향신문』의 발행부수는 대략 20만 부 내외로 추산되기도 한다(김경일, 「1950년대 후반의 사회이념」,『한국현대사의 재인식』4(정신문화연구원 편), 오름, 1998, 47면). 그렇지만 당시 언론에 종사했던 인사들의 여타 비공식적 증언들에서는 10만 부 선에서 발행되었다는 이야기가 많다.
36) 정진석, 「인물로 본 한국언론 100년(13)-잡지출판인들」,『신문과 방송』260호(한국언론연구원), 1992.8, 66면.
37) 이 기구에 참여한 학자·언론인 등 지식인의 수는 무려 470여 명으로 대부분의 저명한 교수가 망라되었다고 한다. 이 위원회는 정치, 경제, 사회·문화, 재건기획, 법률 등 5개 분과위원회로 구성되었으며, 군정 초기의 정책수립을 위한 자문역할을 담당했다. 홍석률, 「1960년대 지성계의 동향」,『1960년대 사회변화연구』(한국정신문화연구원 편), 백산서당, 1999, 199면.
38) 유혁인, 「박대통령을 움직이는 사람들」,『신동아』, 1964.10, 150면; 홍석률, 「1960년대 지성계의 동향」,『1960년대 사회변화연구』(한국정신문화연구원 편), 백산서당, 1999, 199면에서 재인용.

이기도 한 경우가 많다는 사실은 그러한 시대에 있어 저널리즘의 성격
뿐만 아니라 문학이나 아카데미즘의 성격이 어떠한 것인가에 대해서도
시사하는 바가 있다. 이 점과 관련하여 우선 1950년대에 문인이면서 곧
언론인이었던 사람들, 또한 학자이면서 언론인이었던 사람들의 경우를
살펴볼 필요가 있다.

한국 신문학사에 있어 문인과 언론인을 겸했던 인물들은 정확히 수
를 헤아릴 수 없을 정도이다. 문인과 언론인을 겸할 뿐 아니라 교수까
지 겸했던 사람들로 대표적인 인물들이 염상섭·홍효민·조용만·백
철·안수길·구상·이어령·홍사중 등이다.39)

1950년대 중반 이후에는 언론계에서 문인들이 차지하는 직위 등의
비중이 그 전에 비해 가벼워진다. 직업적인 언론인이 요직을 맡게 되었
기 때문이다. 여기에는 또한 수습기자의 공채제도가 정착되면서 문인들
의 언론계 진출이 어려워진 데에도 원인이 있었다. 따라서 문인언론인
은 주로 문화부에만 남게 되었다. 특히 1960년대 이후에는 문인이 중앙
일간지의 편집국장이나 논설책임자가 되는 일이 거의 없었으나 예외적
으로 김성한과 선우휘는 편집국의 최고책임자가 되었다. 김성한은 1955
년부터 1957년까지 『사상계』 주간을 맡다가 1958년 『동아일보』에 들어
가 논설위원을 거쳐 편집국장(1973), 논설주간(1977)을 맡았다. 선우휘는
1946년 『조선일보』에 입사해 문화부·사회부 기자로 있다가 군장교를
거쳐 『서울신문』과 『한국일보』 논설위원을 지냈고, 1961년 5월 『조선일
보』에 재입사해 논설위원, 편집국장을 맡았다. 오상원도 1960년 『조선일
보』 문화부 기자로 출발, 『동아일보』에서 사회부 기자를 지낸 뒤 논설
위원으로 있었다.40)

언론사의 관점에서 보자면 이른바 '문인언론인'의 존재는 일제하에는

---

39) 정진석, 「인물로 본 한국언론 100년(12)-문인언론인들」, 『신문과 방송』 258호(한국언
    론연구원), 1992.6, 32~33면.
40) 정진석, 위의 글, 37~38면.

일반적 현상이었다가 1950년대 중반 이후 점차 줄어들어 1960년대에 가서는 거의 자취를 감추는 것이 되겠지만, 이를 문학사의 관점에서 보자면 사태가 좀더 복잡하다. 1960년대 이후의 대표적 '문인언론인'인 김성한 · 선우휘 · 오상원은 1960년대 중반 이후에는 문단을 대표하는 작가로 볼 수 없기 때문이다. 따라서 '문인언론인'이 광범위하게 존재한 사실은 문학의 '자율적 장'(적어도 제도적 차원에서는)이 형성되기 이전의 현상으로 해석될 수 있다.41) 이 책의 3장과 4장에서 드러나게 될 바, 이는 1950년대 후반『사상계』지식인 집단에 속하던 비평가 · 작가들이 가지고 있던 문학의 공리적 기능에 대한 강조의 태도와 강한 연관성을 가지는 문제인 것으로 판단된다.

저널리즘과 문학의 관계와 더불어 저널리즘과 아카데미즘의 관계도 검토해 볼 필요가 있다. 아카데미즘과 저널리즘의 구분은 본래 서구적 전통에 의한 것인데, 한국에 있어서는 역사적 사정을 전혀 달리한다. 일제통치 초기 조선의 서구학문 섭취자들은 전문적 영역으로서의 학문 자체를 도입했다기보다 신학문 섭취를 통해 민족역량을 양성하려는 데에 주목적이 있었다. 송건호는 일제하 동경유학생 중심의 '브 나로드'운동도 아카데미즘과 저널리즘이 민족운동의 공간을 통해 융합된 예로 파악

---

41) 해방 이후(해방공간을 포함하여) 부장급 이상의 직위에 있었던 문인언론인 가운데 대표적인 인물들만 각 신문별로 정리하면 다음과 같다.
『대동신문』: 황석우(주필), 『대한독립신문』: 오장환(부사장), 『문화일보』: 김남천 · 김기림 · 김동석(편집고문), 『민주일보』: 이헌구(편집국장) · 김광섭(편집위원), 『민중일보』: 김광섭 · 이헌구(편집국장), 『전남일보』: 이은상(부사장 겸 주필), 『호남신문』: 이은상(사장 겸 주필), 『국제신보』: 이형기(편집장), 『대한일보』: 주요한(회장) · 이형기(문화부장), 『세계일보』: 김광섭(사장), 『영남일보』: 구상(주필), 『경향신문』: 주요한 · 장용학 · 조연현 · 이어령(논설위원) · 염상섭(편집국장) · 김동리(문화부장) · 안수길(조사부장), 『동아일보』: 김성한(편집국장) · 장용학(논설위원) · 서정주(문화부장), 『서울신문』: 박종화(사장) · 홍사중 · 최일수(논설위원), 『조선일보』: 선우휘 · 이어령(논설위원), 『중앙일보』: 홍사중(『여성중앙』주간), 『한국일보』: 신석초 · 선우휘 · 이어령(논설위원), 『대구매일신문』: 구상 · 유치환(논설위원) 등이다. 정진석, 「인물로 본 한국언론 100년(12)—문인언론인들」, 『신문과 방송』 258호(한국언론연구원), 1992.6, 38~39면을 참조.

한다.42) 그는 지식인의 앙가주망이 본래 지성을 통한 참여라고 할 때, 그들의 참여를 위한 공간이 바로 잡지 저널리즘이 될 수 있다고 본다.43)

『사상계』를 통한 아카데미즘과 저널리즘의 결합을 살펴봄에 있어, 『사상계』의 전신인 『사상』의 편집방향에 대한 검토가 우선 필요하다. 1952년 피난수도 부산에서 장준하가 편집을 맡은 『사상』은 문교부 관하의 국민사상연구원의 기관지형식으로 발간된 잡지였다. 『사상』은 1952년 9월 편집 겸 발행인을 이교승으로 하여 국판 134페이지의 잡지로 출발했다. 창간사는 발행인 이교승이 쓰고,44) 축사를 문교부장관 백낙준이 썼다.45) 장준하가 쓴 「편집후기」(「편집후기」 끝의 'C生'은 장준하를 가리킨다)는 그 방향을 다음과 같이 말하고 있다.

> 민족과 인류의 역사가 가장 험난한 고비를 넘기는 오늘날, 우리 앞에는 과거와는 전혀 그 각도를 달리하는 고민과 과제가 놓여 있으니, 이 고민과 과제를 해결하고 이 겨레의 활로를 개척함에는 선인들의 경험과 아울러 새스럽고 또는 넓고 깊은 세계적인 사고가 요청된다. 『사상』은 실로 이러한 역사적 사명을 느껴 나서게 되는 바이므로, 그 편집에 있어서도 특히 연구적이며 이념적인 것에 치중하였다.46)

「편집후기」에서 보듯이 이 잡지는 '이 겨레의 활로 개척'을 위해 '선인들의 경험과 아울러 세계적인 사고'를 필요로 한다고 하고, 편집방향은 '연구적이며 이념적인 것'으로 잡았다. 다시 말하면 역사·철학·윤리

---

42) 송건호, 「저널리즘과 아카데미즘」, 『세대』, 1969; 송건호, 『민족지성의 탐구』, 창작과 비평사, 1975, 131면.

43) 송건호, 위의 책, 132면.

44) 이교승 명의로 되어 있으나 사실은 서영훈이 쓴 것이라고 한다. 『광복 50년과 장준하』, 장준하선생 20주기추모사업회, 1995, 62면.

45) 백낙준은 『사상계』 전신인 『사상』 창간 때부터 문교부장관으로 뒷받침을 했고, 장관직을 물러난 후에도 장준하가 단독으로 『사상계』를 창간할 때에 재정적으로 도움을 주었을 뿐만 아니라, 거의 매호 계속해서 논문들을 집필하고 편집의 자문 역할을 담당했다고 한다. 정진석, 「『사상계』와 장준하」, 『정경문화』 222, 1983.8, 168면.

46) 『사상』, 1952.9(창간호), 134면.

등의 학술연구지의 성격을 지닌 논문을 통해 민족주의이념의 확립과 함께 민주주의사상의 앙양을 목표로 내세운 것이다.47) 지식의 기능에 대한 장준하의 이러한 생각은, 학문이 단지 '진리 탐구'에만 머무는 것에 대한 비판적 인식과 결부되어 있다. 그는 순수 아카데미즘에 대하여 부정적 인식을 가지고 있었던 듯하며, 구국·재건의 방략으로서 학문적 '진리'가 제 기능을 발휘해야 한다고 생각했다. "「진리」가 가져올 것은 공통된 염원인 자유와 평화이다. 이로써 인류사회는 향상하고 발전할 것이다. (…중략…) 진리, 이는 곧 구국의 원칙이요, 재건의 방략이며, (…중략…) 우리는 이 「진리」 탐구를 위하여, 「진리」 실현을 위하는 해로 이 해를 맞으련다."48) 이는 초기 『사상계』 편집의 목적·이념을 드러내 보이는 것으로, 초기 『사상계』가 저널리즘과 아카데미즘의 결합 형태였음을 분명히 알 수 있게 한다.

『사상계』 발행 초기에 장준하는 『사상계』 외에 몇 개의 학술지들을 위탁받아 제작하고 있었다. 『국어국문학』·『교육문화』·『역사학보』·『진단학보』·『철학』 등이 그것들이다. 『교육문화』는 1953년 8월 부산에서 한국교육문화협회 기관지로 창간되어 2호 발간 후, 12월부터 사상계사가 제작을 맡아 1956년 1월호까지 발간하였다. 『역사학보』는 소장학자들의 모임인 역사학회의 기관지로 1952년 9월에 창간되어 4집까지 발행한 것을 1953년 8월에 사상계사가 인수하여 제5집부터 제작을 맡은 것이다. 『진단학보』는 1947년 제15호부터 복간되었던 국학관계 최고 권위의 학술지였다. 1949년 1월에 16호를 낸 후 중단되었던 것이 제17호부터 사상계사가 제작을 맡은 것이다. 『국어국문학』은 국어국문학회의 기관지로,

---

47) 정진석, 「『사상계』와 장준하」, 『정경문화』 222, 1983.8, 163~164면. 이러한 편집 방침을 떠나서라도, 실제 『사상계』에 실린 글들을 보면 학술논문과 평론의 중간적 성격을 가진 것들이 많다. 순수 학술의 영역보다는 좀더 폭이 넓고, 평론으로 보기에는 내용이 '딱딱하고 어려운' 글들이 많은 것이다. 『사상』에서 시작되어 『사상계』에까지 이어진 이러한 편집 경향은, 1950년대에 일관되게 나타나며 1960년대 초까지도 그 흔적을 가지고 있다.
48) 「권두언」, 『사상계』(1954.1), 『장준하 전집』 2, 세계사, 1992, 33면.

처음에는 16페이지의 월간지로 모두 12호가 발행된 뒤 잠시 중단되었던 것인데, 사상계사가 제작을 맡으면서 통권 13호부터는 258페이지의 본격적인 학술지로 체제를 갖추었다.[49)]

또한 『사상계』 자체가 학술논문 발표와 학문적 논쟁의 장이 되기도 했다. 본격적 학술논문이나 박사학위 논문의 요약문이 실린 경우도 있고, 그러한 논문의 내용에 대한 학문적 반박도 이루어졌다. 1954년 하반기에 허웅·정경해·이숭녕 사이에 일어난 국어 철자법 개정과 관련된 논쟁, 1957년 5월호 이후의 이숭녕과 김태오 사이의 대학사회 행정과 관련된 논쟁, 김사엽의 고전문학 박사학위 논문에 대한 정병욱의 비판(1957.9~10), 양주동의 고전문학 논문에 대한 이숭녕의 국어학적 반박(1958.11), 황산덕과 백남억 사이의 법학 관련 논쟁(1959.11) 등이 대표적 예이다.

『사상계』 초기의 사고(社告)를 보면, 정치·경제·사회·종교·역사·문예 방면의 "학술 연구논문"을 원고로 모집하고자 했음을 알 수 있다. 『사상계』가 특히 초기에는 매체의 특성과 관련하여 명백히 아카데미즘과 저널리즘이 결합된 형태였던 것이다. 국내의 학술 연구논문 외에도 '번역' 논문 및 '번역' 문예물을 모집하고 있는데,[50)] 이 책의 4장 1절에서 살펴보겠지만 실제로 외국소설이나 에세이가 상당수 번역되었으며 이러한 경향은 1960년대까지 지속된다. 이는 『사상계』 이념의 한 축이 '선진화된 문화'를 지향하고 있었다는 사실과 연관되는 문제일 것이다.[51)]

『사상계』라는 매체를 떠나 담론형식의 차원에서 볼 때, 1950년대는 이른바 '에세이 철학'의 유행이 시작되었던 시기라는 점도 하나의 특징

---

49) 정진석, 앞의 글, 168면.

50) 『사상계』, 1953.7, 246면.

51) 1950년대 중반 오영진의 『문학예술』도 편집에 있어 외국문학을 강조하고 있었다. 오영진은 평양 출신으로 『사상계』와도 깊숙한 관련을 맺고 있었다. 1961년부터 1964년까지 『사상계』의 주간을 맡았던 양호민을 처음 장준하에게 소개한 사람도 오영진이었다(『광복 50년과 장준하』, 장준하선생 20주기추모사업회, 1995, 23~24면). 실제로 『문학예술』은 사상계사와 사무실을 함께 쓰기도 했다.

적 사실이다. 안병욱·김형석·김태길 등이 이러한 경향의 대표자들이다. 이들의 저술에 대하여 그 학문성을 문제삼는 의견도 있는 듯하나,[52] 다른 각도에서 보면 철학이 강단화·전문화의 단계로까지 완전히 나아가기 전의 현상으로 해석될 여지가 있다. 현대문학에서 아카데미즘의 영역이 확고하게 자리잡는 시기와 철학이 그러한 영역을 구축하는 시기가 1960년대 이후라고 보게 되면, 1950년대는 문학 담론과 철학 담론이 부분적으로 혼효되어 있던 때로 보인다. 각각의 아카데미즘의 영역이 제도적인 전문성을 얻으면서 형성되기 이전이었던 것이다. 에세이라는 형식 역시 그렇게 혼효된 담론을 담아내기에 적합했던 것으로 보인다. 실제 1950년대 후반『사상계』편집에 있어서 에세이란의 비중이 가볍지 않음을 통해서도 이를 확인할 수 있다.

이러한 사실들을 통해 판단하건대, 1950년대『사상계』의 위치는 한국 공론영역의 장을 확보하는 매체였으며, 이 매체를 통해 문학과 아카데미즘의 한 줄기가 공론영역의 장에서 핵심적인 위치를 점하고 있었던 것으로 생각된다. 이는 앞으로 3~4장에서 살펴보겠지만, 이 시기 문학의 특성을 규정하는 중요한 요소였던 것이다.

2. 『사상계』 지식인 집단의 이념적 계보

1) 일제하 '문화적 민족주의'와 '월남 지식인'의 이념

일반적으로 전후의 지식인들은 이전 세대, 정확히는 일제하 지식인들

---

52) 이한우, 『우리의 학맥과 학풍』, 문예출판사, 1995, 112~115면.

과 단절된 존재로 스스로를 인식했으며 이러한 평가는 그 이후로도 하나의 통념으로 남아 있는 듯하다. 그렇지만 김성식은 1961년에 『사상계』에 기고한 글에서 해방 이전 지식인들과 이후의 지식인들을 완전히 단절되는 존재로 볼 수 없다고 말한다. 그는, 해방 전과 후의 지식인들이 현실에 대한 태도에 있어서는 차이를 보여 주었음에도 '이념적'으로는 계승되는 면이 있다고 보았다. 일제시대 지식인들의 활동이 여러 갈래로 갈라졌다고 하더라도 "공통적 배경은 민족주의 사상이었다"는 것이다. 이러한 지식인들의 민족주의는 3·1운동 직후 절정에 이르렀고(실제로 이 시기는 문화적 민족주의의 절정기이기도 하다), 일제 말기에 표면상 사라졌지만 한번도 중단된 적이 없었다는 것이다.53)

그는 "해방 이후 지식인의 사상 배경은 민주주의와 자유주의가 되었다"고 말한다. 그의 이야기대로라면 해방과 함께 즉 '독립'의 과제가 사라진 이후, 지식인들의 새로운 사상배경으로 민주주의와 자유주의가 등장했다는 이야기가 된다. 김성식의 이러한 언급 뒤에는 뭔가 내막이 있을 법한데, 월남 지식인의 지역적 연고를 살피기 이전에 이 절에서는 우선 그 이념적 뿌리를 살핌으로써 그 내막을 캐어볼 것이다.

이용성은54) 다음과 같이 추정한다.

　(『사상계』의 이념이-인용자) 최남선과 이광수의 계몽주의를 계승했다는 뚜렷한 근거는 없지만 1950년대 『사상계』가 보여준 민족성에 대한 관심이나 국토개발에 대한 관심 등은 『사상계』의 잡지이념이 문화 계몽주의의 흐름 속에 있는 것이 아닌가하는 추정을 가능하게 한다.55)

그렇지만 이용성은 두 집단의 실제적 연관에 대해서는 의문을 제기

53) 김성식, 「한국 지식인의 현재와 장래」, 『사상계』, 1961.9, 77면.
54) 이용성은 현재 정진석과 함께 『사상계』에 대한 거의 유일한 연구자이다.
55) 이용성, 「『사상계』의 지식인과 잡지이념에 대한 연구」, 『출판잡지연구』 5호(출판문화학회), 경인문화사, 1997, 68면.

한다. 그는 장준하의 잡지이념과 인맥에 대한 정진석의 견해에 대하여 유보적 판단을 내린다. 정진석은, 장준하가 근대화를 위한 민족계몽의 전위 역할을 했다는 점에서 최남선의 계몽잡지이념을 계승했다고 보았는데, 이에 대해 이용성은 그 연관이 모호하다고 보는 것이다. 또한 이용성은 이에 더하여 장준하의 인맥이 '오산문화'·'한신문화' 등을 만들어 내면서『사상계』와 1970년대『씨올의 소리』편집위원회로 계승되었다고 보았다.56)

　이용성의 이러한 견해는 조금 의문스러운 바가 있다. 이용성이 모호하다고 본 최남선과 장준하의 잡지이념의 연관은,『사상계』지식인 집단의 중추 세력이 공유하고 있던 의식이 이념적으로나 지역적으로 1920년대의 문화적 민족주의의 변형태로 간주할 수 있다는 점에서 그 연관성을 인정할 수밖에 없는 것으로 보인다. 또한 장준하의『사상계』인맥이 1970년대『씨올의 소리』로 이어진다고 본 점도 검토가 필요한 부분이다. 함석헌을 위시한 한신 계열이 1970년대 저항문화의 축을 형성하는 것은 사실이지만, 이 계열은 최소한 1950년대와 1960년대 초반까지는『사상계』지식인 집단 가운데 '하나의' 축이었을 뿐이며, 1960년대 중반 이후에야 기존의『사상계』집단이 분열을 일으키게 되기 때문이다. 이는 한국사회의 변동과도 맞물려 있는 문제로서 이러한 변화를 간과할 경우 1950년대『사상계』의 성격을 1960년대 중반 이후의『사상계』, 1970년대의『씨올의 소리』의 연장선에서 역으로 소급해 들어가게 되는 문제점을 내포할 수 있다. 이 문제와 관련하여 우선 1920년대 문화적 민족주의와 1950년대『사상계』집단의 이념 사이의 유사성에 대해 살펴볼 필요가 있겠다.

　1920년대 안창호를 위시한 문화적 민족주의자들은 미래의 독립을 위한 바탕을 마련하기 위해 민중의 민족주의의식을 고취하면서 새로운 가

---

56) 이용성,「『사상계』의 지식인과 잡지이념에 대한 연구」,『출판잡지연구』5호(출판문화학회), 경인문화사, 1997, 57면.

치와 기술을 배양하기 위한 수단으로서 교육과 계몽사업의 중요성을 강
조했다. 이들은 지식인을 주체로 하는 계몽 및 정치적 '참여'를 주장한
것이다.57) 요컨대 문화적 민족주의는58) 서양을 모델로 한 세계주의를
표방하면서 근대적 지식 엘리트가 주체가 되어 교육·계몽을 통한 정신
개조를 기반으로 민족의 문화·사회·경제적 자강을 목표로 하는 이념
이라 규정할 수 있겠다. 여기에는 목표로서 민족의 근대화, 그 모델로서
서양, 방법으로서 교육과 계몽, 행위 주체로서 지식인 엘리트, 그 기반
으로서 정신주의가 표방되어 있는데, 아래에서는 이러한 이념이 1950년
대 『사상계』 지식인에게 계승되는 측면을 『사상계』 권두언 등을 근거로
하여59) 각 항목 별로 살펴볼 것이다.60)

　이 문제들을 살펴보기 전에 부연되어야 할 점이 두 가지 있다. 이 이

---

57) M. Robinson, 김민환 역, 『일제하 문화적 민족주의』, 나남출판, 1990, 121~122면.

58) 1920년대 당시 언론은 민족주의 단체들이 추진하는 다양한 문화·교육운동 계획을
"문화운동"이라고 지칭했다. "문화파"라는 용어는 이러한 운동에 대해 좌파 비평가들
이 조롱하여 사용한 것이다. M. Robinson, 김민환 역, 『일제하 문화적 민족주의』, 나남출
판, 1990, 106면.

59) 『사상계』의 권두언이 장준하 개인의 생각이 아니라 『사상계』 집단의 이념을 대표하
는 것이라 말할 수 있는 근거는 충분하다. 『사상계』 권두언 가운데 장준하 기명이 아닌
무기명 권두언도 100편 가량이나 된다(『광복 50년과 장준하』, 장준하선생 20주기기념
추모사업회, 1995, 559면). 1958년에 김성한을 이어 『사상계』의 2대 주간이 되었던 안병
욱에 의하면, 장준하는 글쓰는 일에 능하지 못했다고 한다. 김성한이 주간으로 있던 시
절, 『사상계』의 권두언은 거의 김성한이 썼다고 하며, 안병욱도 4편 정도의 권두언을
썼다고 한다. 또한 권두언의 제목과 내용을 결정하는 문제도 편집회의에서 충분히 논
의를 거쳤다고 한다(같은 책, 79면).

60) 민족주의라는 개념의 용례 중 하나는 이데올로기와 관련하여 사용되는 경우이다. 이
런 의미로 사용할 때, 민족주의란 민족을 탁월한 국민적 집합체로 강조하기 위해 창출
된 이데올로기를 의미한다. 이러한 의미의 민족주의 사상가들은 하나의 민족국가를 창
조하려는 목표를 세우고 이를 위한 정치강령을 내세운다(M. Robinson, 김민환 역, 『일제
하 문화적 민족주의』, 나남출판, 1990, 28면). 이 책에서도 이러한 관점에 입각하여, 국
가의 자주 혹은 독립을 유지하거나 확보하기 위한 강령을 창출하여 민족적 주체성을
추구하거나 표현하는 이데올로기 운동으로 민족주의를 정의하고자 한다. 이러한 규정
에 있어 지식인의 역할은 모든 민족주의 운동에 있어서 거의 필수 요소라 해도 과언이
아니다. 민족을 정의하고 거기에 상징적 가치를 부여하는 역할을 하는 것이 지식인들
이기 때문이다(M. Robinson, 같은 책, 29면).

넘적 계보의 원류라 할 수 있는 한말 자강파에 대한 언급이 그 하나이고, 또 다른 하나는 한국의 문화적 민족주의와 인도의 문화 민족주의와의 차이문제이다. 사회진화론의 영향과도 관련이 있는 첫 번째 문제는 1950년대 후반『사상계』지식인 집단이 가지고 있던 사유의 근저를 드러내는 데에 의미가 있다. 두 번째 문제는 1950년대 이후 1960년대 전체에 걸쳐 한국사회의 근대화 방향을 예고하는 중요성을 지닌다.

　한말 애국계몽운동은 주지하다시피 박은식·김옥균 등 개화계 지식인들에 의해 추진된 것이다. 이들 개화 사상가들은 성리학적인 학문의 기반 위에서 전통적 교양을 쌓았지만, 세계사의 움직임을 민감하게 바라보면서 개방을 통해 부국강병을 꾀해 보려는 일군의 지식인들이었다. 명확하게 구분되는 것은 아니지만, 개화 초기에 일본을 모델로 하여 반봉건·개혁을 추진하려던 세력인 급진 개화파에 비해 중국의 변법운동을 모델로 하여 개화 후기에 개혁을 추진하던 세력을 자강파라고도 하는데, 이들 온건 개화파를 중심으로 한 자강파가 한말 애국계몽운동의 실질적인 추동 세력이 되었다. 이들 자강파의 사상 가운데 주목할 만한 것은, 이들이 국권수호의 방법으로 '민권의 신장'을 주장한다는 점이다.[61] 국권론과 함께 주장되던 이 민권론의 계보는 사실상 1950년대 지식인 담론에 있어서 가장 기초적인 부분을 형성하게 된다.

　한말의 자강사상이 배태된 배경에 H. 스펜서의 사회진화론의 영향이 있었음은 잘 알려진 사실이다. 인간사회의 적자 생존을 주장하는 사회진화론은, 자본주의와 제국주의가 발전함에 따라 그것을 합리화해 주는 이론으로 발전하면서 점차 강자의 논리로 변화되어 가게 된다. 그런데 한말의 지식인들은 제국주의 강대국들이 침략의 정당성을 합리화하는 논리인 사회진화론을 수용하여 약자의 자기 방어, 주체성 강화의 논리로 변형했다. 다시 말해서 한국에서는 사회진화론이 서구에서 주장한

---

61) 이만열, 「한말, 일제 강점기의 지식인」, 『한국의 지성 100년』(장회익 외), 민음사, 2001, 37~38면.

것과는 매우 모순되게도 침략을 받고 있는 약자가 강자로 되기 위한 자강주의적 행동의 필요성을 설명하는 이론으로, 민족이 비관적 도태의 위기에서 탈출해야 한다는 구국의 계몽주의 논리로 변형된 것이다.[62]

이것이 이후에 안창호에게 오면서 "우리 민족의 지식과 세력이 열(劣)하고 약하여 민족간의 경쟁에서 패자(敗者)의 위치에 서게 됨으로써 일제에게 국권을 빼앗겨 민중은 이제 일제의 노예가 되고 종족이 소멸의 지경에 이르렀다"고 주장된다. 그렇다면 승리를 위해서는 결국 스스로를 강하게 하는 도리밖에 없는 셈이고, 이러한 배경에서 자강사상이 배태되었다고 할 수 있다. 따라서 자강의 방식은 논리적으로 점진론 밖에 없는 것이고, 그 실천방법은 교육과 계몽운동이 되는 것이다.[63] 진보를 바라보는 이러한 시각은 1950년대 지식인의 주류 담론으로 그대로 계승되는 것으로 보인다.

두 번째 문제인 한국의 문화적 민족주의가 지닌 특성과 연관해서, 인도 민족주의와 한국 민족주의를 비교한 로빈슨의 견해가 시사하는 바가 있다. 로빈슨은 다음과 같이 말한다. "(한국의) 일부 문화적 민족주의자들은 당시 인도의 민족주의 운동에서 많은 영감을 얻은 것으로 보인다. 영국이 인도 국민의회파에 양보하여 자치권을 허용한 것이 민족개조운동을 주장하던 문화적 민족주의자들에게 좋은 모델로 이해되었던 것이다."[64] 문화적 민족주의자들은 그들의 계획을 인도의 간디 노선과 비교하곤 하였다. 특히 물산장려운동의 경우가 그러한 생각이 두드러지게 나타나는 케이스인데, 이 운동의 지도자들은 간디의 국산품운동과 한국의 물산장려운동이 매우 유사하다고 강조했다. 그러나 한국의 물산장려운동 지도자들은 궁극적으로 일본이나 서양과 대등한 자격으로 경쟁할 수 있도록 한국 자본주의를 강화하려고 했다는 점에서 간디의 국산품운

---

62) 이만열, 위의 글, 48~49면.
63) 이만열, 앞의 글, 50~51면.
64) M. Robinson, 김민환 역, 『일제하 문화적 민족주의』, 나남출판, 1990, 128면.

동이 지닌 상징적 의미를 이해하지 못하고 있었다. 간디를 정점으로 한 인도 민족주의자들의 사상은 인도를 서양과 같이 만드는 것이 아니라, 서구문명을 기준으로 한 경쟁으로부터 인도를 해방시키고자 한 것이었다.[65] 인도의 근대화는 서구화와 그에 대한 '반동'을 포함하는 독특한 과정이었던 것이다. 일반적으로 한 사회의 근대화가 고등교육과 연계되어 있음은 상식에 속하는 사실인데, 인도의 경우에는 고등교육의 양적 증가가 근대화를 보장하지 않았던 것이다.[66]

인도의 민족주의 지식인들이 국가의 해방을 식민정부의 즉각적인 전복이 아니라 '점진적으로' 달성할 목표로 간주했다는 점에서는, 한국의 문화적 민족주의와 유사한 면이 분명히 있다. 이들 인도 지식인들 역시 제국주의에 자국이 패한 것이 사회 · 경제 · 정치적으로 '허약'했기 때문으로 진단하고 인도를 재건할 수 있는 서구 교육의 도입을 적극적으로 지지했다. 그렇지만 간디가 전형적으로 보여주고 있듯이 인도의 지식인들은 식민주의 근대화에 대해 양가적 입장을 가지고 있었다.[67] 브라만과 상층 카스트가 주류인 이 새로운 엘리트들은 인도의 전통에 매료되었고 인도문화의 지속성을 유지하는 방향으로 '민족주의 운동'을 전개했던 것이다. 요컨대 인도 민족주의는 서구 모델의 전면적 채용이 아니라 전통적인 정체성에 일부 기반을 두었던 것이다.[68]

---

65) M. Robinson, 김민환 역, 『일제하 문화적 민족주의』, 나남출판, 1990, 165면.
66) 이옥순, 「대학교육과 인도의 근대화」, 『아시아의 근대화와 대학의 역할』(한림대학교 아시아문화연구소), 한림대 출판부, 2000, 26~28면.
67) 서북 지식인들의 문화적 민족주의가 인도의 문화적 민족주의를 일정 부분 오해했다 하더라도 간디의 사상이 그들에게 끼친 영향력이 컸음은 분명한 것으로 보인다. 함석헌의 경우 오산학교 학생으로 있을 때부터 간디가 주관하던 잡지 『젊은 인도(Young India)』를 정기적으로 읽은 바 있었다고 한다(김성수, 『함석헌 평전』, 삼인, 2001, 103면). 1958년에 함석헌은 간디 공부 모임을 만들기도 했으며 1964년에는 영어판 「간디 자서전」을 우리말로 번역했다. 그는 특히 간디의 비폭력주의 정신에 매료되었다고 하며, 간디의 아슈람 공동체(Ashram Community)를 모델로 1957년 3월 씨알농장이라는 이름의 공동체를 천안에 설립하게 된다(김성수, 같은 책, 104면). 함석헌의 이 씨알농장은 선우휘 소설의 모델이 되기도 했으며 흥사단 관계자들이 수시로 드나들던 곳이었다.

이러한 '문화적 민족주의' 이념을 어떻게 평가할 것인가 하는 문제가 있다. 그 한계에 대한 비판을 일단 차치하고 생각한다면, 이 문제에 대한 로빈슨의 견해는 시사하는 바가 있다. 그에 따르면 인도는 영국의 식민지배를 거부하기 위해 자본주의나 근대화까지도 부정하고 전통주의로 회귀했는데, 그 결과 인도는 2차 대전 이후에도 전근대적 틀을 벗어나지 못했다는 것이다. 이에 반해 한국은 식민 치하에서도 물산장려운동 등 실력양성론이 우파 지식인 집단의 중요한 사상적 기반을 이루었음으로 인해 1960년대 이후 산업화를 이룰 수 있었다는 것이다.[69] 1960년대 이후 산업화의 정신적 기반으로서 한국의 문화적 민족주의를 거론하는 로빈슨의 견해에는 하나의 중요한 징검다리가 필요한데, 1950년대 지식인 담론이 그것이 된다. 1950년대 지식인 담론은 '근대화'를 어떻게 규정할 것인가 하는 문제와 관련하여 1960년대 중반 이후의 지식인 담론의 분열 가능성까지도 내포한 것이라고 판단된다.

(1) 목표

1955년 1월에 김성한 주간 중심의 편집위원회가 구성되면서[70] 공식화된 『사상계』 편집방향은 다음과 같다. ① 민족의 통일문제 : 민족 최고의 이상이며 지상 과제로 통일을 들었다. ② 민주사상의 함양 : 민족의 통일과 번영의 기본 바탕으로 보았다. ③ 경제발전. ④ 새로운 문화의 창조 : 현대화의 과제와 함께 제시되었다. ⑤ 민족적 자존심의 양성 : 식민 지배로 인해 비굴해진 민족성을 청산하기 위한 과제로 제시되

68) 이옥순, 앞의 글, 46~48면.
69) 김민환, 「일제 통제, 민중 불신으로 언론운동 좌절-구한말과 일제강점기」, 한국언론연구원, 『신문과 방송』 349호, 2000.1, 58~59면.
70) 김성한이 주간을 맡고, 편집위원은 장준하를 포함하여 엄요섭·홍이섭·정병욱·정태섭·신상초·강봉식·안병욱·전택부로 구성되었다. 이 해 3월 김준엽이 영문학자 한교석과 함께 새로 편집위원으로 참여했는데, 이를 계기로 상임편집위원제를 두었다. 상임편집위원은 김성한·안병욱·김준엽이 맡았는데, 김준엽이 사회과학, 안병욱은 교양, 김성한은 문학·예술을 담당하도록 했다.

었다.

1955년 8월호에는 『사상계』의 발행정신을 천명하는 「사상계 헌장」을 제정하여 권두에 게재했다.[71] 이 헌장은 『사상계』 발행의 의도가 무엇인지를 집약적으로 보여준다.

이 至重한 시기에 처하여 현재를 해결하고 미래를 개척할 민족의 동량은 (…중략…) 청년이요, 학생이요, 새로운 세대임을 확신하는 까닭에 본지는 순정무구한 이 대열의 등불이 되고 지표가 됨을 지상의 과업으로 삼는 동시에, (…중략…) 우리의 전통을 바로잡고, (…중략…) 만방의 지적 소산을 매개하는 公器로서 자유, 평등, 평화, 번영의 민주사회 건설에 미력을 바치고자 하는 바이다.

이 「사상계 헌장」에 드러나는 중요한 요소들을 몇 가지 지적해 보면, 우선 민족 발전의 주체를 "새로운 세대"로 잡은 점, 이 새로운 세대를 계몽, 교육함에 『사상계』의 과제가 있다는 점(이는 또한 『사상계』가 청년 '지식인'을 독자 대상으로 삼는 매체임을 의미하는 것이기도 하다), 전통의 비판과 개혁을 의도한다는 사실, 궁극적으로 "민주사회 건설"을 목표로 한다는 점 등이다. 한 마디로 이는 '민족의 근대화'의 과제라 할 만한 것인데, 이 근대화의 문제와 관련하여 우선 경제적 근대화가 중요한 목표로 설정된다.[72] 장준하는 다음과 같이 말한다.

---

71) 이 「사상계 헌장」은 김성한이 쓴 글이다. 김성한은 장준하를 대신해 권두언도 많이 썼다고 한다(『광복 50년과 장준하』, 장준하선생 20주기기념추모사업회, 1995, 16면). 특히 문학예술 관련 권두언들은 김성한이 주로 썼을 것으로 추정된다.

72) 1960년대 초반까지도 정치·경제·문화 전반의 근대화, '건설'이 지식인층의 논의에서 화두가 되고 있었음은 분명하다. 장준하는 1961년 2월호 권두언에서, "우리가 바라는 것은 (…중략…) 전진하는 조국이다. 그리고 그러한 조국의 건설은 근로 없이 불가능하다는 것을 (…중략…) 근로 없이 안정된 정치가 있을 수 없고, 근로 없이 자립경제가 있을 수 없고, 근로 없이 우리 조국의 민주주의적 통일의 기반이 있을 수 없다는 간단한 진리"를 역설한다(「권두언」(1961.2), 『장준하 전집』 2, 세계사, 1992, 225면). 또, 그해 3월호의 권두언에서도 "자유는 정치적 면에서 경제적 사회적으로 확대되지 않으면 안되며 그 물질적 기반으로서 힘찬 경제적 건설이 수반되어야 하고 그 정신적 토대로서 국민의 기강이 확립되어야 함은 물론이다. (…중략…) 우리의 3·1 정신이 퇴영적

우리는 봅니다. 정치적으로 경제적으로 문화적으로 나날이 향상의 길을 달리고 있는 나라들과 민족들을, 그들은 뚜렷한 이상을 받들고 그 이상을 향하여 군건한 의지를 가지고 모두들 자기의 한 몸을 아끼지 않고 부지런히 노력하고 있습니다. (…중략…) 우리는 또한 「이상」을 갖지 못한 나라와 민족이 정체와 굴욕 속에 낙오하고 있는 것을 보았습니다. (…중략…) 우리 민족의 경우를 생각해 봅시다. (…중략…) 경제부흥을 외치는 뒤에 요정의 호화로운 연석이 없고, 화려한 점포의 지나친 단장이 없고 신사숙녀의 과분한 옷차림은 없는지요? 또 관공청은 필요 이상 으리으리하지 않은지요? 이것을 경제부흥으로 보아야 할 것인지요? …… 다시 한번 우리의 이상을 맑은 가슴에 지니고 피땀을 흘려 일하고 또 일해야 할 줄 압니다.[73]

기본적으로 이러한 논리는 박정희 정권의 공적이라 통념적으로 일컫는 '경제적 근대화'의 기반이 원래 어디서 연유한 것인지를 암시하는 대목이다. 이제까지 경제개발계획은 군사 정권의 전유물인 것처럼 알려져 왔으나, 사실은 이미 1950년대 후반부터 경제개발 계획이 입안되었으며, 군사정부의 계획은 그 내용의 일부를 계승하고 있었다.[74]

1960년 4월혁명 이후 세워진 민주당 정부 시기에, 민간주도형 경제개발론자들이 경제정책을 결정하는 중요한 지위를 점했다. 『사상계』의 장준하가 국토건설단[75] 단장이었으며[76] 『사상계』 편집위원이던 신응균ㆍ

상태에서 위축하지 않고 적극적으로 전진하려면 이것은 후진성 극복의 열의와 결부되어야" 한다고 했다(「권두언」(1961.3), 『장준하 전집』 2, 세계사, 1992, 228면).

73) 「권두언」(1955.1), 『장준하 전집』 2, 세계사, 1992, 42~44면.

74) 박태균, 「1956~1964년 한국 경제개발계획의 성립과정」, 서울대 국사학과 박사논문, 2000, 147면. 유경환 등 『사상계』에 종사하던 당시 증언자들에 의하면, 군사정부의 초기 경제개발 계획은 사실상 장준하의 플랜을 그대로 '베낀' 수준이라고 한다.

75) 국토건설단으로 불리었으나, 실제 행정체계상으로는 국토건설본부(장면이 직접 본부장을 맡고 있었다)가 정식 명칭이라고 할 수 있다. 제2공화국에서 장면의 국토건설본부는 기획, 관리, 기술, 조사연구의 4부로 구성되어 있었다. 기획부장은 장준하, 관리부장은 신응균(필명 '오몽', 『사상계』 편집위원), 기술부장에 최경렬, 조사연구부장은 이만갑(『사상계』 편집위원)이 담당했다(『광복 50년과 장준하』, 장준하선생 20주기기념추모사업회, 1995, 105면). 장면이 본부장이었으나 실제 대표자는 장준하였던 셈이며, 이런 연유로 해서 장준하가 국토건설단 단장으로 이해되었던 듯하다. 국토건설본부는 사실

이만갑·최경렬 등도 국토건설사업에서 중요한 부서를 맡았다.[77] 박태균
에 의하면, 1950년대를 통해 가장 두드러지게 나타나는 경제개발 계획론
은 자유주의 경제이론에 근거하는 '민간주도형' 경제개발론이며『사상
계』집단과 민주당 신파들이 이 시기 민간주도형 경제개발론을 주장한
대표적 그룹이라고 한다. 민주당 신파였던 주요한 역시 이러한 입장을
가지고 있었는데, 박태균은 주요한이 이러한 생각을 가졌던 배경에 안창
호, 이광수의 실력양성론, '정신개조론'이 있었기 때문으로 해석한다.[78]

1950년대 후반 이후 미국의 후진국 전문가들 중 특히 로스토우(W.
Rostow)의 근대화론은 미국의 대외정책 뿐 아니라 실제 한국의 지식인들
에게도 상당한 영향력을 끼쳤던 것으로 보인다.[79] 로스토우는 미국의
대외정책이 군사원조와 유럽을 중심에 두는 것에 대하여 비판하면서 후
진국에 대한 경제개발 원조를 새로운 대안으로 제시했다. 로스토우는
후진국의 가장 중요한 특징으로 이들이 식민지 경험을 통해 강력한 민
족주의를 형성시켰다는 점을 들었다. 그는 이러한 민족주의야말로 후진
국 근대화의 힘을 추동할 수 있는 최고의 동력으로 작동할 수 있다고
보았다. 그는 미국이 이러한 나라들에 경제개발 원조를 한다면, 여기에
기반해 후진국 민족주의가 근대화와 경제개발을 실행할 수 있는 동력이
될 것이라고 보았던 것이다.[80]

로스토우는 후진국에서 경제개발 원조가 경제성장으로 연결되기 위

상『사상계』그룹이 이끌어 나간 것이다.
76) 민주당 정부의 경제정책 중 가장 주목을 받은 것이 국토건설단 사업이었다. 박태균,
「1956~1964년 한국 경제개발계획의 성립과정」, 서울대 국사학과 박사논문, 2000, 165면.
77) 박태균, 위의 글, 159면.
78) 박태균, 앞의 글, 39~46면.
79) 1960년을 전후하여 로스토우의 글이 국내에 많이 소개되고 있다.『사상계』의 경우
1960년 1월부터 로스토우의 글이 집중 연재되는데, 3월호에는 심지어 두 편이나 번역
소개되고 있다. 로스토우의 제3세계 경제적 근대화이론이 당시 지식층에 상당한 영향
력을 미쳤음을 실감하게 한다.
80) 박태균, 앞의 글, 102~111면.

해서 후진국 내부의 사회개혁이 필요하다고 주장했다. 그 방향은 전(前)
자본주의적 생산관계의 절연, 부패 개혁을 위한 정신개혁이 되어야 하
며, 이를 위해서 지식인-상인-군인 연합의 '새로운' 사회지배 세력이
나타나야 한다고 보았다. 결국 후진국의 경제개발 계획을 위해 강조된
것은 근대화를 이끌어 낼 '새로운 지도세력'의 필요성이었다.[81] 이 새로
운 지도세력에 대한 요구는 1950년대 후반 지식인 사회 전반에서 일어
났던 '세대론'의 외적 조건으로 기능했을 것으로 판단된다.

　『사상계』 지식인의 근대화론이 문화적 민족주의 계보에 닿아 있다면,
그것은 문화 민족주의의 이념적 특성상, 의식의 근대화, 문화의 근대화
의 내용을 포괄할 수밖에 없다. 『사상계』 1956년 9월호의 권두언은 『사
상계』의 근대화론이 궁극적으로 '의식의 근대화'에 초점이 맞추어져 있
는 것임을 잘 보여주는 글이다.

　　누구나 입을 열면 민주주의를 부르짖고 스스로 민주주의 인사로 자처하지마
는 사회의 대세는 그렇지 못한 것이 숨김없는 사실입니다. 그 근본원인을 따지
면 여러 가지 있겠지마는 그 중에서 가장 뿌리깊은 병통은 우리 머리 속에 남
아있는 봉건잔재라고 생각됩니다. (…중략…) 단적으로 말해서 우리가 진정한
민주주의 사회를 이룩하는 선결요건은 무엇보다 이들 전근대적 독소를 여지없
이 숙청하고 (…중략…) 우리들 백성의 자각 또한 절대한 필수요건입니다.[82]

　"우리 머리 속에 남아있는 봉건잔재"를 "숙청"하는 문제를 민주주의
를 위한[83] "절대한 필수요건"이라고 주장하는 데에서, 이들 집단이 의

81) 박태균, 앞의 글, 110 · 114면.
82) 「권두언」(1956.9), 『장준하 전집』 2, 세계사, 1992, 84~85면.
83) 1953년 7월호의 「편집후기」에서 장준하는(이때는 장준하가 「편집후기」를 썼다) "매
　호마다 번역 게재하는 민주주의론에 대한 관심을 더욱 크게 하여 주기를"(『사상계』,
　1953.7, 247면) 독자들에게 부탁하는데, 이는 『사상계』가 이미 초기부터 하나의 이념잡
　지로서 '한국사회의 민주주의화'를 그 하나의 지향으로 하고 있음을 드러내는 것이라
　할 수 있다. 이 민주주의가 정치적 근대화의 한 양상임은 말할 것도 없다.

식의 근대화를 얼마나 중요시했는가 엿볼 수 있다.

1958년 4월 『사상계』 창간 5주년을 맞이한 특집호의 권두언은 장준하를 위시한 『사상계』 지식인 집단의 문화주의적 면모를 잘 보여주는 글이다. 그는 우선 "문화는 힘이다. 그 국가나 민족의 생명을 부지하고 (…중략…) 발전시키는 원동력"이라고 전제하고, "우리는 과거에 우리의 힘이 부족하였기에, 문화 일반의 건설을 등한시하였기에 외족의 철제 밑에 습복하였고 국제적 흥정의 희생물이 되는 쓰라린 경험을 치렀다" 고 한다. 사정이 이러함에도 "빈궁에 떠는 학자, 문인, 예술가, 기술자들 은 하릴없이 가두를 방황하고 있"는 현상은, "조국의 명일을 위해서 진 실로 통탄할 일이 아닐 수 없다"는 것이다. 그는 이어, '문화', '문화인' 에 대한 당국자의 실천이 없는 한, "후진국에서의 급진적인 발전"은 기 대하기 힘들다고 말한다.[84]

후진국의 '근대화' 과제를 바라보는 이러한 시각의 바탕에 문화주의 가 있음은 쉽게 간취할 수 있다. 그는 또 다른 권두언을 통해, "진정한 민족문화 건설의 터전"을 마련하기 위해서는 "지력과 뜻있는 인사들의 경제력이 합"쳐져야 한다고 말하면서 경제인들의 관심을 촉구한다.[85] 문화 엘리트와 경제 엘리트가 민족 발전의 중추 세력이 되어야 한다는 생각은, 맥락을 떠나 1920년대 초반 이광수의 '중추세력론'을 상기하게 만들기에 충분한 것이다.

(2) 모델

구한말 개화파 지식인들에게 있어서 서구 민족국가의 힘과 부는, 전통

---

84) 『장준하 전집』 2, 세계사, 1992, 128~129면. 1957년 8월호의 권두언도 이러한 맥락에 놓인 글이다. 그는 이 글에서 "우리 사회에 모순이 많은 중에서도 이 문화와 문화인을 얕보는 풍습은 가장 큰 것의 하나"라고 하면서, "교수들을 가리켜 보따리 장수라 하고 다방에 모이는 문화인 예술가들은 무조건 비방하는 악마들의 냉소 白眼을 우리는 참을 수 없다"고 한다(같은 책, 108~110면).

85) 「권두언」(1957.8), 『장준하 전집』 2, 세계사, 1992, 110면.

적인 국가와 사회를 변형하는 한이 있다하더라도 살아남기 위해 모방해야 할 하나의 모델로 인식되었다.[86] 1920년대 초의 문화적 민족주의자들은 1900년 이후 개화기에 제기된 주제들을 계승한 것이지만, 이런 사상을 조선에 대한 외세의 간섭을 배제하고자 하는 정치적 요구와 연계시키지는 않았다. 그들은 한국이 서양의 모델을 따라 발전해 갈 수 있을 것이라는 전망에 여전히 매혹되어 있었다. 이들에게 근대화란 자유민주주의 정치체제를 전제로 한 자본주의적 발전을 의미하는 것이었다.[87]

1950년대 지식인 집단의 의식에 대한 한 연구에서, 당시 『사상계』에 실린 많은 글들이 미국적 자유주의이론과 연관된 내용이라는 점이 지적된 바 있다. 이는 당시의 『사상계』 지식인들이 미국적 자유주의에 경사되어 있다는 것과 서구 자유민주주의를 국가이념의 모델로 삼고 있었다는 사실을 의미한다.[88] 이 연구에 의하면 한국사회와 정치에 대한 관심은 1956년을 고비로 급증 양상을 보이는데(특히 보안법 파동 이후 1959년에는

---

86) M. Robinson, 김민환 역, 『일제하 문화적 민족주의』, 나남출판, 1990, 32면.
87) M. Robinson, 위의 책, 121면.
88) 오유석, 「1950년대 남한에서의 민족주의」, 『한국현대사와 민족주의』(유병용 외), 집문당, 1996, 114~115면. 오유석은 이 글에서 『사상계』에 기고된 문학 이외 분야의 글들에 대한 통계를 다음과 같이 제시한다.

『사상계』의 편집 구성(1953.4~1960.3)

연도	정치학·사회학 일반론	구미정치	아주정치	공산주의	한국정치 및 사회	한국경제	철학
1953.4~	23(13)	2		11(5)	11	3	10(3)
1954~	4(3)	7(3)	7(2)	10(8)	4	2	8(2)
1955~	8(2)	6(1)	9(3)	10(4)	8	6	21(4)
1956~	22(8)	9(3)	8(3)	12(5)	16	4	53(5)
1957~	34(6)	14(4)	3	22(11)	13	11	40(5)
1958~	25(3)	19(3)	17(7)	16(6)	21	20	40(1)
1959~	36(7)	18	21(3)	8	35	14	37(8)
~1960.3	6(1)	7(5)	9(6)	6(1)	9	8	2(1)
계	158(43)	82(19)	74(24)	95(40)	117	68	211(89)

*( ) 안은 외국논문

35편으로 급증한다), 대개 그 내용은 비판적이면서 그 비판의 근거를 서구
식 자유민주주의에 두고 있음이 드러난다. 오유석은 그 비판의 논거가
한국 민족주의에 있지 않고 서구 이데올로기에 있음을 지적하고 있으
나, 이러한 견해에는 한국 민족주의와 서구 이데올로기의 수용을 단선
적인 대립관계에 있는 것으로 파악하는 문제점이 있다. 서구 이데올로
기를 현실에 대한 비판의 준거로 삼는 것은 한국의 문화적 민족주의의
본질적 특성상 당연한 귀결이기 때문이다.

쉴즈는 이러한 현상과 관련하여 매우 날카로운 지적을 한다. "신생국
가에 있어서 서구지성에 대한 매혹은 (역설적이게도) 민족주의 색채가
농후한 층이 가장 강하게 느끼고 있는 것 같다. 기이하게도 이와 같이
일견 서로 상극되는 태도—서구지성에 대한 매혹과 민족주의—는 서로
밀접히 연결되어 있다."[89] 후진사회의 민족주의 세력이 오히려 서구지
성에 대해 강렬한 매혹을 느낀다는 지적은, 1960년대 중반 이후의 한국
민족주의 담론과는 또 다른 1950년대 지식인 담론의 중요한 측면을 시
사해 주는 것으로 보인다. 1950년대 지식인 담론에 있어서 표면적으로
미국식, 서구식 사상과 문화에 대한 강렬한 열망이 표명되는 이면에는
문화적 민족주의가 존재했던 것이며, 이런 민족주의는 서구사상과 문화
를 따르고자 했던 경향과 하등의 모순도 없었다.

(3) 방법

주지하는 바와 같이 항일 의병항쟁이 주로 척사파 유학자 중심으로
행해졌다고 한다면, 애국계몽운동은 독립협회 계통의 개화파 인사들을
중심으로 전개되었다. 특히 1907년에 조직된 비밀결사인 신민회(新民會)
는 그러한 애국계몽운동을 이끌어 나가는 중요한 단체였다.[90] 그들은

---

89) E. Shils, 「인텔리겐차의 운명」, 『세계』, 국제문화연구소, 1961.1, 84~85면.
90) 신민회는 초기에 교육계몽운동에 활동의 중심을 두었다. 양기탁이 경영하던 『대한매
일신보』를 기관지로 활용했고, 1908년 최남선의 주도하에 『소년』지를 기관잡지로 창간

또한 평양의 대성학교, 정주의 오산학교 등 주로 서북지역에 많은 학교를 설립했다. 신민회는 학교교육을 통하여 근대적 문명지식과 애국심을 지닌 민족운동가를 양성하고자 했던 것이다. 한편 그들은 서북학회를 조직하여 학교설립과 계몽활동을 촉진한 바 있다. 이들의 활동은 학맥, 지맥과 연결되어 월남 지식인의 사상으로 그 계보가 연결되는 것으로 보인다.

1920년대 초의 문화주의의 논리는 이광수에게서 가장 단적으로 나타난다. 민족의 문화적 역량을 기름으로써 후일을 기약한다는 논리, 즉 문화와 정치 사이의 극히 소극적인 결부방식을 만들어 놓고 민족 계몽운동에 나섰다는 데서 문화주의의 태도를 여실히 볼 수 있다. 결국에 가서 이광수는 정치와 문화 사이의 그러한 간접적 관계마저 단절하고 양자택일의 방식으로 문화를 고려하기에 이른다. 정치로부터 독립된 문화를 지키려는 이 문화독립의 성명서 구실을 하는 글이 「우리의 사상」(1919)이다. "문화는 정치의 종속적 산물이라 할 수도 없고, 따라서 어떤 민족의 가치를 논할 때에 반드시 정치사적 위치를 판단의 표준으로 할 것은 아닌가 합니다. (…중략…) 만일 二者를 불가부득 兼할 경우에는 나는 차라리 문화를 취하려 합니다."[91] 정치를 떠난 문화라는 이광수의 논리는 1922년의 「민족개조론」에서 그 결정판을 보여주게 된다.[92]

이광수 식의 문화주의의 태도는 해방 후 그 정신적 후예들에게까지 이어진다. 장준하·백낙준·김기석 등이 참여한 『사상』 2호에 게재된 좌담회 '사상운동의 회고와 전망'에서 참석자들은, 8·15 해방 이래 사상운동이 정치운동에 편입되면서 지식인이 정치운동에만 전념했으나 이젠 사상운동에 전념해야 한다는 것, 다시 말해서 '사상운동과 정치운

했음은 이미 잘 알려져 있다. 다수의 신민회 간부들은 각종 강연회를 통해 계몽강연활동을 했다. 『사상계』 편집위원들 역시 전국을 순회하면서 국민 계몽의 차원에서 강연활동을 하였다는 점을 상기해 둘 필요가 있다.
91) 정명환, 『한국작가와 지성』, 문학과지성사, 1978, 23면에서 재인용
92) 정명환, 위의 책, 22~24면.

동의 분립'이 요구된다고 했다. 이러한 사고방식, 즉 문화운동과 정치운
동을 분리하여 문화운동에 매진하는 것을 『사상』의 사명으로 생각해야
한다는 사고방식은 이광수가 개진했던 바로 그 문화주의의 연장에 있음
이 분명하다고 보아야 할 것이다.

  1987년 당시 오산학교 동창회장인 함석헌이 「오산 80년사에 써 부치
는 말」에서 남강을 회고하는 가운데 언급한 다음과 같은 말도 『사상계』
집단이 문화주의의 이념적 계승자라는 사실을 방증해 준다. "만주에 가
서 독립군이 된다든지, 임시정부를 조직해서 싸울 기회를 기다린다든지
하는 것도 물론 할 수 있는 일이지만 오늘에 와서 지나온 길을 돌이켜
보며 생각할 때 갖은 고통을 겪으면서도 역시 나라 안에 남아 있어, 정
치적 · 군사적으로 투쟁하는 것보다는 교육을 통해 정신운동을 한 것이
보다 더 크게 공헌한 것임을 알 수 있다." 서북 출신의 『사상계』 지식인
이 가지고 있는 일제 초기의 교육계몽운동의 가치에 대한 자긍심이 분
명히 보이는 부분이라 하겠다.[93]

  잡지 출판이라는 측면에서 최남선과 장준하의 이념적 연관성도 반드
시 지적되어야 할 부분이다. 최남선이 1908년 신문관(新文館)이라는 출판
사를 설립하여 1920년대까지 활발한 출판사업을 벌여 대표적인 잡지인
이자 출판인이 되었다는 사실은 잘 알려져 있다. 최남선의 문화운동과
저술 등은 대부분 신문관을 모체로 하여 발간한 여러 종류의 잡지를 통
해 이루어졌다. 일반적으로 최남선이 발간한 이들 잡지와 출판물은 청
소년과 대중을 계몽하고 교육하며, 민족정신을 앙양하고 문화를 보급하
여 자주독립정신을 고취한다는 일관된 목적을 지니고 있었던 것으로 평
가된다.[94]

  1957년 최남선이 세상을 뜨자, 『사상계』는 "선생의 영전에 드리고자"

---

  93) 오산중 · 고등학교 편, 『오산팔십년사』, 1987, 47면.
  94) 정진석, 「인물로 본 한국언론 100년(13) - 잡지출판인들」, 『신문과 방송』 260호(한국언
      론연구원), 1992.8, 63~64면.

'최남선 특집호'라는 유례가 없는 편집을 보여준다. 장준하의 권두언 「육당 최남선 선생을 애도함」은 이들 집단의 문화적 민족주의이념의 면모를 여실히 보여주는 글이다.

　　우리는 이 해를 보내면서 돌이켜 생각할 때 (…중략…) 가장 애석하여 마지않는 것은 육당 최남선 선생의 서거였다. 선생은 약관 18세에 이미 궤란(潰亂)을 기도(旣倒)에서 구하려는 큰 뜻을 품고 우선 민족의 명맥을 영원히 부지하려는 원대한 의도 밑에 문화의 황무지를 개척하는 데 혼신의 노력을 기울이기 시작한 이래 종시일관하여 68세를 일기로 세상을 떠날 때까지 민족의 재흥을 위하여 발분망식하였다. (…중략…) 선생은 상아탑의 일개 학구로 그치지 않고 實에 卽하고 義에 나아가 항상 민족사상의 고취에 힘썼고 (…중략…) 이 민족이 가장 암담한 절망의 골짜기에 처해 있을 때에도 항상 우리와 더불어 있었고 우리의 가장 친근한 벗이요 경애하는 스승이었다. 그로 하여 민족의 생명은 싹을 부지하고 겨레는 위안을 받고 희망을 갖추어 광복에 이른 것은 만인이 다 아는 사실이다(이어 장준하는 일제 말 최남선의 친일에 대해서도 다음과 같이 변호한다.—인용자 주).
　　한때 선생의 지조에 대한 세간의 오해도 없지 않았다. 그러나 선생의 본의가 어디까지나 이 민족의 운명과 이 나라 문화의 消長에 있었음은 오늘날 이미 사실로서 밝혀진 바요, 항간에 떠도는 妖僮浮女들의 억설과는 전연 그 궤 달리하는 것이다.95)

　　이렇게 장준하가 최남선에 대해 가지고 있던, 옹호를 넘어 예찬이라고까지 할 수 있는 태도가 가능한 것은 교육과 계몽을 민족 발전의 가장 중요한 '방법'이라 생각했기 때문이다. 장준하의 『사상계』 초기 권두언에서 특히 강조되는 것도 교육의 중요성이다.96) "오늘날 우리 앞에는 우리 자신이 선택하고 해결하여야만 할 크나큰 고민과 과업이 놓여 있

---

95) 「권두언」(1957.12), 『장준하 전집』 2, 세계사, 1992, 120~121면. 이러한 생각은 선우휘의 소설 「묵시」에서 담임이 이광수를 옹호하는 논리와 상당히 유사하다. 4장에서 재론할 것이다.
96) 1953년 4·7월호 권두언 등이 그 대표적 전거가 되겠다.

다. 이 고민, 이 과업을 해결하고 겨레의 활로를 개척함에 있어서 더욱
필요한 것은 민족적으로 깊이가 있는 교양과 넓은 지식이며 (…중략…)
교양과 지식의 원천은 교육이다.”97)

(4) 주체

1920년대 실력양성론을 그 내용의 핵심으로 하는 '문화적 민족주의'
노선은 이광수의 글들을 통해서도 확인되는 바와 같이 '엘리트주의'라
평할 수 있는 것이다. 이광수가 민족의 실력양성을 위해 '중추세력'을
양성해야 한다고 했을 때, 그가 말하는 중추세력이란 '지식자와 유산자
가운데서 형성되는 엘리트 전위대'인 것이다. 주지하다시피 이는, 이미
안창호가 실력양성론을 주장하면서 미국에서 흥사단을 만들었을 때 그
가 목표했던, '공(公)을 앞세우는 새로운 실력자, 엘리트 집단의 양성'과
같은 맥락에 있는 것이었다.

1957년 10월호의 장준하의 권두언 「해외유학생에게 고언(苦言)함」은,
그의 지식인 주체론을 우회적으로 보여주는 글이다. 그는 먼저 정부 통
계에 의거해 유학생 현황을 거론한다. 1957년 현재로부터 과거 7년간
해외 유학생은 총 2천8백9십 명이며 그 중 9할이 미국 유학생이라고 했
다. “이 숫자만을 본다면 (…중략…) 낙후성을 급속히 극복하려는 민족
적인 열의가 나타난 듯도 하다”고 말하고, “그러나 그 중에서 유학을 마
치고 돌아온 자는 불과 3백7십1명”에 불과하다고 했다.

그는 이러한 현상에 대해 다음과 같이 극렬하게 비판한다. “대저 해
외에 유학하는 근본취지는 말할 것도 없이 지식을 널리 세계에 구하여
우리의 문화수준을 提高함으로써 異民族의 봉쇄로 인하여 양성된 후진
성을 초극하고 참된 민주주의 국가의 테두리 안에서 이 나라 백성의 無
知와 빈궁으로부터의 해방에 이바지하는 데 있다. (…중략…) (그러나)

---

97) 「권두언」(1953.7), 『장준하 전집』 2, 세계사, 1992, 18~19면.

그들(해외유학생들)의 대다수는 국가의 기대를 저바리고 하찮은 자기 개인의 목숨을 보전하기 위하여 갖은 핑계를 꾸며 가면서 위험지대의 圈外에 머물어 있기를 꾀하였다. 이것은 명백한 민족 반역행위요 그들은 악질적 사기적 반역자다."[98] 장준하의 이러한 말에서 그의 '애국계몽주의적'이고 '민족주의적'인 시각을 읽을 수 있음은 말할 것도 없거니와, 그가 이렇게 유학생들을 격렬하게 비난하는 이유는 '그들 엘리트들'이 민족 근대화를 위해 대중을 계몽해야 할 '주체'로서의 사명을 저버리고 있다고 판단하기 때문이다.

중학 재학 시절 이미 브나로드 운동에 참여한 경험이 있던 장준하는,[99] 1950년대 말에 일군의 지식인들을 계몽의 실질적 주체로 내세우고자 하는 계획을 실행에 옮기기도 했다. 이 시기 『사상계』의 권두언 등에는 이 집단의 지식인 주체론, 지식인 과제론이 빈번히 등장한다. 1960년 신년호의 권두언에서 장준하는 새해를 "이 땅의 지식인들의 손으로 농민들을 깨우쳐 일으키는 해"로 삼자고 한다. '농촌을 일으킬' 필요성을 언급하면서 그 주체가 지식인이 되어야 한다는 것이다. "지금이 마당에서 참으로 이 나라와 이 겨레를 위하는 길은 이상을 안고 향리로 돌아가 농민의 벗이 되고 지도자가 되어 (…중략…) 나무 한 포기를 더 가꾸고 글 한 자를 더 가르치는 것이다."[100]

이렇듯 장준하는 지식인의 역할에 많은 기대를 걸고 있었기에 자기 역할을 담당하기는 커녕 그 반대의 행태를 보이는 학자, 교육자, 작가, 예술가들에게도 극도의 비난을 퍼부을 수밖에 없었을 것이다. 4·19 직

---

98) 『사상계』 1957.10, 16면. 대체로 1957년에 들어와 장준하의 논조는 격렬해지는 경향이 있다.

99) 장준하는 평양 숭실중학교 재학시절 『동아일보』가 벌이는 '브나로드 운동'에 참여한 경험이 있다. 또한 그는 『동아일보』 현상모집에 당선된 심훈의 『상록수』를 읽고 감동하여 정주에서 소학교 교사로 근무하던 시절 상급학생들과 교회청년들을 동원하여 교사를 지어본 일도 있다고 한다. 정진석, 「『사상계』와 장준하」, 『정경문화』 222, 1983.8, 166~167면.

100) 「권두언」(1960.1), 『장준하 전집』 2, 세계사, 1992, 186면.

전의 권두언은 매우 격렬하다. "지조없는 예술가들이여, 너의 연기(演技)를 불사르라. 너의 연기는 독부의 미소 띠운 독약 섞인 술잔이다. 부정에 반항할 줄 모르는 작가들이여, 너의 붓을 꺾으라. 너희들에게 더 바랄 것이 없노라. 양의 가죽을 쓴 이리떼같은 교육자들이여, 뿌리깊이 토필을 던지고 관헌의 제복으로 갈아입거나 정당인의 탈을 쓰고 나서라. 너희들에게는 일제시의 노예근성이 뿌리깊이 서리어 있느니라. 지식을 팔아 영달을 꿈꾸는 학자들이여, 진리의 곡성(哭聲)은 너희들에게 반역자란 낙인을 찍으리라."[101]

(5) 기반—기독교적 정신주의

조선시대를 통하여 관서, 관동 지역은 정치적 · 문화적 소외지역이었다. 이러한 상황으로 인해 남한 지역보다 이북에서 상공업이 일찍 성장하고 개화의 영향이 급속도로 확대되었다. 특히 개화기에 개신교는 다른 지역보다 서북 지방에서 일찍 수용되었고, 기독교는 민족주의와 융합하여 그 정신의 실현을 사립학교 설립을 통해 교육사업으로 반영하기도 했다. 1943년 현재 전국의 각종 사립학교 중 70% 정도가 이북에 집중되어 있었으며, 그 대개는 기독교 계열의 학교들이었다.[102]

평북 선천(宣川)의 신성학교와 평양의 숭실학교는 같은 미국 북장로회 계통의 미션학교였다. 선천의 신성은 1906년 설립되었고 평양의 숭실은 그보다 9년 앞선 1897년에 개교한 학교였다. 당시 서북지방은 '기독교와 애국자의 고장'이라는 자부심이 대단하였다고 하는데, 박경수는 장준하 평전에서 '안창호는 평양에서, 이승훈은 정주에서, 양전백은 선천에서

---

101) 「권두언」(1960.4, 창간 7주년 기념호), 『장준하 전집』 2, 세계사, 1992, 196면. 같은 글에서 그가 기대한 것은 '새 세대' 지식인들이었다. "이제 우리는 오직 후진에게 희망을 걸고 이 나라의 민도향상을 위하여 끊임없이 노력하겠노라. 온 국민이 올바른 견해를 가질 수 있도록 계몽의 역군이 되겠노라."

102) 조형 · 박명선, 「북한출신 월남인의 정착과정을 통해서 본 남북한 사회구조의 비교」, 『분단시대와 한국사회』(변형윤 외), 까치, 1985, 151면.

서로가 솥발같이 서서 강력한 민족운동을 전개하였다'는 세간의 평을
전하기도 한다.103)

평북 선천의 신성학교 출신인 장준하와 많은 이 지역 출신 인맥들 역
시 기독교적 정신주의에 기반하고 있었으며 이는 『사상계』 발간 초기부
터 드러나고 있었다.104)

학문은 사색이면서 행동일 게다. 사색만 하고 행동없는 학문은 산 학문이라
할 수 없다. (…중략…) 『사상계』가 이것(전택부의 「독립투쟁 史上에서 본 한글
운동 위치」-인용자)을 실은 것은 앞으로 『사상계』가 사색에만 치중하지 않고
들에서 외치는 예언자의 구실을 다하자는 데 있다.105)

올바른 판단은 사회발전의 모체가 됩니다. (…중략…) 우리가 가져야 할 정당
한 판단이란 어떠한 것이겠습니까? 첫째로 나 자신에 대한 바른 의식과 판단을
가져야 하겠습니다. (…중략…) 셋째로 내 직분에 대한 바른 판단력을 가져야
합니다. (…중략…) 민주사회는 유기체적 사회이며 (…중략…) 모든 부분이 완전
히 자기의 맡은 직분을 감당하여 갈 때에만 질서는 유지되고 안녕은 지속되는
것입니다. 학생은 학생으로서, 농부는 농부로서, (…하략…)106)

이러한 기독교적 정신주의는, 상황에 따라서 보수의 논리로 기능할
수도 있고 반대로 저항의 논리로 기능할 수도 있다는 특징을 가진다.
후자의 인용에서 보이듯이, 각 개인의 '의식'과 '판단'이 바로 서야 나라
가 발전한다는 논리에서 보이는 정신주의의 일단이, '학생은 학생으로

103) 박경수, 『재야의 빛 장준하』, 해돋이, 1995, 44면.
104) 정신주의적 지향은 1960년대에 이르기까지 일관되었다. 1963년 3·4월호 권두언은
    "『사상계』 10년은 한국에 있어서 「마음의 혁명」을 위한 고요한 행군이었다"고 하고, 도
    산(島山)의 국민성 개조론을 언급하는 가운데, "한국의 살길은 고요한 「마음의 혁명」"
    에 있다고 말한다. 『장준하 전집』 2, 세계사, 1992, 308·312~313면.
105) 「편집후기」(1954.9), 『장준하 전집』 2, 세계사, 1992, 505면. 『사상계』의 전신인 『사
    상』으로부터, 『사상계』에 편집위원회 제도가 수립되기 전인 1954년 12월호까지의 「편
    집후기」는 "C 生"이라는 약칭으로 장준하가 썼다.
106) 「권두언」(1954.3), 『장준하 전집』 2, 세계사, 1992, 37~39면.

서, 농부는 농부로서 자기의 맡은 직분을 감당해 갈 때 질서는 유지'된
다고 말하는 데까지 나아가면 그것이 곧 보수의 논리가 됨은 두 말할
나위도 없다. 그렇지만 1960년대 중반 이후 한국의 '근대화'가 보여주었
던 바와 같은 파행적 양상이 사회적으로 전개될 경우, 그 정신주의는
전자의 인용에서 보이듯이 '예언자적 기능'을 수행하려 할 것이다.107)

　장준하에 비해 함석헌은 보다 명시적으로 기독교적 정신주의의 면모
를 드러낸다. 김성수는 함석헌의 「성서적 입장에서 본 조선역사」에 드러
나는 새로운 사회에 대한 비전이 도덕의 진보와 영적 향상에 기초한 것이
라고 본다. 인류의 진화나 발전에 있어 문화나 기술의 진보가 아니라 도
덕적이고 영적인 향상이 선행되어야 한다는 입장을 함석헌이 견지했다는
것이다.108) 함석헌을 위시한 서북 기독교인들 가운데 한 축이 가지고 있
었던 이러한 정신주의적 사유의 경향은 1960년대 중반 이후 공화당 정권
의 근대화방식에 대한 대항 논리의 기반이 되었던 것으로 판단된다.

　『사상계』 문화주의의 기반이었던 이러한 '정신주의'는, 1960년대 중
반 이후 『사상계』 집단의 한 축이 왜 공화당 정권의 근대화에 저항할
수밖에 없었는지 그 이유를 보여준다는 점에서 중요한 의미를 가지고
있다. '정신주의'는 사실상 1950년대 후반 근대화를 추동하는 힘으로 기
능하다가 1960년대 중반 이후 현실화되는 근대화방식에 대한 저항의 근
거로 변했던 것이다. 물론 이 대항 논리는 『사상계』 집단 모두가 공유
한 것은 아니었다. 이들 집단 구성원들 중 특히 정신주의적 속성이 강
했던 한신 계열이 대항논리를 개발했다는 사실은, 기본적으로 이 '정신
주의'가 1960년대 중반 이후 점차 현실화되어 가는 '산업화' 일변도의
근대화와는 화해하기 힘든 것이었음을 의미하는 것이다.

---

107) 서북계 지식인들은 주지하다시피 기독교계와 강한 유대를 가지고 있었던 바, 이는 『사
　　상계』 편집에도 그대로 반영되었다. 특히 김재준 등의 서북계 기독교 지도자들 중 일부
　　인사들은 『사상계』를 통해 기독교의 '예언자적 기능'을 강조하고자 했다.
108) 김성수, 『함석헌 평전』, 삼인, 2001, 62면.

1950년대의 『사상계』 집단의 이념을 1920년대의 문화주의의 연장으로 파악함에 있어 남은 문제들 중 하나는 그에 대한 '평가'가 될 것이다. 그런데 이 평가에 있어 당연하게 고려되어야 할 점이, 1950년대가 1920년대와는 다른 역사적 조건에 놓여 있다는 사실이다. 안창호와 이광수의 시대에 있어 이상적인 차원에서 말하자면, 근대화라는 문화운동의 과제와 민족독립이라는 반제운동의 과제 그 둘을 함께 만족시킬 수 있는 원리가 마련되어야 했을 것이다. 그러나 이와 같은 이중의 요청에 답할 수 있는 원리가 마련되지 않았을 뿐더러 도리어 민족 독립과 근대화를 위한 계몽의 노력은 상치되기까지 했다.

그렇다면 1950년대는 어떠한가? 해방으로 말미암아 일제로부터의 독립이라는 과제가 소멸하고 분단으로 말미암아 좌익과의 투쟁이라는 현실적 과제도 소멸한 1950년대 후반에 있어, 일제하 문화적 민족주의라는 우파의 이념적 영향하에 놓여 있던 지식인들이 최대의 과제로 삼았던 것은 민족의 '근대화'일 수밖에 없었다.

또한 이광수 등의 계몽주의자들에게 지난날의 유교적 전통은, 새로운 시대의 세계관을 세우는 데에 필요한 원리가 되지 못할 뿐더러 도리어 전적으로 부정되어야 할 것으로 받아들여졌다. 그런데 이광수의 시대에는 새로운 윤리를 필연적으로 요구하는 새로운 사회계층 또는 지식인 독자층이 사실상 결여되어 있었다.[109] 이와 대비되어, 1950년대 후반은 교육의 확대와 더불어 지식층이 급격히 확대되고 있었다. 어떤 면에서 보자면 1920년대 문화주의자들의 이념은 1950년대 후반에 와서 비로소 현실화될 수 있는 기반을 마련해 가고 있었다고 할 수 있다. 그 현실화의 역할을 담당한 것이 문화주의자들의 후예였던 『사상계』 집단이었다고 할 수 있다. 일제하 점진적 민족주의자들에게 교육과 언론은 가장

---

109) 1925년 당시 남자중등학교 취학자는 인구 1만명 당 3명이 못 되었으며, 대학과 전문학교 취학자는 전 인구 중 510명에 불과하였다. 이기백, 『국사신론』(366면의 통계), 『한국작가와 지성』(정명환), 문학과지성사, 1978, 14면에서 재인용.

중요한 장(場)이 되었던 것처럼, 아카데미즘과 저널리즘의 결합형태였던 『사상계』 담론이 이러한 문화운동의 계보를 이어갔음은 거의 명백한 것으로 보인다. 1950년대 『사상계』라는 매체는 결국 주류 담론과 저항 담론의 분열, 지식의 기능적 분화(分化)가 채 이루어지기 전의 공간이면서 동시에 문화적 민족주의의 이념적 계보에서 그 담론의 전략이 수행되던 장(場)이었던 것이다.

2) 『사상계』 지식인의 서북 지역과의 연고

한국의 초기 핵심 엘리트들을 출신지역별로 분류해 보면 서북 출신 인사들의 비중이 매우 크다는 사실을 알 수 있다. 그 중 주요인물들만 정리해 보아도, 안창호·조만식·이승훈·양기탁·선우혁·장면·김재순·강영훈·장도영·장이욱·백낙준·현상윤·한경직·장도빈·박종홍·오천석·이광수·주요한·김동인·주요섭·백철 등 수를 헤아리기 힘들 정도이다.[110]

그런데, 일제하부터 이름이 알려져 있던 인물들이 아닌, 다시 말해서 1950년대에 들어와 학술·문예계에 등장한 인물들 가운데에서도 서북 출신들이 상당수 존재한다. 이 점은 이 책의 논의와 관련하여 매우 중요한 의미를 가지는데, 1950년대 후반 지식인 담론을 실질적으로 주도했던『사상계』 지식인 집단들이 대개 서북 출신의 지식인들이었기 때문이다. 장준하·함석헌·김준엽·안병욱·김형석·양호민·신상초·황산덕 등이 모두 평안도 출신들이며, 이른바 전후세대로 분류되는 작가들 중, 선우휘·이범선 등 다수가 서북 출신이다. 평안도 출신은 아니지만 역시 월남작가로서『사상계』에 주도적으로 관여했던 김성한 등을 고려하면 학계·문화

---

110) 김상태, 「평안도 기독교 세력과 친미 엘리트의 형성」, 『역사비평』, 1998년 겨울호, 172~174면.

계의 월남 지식인들의 대두는 상당한 것이었다.[111]

　1950년대 『사상계』 편집위원진은 장준하를 포함하여 29인이었다. 이 29인 가운데 21인이 북한 출신이며 그것도 서북 출신이 대부분이다. 또 다수가 기독교 신자였다. 또한 편집위원은 아니지만 『사상계』 지식인 집단에 포함되는 주요필자인 함석헌·김재준·백낙준·김성식 등이 북한 출신임을 감안한다면 그 수는 더욱 늘어난다. 1960년대 편집위원으로 새로 추가된 인사는 15인이었다. 이들 인사들을 1950년대 편집위원진과 비교하면 남한 출신이 증가하였음을 알 수 있지만, 그렇다 하더라도 이들 가운데 5명이 북한 출신(5명 중 4명이 서북 출신이다)이었다.[112][113]

　『사상계』 창간 초기에는 잡지의 인지도(認知度)가 높았을 리 없으므로 필자들이 대개 장준하와 면식(面識)관계에 의해 섭외되었던 듯하다.[114] 따라서 장준하 개인의 출신과 인맥도 중요하다. 장준하는 1918년 평북 삭주 생으로 부친 장석인은 기독교 목사였다. 열네 살에 평양 숭실중학에 입학했다가 부친의 뜻에 따라 평북 선천 신성중학교로 전학하여

111) 한국사회의 엘리트층 가운데 이북 출신자가 이북 출신 인구수에 비하여 과대표(過代表)되어왔다는 사실이 여러 연구에서 밝혀졌다. 1960년대 초반에 실시한 정치엘리트의 배경에 관한 한 연구에서는 316명의 조사대상자 중 이북 5도 출신이 20%를 넘는 것으로 나타났다(한배호, 「한국 정치지도자의 사회배경」, 『사상계』, 1963.11). 이 수치는 남한인구 전체에서 월남인구가 차지하는 비율의 거의 10배나 되는 것이다. 정치지도층 외에도 종교계, 학계, 문예계, 경제계의 사회지도층에도 북한 출신이 많이 포함된 것을 볼 수 있다. 1978년 『월간중앙』이 선정한 '건국 30년을 움직인 100인'의 목록에 30명의 이북 출신자가 포함되었던 사실은 그 한 증거가 될 것이다. 조형·박명선, 「북한출신 월남인의 정착과정을 통해서 본 남북한 사회구조의 비교」, 『분단시대와 한국사회』(변형윤 외), 까치, 1985, 157~158면.
112) 이용성, 「한국 지식인잡지의 이념에 대한 연구─『사상계』를 중심으로」, 한양대 박사논문, 1996, 123~124면.
113) 1964년 10월부터 『사상계』가 부완혁으로 넘어가기 직전인 1967년까지, 그러니까 사실상 마지막으로 『사상계』 주간을 맡았던 지명관도 평안도 정주 출신이었다. 지명관 조차도 당시에는 지역성문제를 제일 고민했다고 술회한다. 『사상계』가 이북사람들이 하는 잡지가 아니냐는 말을 듣는다는 것이다. 『광복 50년과 장준하』, 장준하선생 20주기 추모사업회, 1995, 35면.
114) 박경수, 『재야의 빛 장준하』, 해돋이, 1995, 260면.

1937년에 졸업했다. 졸업 후 정주 신안소학교 교사로 3년간 근무하다가 1940년 도일하여 1942년 일본신학교에 입학했다. 여기서 전택부·문익환 등과 공부했는데, 전택부는 후에 『사상계』 편집위원으로 직접 참여하게 된다.[115] 1944년 학병으로 끌려가게 된 장준하는 일본군을 탈출하여 김준엽 등과 함께 광복군 훈련반에 들어갔다. 광복 후 임시정부 요인들과 함께 귀국하여 김구의 비서로 있다가 1948년 한국신학대학에 편입하여 학병때문에 중단했던 학업을 마친다.

결국 장준하를 위시한 『사상계』 지식인 집단의 지역적 편중은 분명히 드러난다고 하겠는데, 이들은 이른바 '오산문화', '숭실문화'의 자장 속에 있는 사람들이었다. 1974년 10월 월남 오산학교의 남강 동상 제막식의 동상문은, 1958년 김성한의 뒤를 이어 『사상계』의 새 주간이 되었던 안병욱이 쓴 것이다.[116] 이때 〈남강 이승훈 선생 동상 재건위원회〉에는 다수의 월남 지식인들이 참여하고 있는데, 백낙준·함석헌·한경직 등이 최고집행부를 구성했으며, 안병욱·김상협·신상초 등 『사상계』 편집위원 출신의 인물들이 상당수 참여했다. 그 외에 대표적 인물들로 유영모·유달영·김재순(흥사단 계열 『새벽』 편집장 출신)·이기백·이기문·이희승·윤치영·이석윤 등이 보이며 주요한·이은상·유진오·박영준 등 문인들도 다수 참여했다. 여기에 선우휘가 이름을 같이 하고 있음이 눈에 띈다. 선우휘의 집안에서는 일제하 서북 민족주의자들이 대거 나왔는데, 이 재건위원회에 속한 집안 인물들은 무려 여섯 명에 이른다.[117]

---

115) 1942년 장준하가 일본신학교에 들어갔을 때, 그곳 2년 과정의 예과에 전택부·문익환·문동환·전경연·박봉랑 등이 다니고 있었던 것이다(박경수, 『재야의 빛 장준하』, 해돋이, 1995, 86면). 전택부는 『사상계』의 편집위원을 거쳐 YMCA 총무가 되고, 박봉랑은 한신대 교수로 있으면서 『사상계』의 주요 필자가 된다.

116) 평안도 정주의 남강 동상문은 이광수가 썼다.

117) 오산중·고등학교 편, 『오산팔십년사』, 572~578면. 광주학생운동에 자극받아 일어난 오산학교 만세 사건을 주도한 인물인 선우기성(鮮于基聖)은, 105인 사건으로 옥고를 치른 선우혁(赫)과 수양동우회 사건으로 역시 옥고를 치른 선우훈(壎)의 조카이다(같은 책, 271~272면).

작가들 가운데 특히 선우휘는 그 연고에 있어서 서북 지식인들과 강한 친연성을 드러낸다. "(「불꽃」에 대하여—인용자) 어떤이는 일종의 자서전이 아니냐하지만 그런 것은 아니다. (…중략…) 주인공 '현'은 삼십년대의 최소공배수를 그린 것으로 굳이 '모델'이 있다면 畏友 신상초형과 김동수 형이랄까 나를 합하면 세 사람이 '짬뽕'인 셈이다."118) 선우휘의 이러한 언급을 통해 「불꽃」의 주인공 '현'의 창작 모델이 서북 민족주의 지식인임을 짐작할 수 있다. 이 언급에는 선우휘와 신상초의 친분관계도 드러나 있다. 1950년대 후반 『사상계』 편집위원회의 핵심이었던 신상초는 선우휘의 고향 동갑내기 친구였으며, 양호민·안병욱 등도 다들 오랜 친분관계에 있었다.119)

서북의 오산학교 졸업생들의 대부분은 해방 후 월남하여 그들 중 대다수가 교육계, 기독교계, 의료계와 관련된 직업을 택했다. 이는 오산의 교육계몽운동 전통과 무관하지 않을 것인데, 이기백(30회)과 이기문(37회) 형제는 학계에서 활동한 대표적인 인물들이다. 각각 사학계와 국어학계의 거두가 되었음은 주지의 사실인데, 이들 형제는 남강의 종손인 이찬갑의 자제들이다.120)

이들 서북 출신의 월남 지식인들의 계급적 기반이 어떠했는지를 덧붙여 둘 필요가 있겠다. 조형과 박명선의 면접조사에 의하면, 해방 이후 전쟁 기간에 걸쳐 월남한 사람들의 직접적 월남동기로 정치·사상적 이유가 으뜸을 차지하는 것으로 나타났으며, 다음은 농지개혁 등에 의한 재산몰수와 이에 따른 정치적 핍박을 피해온 사람들이 다수를 점한다.

---

118) 선우휘, 「처녀작의 처녀성」, 『한국전후문제작품집』, 신구문화사, 1961, 415면.
119) 장준하의 오랜 동지이자 1960년을 전후한 시기 『사상계』의 주간을 맡았던 김준엽도 평북 강계 출신으로 신상초와는 신의주고보 동기동창이었다. 그 둘은 거의 같은 시기 일본 동경에서 유학을 했으며 함께 학병으로 평양연대에 입대하기도 했다. 김준엽, 『장정 1—나의 광복군 시절』, 나남출판, 1989, 51면.
120) 오산중·고등학교 편, 앞의 책, 407면. 정확히 말하자면, 이기백·이기문 형제의 조부가 남강의 형님이었다.

따라서 월남인들의 상당수가 북한에서 지주나 중농, 도시의 상류 및 중류 계층 출신이라는 사실을 유추해 볼 수 있다고 한다.[121]

또한 이 문제는 오산학교의 기록을 통해 간접적으로 유추해 볼 수 있다. 1926년 현재 오산학교 운영과 관련된 각종 통계를 살펴보면, 학생 일인이 한해동안 학교에 납부하는 총금액은 일용품, 잡비를 제외하고 하숙비(기숙사비)를 포함하여 230원 가량이었다. 또한 학생들의 원적(原籍)은 절대 다수가 서북 지역이며, 그 외 함경도 출신이 일부 있는 것으로 되어 있다. 학생 학부형 직업별 조사표를 보면 학부형 229명 중 172명이 농업이고 상공인이(주로 상인들이다) 42명, 공무원이 15명으로 되어 있다.[122] 이러한 통계들을 종합적으로 분석해 볼 때, 당시 오산학교 학생들의 계급적 기반이 서북지역의 지주·상인계급이었음을 유추해 볼 수 있다.

이들의 지역적 기반인 서북지역의 특성에 대해 좀더 살펴볼 필요가 있을 것이다. 문호개방 이후 서구의 신문물 수입에 보다 진취적인 자세를 가졌던 평안도 지역은 토착자본가 세력과 개신교 세력의 중심지가 되었으며, 한말의 자강운동과 같은 우익 민족주의운동도 이 지역에서 가장 활발하게 진행되었다. 조선시대 성리학적 질서를 기준으로 할 때 가장 낙후된 지역이었던 평안도는 아이러니하게도 바로 그 점때문에 개신교의 성장과 발전이라는 측면에서는 가장 선진지역으로 탈바꿈할 수 있었던 것이다.[123]

1890년대 미국 북장로회 소속 선교사들은, 평안도가 자립적 중산층이 상대적으로 많고 중앙정부나 성리학적 질서에 대한 반감이 높아 선교사업을 벌이는 데 가장 알맞은 지역이라는 결론을 내리고 평양·선천·강계를 중심으로 선교사업을 추진했다고 한다. 이에 따라 새로운 사회체제

---

121) 조형·박명선, 「북한출신 월남인의 정착과정을 통해서 본 남북한 사회구조의 비교」, 『분단시대와 한국사회』(변형윤 외), 까치, 1985, 148~151면.
122) 오산중·고등학교 편, 『오산팔십년사』, 235~238면.
123) 김상태, 「지역, 연고, 정실주의」, 『역사비평』, 1999년 여름호, 365면.

의 수립을 갈망하던 평안도는 기독교의 '세례'를 받으면서 문명개화를
추구하게 되었다. 평안도에서 이제 기독교는 단순히 종교가 아니라 서
양, 특히 미국의 힘과 동의어로 인식되었던 것이다.[124] 1898년 당시 한
국 장로교의 전체 교인 7천5백여 명 가운데 서북지방의 교인수가 80%
가량을 차지했다. 이와 같은 한국 기독교의 서북 주도 양상은 일제시기
내내 지속되었다.[125]

동학(천도교)의 평안도 선교활동을 보더라도 지역적 특수성이 잘 나타
난다. 1903년 이후가 되면 평안도의 동학교세가 도별로 보았을 때 전국
에서 가장 강했다. 평안도 동학의 지도자들은 대체로 정치혁신과 토지
문제의 해결보다는 문명개화에 관심을 두고 계몽운동에 힘썼다. 이것은
갑오농민전쟁 당시 전라도 지역의 동학과 견주어 상당히 온건한 것임을
알 수 있다.[126]

서북지역 출신의 지식인들은 강한 결집력을 가지고 있었던 것으로
보이며, 이러한 강한 결집력은 여타 지식인 집단과의 갈등으로 나타나
기도 했다. 이미 일제하 서북 지식인 세력은 기호세력과 심각한 갈등을
빚었다. 재미한인 사회와 미국유학생 사회는 그 대표적 공간이었다고
한다. 대체로 하와이나 미국 동부지역에서는 이승만을 중심으로 한 기
호세력이, LA와 샌프란시스코를 중심으로 한 미국 서부지역에서는 안창
호를 중심으로 한 서북세력이 강했다고 하는데, 이들 두 세력이 갈등을
빚었던 것이다.

1920년대 이후에는 국내 민족주의운동 세력 및 지식인층에서도 기호
세력과 서북세력의 갈등이 본격화되었다. 그 가장 직접적인 원인은 미국
의 동지회와 흥사단의 국내조직이 결성된 데 따른 것이었다. 즉 기호세
력 중심의 흥업구락부와 서북세력의 수양동우회가 갈등 양상을 빚었던

것이다. 홍업구락부에는 평안도 출신이 단 한명도 없었으며, 흥사단 국내
조직인 수양동우회에는 이광수・주요한・김동원(김동인의 형) 등이 중심 인
물이었다.127)128)

　서북세력과 기호세력 지식인들 간의 지역갈등 양상은 사실 더 이전
으로 소급될 수 있다. 한말 문명개화를 주장하는 신지식인들이 지역연

---

127) 김상태, 「지역, 연고, 정실주의」, 『역사비평』, 1999년 여름호, 366~367면.
128) 윤치호의 일기에는 일제하 엘리트층의 지역감정이 적나라하게 드러나 있다(김상태
　　편역, 『윤치호 일기』, 역사비평사, 2001, 305・618~627면). 대표적인 부분들만 인용해
　　보기로 한다. "안창호 씨가 지역감정의 소유자여서, 기호인들의 노력으로 독립을 얻을
　　것 같으면 차라리 독립되지 않는 게 낫다고 생각하고 있다는 얘기를 여러 차례 들었다.
　　서북인들은 기호인들에 대해 커다란 적대감을 가지고 있다."(1920.8.30), "안창호는 서북
　　인들의 지역감정을 조장하면서 기호인들에 대한 박멸운동을 시작했다고 한다. 이들간
　　의 반목이 심해져 (…하략…)"(1921.5.2), "이조 500년 동안 서북인들은 정치적 박대와
　　모욕적인 차별을 받아왔다. 서북인들이 기호인들, 특히 지배계층으로 군림했던 기호인
　　들을 증오하는 건 당연하다. 그러나 (…하략…)"(1921.6.4), "오후 4시에 YMCA회관 강당
　　에서 사랑스런 우리 문회의 결혼식이 거행되었다. (…중략…) 서울의 잘 알려진 가문에
　　서 평양 출신을 사위로 맞는 건 이번이 처음이다. 난 조롱과 비난, 심지어는 욕을 먹게
　　될 것이다."(1929.3.12) "(…상략…) 두 파벌이(서북파와 기호파가) 이제는 서울에서 더욱
　　더 적대적인 양상을 연출해 가고 있다. 서북파의 지도자인 안창호 씨가 이런 말을 했단
　　다. 「먼저 기호 사람들을 제거하고 난 후에 독립해야 합니다.」 도저히 믿을 수 없는 얘
　　기다. (…중략…) 그런데도 난 신흥우 군, 유억겸 군과 함께 기호파의 지도자라는 의심
　　을 사고 있다. 난 일부 상대편 인사들, 예를 들어 작가인 이광수 군을 매우 좋아한
　　다."(1931.1.8), "오후에 안창호 씨가 수감되었다. (…중략…) 그건 그렇고, 김활란 양이
　　내가 안씨 석방을 위해 당국자들과 접촉하고 있다는 소문에 분개하고 있는 모양이다.
　　이승만계와 서북파를 이끌고 있는 안창호계 간의 볼썽사나운 다툼이 마침내 서울까지
　　다다른 것같다."(1932.7.15) "얼마 전 조선일보사 부사장이 되려고 동아일보 편집국장직
　　에서 물러난 이광수 군이 김성수 군과 송진우 군에게 배은망덕한 행동을 했다는 비난을
　　사고 있다. (…중략…) 조선일보가 서북파의 기관지가 되자, 이군은 이 신문사에 참여할
　　작정으로 은밀하게 움직였다."(1933.10.2) (1932년부터 조만식・주요한・조병옥 등 서북
　　계 인사들이 조선일보를 운영했으며, 특히 1933년에 접어들면서 평북 정주 출신의 방응
　　모가 조선일보를 완전 인수했다. 『윤치호 일기』, 624면 각주) "서북과 인사들이(방응모,
　　고일청) 자금을 댄 조선일보가 서북파의 거두인 안창호 씨의 일자리로 준비되고 있다는
　　건 알 만한 사람은 다 알고 있는 사실이다. (…중략…) 신흥우와 여운형이 내게 서북파
　　의 비양심적인 음모와 계획을 분쇄하기 위해 충직한 기호인들로 구성된 결사를 만들자
　　고 제안했다."(1933.10.4), "안창호 씨를 방문했다. (…중략…) 그는 극심한 反南 파벌주
　　의자라는 내용으로 자기에게 쏟아지고 있는 비난을 반박했다. 그의 설명이 모두 사실이
　　라면, 안씨와 관계를 끊은 쪽은 오히려 이승만 박사였다."(1935.3.24)

고를 바탕으로 각종 학회를 결성하여 계몽운동을 벌일 때, 서북학회가
강렬한 지역의식을 발휘하여 물의를 빚은 적이 종종 있었다고 한다. 예
컨대 서북학회는 통감부와의 교감을 바탕으로 서북인 중심의 안창호 내
각 수립운동을 시도하기도 했다.[129]

   이렇게 원래부터 뿌리깊은 지역주의에 기반한 데다가 분단과 전쟁으
로 말미암아 자신의 생존 터전을 잃었던 터에 월남인들의 연대의식은
매우 강할 수밖에 없었던 것으로 보인다. 한 예로 조형·박명선의 연구
에 따르면, 월남인들의 혼인관계에서 배우자 가족의 74% 가량이 북한
출신으로 나타났다고 한다.[130] 이러한 지역주의는 월남 지식인세계에서
도 표면적으로 드러나지는 않지만 강하게 작용한 것으로 보인다. 『사상
계』와 『문학예술』의 관계가 그 예가 될 것이다. 양명문에 의하면 해방
이전 등단하고 1·4 후퇴 때 월남한 문인들이 문총북한지부를 부산에
설치하고 이를 중심으로 『문학예술』지를 발간했다고 한다.[131] 『문학예
술』은 1954년 4월 창간호를 보았는데, 오영진이 주간을 맡고[132] 박남수
(이후 1958년에 가서 『사상계』 편집위원을 잠시 맡는다)가 편집을 맡았다.[133] 『문
학예술』이 창간호를 낸 곳은 종로 한청빌딩 3층이었는데, 이곳은 사상계
사가 있던 곳으로 실은 『사상계』의 사무실을 같이 쓴 것이었다. 이후
『문학예술』은 『사상계』에 흡수된다.[134] 『문학예술』 편집상의 특성은 이
전까지의 문예지에 비하면 외국문학에 상당한 지면을 주었다는 점과 문

---

129) 김상태, 앞의 글, 364면.
130) 조형·박명선, 「북한출신 월남인의 정착과정을 통해서 본 남북한 사회구조의 비교」,
     『분단시대와 한국사회』(변형윤 외), 까치, 1985, 164면.
131) 양명문, 「월남문인」, 한국문인협회 편, 『해방문학 20년』, 정음사, 1966, 86면.
132) 앞에서 잠시 언급한 바와 같이, 오영진은 1960년대 초에 『사상계』 주간을 맡았던 양
     호민을 처음 장준하에게 소개한 사람이기도 하다.
133) 이미 『사상계』(1953.12) 도서 광고란에서 월간 문예지 『문학예술』이 문학예술사에서
     근간될 것이라는 소식을 볼 수 있다. 편집, 발행인이 오영진으로 되어 있다. 『사상계』,
     1953.12, 202면.
134) 원응서, 「문학예술」, 『해방문학 20년』(한국문인협회 편), 정음사, 1966, 174면.

학 이외의 예술 분야에도 지면을 할애하려 했다는 점이다. 『문학예술』은 한국에 신문학이 발족된 이후로 외국문학을 가장 많이 소개했다고 한다.135) 『문학예술』의 이러한 특징은 서북 문화주의의 이념적 특성과 연관된 문제로 보이며, 따라서 『사상계』 편집에서도 유사하게 나타나는 현상이다.

이렇게 서북 출신의 월남 지식인들이 강한 결집력을 보인 것은 사실이지만, 여기에는 반드시 지적되어야 할 중요한 문제가 남아 있다. 서북 출신의 '젊은' 월남 지식인들이 기성세대 서북 지식인들에 대해 가지고 있던 애증의 태도가 바로 그것이다. 이 문제는 당시의 세대론과도 연관된 것으로 상당히 중요한 의미를 가지고 있지만, 이 절에서는 우선 그 정치적 측면만을 간략히 언급하고자 한다.

미군정의 한인 관료들을 중심으로 한 평안도 출신 기성 인사들은 대부분 정치적으로 단정노선을 지향하게 된다. 안창호는 1938년에 이미 세상을 떠났고, 조만식은 평안도에서 발이 묶였기 때문이다. 더욱이 해방 직후 좌우익 투쟁이 극심했던 상황에서 그들은 이승만을 지지하며 우익진영의 단결에 주력할 수밖에 없었다. 한편 평안도 출신의 청년층은 1946년 서북청년단을 결성하고 '공격적 반공주의' 활동에 나섰다. 이들은 남북협상파에 대한 사상 투쟁까지 전개하면서 단정 추진세력의 친위대 역할을 수행하게 된다.136)

---

135) 지령 33호에 걸친 편집을 살펴보면, 전체 소설 168편 가운데 외국작품이 38편 실렸으며, 평론 총 111편 가운데 외국평론이 51편에 이른다. 원응서, 「문학예술」, 『해방문학 20년』(한국문인협회 편), 정음사, 1966, 177~178면.

136) 김상태, 「평안도 기독교 세력과 친미 엘리트의 형성」, 『역사비평』, 1998년 겨울호, 198 ~199면. 이 서북청년단의 존재는 4장에서 살펴보겠지만 이후 선우휘와 오상원의 소설들에서 '기성세대에게 우리가 이용당했다'는 논리로 나타나게 된다. 장준하의 경우는 조금 특수하다. 1945년 11월에 그가 임시정부의 일원으로 귀국했을 때는 김구 주석의 비서였으나 1947년에는 민족청년단의 간부가 되었다. 장준하가 해방 후 분단과정에서 임정계 주류의 단정반대 노선에 서지 않은 것은, 그가 귀국 후 임정계를 떠나 이범석 중심의 민족청년단 계열로 옮긴 데에 그 하나의 원인이 있다는 견해도 있다. 『광복 50년과 장준하』, 장준하선생 20주기기념추모사업회, 582면.

요컨대, 서북 출신의 핵심 엘리트들은 이승만 세력 및 한민당과 함께 남한 단정 수립을 주도한 세력이었다. 그러나 이승만은 집권 후 한민당에게 그랬던 것처럼 서북 출신 특히 흥사단계 인맥을 제거하게 된다. 결국 서북 출신 인사들은 야당세력으로 밀려나야만 했고 1955년 창당된 민주당 신파의 중심세력을 이루었다.[137)138)]

장준하를 중심으로 한 『사상계』 지식인 집단이(1920년 전후 생) 서북의 기성세대들에게 가졌던 정서란 어떤 것이었을까?[139)] 이승만 정권이 정치적 후진성을 보였던 것처럼 서북의 주요 인사들도(장면·주요한 등) 근대화의 대안을 가지고 있지는 못했던 것으로 인식되었을 것이다. 그들은 동향의 기성세대에 대하여 일종의 '애증'과 같은 감정을 가지고 있었던 것으로 보인다. '이념'의 줄기에 있어 장준하를 위시한 『사상계』 지식인 집단이 서북의 문화적 민족주의의 영향을 강하게 받았다는 사실

---

137) 김상태, 위의 글, 200~201면.

138) 1959년 4월 『경향신문』 폐간 사건의 직접적인 발단은 주요한이 쓴 1959년 2월 4일자 단평 칼럼 '여적(餘滴)'의 내용이었다. 이 글에서 주요한은, 인민이 성숙되지 못한 상태에서 그것을 이용하여 폭정이 출현한다고 하여 이승만 정권을 폭정이라고 전제한 후 한국의 현실은 선거가 제대로 치러지지 않기 때문에 이를 개선하기 위해서 "폭력에 의한 다수결정" 즉 "혁명"이라는 방법이 있다고 했다. 칼럼집필자 주요한은 당시 민주당 소속 국회의원이면서 『경향신문』 논설위원을 겸하고 있었다. 주요한은 3·1 운동 후 상해에서 발행되던 임시정부 기관지 『독립신문』의 출판부장으로 참여한 것을 비롯하여 일제시대에 『동아일보』와 『조선일보』의 논설위원을 역임했고, 1950년대에는 종합잡지 『새벽』을 발행하고 있었다. 그러나 그는 당시에는 언론인이라기보다는 정치인으로서의 비중이 더 컸다. 야당인 민주당 국회의원으로 중앙당 선전부장을 맡고 있었다. 당시 민주당 신파(新派)의 부통령이었던 장면이 『경향신문』의 고문이었고 주요한도 신파의 핵심멤버 중 일인이었다(정진석, 「광복언론 50년사(2)─자유당 말기의 언론탄압」, 한국언론연구원, 『신문과 방송』 290호, 1995.2, 69~70면). 이러한 사실은 당시 흥사단 계열의 인물들이 정치적으로 야당인 민주당과 깊은 관련을 맺고 있었음을 보여주는 것이다. 조병옥은 충남 출신의 감리교인이지만, 장로교의 '본산'이라 할 수 있는 평양 숭실학교를 나온 데다 안창호계(서북계)의 조직체인 흥사단과 수양동우회의 핵심회원으로 활동했다. 더구나 수양동우회의 '개조'를 강력히 제창하면서 신간회에 적극 참여했고, '사회복음주의'적 경향을 띠면서 기독교계의 혁신과 정치운동화를 주장하기도 했다. 김상태 편역, 『윤치호 일기』, 역사비평사, 2001, 538면 각주.

139) 당시 『사상계』의 필자들은 30~60대까지 고루 망라되어 있었지만 편집은 철저히 30대가 맡았다.

은 이미 앞의 절에서 언급한 바다. 그러나 기성 서북 지식인들의 일제 말 친일로의 선회나 근대화의 대안 부재 등은, 『사상계』 지식인들로 하여금 서북의 문화적 민족주의이념의 새로운 실현에 있어 자신들이 새로운 주체가 되어야 한다는 일종의 '적통(嫡統)의식'을 가지게 했던 것으로 보인다.140) 이는 앞으로 살펴보겠지만 문학예술 분야에서의 세대론의 한 근거가 되기도 한다.

---

140) 장준하를 위시한 『사상계』 지식인 집단이 지맥과 이념적 계보로 연결되어 있는 선배 세대에 대해 가지고 있던 시각은 다음 글에서도 엿보인다. 1958년 2월의 권두언에서 장 준하는 국회의 언론법 개악을 격렬히 비난하면서 여당에 동조했던 당시 야당인 민주당 에 대해 다음과 같이 비판한다. "원래 민주당의 성립과정으로 보아 본질적으로 기대할 아무것도 없다는 것을 모르는 바 아니었으나 野에 물러선 후의 그 위장에 속았고 당내 일부 인사들의 양식에 희미하나마 기대를 걸었던 것도 사실이다."(「권두언」,(1958.2), 『장 준하 전집』 2, 세계사, 1992, 125면) "당내 일부 인사들의 양식"이란 서북계의 문화주의 엘리트들, 즉 주요한 등의 인물을 가리키는 것으로 추측된다.

『사상계』와 1950년대 문학비평

1. 비평 기준으로서의 '이념성'의 압도

1) '동인문학상'과 창작에 대한 견인

사상계사는 1955년 10월호에 동인문학상 제정을 공지하고 이듬해부터 당선작을 결정하여 수상하기 시작했다. 박경수에 의하면 『사상계』의 이 동인문학상은 "단연 국내 문학상 중 최고의 영예"였으며, 『사상계』 신인문학상은 "국내 일간지의 신춘문예현상을 압도하는 권위가 있었다"고 한다.[1] 『사상계』를 통해 등단하고 사상계사에서 오래 근무한 바 있는 박경수의 말을 액면 그대로 수용하기는 힘들다고 하더라도, 최소한

---

1) 박경수, 『재야의 빛 장준하』, 해돋이, 1995, 354면.

동인문학상이 당시 문단에서 가지는 권위가 엄청났음은 분명한 사실로
보인다.

사상계사는 동인문학상 외에도 『사상계』 논문상, 『사상계』 번역상 등
각종 상을 제정하고 그 수상 규정을 공고한 바 있다.[2] 논문상 규정에서
는 『사상계』 초기의 아카데미즘적 성격과 함께, 학문의 발전을 민족 지
성 발전의 일환으로 사고하고 있음이 보이며, 특히 번역상 제정의 목적
이 "한국의 후진성을 극복"하기 위한 것이라고 말하는 점이 주목된다.[3]
이로 보건대 사상계사의 각종 상 제정은 『사상계』 지식인 집단의 이념
과 결부되어 있음을 눈치챌 수 있다. 동인문학상 역시 그러한 범주에서
벗어나지 않았다.

1956년 첫 회 수상은 당시 『사상계』 주간이던 김성한의 「바비도」에
돌아갔다.[4] 김팔봉 · 백철 · 전영택 · 계용묵 · 최정희 · 이무영 · 정비석 ·
주요한 · 이헌구 등 9인이 심사위원으로 참여했는데, 이북 출신이 압도
적임을 알 수 있다. 심사 대상작을 해방 이후 10여 년간 "새로 나온 작
가 전원"의 작품으로 한정하였으며,[5] 마지막까지 경합을 벌인 대상 작
가들인 곽학송 · 김성한 · 손창섭 · 장용학 모두가 이북 출신 '월남 문인'
이라는 점이 눈에 띈다.

각 심사원들의 심사평에 있어서 공통되는 점은, 심사기준으로 '이념'
을 우선시한다는 데에 있다. 전영택은 "이 소설은 테마와 내용이 보통

---

2) 『사상계』, 1955.10, 3면.

3) 공교롭게도 이 호(1955년 10월호)에 실린 전광용(함남 북청 출생, 당시 서울대 문리대
조교수)의 「신소설 연구(1)─설중매」편이 1956년 5월에 발표된 제1회 『사상계』 논문상
을 정남규(당시 서울대 농대 교수, 경제학 박사)의 「후진국 경제와 케인즈 경제학」과
함께 공동 수상하게 된다(『사상계』, 1956.5, 275면). 전광용은 이후 「꺼삐딴 리」로 1962
년 제7회 동인문학상을 이호철과 함께 공동 수상한다.

4) 김팔봉은, 김성한을 제1회 수상자로 결정하는 데 적지않은 거리낌이 있었음을 이야
기한다. "김성한 씨가 가장 우수하다는 결론에 심사원 전원의 의견은 일치되었다. 그런
데 사상계사에서 제정한 상이 그 1회에 사상계사에 근무하는 사람에게 진정된다는 것
이 社와 本人에게 괴롭힘을 줄 것"이라고 말한다. 『사상계』, 1956.5, 276면.

5) 위의 책, 276면.

이야기가 아니다"라고 했고, 이무영은 "이념은 곧 철학이요 철학은 인류의 장구한 생활에서 얻어진 진리다. 이 진리만이 久遠性을 갖고 이 진리의 형상화로써만 우리는 문학의 보편성과 그리고 영원성을 찾을 수 있다. 내가 김성한 형의 「바비도」를 추천한 소이도 여기에 있다"고 했다. 이헌구도 "오늘의 문학은 하나의 새로운 인간세계 탐구를 위한 도정적 모색기에서 진통하고 있다"며, "젊은 작가들은 그들이 태어난 그 현실 그 세대 속에서 고아처럼 방황하게 되면서 새로운 시대관, 인생관을 더듬어 찾아서 스스로 집착할 수 있는 的依點을 발견하려고 몸부림치고 있다. 한국의 젊은 작가들 대부분이 이에 대결되어 있다. 그 중에서 김성한 씨는 (…중략…) 시대를 투시하는 지적인 면에서 대표적인 위치를 확보"하고 있다고 말한다.

당시 문단에서 이미 떠난 것으로 볼 수 있는 주요한이 심사위원으로 참여하여 김성한의 「바비도」에 대해서 내리는 평가는 특별히 관심을 요한다. 주요한은 "나는 이 작품의 모랄에 감격"했다고 말하면서 "이 작품은 예술적인 동시에 현대 우리 사회에게 주는 한 개의 경종"이라고 했다. 평양 기독교계의 목사 집안 출신이면서 상해 『독립신문』 기자로 활동하기도 하였으며 광복 후에도 흥사단에 깊이 관계했던 주요한이 말하는 "이 작품의 모랄"이란, 이 시기 그가 민주당 신파의 핵심으로서 정치에 깊이 관여하고 있었다는 점을 염두에 두지 않고는 이해하기 힘들 것이다. 그는 이 작품을 자유당의 정치적 전횡에 대한 비판으로 이해했던 것이다.

제2회 동인문학상은 평북 정주 출신의 선우휘의 「불꽃」에 돌아갔다. 심사위원은 김팔봉·백철·박영준·손우성이었으며 옵서버 자격으로 『사상계』 편집위원회를 대표하여 김성한이 참여했다.[6] 평남 강서 출신이며 평양 숭실학교를 나온 박영준은 심사평에서 "우리는 해방 후 새로

---

6) 『사상계』, 1957.9, 69면.

운 문학을 기대해 왔"던 바, "우리가 탐구하던 인간형을 발견한 작품이면 (그것이 바로) 새로운 문학"이라고 말하고 "그런 점에서 「불꽃」은 (제2회) 동인문학상의 유일한 대상작품"이라고 말한다.[7] 요컨대 「불꽃」이 새로운 인간형을 제시했다는 면에서 해방 후 기대해 왔던 '새로운 문학'의 전형이라는 것이다.

1958년의 제3회 동인문학상은 오상원의 「모반」이 수상했다.[8] 오상원은 평북 선천 출신으로 장준하와 동향이었다. 김붕구와 마찬가지로 서울대 불문과를 졸업했으며 1958년 당시 공보실 선전국에 근무하고 있었다. 심사대상자는 이전과 같이 해방 이후 등단한 작가이며, 대상작은 단편소설에 국한하였다. 심사위원으로는 박남수 · 백철 · 안수길 · 황순원 · 김동리 총 5인인데, 김동리가 포함된 것은 조금 의외의 면이 있다. 그렇지만 김동리는 오상원의 수상에 반대했다.

각 심사위원들의 심사평을 살펴보면, 백철이 「모반」의 영화적 수법에 주목한 점을 제외하면 심사위원 전원이 '휴머니티'와 같은 작품의 주제에 주목한다. 안수길은 「모반」의 주제를 휴머니즘의 견지에서 파악하면서 "「모반」은 (…중략…) 정치적 테러리스트의 심중에 강력하게 살고 있는 휴머니티를 빈틈없는 구성에 조져 놓은 작품이다"[9]라고 평했다.

당시 『사상계』의 편집위원이었던 박남수도 「모반」을 평가함에 있어 휴머니티와 같은 작품의 '주제'에 주목하면서 다음과 같이 말한다. "동인문학상에 대하여 혹자는 말하기를 지금까지 수상된 작품들은 동인적이 아니라는 것이었다. 그것은 아마 동인의 작품을 보수적이라고 해석하는 데서 오는 모양이다. 그러나 (…중략…) 지금까지의 수상된 작품들은 지극히 동인문학상의 성격을 잘 나타낸 것으로 본다. (…중략…) 왜냐하면 (…중략…) (동인의 작품들은) 그 당시로서는 혁신적이었던 것"

---

7) 『사상계』, 1957.9, 71면.
8) 1955년 「유예」로 『한국일보』 신춘문예에 당선된 바 있다.
9) 『사상계』, 1958.10, 316면.

이라고 한다.[10]

박남수의 이러한 생각은 몇 가지 시사하는 바가 있다. 동인 문학의 보수성 여부를 떠나 동인문학상의 대상작들에 대한 평가는 대체로 그 '혁신적' 성격에 초점이 맞추어진다는 사실이 우선 주목된다. 또한 작품 평가에 있어서 구성이나 문체와 같은 형식 면보다도 사상이나 이념에 압도적 우위를 부여한다는 사실도 중요한 의미를 가지는 것이다.

황순원은 오상원과 경합을 벌였던 손창섭의 작품에 대하여 다음과 같은 흥미로운 말을 한다. "손창섭은 작년 일년간 종래와는 달리 그의 장기였던 인생의 부정면 대신에 긍정적인 인물을 그리려 한 흔적이 있다. 그것이 좋고 나쁘다는 속단을 내리기 전에, 우선 주목할 만한 일이 아닐 수 없다. 그러나 그것은 아직 모색과정에 있고 결실은 맺아지지 못했다고 본다. 그런 의미에서 앞으로 얼마동안 그에게 수상이라는 굴레를 씌우지 않고 그냥 두는 것이 오히려 이 작가를 위해서 좋은 일이 아닐가 생각한 것이다."[11] 결국 손창섭의 소설은 "그의 장기였던 인생의 부정면"을 아직까지 완전히 탈피하지 못했다는 이유로 수상작 선정에서 밀려난 것이다. 손창섭의 초기 소설이 지나치게 부정적이라는 이러한 평들은 창작 경향에도 영향을 미친 것으로 짐작된다. 이듬해 4회 동인문학상은 손창섭의 「잉여인간」에게 돌아가는데, 「잉여인간」은 그의 초기작과는 달리 '밝고 긍정적인' 인간형을 주인공으로 내세운 작품이라고 평가되기 때문이다.

손창섭의 「잉여인간」을 수상작으로 결정한 제4회 동인문학상 심사결과의 발표가 1959년 10월호에 실리는데, 특이하게도 심사과정이 좌담회 형식으로 함께 게재되었다.[12] 백철·안수길·최정희·황순원·김동리 5인이 심사를 보았다. 백철은 손창섭의 「잉여인간」을, 김동리는 오영수의

---

10) 위의 책, 317면.
11) 앞의 책, 315면.
12) 『사상계』, 1959.10, 403~411면.

「메아리」를, 최정희와 황순원은 서기원의 「음모가족」을 추천했으나 격론 끝에 결국 수상작은 「잉여인간」으로 최종 결정되었다.13)

서기원의 「음모가족」을 놓고 백철과 황순원, 최정희는 논쟁을 벌인다. 백철은 이 작품이 '지성적' 감각이 결여되어 있다고 폄하하는데, 이에 대해 황순원과 최정희14)는 요즈음 작가들은 그 지성적 감각을 너무 겉으로 부자연스럽게 드러내는 데에 비해, 서기원은 「음모가족」에서 그 감각을 '가라 앉혀' 놓았다고 반박한다.15) 쟁점은 '지성적 감각'이 평가의 기준이 될 수 있는가가 아니라 서기원의 작품이 그러한 기준에 부합하는가 미달되는가였던 것이다. 분명한 것은 '지성적 감각'이 심사의 중요한 기준이 되고 있다는 사실이다.

동인문학상의 심사기준이 구성이나 문체와 같은 형식 면보다도 사상이나 이념에 압도적 우위를 부여한다는 사실은, 1960년 2월 『사상계』에 실린 김우종의 「동인상 수상작품론」에서도 명백히 드러난다. 연령과 관록 등의 이유로 동인상의 심사는 맡지 않았지만 서북 출신으로서 문학에 있어 '이념성'을 누구보다도 강조했던 김우종은, 1회부터 4회까지의 동인상 수상작들을 함께 놓고 네 작품의 공통점으로 '휴머니즘'과 같은 사상성을 분명히 지적한다.

제5회 동인문학상은 당선작이 없이 이범선의 「오발탄」과 서기원의 「이 성숙한 밤의 포옹」이 후보상을 공동 수상했다.16) 백철·안수길·황순원·최정희 4인이 심사를 보았다.17) 안수길은 이범선의 작품을 추천하면

---

13) 평북 의주가 고향인 백철은 심사과정에서 무리하게 손창섭의 작품을 내세운 인상이 강하다. 손창섭의 출생지는 평남 평양이다.
14) 시인 김동환의 부인이었던 최정희도 이북(함남 단천)이 고향이다.
15) 『사상계』, 1959.10, 405면.
16) 『사상계』 1960.10, 322면.
17) 이들 네 사람은 동인상 심사를 자주 담당하고 있었다. 이 네 사람 모두 이북 출신의 문인들인데, 이 동인상 심사위원들과 1960년대 초(1961~1964)에 나온 『세계 전후문학 전집』(신구문화사)의 편집위원들의 인적 구성의 유사성이 발견된다. 『세계 전후문학 전집』의 편집위원들 중 백철과 안수길은 고정 편집위원으로 참여하고 있었으며, 최정희

서, 서기원의 「이 성숙한 밤의 포옹」을 배제하는 이유로, "「이 성숙한 밤의 포옹」은 (…중략…) 사회성보다 내면의식이 뒷받침이 되어 있는 작품"으로서 "氏의 종래의 작품이 대체로 그런 것같이 어두운 세계에서 벗어나지 못했"다는 데에 문제가 있다고 했다.18) 이러한 평가방식은 사실상 3회 동인상 심사에서 손창섭의 소설에 대해 심사위원들이 보여준 평가와, 그리고 김우종의 「동인상 수상 작품론」(1960)의 관점과 매우 흡사한 논리이다.

이에 대해 황순원은, (특히 주인공이 상희를 찾아가는 대목에서 작품의 전후관계가 연결되지 않는다는 비판에 대해) "(작품의) '나'는 자기의 인간을 회복할 수 있는 계기가 좀더 무르익기까지 인간 상실의 세계에 다시 침전해 들어가지 않으면 안되었던 것"이라고 서기원의 작품을 변호한다.19) 옹호하든 비판하든 심사위원들의 심사기준의 유사성이 발견된다. "어두운 세계에서 벗어나"야 하며, "인간성 회복"과 같은 긍정적 요소가 나타나야 한다는 것이다.

계속해서 황순원은 "요즘 소설"의 일반적 풍조를 언급하면서, "소설의 무대는 도시여야 하고, 나오는 인물은 지식인이어야만 소설의 자격을 갖추는 듯한 의곡된 풍조"가 있다고 한다. 황순원의 이러한 지적은 오유권의 「월광」의 긍정적 측면을 이야기하는 과정에서 나온 것인데, 황순원의 심사평에서는 오유권이 최종 심사과정에서 심사위원들에 의해 배제된 이유가 거론되어 흥미롭다. 오유권의 「월광」이 시골에서 일어나는 사소한 일을 소설의 소재로 삼은 데에 대하여, "테마 추구에 있어서 깊이"가 결여되어 있다는 점, 심지어 "오 씨의 작품 경향은 현실

는 일본 전후문제작품집 편집에, 이어령은 한국 전후문제작품집을 비롯하여 일본 작품집을 제외한 전체 편집에 관여했다. 영미와 유럽의 전후문제작품집에는 백철·안수길·이어령 외에도 김붕구·여석기·이효상 등이 편집에 관여했다. 이는 1950년대 문학 담론에 있어 주로 『사상계』를 중심으로 하여 월남 문인들이 '전후문학', '외국문학'의 담론을 주도하고 있었다는 사실을 의미하는 것으로 보인다.
18) 『사상계』 1960.10, 323면.
19) 위의 책, 326면.

도피"라는 지적까지 나왔다는 것이다.[20] 이 또한 당시 심사위원들의 심
사기준, 감각을 보여주는 대목이다.

　백철은 「오발탄」을 수상작으로 지지하는 근거로, 이 작품이 "부패 현
실과의 대결, 휴매니티의 변호"를 보여주고 있다는 점을 거론했다.[21] 이
러한 심사평들을 종합해 볼 때, 역시 심사기준으로 작용하고 있는 것은
"테마", "휴매니티"와 같은 사상, 내용의 문제, 그리고 "어두운 세계"로
부터의 탈피, "인간성 회복"과 같은 '건설'적 요소 등임을 알 수 있다.

　『사상계』 1962년 10월호에 발표된 제7회 동인문학상은 전광용의 「꺼
삐딴 리」, 이호철의 「닳아지는 살들」이 공동 수상했다.[22] 심사위원으로
는 백철·황순원·안수길·김동리, 그리고 영문학자인 여석기가 참여했
다. 동인상 후보에 오르는 작가들이나 심사위원들을 살펴볼 때, 1956년
초기부터 줄곧 월남 문인들이 동인문학상을 거의 완전히 독점하고 있음
을 알 수 있다.

　『사상계』는 1959년 2월호의 「편집후기」를 통해 "최근 우리 문단은 단
편도 그렇지만 특히 장편에서 무게를 잃고 있는 것 같다. 그래서 勇斷
을 내린 것이 가장 순수하고 믿음직한 작가들의 장편을 싣자는 것이다.
來월호부터 이 장편에 주력할 생각"이라고 소설란 편집 방향을 밝힌
다.[23] 당시 문학을 평가하는 기준으로 사상·이념이 구성이나 문체에
비해 압도적 우위를 가지고 있었음은 이미 지적한 바인데, 「편집후기」
에서 보이는 바와 같이 "단편도 그렇지만 장편에서 잃는 무게"란 사실
상 '사상'의 부족을 지적하는 것이다. 단편이란 그 특성상 구성이나 문
체에 중점이 놓일 수밖에 없는 것이기 때문이다. 장편이야말로 '이념'

---

20) 『사상계』 1960.10, 325면.
21) 위의 책, 327면.
22) 함남 북청 생인 전광용은 앞서 언급한 대로 1956년 제1회 『사상계』 논문상을 수상한
　　바 있었다. 이호철도 함남 원산 생이다. 이 두 편의 소설은 모두 『사상계』 1962년 7월
　　호에 발표된 작품들이다.
23) 『사상계』, 1959.2, 442면.

위주의 문학관이 가장 잘 드러나는 형식임은 말할 것도 없다.

『사상계』의 이러한 편집방침에 대한 표명, 그리고 당시 '새로운' 문학을 평가하는 척도였던 이념과 사상의 기준은 작가들의 창작 경향에 실제로 영향을 미친 것으로 보인다. 전후세대 작가들과 이북 출신 작가들로부터 이 시기 이후 장편이 쏟아져 나오기 시작한 점이 그 하나의 방증이 된다.[24]

논의를 요약해 보면, 『사상계』의 동인문학상과 관련하여 몇 가지 사실을 추출해 낼 수 있겠다. 1950년대 중반 이후 1960년대 초까지 동인문학상은 작가나 심사위원진을 불문하고 이북 출신의 월남 문인들이 완전히 장악하고 있었다. 이들은 문학의 혁신을 말하면서 그 핵심에 '사상'과 '이념성'을 두었다. 이러한 경향은 강력한 제도로 기능하면서 작가들의 창작 경향을 견인해 가는 면모를 보이기도 했다.

2) 문학의 공리적 기능과 '긍정의 윤리'

주지하다시피 1950년대 중반은 실존주의의 열풍이 한국문학계를 휩

---

24) 1959년 2월호 「편집후기」에 예고되었던 장편소설 편집방침과 관련하여 그 첫 번째 소설로 나온 작품이 3월호의 『낙서족』이다. 이는 손창섭의 첫 장편이기도 하다. 1959년 4월호에는 그 전호에 실린 손창섭의 장편 『낙서족』에 대한 평이 기획되었다(『사상계』, 1959.4, 315~323면). 장편 편집은 『사상계』의 야심찬 기획이었던 만큼, 많은 평론가들로 하여금 이 작품에 대한 평을 안출하게 하였다. 백철 · 김우종 · 유종호 · 이어령 · 김동리 등이 비평을 제출했는데, 작품의 평가에 있어 김동리를 제외하고는 모두들 '아연실색'하는 점이 눈에 띈다. 작품 평가에 있어 상당한 '논란'이 벌어진 것이다. 무엇보다도 논란이 되는 것은, 이 작품이 손창섭의 소설이 근래 보이고 있는 '긍정적 인간형의 모색'의 연장, 완성태이냐 아니면 초기의 인간 모멸, 야유로 회귀했느냐의 문제였다. 특히 김우종이 손창섭의 "니힐"에 대한 비판 의사를 극명하게 드러냄으로 인하여 이후에도 이 논란은 이어지게 된다. 김우종의 극단적 비판에 대하여 6월호 독자란에서 한 독자가 김우종을 재비판하고, 이에 대해 이례적으로 김우종이 직접 답변하는 상황까지 발생한다.

쓸고 있던 때였다. 이 시기까지만 해도 '한국의 실존주의'는 '허무적' 분위기가 매우 강한 것이었다. 이러한 상황에 대하여 『사상계』 지식인 집단을 대표하는 장준하가 보인 반응은 주목할 만하다. 1955년 2월호의 권두언은 장준하의 문학관이 최초로 노출되는 글이다. 1955년 1월 편집위원회 체제 도입과 김성한의 주간 취임 직후 나온 이 글은, 장준하의 문학관을 넘어서 김성한을 위시한 월남 문인들의 한 축이 어떠한 문학관을 가지고 있었는지를 시사하는 글이기도 하다.25) 조금 길게 인용해 볼 필요가 있겠다.

> 문학작품에서는 인간감정, 정신 그리고 그 논리와 기반이 되어 있는 『사상』이 작가의 참신하고 예리한 추리와 감각으로 분석되고 이해되고 비판되어야 할 것입니다. (…중략…) 문학은 그 시대의 문화를 근간으로 삼고 거기에 핀 꽃이며 잎새라는 말을 들었습니다. 꽃이나 잎새는 그 나무ㄴ 풀의 생명을 위하여 있는 것입니다. (…중략…) 그러므로 우리에게 문학이 필요한 것은 우리 민족이 더욱 발전하고 향상하여 그 아름다운 향기를 만방에 떨치기 위함이라 하겠습니다. (…중략…) 우리는 문학의 두 가지 기형아를 봅니다. (…중략…) 우리는 들었습니다. 밤낮을 가리지 않고 긴 머리채를 늘이고 시꺼먼 손톱을 부끄러워할 줄 모르는 청춘남녀가 어두컴컴한 지하실 구석에서 통음난무하고 비분강개하며 외치는 전후 불란서문단 일부의 행진곡을. 우리는 보았습니다, 연기 자욱한 다방 구석에서 정신병자 모양으로 천장만 바라보는 작가와 현대문학의 진수라고 교설을 늘어놓는 일부 인사들을. 이들은 확실히 사이비문학에 사로잡힌 노예가 아니면 환자로밖에 보여지지 않습니다. 우리는 이러한 문학에서 해방되어야 하겠습니다. (…중략…) 진실한 작품이 나와야 하겠습니다. 이러한 작품이야말로 민족을 복되게 하고 인류의 문제를 풀어 줄 것입니다.26)

---

25) 앞서도 말한 바와 같이 1955년 8월 제정된 '사상계 헌장'은 김성한이 쓴 글이다. 김성한은 장준하를 대신해 권두언도 많이 썼다고 한다(『광복 50년과 장준하』, 장준하선생 20주기추모사업회, 1995, 16면). 특히 문학예술 관련 권두언들은 김성한이 주로 썼을 것으로 추정된다. 1955년 2월호의 이 권두언도 실제로는 김성한이 썼을 가능성이 높다.
26) 「권두언」, 『사상계』(1955.2), 『장준하 전집』 2, 세계사, 1992, 45~46면.

선천의 신성학교 시절 이미 노신(魯迅)에 심취한 적이 있던 장준하는 인용문에서 보이듯이 당시 열풍이 불던 실존주의문학을 언급하면서, 한국의 현대문학이 이러한 허무와 퇴폐로부터 탈출해야 하며 문학의 핵심은 '사상'으로서, 그 '사상'은 민족과 세계의 문화 건설과 발전에 이바지할 수 있는 것이어야 한다는 시각을 보여준다.

평북 정주 출신으로 이후 1957년에 「불꽃」으로 동인문학상을 수상한 선우휘도 다음과 같이 말한다. "다만 「불꽃」을 쓸 때 일본문학에서 영향받은 우리나라의 사소설적 문학은 탈피하여야 하지 않을까 제자리에서 맴돌다마는 숨막히는 분위기에서 하루바삐 벗어나야만 하지 않을까 하는 어렴풋한 일종의 百撥的인 기분에 젖어 있었던 것은 사실이다."27) 선우휘가 여기서 말하는 바 "일본문학에서 영향받은 우리나라의 사소설적 문학"으로부터의 탈피는, 어떤 면에서 보면 장준하의 이야기와 같이 '허무와 퇴폐'의 문학으로부터의 탈피를 의미하는 것이기도 했을 것이다.

장준하는 1955년 7월호의 권두언에서도 재차 이러한 문학관을 피력한다.

> 문학이 (…중략…) 근대 시민사회에서 독립된 자리를 차지한 이래, 우리 인류 사회에서 선을 조장하고 악을 제거함으로써 인간정화에 이바지한 바 실로 큰 줄로 알고 있습니다. 근자 우리 문학의 현상과 그 지향하는 추세를 조용히 살필진대 참으로 한심을 금할 수 없음은 비단 필자만의 소견은 아니라고 믿습니다. 혹자는 도당을 규합하여 타락된 정치가 이상으로 모략중상을 일삼고, 혹자는 엄숙한 현실의 부르짖음에서 눈을 돌리고 인간 비정(卑情)에 호소하여 문학 본연의 사명을 저버리고 세속을 향하여 선정(煽情)을 되풀이하고 있습니다. 이로써 과연 문학인의 사명을 다하고 있다고 뉘라서 단언할 수 있겠습니까? 모름지기 문학인은 자기 所業의 엄숙함을 깊이 통찰하고 미치는 바 영향의 지대함을 자각하는 동시에 .사회와 민족과 인류에 대한 절실한 책임 위에서 문학활동을 해야할 줄로 압니다. (…중략…) 온 겨레가 피로써 싸우고 땀으로 일하는 사이에

---

27) 선우휘, 「처녀작의 처녀성」, 『한국전후문제작품집』, 신구문화사, 1961, 415면.

종일을 다방에서 담배와 더불어 소일하고 해가 지면 주효에 만취하여 大言壯語
를 일삼는 자는 이 사회에 해는 줄지언정 결코 利를 줄 수는 없습니다.[28]

이 글에서도 보이듯이, 장준하로 대표되는 『사상계』 집단의 '공식적
인' 문학관은 계몽주의적이고 공리적인 토대에 확고히 기초하고 있음이
나타난다.[29]

『사상계』의 주간을 맡고 있던 김성한의 문학관도 같은 맥락에 놓여
있다. 김성한의 문학관을 엿볼 수 있는 다음 글의 일절을 살펴보자. "여
기에서 가장 근본문제는 작가로서의 사명감이라고 믿는다. 문학이라는
것이 대중에게 즐거움을 주는 오락에 그치지 않고 악을 제거하고 美를
고취하는 한 개 힘으로서 보다 나은 창조에 참여하는 지엄한 사명을 가
지고 있을진대 문학인은 이 길을 매진할 의무가 있다고 생각한다."[30]
이러한 그의 견해가 문학의 공리적인 기능을 강조하는 것임은 말할 것

---

28) 「권두언」(1955.7), 『장준하 전집』 2, 세계사, 1992, 55~56면.
29) 장준하의 이러한 생각은 일관되게 유지된다. 1961년 11월 『사상계』 통권 100호 기념
특별 증간호는 문학만으로 꾸며졌다. 이 호의 권두언은, 『사상계』 지식인 집단이 문학
에 대해 가지고 있던 관점을 집약해서 표현하고 있어 주목을 요한다. 권두언은 다음과
같이 말하고 있다. "『사상계』지가 그 百號를 맞이함에 自祝의 뜻도 없지 아니하여 이
제 증간을 내고 그 전부를 문학에 바친다. 우리의 신문학이 길을 나선지 어언 반 세기
(…중략…) 문학이 나라와 민족을 잃지 않겠노라고, 잊어서는 안되겠다고 몇번이고 다
짐해 온 그 맹세를 우리는 영구히 기억할 것이다. (…중략…) 그리고 우리는 우리의 문
학이 현실의 앞잡이로서 지조를 팔고 진실을 왜곡하며 통속과 타협의 장거리에 나서기
를 원치 않는 반면에 다만 창백한 안색을 짓고 사이비 상아탑에 스스로 유폐되는 것도
원치 않는다. 지금이야 말로 우리의 민족문학의 수립을 위한 슬기롭고 양심적인 문학
에의 헌신자를 우리는 待望하여 마지 않는 것이다. 이제 『사상계』가 백호를 거듭하면
서 그 동안 종합지로서의 高貌를 갖춘 채 적지 않은 지면을 문학 창작면에 할애해 온
연유도 바로 이 점에 있었다. 순수 문학지를 지향하는 여타의 잡지 못지 않게 우리가
한국문단의 번영과 발전을 위해 이바지함이 있었다고 은근히 자부함이 있다면 그것은
오로지 우리의 이러한 기원과 裏情에서였다고 할 것이다. (…중략…) 그리고 '동인문학
상' 및 '신인문학상'의 창설로서 우리 문학계에 활기와 新風을 불어넣고자 한 노력도
또한 여기 들지 않을 수 없을 것으로 생각한다." 『사상계』 100호 기념 특별 문예 증간
호, 30~31면.
30) 김성한, 「서생의 독백」, 『서울신문』, 1956.8.24; 구인환 외, 『한국 전후문학 연구』, 삼
지원, 1995, 286면에서 재인용

도 없다.

장준하나 김성한·선우휘의 이러한 문학관은 사실 신문학의 역사만 고려하더라도 오래된 것으로 근본적으로는 계몽주의적 전통에 놓여 있는 것이다. 이광수는 민족을 살리는 길이 유교적 전통에 묶여 있는 민중을 깨우쳐 근대화하는 데에 있으며, 문학 역시 이 목적을 위한 수단으로서 그 자체 근대화되어야 한다고 생각했다. 결국 이광수에게 있어 문학을 하는 것은, 그가 오산학교의 교사가 된 것과 마찬가지로 '민족운동의 실천'이었던 셈이다.[31] 민족운동의 실천으로서 문학을 한다는 것은 곧 신문학이 문화운동의 붐을 이끌어줄 수 있기 때문이었다. 다시 말해서 신문학이 식자층에게 한국의 정치적 문화적 의식을 심화시키는 수단으로 사고된 것이다.[32]

함남 함흥이 고향으로 월남 후 해방기에 유주현과 『백민(白民)』을 편집했으며 1953년에는 조병옥이 대표로 있던 『자유세계』를 편집하기도 했던 박연희는, 자신의 「창작 노우트」를 통해 우선 카뮈의 영향을 받았음을 고백한 후, 다음과 같이 말한다.

> 여기서 말하는 성실(작가의 성실—인용자)이란 역사를 작가가 올바로 보려는 자세가 독자에게 활자로 전달되는 경우를 말함이다. 쓴다는 행위는 유희가 아니라 침울 속에 잠겨 있는 독자에게 뭣을 일깨워 주는 거라고 믿어질 때 더욱 두려워 진다. 그것을 '자유'라고 가정해도 좋다. 작가의 이미지 속의 자유를 독자와 더불어 인간 전체에게 불어넣을 수 있는 무기는 역시 소설이 아닐지? (…중략…) 현대사회에 살고 있는 작가가 歲入歲出('현실변화'를 의미—인용자)에 무관심하다는 것은 역사적 사실에 외면하는 건 아닐지. (…중략…) 역사는 진전하기 마련이다. 그 속에서 살아가고 있는 인간형을 잘 그려야 하겠는데 (…중략…) 더욱 민족주의적인 감정에 빠져서는 안된다고 스스로 경계를 하기로[33]

---

31) 정명환, 『한국작가와 지성』, 문학과지성사, 1978, 19~20면.
32) M. Robinson, 김민환 역, 『일제하 문화적 민족주의』, 나남출판, 1990, 129면.
33) 박연희, 「창작 노우트」, 『현대한국문학전집』 1, 신구문화사, 1981, 479면.

인용문에서 우선 확인되는 것은 소설을 일종의 '계몽의 도구'로 바라
보고 있다는 점이다. 그러한 계몽의 내용은 '자유'가 될 수 있음을 언급
하기도 하지만, 인용문의 말미에서 노출되듯 그것은 '민족주의'이기도
한 것이다.34)

『사상계』 1962년 9월호는 「문학 심포지움(2)-신문학 50년 소설」을
통해 신문학 개화 이후 50년간의 문학사를 정리, 평가하는 자리를 마련
한다. 이 심포지엄에서 백철은, 같은 심포지엄에 올라 온 김동리의 글에
비해 비교적 차분하고 객관적으로 논지를 전개하려는 의도를 드러낸다.
백철은 이광수의 『무정』을 언급하면서, 이광수는 "문학을 한다고 생각
하고 소설을 쓴 것보다는 개화운동을 하는 자각으로 소설을 쓴 것", 즉
"소설을 '開化의 괭이'(육당의 말)로 삼은 것"이라고 말한다. 이는 "당시
민족 실력운동의 일선에 서야만 한다고 생각된 청소년의 독자층을 대
상"으로 민족의식을 불어넣기 위해 그렇게 했다는 것이다. 백철은 이어
서, 이러한 사실은 "한 시대의 문명적인 세력이 어느 정도 그대로 문학
세력으로 나눠진 사실을 반증해 주는 대목"이라고 했다.35)

백철의 이 말은 이광수의 시대에 있어 지식층("문명적 세력")과 계몽문
학의 생산 혹은 수용의 층이 거의 겹친다는 말이 되는데, 이러한 주장
을 조금 다른 관점에서 해석하면, 이광수의 시대에 있어서는 지식인 담
론이 계몽문학의 텍스트를 통해 전면적으로 노출되고 있었다는 이야기
가 되기도 하는 것이다. 백철은 다음과 같이 말한다. "「무정」에서 시작
된 춘원의 소설에서 반성되는 것은 소설과 사고적인 것과의 관계이다.

---

34) 이철범은 박연희를 논하면서 다음과 같이 말한다. "박연희도 간간이 사르트르, 카뮈
   얘기를 끄집어 내기도 했지만, 본바탕이 러시아 문학의 풍토에서 자랐다는 것을 쉽사리
   알 수 있었다. (…중략…) 그때부터 남달리 사회의식, 역사의식을 강조하고 있었다. 정치
   에 대한 관심은 작고한 평론가 임긍재와의 깊은 교우관계에서 많은 영향을 받기도 했으
   며 부산 시절 유일한 야당지였던 『자유세계』(조병옥이 사장이었다-인용자)의 편집장
   을 한 탓도 다분히 있었다고 생각한다." 이철범, 「서민감정과 사회의식-박연희론」, 『현
   대한국문학전집』 1, 신구문화사, 1981, 455면.
35) 백철, 「가난한 대로의 우리 유산」, 『사상계』, 1962.9, 288~289면.

(…중략…) 작자 자신이 작품의 표면에 뛰어 올라서 사상을 연설하는 것
이 눈에 거슬리면서도 그런 장면에서도 설복되는 것이 컸던 것은 사고
적인 것이 소설의 한 매력인 점을 증명한 사실이다. 그런데 우리 소설
사가 뒤에 단편소설로 자리를 바꾸면서 이 사고적인 것, 사상성같은 것
이 거의 무시되어 버리고 만 사실이다. (…중략…) 근래에 나온 우리 젊
은 작가들의 중편적인 야심작에선 많이 사고적인 내용이 부활되고 있다
는 것"에 주목이 간다고 했다.36) 백철은 신문학 태동기의 이광수의 소
설과 1950년대 후반에서 1960년을 전후한 시기의 '젊은 작가들'의 소설
을 '사상성'을 내세운다는 점에서 공통된다고 보았던 것이다.

　감각적으로 이야기된 백철의 이러한 주장은 실상 상당한 설득력을
가지는 것으로 보인다. '과거로부터의 단절'을 내세우는 일반적인 계몽
기의 특성에 비추어 볼 때, 『무정』의 시대와 1955~1963년의 시기는 담
론의 성격에 있어 매우 유사한 면을 보여주었기 때문이다.

　그렇다면 계몽주의 전통에 연결되는 이러한 문학관에 대하여 반대
입장의 반응도 짚고 넘어갈 필요가 있을 것이다. 백철의 글이 실린 것
과 같은 심포지엄에서, 김동리는 「한국 소설의 고민과 반성과 희망」을
통해 그간의 흐름에 대한 하나의 정리를 시도한다.

　이 글에서 김동리는 최초로 근대소설의 씨앗을 뿌린 이광수의 "작가적
자세는 너무도 현저한 이상주의"를 보였으며, "따라서 인간을 (…중략…)
선악이란 관념의 대신자들로서 그렸다. (…중략…) 이 선악이란 관념은
사회적인 功利性과 결부되어 (…중략…) 반향을 일으켰지만" 기실 우리
소설문학의 정상적 발전을 저해했다고 주장한다. 이러한 이상주의 혹은
이념의 압도에 대한 지적은, 김성한의 소설들에 대한 비판의 논리로도 읽
힐 수 있는 것으로 사실 1950년대 소설의 주된 특성 중 하나였던 것이
분명하다. 김동리가 말하듯이 그러한 경향이 한국 소설문학의 발전을 저

---

36) 백철, 위의 글, 289면.

해한 것인지 여부에 대하여는 판단하지 않더라도, 분명한 것은 김동리가 당시 소설의 '이념 압도'적 경향을 정확히 문제삼고 있다는 사실이다.

김동리가 말하는, 이광수 류의 공리적 문학이 저해했다는 우리 소설 문학의 "정상적 발전"이 어떤 방향을 뜻하는 것인가는 곧이어 드러난다. 그는 계속해서 "한국 소설엔 표현적 여유가 결핍"되어 있으며 "예술적 인 형상성에 있어 전체적으로 미달감이 든다"고 말한다.[37] 표현과 형상 성의 문제가 그것인데, 이러한 주장은 김동리로 대표되는 문협, 『현대문 학』계열의 예술관을 노출하고 있다는 데에서 눈길을 끈다. 이는 곧 당 대 순수-참여 논쟁에 있어 순수문학론 계열의 입장이 드러나기도 하는 것인 바, 다음의 구절은 이러한 사실을 확인해 준다.

> 우리의 소설은 너무나 뚜렷한 사회적인 대의명분에 의하여 크게 위축되고 있 는 것 같다. 과거엔 민족운동이요, 8·15 이후엔 반공투쟁이 그것이다. (…중략…) 사회적인 또는 민족적인 대의명분이 소설을 지배한다고 생각해 볼 때 거기엔 공 식적인 공리성이 또한 자율적인 인간성을 저해할 것이다.[38]

김동리로 대표되는 『현대문학』계열의 이러한 문학관에 대하여, 평론 가 김우종은 1950년대 중반부터 줄곧 격렬히 비판했다. 김동리의 작품 에 대한 비평의 방식을 취하고 있는 다음 글이 그 한 예이다. 김우종은 김동리의 장편 『사반의 십자가』에 대한 평인 「주제와 구성의 문제-'사 반의 십자가'에 대하여」(『현대문학』, 1958.12)을 통해 그를 '플롯 중점주의 자'라고 칭한다. 김우종은 소설에 있어서 플롯의 중요성은 인정하지만 그것은 "어디까지나 테마를 구현하는 과정일 뿐"[39]이라고 말한다. '테 마'란 "사상을 문학 상에 구현"한 것인데, 김동리는 그러한 '사상'에 있 어 "든든한 자격"을 갖추지 못했으므로 『사반의 십자가』의 결함을 낳을

---

37) 김동리, 「한국 소설의 고민과 반성과 희망」, 『사상계』, 1962.9, 286면.
38) 김동리, 위의 글, 286면.
39) 『현대문학』, 1958.12, 244면.

수밖에 없었다고 보았다.

'사상'에 있어 김동리는 작가로서의 '자격'이 없다는 김우종의 이러한 비판은 매우 도발적이다. 김우종은 다른 글들에서도 이 '사상성'을 강조한다. 그는 사상성이야말로 한국문학의 질적 향상을 이룩할 방법이라고 단호하게 주장한다.[40] 그는 현대문학사에서 '사상성'이 제대로 전개되지 못한 예로 이광수의 계몽사상에 대립하여 출발한 김동인이나, 카프의 목적문학을 부정한 순수문학의 허약성을 거론하면서, 이 '사상성의 결핍'이야말로 한국 현대문학의 전개를 순수 일변도로 흐르게 한 원인이라고 비판했다.

김우종의 사상, 이념 우위의 문학관은 다음과 같은 글에서도 내재해 있다. "(고전문학에서) 그처럼 부정되어 버린 여러 가지 요소 속에는 우리가 결코 부정해서는 안될 중요한 요소도 잠재되어 있었다. 고대소설의 주제는 결국 거의 모두 권선징악이라는 한가지에 귀착한다고 할 것이다."[41] 한국의 고전문학을 '체념과 운명의 세계'라고 비판했던 김우종이 고대소설에서 '권선징악'이라는 주제 한가지만은 부정해서는 안된다고 말하는 이유가 궁금해지는 부분인데, 그가 말하는 '권선징악'이란 결국 '사상' 혹은 '윤리'의 문제라는 것을 간취한다면 문제의 핵심은 어렵지 않게 드러난다. 고전소설들에서 발견되는 '권선징악'의 테마는 "다름 아닌 정의감이요 공동사회의 복리와 평화로운 발전을 위한 간절한 염원"이기 때문이다. 결국 현대소설들에서 마땅히 드러나야 하는 '위대한 사상' 역시 민족과 국가의 발전을 담보할 수 있는 '그 무엇'이어야 함은 분명하다. 김우종이 문학의 순수론자들을 비판하는 것은, 작가들이 그러한 막중한 과제를 안고 있음에도 예술의 순수성만을 강조할 뿐 '위대

---

40) 김우종, 「문학의 순수성과 이데올로기」, 『한국일보』, 1960.2.7; 「당면과제의 사적 고찰」, 『현대문학』, 1960.8.

41) 김우종, 「고대문학사상 재고—한국 현대문학의 사적 생성과정과 그 맹점」, 『현대문학』 1960.4, 238면.

한' 문학을 만들기 위한 '사상'을 형성하는 데에 등한했기 때문이다.

그렇다면 김우종은 자신이 말하는 그러한 이념을 드러낼 가능성을 가진 현대문학의 징후를 무엇으로 보았는가가 의문의 대상이 되지 않을 수 없다. 그가 그 징후의 하나를 김성한·선우휘 등의 소설에서 보았을 것이라는 추측은, 앞에서도 언급한 바 있는 그의 글 「동인상 수상 작품론」을 근거로 어렵지 않게 해 볼 수 있다. 문학에 있어 '이념' 혹은 '사상'에 대한 그의 강조는, 그가 왜 손창섭의 『낙서족』에 대해 그토록 분개했는지를 설명해 주는 것이기도 하다.[42]

2. 문학의 '참여론'과 실존주의의 굴절

1) 실존주의의 한국적 굴절

당시 '실존'은 문학, 철학뿐만 아니라 문화 전반에 걸쳐 최고의 화두였다. 철학 분야에 있어 실존철학의 바람은 한국전쟁 당시 피난캠퍼스에서부터 일기 시작했다고 한다.[43] 서울대의 박종홍·고형곤 두 교수가 하이데거와 야스퍼스의 철학을 집중적으로 강의하면서 학생들 중 압도적 다

---

42) 김우종의 『낙서족』 비평에 관한 사정은 본 장 24번 각주를 참조.

43) 한편 철학계 내부에서 실존주의 못지 않게 많은 관심을 끈 것은 미국의 프래그머티즘이었다. 이 시기에 윌리엄 제임스의 『프래그머티즘』, 블라우의 『미국철학의 인간과 사상』 등이 번역됐고, 국내 저술로는 안병욱의 『미국철학사』, 김계숙의 『구미교육과 철학의 동향』 등이 나왔다. 프래그머티즘의 강한 영향은 교육학 쪽에 더욱 뚜렷했다고 한다 (이한우, 『우리의 학맥과 학풍』, 문예출판사, 1995, 110면). 실존주의와는 전혀 이질적이라 할 수 있는 프래그머티즘에 대한 이러한 관심은, 당시 국내 지식인들의 미국적 학풍에의 경사 현상을 보여주는 것으로 문학계에서 신비평의 수용에 일정정도 대응되는 현상으로 보인다. 이는 사실상 1960년대 이후 학계의 동향을 예고하는 것이라 볼 수 있다.

수가 이 두 철학자를 전공하게 되었다. 이는 다른 대학들도 마찬가지였다고 한다. 1950년대 초반부터 번역서들이 줄을 이었고 김준섭·이효상·안병욱·조가경 등의 저서가 출간되었다.[44]

문학 쪽에서 실존주의의 광풍이 얼마나 대단한 것이었는가 하는 점은, 최일수가 「우리 문학의 현대적 방향」(『자유문학』, 1956.12)에서 "문학이 마치 실존주의의 해설판처럼 되어있다"고 말한 데서 단적으로 드러난다. 이러한 실존주의의 열풍은 『현대문학』 등의 문예지가 본격적으로 등장한 1955년 이전에 이미 『사상계』(『사상』 포함)가 여러 차례에 걸쳐 실존주의를 집중 소개한 데서도 짐작할 수 있다.[45]

이러한 분위기는 적어도 1960년경까지는 남아 있었던 것으로 보인다. 1960년 벽두에 있었던 카뮈의 죽음 직후 문단의 일각에서는 이례적으로 외국작가에 대한 추도회(1960.1.15)가 열렸다. 『자유문학』 1960년 3월호의 카뮈 특집에 실려 있는 이헌구의 추도사 일절에서도 한국에서의 실존주의 열풍의 잔영이 발견된다. 그는 추도사를 통해 카뮈를 "20세기 후반기에 사는 우리들의 정신적 동지"라고 칭하면서, 카뮈는 "모든 현대 지식인의 고민을 한 몸에 짊어진 채 이 세상에 태어"났으며, 그의 죽음을 추도하는 이 자리는 "우리들 속에서 재생될 까뮤의 삶과, 문학 내지 예술에 던져준 그 의미를 더 한층 마음 속에 받아들여 반항에 의한 창조로 나가야 할 결의를 굳게 하는 자리"라고 말한다.[46] 수 차례에 걸쳐 카뮈가 한국의 문인, 지식인의 '동지'임을 강조하고 있는 점이 눈에 띠며 카뮈의 고민이 곧 '모든 현대 지식인의 고민'임을 역설하는 부분이 이채롭다.

'실존'이 당대의 담론에 있어서 얼마나 압도적인 것이었나 하는 점은, 그것이 당대는 물론 다음 세대들에게까지 선험화된 감성으로 살아 있었

---

44) 이한우, 위의 책, 108~109면.
45) 1952년 11월호, 1953년 12월호, 1954년 1·8·11월호 등의 소개가 대표적인 것들이다.
46) 『자유문학』, 1960.3, 62면.

다는 김현의 말에서도 충분히 짐작되는 것이다.47) 또한 그렇게 압도적이
었음에도 '실존' 담론은 철학적·인식론적으로 생산, 운위된 것이 아니라
'정서적 분위기' 속에서 증폭되었다는 점은 두루 지적되는 사실이다.

조가경은48) 실존철학 자체가 "감수성으로써 엮인 '분위기'"의 측면이
있음을 배제하기 힘들다고 말하면서, "기분적 피규정성과 개념적 규정
성의 두 측면은 어느 하나 없이도 실존철학의 구체적인 이해를 어렵게
만들 것"이라고 한다.49) 조가경은 더불어 실존철학과는 구별되는 '실존
사상' 혹은 '실존'에 대하여 언급하는데, 그것은 하나의 개념이라기보다
"인간의 특정한 자기이해의 의문에서 오는 기분적 불안정성의 표현"이
라고 했다. 실존이란 "세계연관과의 자명한 유대에서 벗어나 확고한 의
미와 질서의 밖으로 빠져나간 인간이 자기 자신의 위치에 대하여 갖는
새삼스러운 의심"이라는 것이다.50) 사실 조가경의 이러한 언급은 특히
1950년대 한국에서의 '실존주의 열풍'에 대한 적절한 설명이 되는 면이
있다고 생각된다. 어떤 면에서 실존주의는 분명 개념만으로 구성되는
그러한 '철학'은 아니기 때문이다.

또한 조가경은 실존주의가 출현하는 배경으로 맑스·키에르케고르·
니체 등의 유럽의 '결단주의'를 언급한다. 이 '결단주의'는 보수적 전통
에 대한 부정을 특징으로 하는 것으로, "현존하는 것을 극단히 비판하
고 새로운 시대를 초래케 하려는 일련의 강력한 사상운동"이다.51) 이러
한 측면은, 전통 비판이 요청되었던 50년대 후반 일군의 지식인들에게
실존주의가 호소력 있게 다가온 이유에 대해 시사하는 바가 있다. 보수

47) 김현, 「한 외국문학도의 고백」, 『상상력과 인간』, 일지사, 1975.
48) 1961년에 출간된 조가경의 『실존철학』은 학문적 노작이면서 그간에 한국에서 이야
기되었던 실존주의 관련 논의들에 대한 이론적 정리의 의미가 있는 저작으로 보인다.
서문에서 그가 말하는 "실존철학에 대한 결산"의 의미에는 한국에서의 논의를 의식한
측면이 있는 것이다.
49) 조가경, 『실존철학』, 박영사, 1961, 3면.
50) 조가경, 위의 책, 46~47면.
51) 조가경, 앞의 책, 218면.

성에 대한 혐오가 그것일텐데, 역사적 맥락이 다름에도 실존주의의 아
방가르드적 일면은 1950년대 한국의 새로운 지식세대에게도 강한 호소
력을 가졌을 것이다. 사실 이는 1950년대 한국 문단에 엘리엇이 집중
조명되는 것과 같은 맥락으로 보인다.

1950년대 한국의 실존주의 논의에 있어, 앞에서도 언급한 바와 같이
철학 담론이 주로 하이데거와 야스퍼스 등 독일철학의 영향하에 있었다
면, 문학은 사르트르·카뮈 등 프랑스문학의 영향하에 있었다. 그렇지만
이러한 차이는 실상 한국사회에서의 담론의 기능 면에서 별 차이가 없
었던 것으로 보인다. 문학이든 철학이든 결국 1950년대 한국 지식인 담
론의 지형에서 보면, 현실에 대한 '비판'과 '창조'의 당위성을 제공하는
데에 '실존주의'의 의미가 있었다고도 말할 수 있다.

'한국의 실존주의'가 특별히 '비판'과 '창조'(건설)에 사유의 지향점을
두는 것이었다면, 이는 서구의 실존주의에 대해서도 동일하게 적용되어
야 하는 것이었다. 이 말은 특수하게도 '한국의 실존주의'는 서구 실존
주의에 대한 비판의 맥락에 놓일 수밖에 없었다는 의미이다. 특히 『사
상계』가 지식 담론 전반을 주도하던 1950년대 말로 갈수록 '한국적' 실
존주의의 이러한 특성은 두드러질 수밖에 없었다.

조가경은 1961년 『실존철학』의 서문에서 "참된 실존철학론에는 비판
과 극복에의 모색이 속해야 한다고 믿는다"고 말하면서 자신의 저작의
의미에는 실존철학에 대한 "비판의 태도"도 포함되어 있다고 말한다. 그
는 "「존재」를 사유하는 데서 「세계」를 사유하는 길로 나감도 실존철학
극복의 두드러진 가능성"이며 특히 "우리 자신이 실존철학의 (…중략…)
구라파적인 형태의 테두리 안에만 머물러 있을 수도 없는 처지"에 있다
고 말한다.52) 그는 새로운 세대가 서구 실존주의로부터 비판적 거리를
취해 줄 것을 요청한다.

---

52) 조가경, 앞의 책, 4~5면.

만일에 실존철학이 특히 젊은 학도들에게 '실존적으로 호소하는' 힘이 큰 것이 사실이라면 그 이유는 아마도 청년들이 주어진 현실과 쉽게 타협하기를 꺼리고 이를 넘어서서, 보다 높은 이상을 쫓으려는 갈망을 가지기 때문이 아닌가 한다. (…중략…) 그러나 실존철학은 유감스럽게도 그의 엄숙한 세계관으로 유혹되어 모여든 사람들을 현실세계에 통하는 길로 인도하는 대신에 각자의 내면적 세계에 다시금 잠기기를 권한다.[53]

조가경은 신세대가 실존주의에 경도되는 것을 이해는 하면서도, 거기에 머물러만 있는 것에 대해서는 우려를 표명하고 있다. 그 이유는 실존주의 사상이, "실존하는 개인의 내면적 현실에 치우쳐 객관적 세계를 오직 실존의 역사적 선택과 결단을 통해서만 접근할 수 있게 함으로써 동시에 현실의 상을 왜곡"하기 때문이다.[54]

장준하도 비슷한 우려를 표명한 바 있다.

우리는 항용 위기를 부르짖고 절망을 생리처럼 번뜩이고 다니는 인사들을 봅니다. (…중략…) 근래 구미의 일부 인사들이 위기와 절망이라는 「패자의 철학」을 고창함으로써 자유세계의 지성을 좀먹어 들어가는 것은 진실로 유감된 일이 아닐 수 없습니다. (…중략…) 우리는 맹목적으로 이 「패자의 철학」을 받아들여서는 안되겠습니다. 더구나 힘과 포부에 차야 할 젊은이들의 마음 속에 이러한 씨를 뿌린다든지 (…중략…) 이로써 유일무이의 진리로 삼고 제자리에 주저앉아 퇴영무위의 생활에 젖어버린다면 이보다 한심스러운 일은 다시없는 줄로 압니다. 저들은 위기니 절망이니 하여도 그것은 오직 관념 상 내지 이념상의 희롱에 불과합니다. 우리 한국민족이야말로 자신의 생명과 민족의 명맥과 국가의 운명을 걸고 싸우는 판국이니 (…중략…) 우리는 (…중략…) 간난 중에 오히려 힘을 가다듬고 절망에서 희망을 찾아 오늘을 타개하는 데 최선을 다함으로써 명일을 이룩하려는 것입니다.[55]

---

53) 조가경, 『실존철학』, 박영사, 1961, 488면.
54) 조가경, 위의 책, 486면.
55) 「권두언」(1955.10), 『장준하 전집』 2, 세계사, 1992, 61~62면.

장준하는 실존주의를 절망과 허무의 철학으로 인식하고, 우리 젊은이들은 이러한 허무에서 벗어나 미래의 국가 건설을 위해 매진해야 할 것이라고 말하는 것이다.

당대 지식인 담론에서 한국 실존주의의 허무적 분위기와의 '전투'는 1950년대 후반으로 갈수록 격해지는데, 『사상계』의 기획은 가장 첨병에 있었던 것으로 보인다. 1960년 5월호의 「편집후기」에 보이는 「창조적 인간형」 특집에 대한 언급은 그 하나의 방증이 된다.

> 「창조적 인간형」이란 總題로 현대의 역사적 상황과 그 속에 던져진 자기를 예리하게 분석하고 창조적으로 극복해 가는 삶의 자세를 (…중략…) 찾아보고자 한 것이 이달의 특집이다. 위기니 극한이니 정신의 몰락이니 하는 말이 관사처럼 붙어 다니는 것이 현대지만, (…중략…) 비록 오늘의 인간조건이 유례없이 심각한 모순이라 할지라도 우리는 언제까지나 니힐의 미학만을 반추하고 있을 수는 없다. 부정의 정신을 넘어 새로운 질서를 위한 긍정의 윤리, 그것이 곧 '창조적 인간형'에 요청되는 윤리일 것이다.[56]

이러한 언급에는, 현실에 대한 진단에 있어 실존주의적 용어들을 사용하고 있는 점, "니힐"에 머물러 있을 수는 없으며 "새로운 질서를 위한 긍정의 윤리"를 강조하는 점 등이 눈에 띈다. 이른바 '윤리적 실존'으로 이름붙일 수 있는 논리를 내세우는 셈인데, 그러한 논리의 밑바닥에서 작동하고 있는 것이 무엇인지를 살펴보아야 할 것이다.

위에서 장준하가 1950년대 중반에 실존주의에 대해 가지고 있던 부정적 인상은, 『사상계』의 교양 파트 편집을 담당하던 안병욱의 이 시기 글에서도 나타난다. 안병욱이 쓴 교양 칼럼 형태의 짤막한 글 「실존주의의 몰락」[57]을 보면, "실존주의는 (구라파에서) 벌써 지식인의 인기를

---

56) 『사상계』, 1960.5, 412면.
57) 『사상계』, 1955.3, 131면. "교양" 부분의 끝에 부기된 이니셜 "A"(같은 책, 1955.3, 134 · 136면)는 안병욱을 가리키는 것으로 보인다. 이 당시 교양 파트의 편집은 철학 전공의

잃은 지 오래"이며 그 원인이 실존주의의 "허무주의적 경향"때문이라고
했다. 실존주의는 "인생을 냉소하는 태도"로 인하여 지식인의 외면을
받게 되었다는 것이다.

안병욱은 프랑스에서 실존주의가 유행하게 된 원래의 배경으로 "전
쟁 말기 혼란하고 병들고 실망한 인간들의 심정에 실존주의가 꼭 맞았"
기 때문이라고 했다. 그는, 실존주의가 이렇게 "그릇된 재미없는 방향으
로 가게 된 것은 사르트르, 하이데거, 키에르케고르의 저술보다도 오히
려 '실존'사상에 대한 일반적 해석" 때문이라고 말한다. 그는 오히려 실
존주의의 도덕적·긍정적 사상은 사르트르 식의 논의 즉 "인간을 지배
하려는 사상과 사물을 물리치려는" 데에 있다고 보았다. "이런 의미에
서 실존주의는 인간철학"이라고 생각되어 왔다는 것이다. 그러나 이어
서 안병욱은 실존주의에 대한 회의적 평가를 내린다. "실존주의는 진정
한 정의를 실현시키는 인간의 동일성과 상호관계를 부인하였다. 실존주
의의 최후의 기반은 개인만 인정하는 것"이며, 따라서 "냉정하고 비인
간적인 사상이다." "인간의 의욕과 목적이 없어지면 모르되 그렇지 않
는 한 실존주의의 앞길은 어려울 것이다"라고 했다.58)

안병욱은 이렇게 사르트르 식의 논의에 대한 가능성을 여전히 열어
놓고 있지만, 기본적으로 실존주의에 대해 회의적 태도를 가지고 있었
음이 확인된다. 그가 말하듯이 실존주의의 근원적 기반이 '고립된 개인'
에 있다고 본 것은 사실상 정확한 것이었다. 그럼에도 그는 어떤 다른
'의욕'을 생각하고 있었고 따라서 사르트르에 가능성을 열어놓은 점에
주목해야 한다. 이후 안병욱이 실존주의에 대해 보이는 논조는 미묘한
변화를 일으키게 되는데 앞으로 살펴보겠지만 이 점은 실존주의의 한국
적 굴절을 설명하는 데에 있어서 매우 중요한 의미를 지닌다.59)

안병욱이 맡았다.
58) 『사상계』, 1955.3, 131~133면.
59) 안병욱의 이 글은 그 형식이나 논조에 있어 당시 비평가들의 문학평론과 차별성을

문학평론가들 가운데 실존주의에 대해 부정적 인상을 명확히 드러낸 사람은 최일수였다. 1955년에 있었던 최일수와 오상원 사이의 실존주의 논쟁은 그 점을 분명히 보여 준다. 한수영이 주목했던 대로 최일수의 실존주의 비판은 '실존주의의 계급적 기반'을 문제삼았다는 점에서 당시 비평으로서는 매우 특이한 지점에 놓여 있는 것이었다.60) 최일수는 실존주의가, 파시즘에 직면한 쁘띠 부르주아지의 자기분열에 기반한 이데올로기이며, 역사적 전망을 상실하고 있고, 자유를 개인의 문제로 축소함으로써 개인주의로 전락했다고 비판한다.61) 이에 대해 앙드레 말로의 행동주의 문학을 수용하고 실존주의에 매료되어 있던 오상원은 「실존주의는 개인주의인가」를 통해 즉각 반박에 나섰다. 그는 사르트르의 『실존주의는 휴머니즘이다』를 길게 인용하면서 사르트르의 실존주의가 결코 개인주의적 관념의 소산이 아니라고 주장했다.62) 몇 달 후 최일수는 「니힐의 본질과 초극정신」(『현대문학』, 1955.10)을 통해서, 말로, 카뮈, 사르트르의 '니힐'은 '초극'을 특징으로 하지만 그것은 주관적일 뿐이어서 결코 불안과 허무를 진정으로 극복하지는 못한다고 하고 그런 점에서 데카당스한 니힐과 큰 차이가 없다고 재반박한다. 여기서도 최일수는 '니힐'이 역사적 조건에 의해서 형성되는 것이라는 인식을 보여준다.63) 또한 최일수는 "자유가 스스로 보장되고 그 인간성의 발전을 약속받을 수 있는 그러한 사회를 현실적으로 창조해 내지 않는 한 영원히 인간은 분열된 채 '니힐'을 초극하지 못한다는 이러한 근본적인 사실을 재인식해야 하리라 믿는다"고 지적했다.

느낄 수 없는 것이다. 당시의 "실존주의"는 문학의 영역에 국한되어 있지 않고 지식인 담론의 중심에 위치하여 '담론 공동체'를 형성하게 만드는 힘을 가지고 있었음이 확인되는 대목이다.

60) 한수영, 『한국 현대비평의 이념과 성격』, 국학자료원, 2000, 185면
61) 최일수, 「실존문학의 총화적 비판」, 『경향신문』, 1955.4.13~14.
62) 오상원, 「실존주의는 개인주의인가」, 『한국일보』, 1955.5.12~13.
63) 한수영, 『한국 현대비평의 이념과 성격』, 국학자료원, 2000, 190~191면.

최일수의 이러한 논의는 사실 실존주의에 대한 정당한 지적이라고
할 수 있는 것이다. 그러나 최일수가 말하는 바 "니힐을 초극"할 수 있
는 "그러한 사회를 현실적으로 창조"하고자 하는 의지는, 1950년대 후
반에 가게 되면 지식인 담론의 영역에서 표면의 '실존' 논의의 뒤에 은
밀히 작동하고 있던 바로 그것이었다. 최일수가 말하듯이 실존주의가
"쁘띠 부르주아지의 자기 분열에 기반한 이데올로기"이며 따라서 "역사
적 전망을 상실"했다는 관점은 충분히 가능한 논리이지만, 실은 그러한
관점은 서구와 한국의 시간 차가 고려되지 않은 것이다. 똑같은 실존주
의가 '한국'의 상황에서는 다른 의미로 변할 수 있었기 때문이다. 그 굴
절의 실상은 아이러니컬하게도 서구 실존주의의 핵심을 꿰뚫어 보지 못
한 오상원을 통해 역설적으로 드러난다. 사실 오상원이 실존주의는 결
코 개인주의가 아니라고 강변하는 논리는 서구의 실존주의를 꿰뚫지는
못했지만 이후 전개될 바, 실존주의가 한국에서 어떻게 굴절될지를 보
여주는 셈이 되고 말았다.[64]

이 문제, 실존주의의 한국적 굴절과 관련하여 상세히 분석되어야 할
텍스트가 『사상계』 1957년 6월호의 「문학자, 철학자가 오늘과 내일을 말
하는 좌담회-휴머니즘을 중심으로」이다. 1957년 4월 13일에 열린 이 좌

---

64) 1950년대 말에서 1960년대 초반에 걸쳐 실존주의문학론은 참여문학론과 연결되면서
다시 문단의 관심사로 떠오른다. 이때 주로 인용되는 것은 사르트르의 문학론이었다.
그런데 같은 사르트르의 문학론에 대해 최일수는 그것을 순수문학론의 토대로 생각해
서 비판하고(최일수, 「문학과 앙가주망」, 『자유공론』, 1959.1), 이어령은 그것을 참여문
학론의 근거로 삼았다(이어령, 「사회참가의 문학」, 『새벽』, 1960.5) 그런데 여기에는 몇
가지 문제가 착종되어 있다. 오상원과의 논쟁에서 나타나는 바 최일수의 실존주의에 대
한 판단은 상당한 설득력을 가진 것이었다. 그 후 최일수가 사르트르의 문학론을 순수
문학론의 토대로 본 것은 김영민도 지적하는 바와 같이, 해방기 좌익에 대한 대항논리
로 나온 김동리 류의 순수문학론이 휴머니즘론을 모토로 함으로 인하여 일종의 개념혼
동을 한 것으로 보인다(김영민, 『한국 현대문학비평사』, 소명출판, 2000, 221~222면). 문
제는 1950년대 초, 중반의 문단에 만연했던 실존주의에 대한 허무주의적 이해가 1950년
대 말에 와서 몇몇 논자에 의해 참여문학론으로 바뀌게 된다는 점에 있다. 왜 이러한
굴절이 발생했는가 하는 점에 주목해 볼 필요가 있는 것이다.

담회에는, 철학자이며 『사상계』 편집위원인 안병욱이 사회를 보고, 박종홍(철학자, 서울대 문리대 교수)·손우성(불문학자, 성균관대 문리대 학장)·이종우(철학자, 고려대 교수)·최재서(영문학자, 연세대 교수)가 토론자로 참석하였다.65) 좌담회의 논의를 차근차근 따라 가볼 필요가 있다.

우선 논자들이 주목하는 것은, 현대의 휴머니즘이 나오게 된 배경이다. 손우성은 '현대' 이전의 '근대적' 세계관, 인간관이란 "인간성을 정확하게 파악한다고 갖은 노력을 한 것이 결국은 갈수록 인간성에서 멀어져 가는 결과"를 낳았다고 하면서, "문학사상은 그 동안에 사뭇 인간성을 찾는다는 노력이 인간성에서 벗어나가는 움직이었음에 자각하고 이번에는 실지로 인간성을 찾아보려고 하는 경향이 제1차대전이 끝난 후부터는 뚜렷이 움직이고 있는가 싶"다고 했다. 이어서 손우성은 "2차대전 이후는 속칭 실존주의시대라고 하지만 실존주의란 광고판에 지나지 않고 이것은 실상 진정한 인간성을 찾는 노력이라고 봅니다. 요컨대 현대를 新휴매니즘 시대라고 불러서 可하지 않을까 저는 생각합니다"라고 한다.66)

안병욱은 현대의 휴머니즘이 나온 배경을 논하면서, "전쟁은 인간이 종래에 지켜오던 질서와 권위와 가치체계를 송두리채 무너뜨렸읍니다. 그러나 거기에 대치할 새로운 가치 새로운 권위 새로운 질서를 아직 찾지 못한 단계에서 방황하는 것이 현대인의 모습인 것 같습니다. 우리는 그러한 현대의 위기에 처해 있읍니다마는 이 위기를 극복하는 원리를 찾는다고 하면 아무래도 '휴머니즘'의 원리가 아니면 안될 것입니다"라고 한다.67)

손우성과 안병욱의 논의에서 드러나는 바, 실존주의란 하나의 '광고판'일 뿐이며, 기존의 가치와 권위가 무너진 바탕에 서서 '새로운' 가치,

<hr>
65) 사상계사 대표로 장준하가 참석하여 좌담회 개회를 알렸다. 『사상계』, 1957.6, 240면.
66) 위의 책, 242~243면.
67) 『사상계』, 1957.6, 247면.

권위, 질서를 모색하고 구축하려는 데에 실존주의와 휴머니즘의 목적이 있다는 것이다. 박종홍은 한 걸음 더 나아가 "휴머니즘은 자유를 떠나서 생각할 수 없지만 이 자유를 모든 기성적인 것에 대한 항거, 해방의 면에서 보니까 허무주의가 되기 쉽지요 (…중략…) 적극적인 건설에 대한 방향을 가져야할 줄 압니다"라고 하면서 휴머니즘을 '적극적 건설의 방향'과 등치시킨다.[68]

사회자 안병욱이 "요즘 논의되고 있는 실존주의도 '휴머니즘'의 입장에서 생각해 볼 필요"가 있다고 하면서, 실존주의 쪽으로 논의의 방향이 전환된다. 좌담회의 이후 논의는 실존주의를 어떻게 이해할 것인가의 문제로 완전히 넘어가게 된다.

이 문제와 관련하여 박종홍[69]은 다음과 같은 지적을 한다. "근대가 어떠했다 현대가 어떻다 또는 휴매니즘이다 실존주의다 하긴 하나 그에 대한 우리들의 느낌이 서양사람과는 좀 다르지 않을까요? 세계가 하나로서 문제"되긴 한다지만 "이것이 절실한 '나의 문제'라 할 적에 그 느끼는 바가 어떻게 꼭 맞을까"라고 의문을 표시한다. 박종홍은 당시 한국에서 열풍이 불고 있던 실존주의 논의에 대하여 한 발 거리를 취하면서 서구에 있어서 실존주의의 등장배경과 의미가 우리 현실에 그대로 적용될 수는 없는 것이 아닌가라는 매우 본질적이고 날카로운 지적을 하고 있는 것이다.

박종홍은 이어서 "우리가 실존해도 저 사람들의 실존하고 꼭 맞아 들어갈 수 있을는지 그런 것을 생각하게 됩니다. (…중략…) 서양사람이 근대 과학문명에 인제 그만 진저리가 나서 인간의 본래적인 참된 면목으로 돌아가자는 실존주의가 요구된 것이라면 그만한 과학문명도 합리적 이론도 가져 본 일이 별로 없는 우리로서 비록 실존주의에 共鳴되는 바가 있다 하더라도 그야말로 좀 다른 生理에서 통하는 점이 있는 것이

---

68) 『사상계』, 1957.6, 251면.
69) 1903년 평양 生으로 평양고보를 거쳐 경성제대를 나왔다.

아닐까요?"라고 말한다.70) 그런데, 설득력을 갖춘 박종홍의 이 말에서 "좀 다른 生理"란 무엇을 의미하는 것인지 살펴보아야 한다. 이 문제는 곧 한국 지식인들의 상당수가 당시 실존주의를 어떻게 '이해'했는가 하는 문제와도 통하는 것이다.

근대 문명과 합리성에 대한 반성으로 등장한 서구의 실존주의와는 달리, 한국사회의 경우 그러한 근대적 합리성의 영역에 도달하지 못한 상태에서 실존주의에 공감한다고 했을 때 그 실존주의 해석의 코드는 무엇일 수 있을까? 우선 이 문제에 대답하는 통념적인 방식은 이른바 '전후(戰後)'라는 상황의 공통점이 될 것이다. 전쟁이라는 극한 상황과 전후의 허무가 인간의 실존에 대한 자각을 불러 일으켰다는 식의 논리가 가능할 것이다. 그렇지만 이러한 대답은 당연하게도 서구와는 "좀 다른 생리"를 언급할 만한 이유는 되지 못한다. 다른 대답이 나올 수 있다. 이른바 '앙가주망(engagement)'의 문제이다. 1950년대 말로 갈수록 이 '앙가주망'의 코드는 더욱 첨예하게 등장하는데, 사르트르의 '앙가주망'을 한국 지식인들은 '근대화'에 대한 지향점을 표현하는 코드로서 사용한 것이라고 볼 수 있는 것이다. 좌담회의 논의를 통해 이 문제를 좀더 분명하게 짚어 보자.

실존주의에 대하여 손우성은 '합리'를 상쇄하는 반대 힘 곧 '비합리'의 방향으로 이해하고 있음에 비하여,71) 안병욱은 약간 다른 논조를 펼친다. 그는 실존주의를 통해 '참여'를 말하려는 것이다.72) 안병욱의 이러한 생각은, 앞에서도 본 바 1955년경 그가 실존주의에 대해 가지고 있던 생각과는 조금 차이를 보이는 것이다. 앞서 안병욱은 실존주의에 대해 회의적 태도를 보인 바 있었지만, 이 좌담회에서 안병욱은 적극적으로 실존주의에 '참여'라는 긍정적 가치를 부여한다. 문제는 이 '참여'

---

70) 앞의 책, 254~255면.
71) 앞의 책, 260면.
72) 앞의 책, 259면.

의 의미인데, 이 문제와 관련하여 좌담회의 말미는 시사하는 바가 있다.

좌담회의 말미에는 '사회자'와는 다른 '편집부'가 등장한다.73) '편집부'로 등장하는 이 참석자는 의미심장한 이야기를 한다. "아까 말씀 가운데 동양, 좁게는 한국에는 휴매니즘의 전통이 없는데 남의 것을 빌려다가 도취한다는 의미로 해석되는 구절이 있었는데요(밖에 있다가 들어와서 속기록을 들여다본 듯하다-인용자), (…중략…) 휴매니즘의 전통이 없다는 것은 뒤집어 보면 反휴매니즘 세력이 너무나 압도적으로 강해서 휴매니즘이 자라날 바탕이 없었다는 증명이 되지 않을까요? 만약 그렇다면 서양의 휴매니즘(실존주의 논의의 맥락이다-인용자)에 심취한 것은 (…중략…) 이제껏 구체적으로 의식하지 못했던 反휴매니즘 세력을 절실하게 의식한 탓"이 아닐까라고 말한다.74)

이 "反휴매니즘 세력"이란 무엇을 의미하는 것일까? '편집부'는 이어서 말한다. "휴매니즘은 비평정신이라고 아까 최선생님께서 말씀하셨는데 비평이라는 것은 반드시 대상을 요구하는 것으로 압니다. 그러면 우리 사회에서 휴매니즘의 과제같은 것이 구체적으로 나올 터인데 우리는 반항할 종교적인 체계도 없고 또 박선생님도 말씀하셨지만 과학문명도 반항해야할 정도는 못됩니다. 우리에게는 서양과는 다른 대상이 있는 상 싶습니다. 장구한 역사 속에서 항상 인간을 짓밟는 거대한 세력에 짓눌려 숨도 크게 쉬지 못하고 죽지 못해 살아왔는데, 그 세력이 지금도 여전하게 있는 것 같습니다"라고 한다.75) 휴머니즘으로부터 출발한 좌담회의 논의는 실존주의로 넘어와서 '참여'(앙가주망)와 연결되고, 그것이 다시 저항의 구체적 대상을 이야기하는 단계로 나아가게 된 것이다.

저항의 구체적 대상으로 최재서는 '무지'와 '부정'을 거론한다. "무지

73) 이 '편집부'가 장준하를 의미하는 것인지(좌담회 시작 때 장준하가 참석하여 개회를 선언했다), 사회자인 안병욱을 의미하는 것인지, 혹은 제3자인지는 파악하기 힘들다.
74) 『사상계』, 1957.6, 263면.
75) 위의 책, 264면.

와 不正을 참지 못하고 허위를 용서하지 않는 정신"이 지식인들에게 필
요하다는 것이다. 안병욱은 '빈곤'에서의 해방을 말하고, 박종홍도 거기
에 공감한다.76) 요컨대 '무지'와 '빈곤', '부정'으로부터의 해방이 오늘
날 한국사회의 휴머니즘의 과제라는 것이다.77)

논의의 구도는 분명하다. 실존주의(휴머니즘) 대 반(反)휴머니즘 세력이
그것이며, 구체적으로 정치적 독재('부정'), 경제적 궁핍('가난'), 의식의 봉
건성('무지')으로부터의 해방이 실존주의를 표방하는 지식인의 과제로 제
시되는 것이다. 이는 명백히 '서구'의 실존주의와는 "좀 다른"(박종홍) 것
이다. 이어서 안병욱은 그러한 휴머니즘의 실천 방법을 말하면서, 휴머
니즘 정신의 원동력을 예술을 통해서 가지도록 하고 그것을 젊은 세대
에게 불어넣어 주자고 한다.78) 이제 예술(문학)의 역할도 분명해진다. 그
것은 정신의 계몽에 있으며 그 대상은 젊은 세대가 되는 것이다. 실존
주의의 '참여'는 한국에 와서 '근대화', '계몽'의 의미로 바뀐 것이다.79)
이러한 생각은 실존주의를 하나의 '유행'으로 본 김동리·조연현의 생
각80)과도, 또 반대로 '실존'이 인간(민족이나 국가가 아니라)을 구원할 것이
라는 장용학의 생각81)과도 명백히 다른 것이다.

---

76) 앞의 책, 264~266면.
77) 홍윤기는 박종홍의 철학적 사고에서 '실천'이 핵심역할을 한다고 전제하고, 그 '실천'
의 개념은 잘못된 현실에 대한 변혁이나 비판이 아니라, 가난하고 고통스러운 상태, 다
시 말해 '비참한' 현실을 효과적으로 개선하거나 종식시키는 데 초점이 맞추어져 있었다
고 말한다(홍윤기, 「박종홍 철학 연구」, 『역사비평』, 2001년 여름호, 163면). 박종홍의 철
학적 사고에서 일관된 주어로 나타나는 '우리'라는 것은 빈곤 속에서 고통받는 실체로
부각되며, 부국강병과 도덕적 정신무장을 가능하게 만드는 '힘의 각성'이 그의 철학에서
항상 전면에 부각된다는 것이다. 홍윤기는, 이러한 박종홍의 철학이 박정희 체제의 사상
적 허약함에 교육을 통한 제2근대화라는 사상적 발상을 제공하게 된다고 보았다.
78) 『사상계』, 1957.6, 267면.
79) 좌담회에서 이렇게 논의를 끌어간 것은 사회자 안병욱과 '편집부'이다. 그렇지만 당
대 지식인 담론에 있어 결정적 매체 구실을 하던 『사상계』를 주도하던 인물들이 이들
이란 점을 기억해 두어야 한다.
80) 조연현, 「실존주의 해의」, 『문예』, 1954.3, 175면.
81) 장용학, 「감상적 발언」, 『문학예술』, 1956.9, 176~178면.

지식인 담론 일반에 나타나고 있는 이러한 양상을 문학비평을 통해 보여주고 있던 인물이 김붕구였다. 그의 글들은 한국에 있어서 실존주의의 '앙가주망'이 가지게 된 의미 변화와 아울러 그 이후 그 말의 의미가 보인 궤적의 변화까지도 축도로 보여준다. 김붕구가 『사상계』 1955년 12월호에 발표한 「증인문학―앙드레 말로의 경우」는, 그의 등단 평론으로서 실존문학에 대한 그의 최초 이해를 보여준다.[82]

그는 이 글의 서문에서, 지드와 말로의 작품을 통해서 현대문학에 대한 자신의 관점이 생겨났다고 이야기하면서 "도대체 백병전에 피를 뿌린 체험을, 이 비인칭의 논리가 통하지 않는 하나의 증언을 어떻게 그러한 피막('보편이성'을 가리킴―인용자)으로 다시 싸라는 것인가?"[83]라고 묻는다. 이렇게 '체험', '행동' 자체에 대한 강조에는 역사적 특수성의 논리가 사실상 개입할 여지가 없다. 말로의 문학이 '체험' 자체로부터 나온 것이고, 오늘날 한국의 신세대 문학 역시 전쟁의 '생생한 체험'으로부터 나온 것이라면, 적어도 체험이라는 차원에서 둘의 차이는 없는 셈이다. 세계사적 동시성, 혹은 보편성이 '현대'의 특징이며 실존주의는 그러한 '현대'의 사상이라는 것이다.[84] 김붕구는, 앙드레 말로의 작품에

---

82) '한국'작가에 대한 평론이 아닌 외국작가론이 신인 비평가의 추천작이 되고 있다는 사실이 눈에 띈다. 이와 비슷한 경우가 이 시기에는 꽤 발견된다. 1955년 1월에 홍사중이 카프카론으로 『현대문학』을 통해 등단한 것도 그 예가 된다.

83) 『사상계』, 1955.12, 116면. "그들(말로, 지이드―인용자)은 관찰자가 아니다. 그들은 그 속에서 피를 흘린 것이다."(같은 책, 122면), "그들은 신을 잃은 세대의 외로운 증인이다. 그들은 그 속에서 피를 흘렸다."(같은 책, 123면)

84) 여기서 또한 생생한 체험에 바탕한 증언을 담을 수 있는 표현이 문제된다. "여기서 또한 말로와 그 뒤를 따른 젊은 세대의 문학의 새로운 표현수법을 볼 수 있다. 합리주의사조를 배경으로 하는 前세기의 '관찰자'들이 '현실'을 이성의 피막을 씌워 논리의 大道 위에 놓고 재단할 수 있었다면(사실주의·자연주의―심리소설·성격소설·사소설 등) 현대의 '증인'들이 자기 '증언'을 최대한으로 충실히 담을 수 있는 표현을 요구함도 당연한 일이 아닌가. (…중략…) 시간과 공간을 무시한 작중인물의 의식을 조금도 논리적이 아닌 그대로의 인간심리의 움직임과 그 맹낭한 그 몸짓 (…하략…)"(위의 책, 123면) 증언을 담을 수 있는 표현으로 그가 언급하는 것은 사실상 '의식의 흐름' 서술기법인데, 김붕구가 말하는 "테러리스트의 고독", "증언", "시간과 공간을 무시한 인간

등장하는 'K'라는 인물을 거론하면서, "작중인물은 이름을 가질 필요조
차 없는 것이다. 여사모사한 환경과 성격의 인물이 문제가 아니라, 「인
간」이라는 이름을 가진 현대인이 발견한 인간 총체가 문제"[85]라고까지
말한다.

이러한 인식은 적어도 1950년대 중반까지 젊은 문학인들의 자부심의
근거였던 것으로 보인다. 아이러니컬하게도 한국전쟁의 체험은 이들에
게 세계사에 동등한 자격으로 참여케 하는 자부심의 근거였던 셈이다.
그렇지만 1950년대 후반으로 갈수록 여기에는 역사적 특수성의 논리가
틈입하게 된다.

인간의 보편성, 세계사적 동시성에 근거한 김붕구의 증인문학론 역시
1950년대 말에 가서 역사적 특수성을 사고하는 단계로 변화한다. 그는
「증언(證言)으로서의 문학(文學)」[86]에서 놀라울 정도로 극단적인 참여론의
관점을 보여준다. 그는 문학작품을 "현실과 타협하는 위안으로서의 문학"
과 "현실과 대결하는 사상적 또는 윤리적 문학"의 단 두 가지로 나누고,
전자는 현실을 미화함으로써 독자로 하여금 현실에서 눈을 돌리게 하고
안주케 하는 문학이며 후자는 독자를 일깨워 현실과 대결케 하는 문학이
라고 말한다. 카뮈에게서 볼 수 있는 바처럼 작가는 증인이 되어 현실을
투철하게 파악하고 자기가 본 그대로 발언할 수 있는 용기를 갖추어야
한다고 했는데, 특히 이 진실의 증언이 자기가 살고 있는 국가의 현 사회
적·정치적 부정을 고발하는 경우 더욱 투철한 양심과 용기가 필요한 것
이라고 했다.[87]

심리의 움직임"이란 「유예」·「모반」 등 오상원의 소설들을 통해 구체화된 모습으로 등
장한다. 오상원은 김붕구의 서울대 불문과 후배였다.
85) 『사상계』, 1955.12, 116면.
86) 『사상계』, 1960.5, 294~301면.
87) 김붕구가 사르트르를 비판하고 카뮈를 높이 평가했다는 것은 비교적 주지의 사실이
다. 이는 사르트르가 1950년대 공산주의로 경도되었던 것에 대한 비판적 반향이었을
것이다.

김붕구는 이 글에서, 현대 독재국가에 있어 개인이 압도적 힘을 가진 정치적 '허망'(부조리)에 깔리게 되면 그에게는 이미 발언의 자유는 없어지게 되는데, 이때 오직 그에게 주어지는 것은 이중의 뜻을 가진 언어뿐이며 여기서 가장 처절한 증언의 문학이 나타난다고 했다. 또한 그는 오늘날 작가에게는 전 세계에 걸친 사상적 대립에서 오는 관념의 획일화와 폭력이 또 하나의 증언의 대상이 된다고 말한다. 하나의 이념을 신성시한 결과 그 이념이 폭군으로 변할 때 작가는 거기에 저항하고 증언해야 한다는 것이다. 그는 덧붙여, 지드-말로-카뮈 계열의 문학이 현대문학의 주류라고 이야기하고, 현대 휴머니즘문학의 과제는 현대의 궁지로부터 인간을 구원하는 것이 되어야 할 것이라고 했다. 김붕구의 이러한 논지는 사실상 작가가 놓인 특수한 사회적 조건을 고려하지 않고는 성립될 수 없는 것이다. 「증언으로서의 문학」을 발표한 바로 그 다음 달, 김붕구가 『사상계』에 발표한 「지성인과 독재」는 그 점을 여실히 보여준다.

김붕구는 『사상계』 1960년 6월호('민중의 승리' 기념호)의 「지성인과 독재」를 통해 1960년 5월의 「증언으로서의 문학」에서 말했던 현대 '작가'의 임무와 관련된 논의를 '지식인론'으로 확대한다.[88] 그는 우선 지성인과 전문인(전문 지식인)을 구별하고 지성인의 요건으로 진보적일 것, 현실과 접촉할 것, 자유인일 것을 제시한다.[89] 그는 지성의 최대의 적은 부조리이며, 현대인이 당면한 최고의 긴박한 사회적 부조리는 독재라고 말한다.[90]

---

88) 김붕구의 이 글은 문학비평으로 분류하기에도, 분류하지 않기에도 곤란한, 모호한 성격의 글이다. 분명한 것은 당시 실존주의 담론이 전문 분과로서의 문학이나 철학의 영역에 전속된 것이 아니었다는 사실이다. 이는 '실존' 논의가 독립 분과로서의 문학에 '앞서' 있었음을 말하는 것이기도 하다. 다시 말해서 당시 실존주의는 지식인 일반의 담론이었다고 할 수 있다.

89) 『사상계』, 1960.6, 306~308면.

90) 위의 책, 311~314면. 그는 특히 "이론(이데올로기)으로 무장된 독재"의 위험성을 지적하면서 공산주의국가 비판을 빼놓지 않는다. 당시 한국의 지식인 담론에 있어서 실

 김붕구는 지성인의 본령은 "자유인으로서의 편견없는 비평정신"에 있으며 사회 부정과 정치적 불의에 관해 증언, 고발함으로써 사회에 참여하고 행동하는 데에 있다고 하고, 그것이 곧 "진정한 앙가주망의 뜻"이라고 했다. 이러한 '앙가주망'론은, 당대 한국사회의 특성상 정치적 근대화에 참여함을 의미하는 것으로 볼 수밖에 없는 것이다. 이 '앙가주망'의 의미가 한국사회의 '근대화'에 닿아 있는 것이라는 사실은, 이후 1960년대 중반에 쓰여진 김붕구의 글을 통해 역설적으로 드러나게 된다.

 『사상계』 1964년 8월호에 실린 김붕구의 「작가와 증언」은 '앙가주망'의 의미 변화와 관련하여 시사하는 바가 많은 글이다. 그는 서두에서 이 글을 쓰게 된 동기를, 과거 「증인의 문학」(1955), 「증언으로서의 문학」(1960)에 대한 정리의 필요 때문이라고 말한다. 실제로 이 글은 많은 부분 앞의 두 글과 중복되어 있음이 사실이다. 그렇지만 이 글은 앞의 두 글, 특히 1960년의 「증언으로서의 문학」과는 매우 중요한 차이가 있다. '앙가주망'에 대한 태도의 변화가 바로 그것이다.

 김붕구는 이 글에서 '앙가주망'과 '증언'은 명백히 다른 것이라고 말한다. "소위 '앙가주망'이라는 게 작가가 가두로 뛰어나간다든가 즐겨 시사적인 사건을 다룬다는 식의 얄팍한 통념으로 해석된다면, '증언'은

존주의가 반공 논리와 결합하기도 했음을 분명히 알 수 있는 부분이다. 김붕구의 사르트르 비판이 반공 논리에 근거하고 있는 것에 대해 좀더 생각해 볼 부분이 있다. 프랑스의 실존사상가들은, 독일철학이 터부시했던 것 즉 철학(학문)의 '세계관적 입장' 선택을 오히려 '지성의 양심' 문제에 직결시켜 받아들였다. 그런 의미에서 조가경은, 독일 실존주의자들이 '실존하는 사상가는 그의 사유 가운데서 산다'는 키에르케고르의 본래의 실존적 관심에서부터 다시금 뒷걸음질 친 셈이라고 말한다. 이러한 의미에서 사르트르는 '실존하는 사상가'라는 原義에 훨씬 충실했으며, 그의 사상은 이미 개별적 실존으로서 내린 선택의 결론인 것이다. 사르트르가 공산주의와의 대결을 통해 자신의 견해를 몇 번이고 수정한 것도 그러한 맥락에서 이해될 수 있다(조가경, 『실존철학』, 박영사, 1961, 384~385면). 1950년대 한국의 지식인들이 실존주의를 진정으로 이해하고 있었다면, 사르트르의 이러한 '실존적' 선택에 대해 동의는 못 하더라도 '이해'의 차원에서 그것을 인정했어야 마땅할 것이다. 그러나 김붕구의 사르트르 비판에서 보이듯이 그들은 그것을 이해하지 못했다. 이는 그만큼 '반공' 담론이 1950년대 지식인의 의식을 강하게 지배하고 있었다는 사실을 보여주는 것이기도 하다.

그보다는 훨씬 심각하고 근원적인 문제를 깊숙이 헤쳐 보이는 문학"이라는 것이다.[91] 또한 "전자가 다분히 이념에 사로잡히고 외부발산적임에 반하여 후자는 훨씬 체험으로 심화되고 내면의 억누를 수 없는 부르짖음"이라고 했다. 그는 소설에 있어 앙가주망을 통해 명작을 남긴 예는 거의 찾아볼 수 없다고 말하면서 "시사적인 사건이나 혹은 정치문제에 대하여 疎遠한 듯이 보이는 순수예술, 즉 음악·미술·시 등이 오히려 문화사적인 면에서 근원적인 자체혁명을 이미 19세기 말부터 실현했다는 것은 매우 주목할 만하다"고 했다.

이러한 그의 주장은 1960년 5월의 「증언으로서의 문학」과는 물론, 그 해와 이듬해인 1961년에 그가 발표한 다른 글들[92]과도 명백히 다른 것이다. 이 글들에서 김붕구는 문학인의 앙가주망을 지식인의 앙가주망 일반론으로 확대하면서 참여의 당위성을 분명히 옹호했기 때문이다. 이러한 사실은, 1960년대 중반에 와서 김붕구가 '앙가주망론'을 버리고 있음을 말해 주는 것이면서, 이 시기 한국에서 앙가주망의 의미가 또다시 변화하고 있음을 보여주는 것이기도 하다. 「한국 지식인의 생태」에서 '앙가주망'은 곧 '근대화에의 참여'라는 성격을 띠고 있었던 데에 반해, 「작가와 증언」에서 그가 거리를 두는 '앙가주망'은 '제3공화국식 근대화 정책에 대한 저항'의 의미로 이해되고 있었던 것이다.

김붕구의 앙가주망론의 변화가 보여주고 있는 바는 1950년대 중반 이후부터 1960년대 전체에 걸친 순수, 참여논쟁을 어떻게 볼 것인가의 문제와 연관되어 있다. 문학비평에 있어서 참여론의 문제는 두 시기로 구분되어야 한다. 1960년을 전후한 시기 즉 1950년대 후반에서 1960년대 초반 경까지의 순수, 참여논쟁과 1960년대 후반의 참여논쟁은 표면적으로는 비슷해 보일지 모르나, 심층 담론의 차원에서 접근해 보면 전

---

91) 『사상계』, 1964.8, 229면.
92) 「지성인과 독재」, 『사상계』, 1960.6; 「한국 지식인의 생태─인텔리의 앙가주망과 정치」, 『사상계』, 1961.9.

혀 의미를 달리하는 것이다. 전자의 논쟁은 주로 김동리·조연현 등 남
한 토착 세력(순수론)에 대하여 '문화적 민족주의'에 바탕을 둔 서북 출
신 중심의 지식인 집단과 이어령 등 신세대 지식인(참여론)들이 벌인 것
이다. 이때 쟁점의 핵심에는 근대화의 문제가 있었다. 반면 후자의 논쟁
은 김수영·백낙청 등 1960년대 '근대화론'에 반기를 드는 지식인 집단
(새로운 참여론)이 새롭게 대두하면서, 김붕구·선우휘·이어령 등 전자의
논쟁에서 주로 '참여'를 주장하던 세력의 일부와 대립한 것이다. 표면적
으로 보면 1960년대 초반까지도 참여론을 주장했던 측이 1960년대 후반
의 순수 참여 논쟁에서는 순수 쪽으로 돌아선 셈인데, 이러한 '분열의
씨'는 이미 전자의 참여론 내에 담론의 차원에서 내재해 있었다. '근대
화' 자체를 어떻게 이해하느냐 그리고 실제로 그것이 현실화되는 양상
에 대하여 어떻게 평가하느냐의 문제가 1960년대 중반 이후 지식인 담
론을 분열시켰다면, 1950년대 후반은 그 분열 '이전'의 담론 형태였던
것이다.

　이러한 논의는 이른바 '순수론'에도 그대로 대응된다. 김동리, 서정주
식의 순수문학론은 1950년대 후반 이후 1960년대 초까지의 참여론을 통
해 사실상 불식된 것이며, 1960년대 중반 이후 새롭게 형성된 '문학주
의'는 이전의 '순수문학론'과는 그 성격을 전혀 달리하는 것이라 판단되
기 때문이다.[93]

　김상일 등과 함께 순수론 진영의 논객이었던 원형갑은 「앙가지망과
신비적 체험」(『현대문학』, 1959.3)에서 '오늘날 문학이 문학으로서 논의되기
보다는 思想의 하나로 논의되고 있는 현실'에 대해 비판하고, 사르트르
류의 사상 위주의 문학이란 사회주의적 문학관이며 그러한 문학활동의
목적은 사회주의혁명의 실현에 있는 것이라고 주장했다.

　우선 '문학이 사상의 하나로 논의되고 있는 현실'이라는 그의 주장은

---

93) 이 책의 5장에서 다시 이 문제를 거론할 것이다.

사태를 정확히 본 듯하다. 실제로『사상계』계열의 작가와 평론가(선우휘·김성한·김우종·김붕구) 뿐만 아니라 그러한 담론의 자장에 있던 이어령·정명환 등 1950년대 문학 담론의 중심에 있던 많은 문인들이 이념 우위의 문학관을 보여주고 있었기 때문이다. 또한 이러한 담론들을 재생산해내는 '해석공동체'가 형성되는 조짐이 분명히 있었다.

그렇지만 사르트르 류의 사상 위주의 문학이 사회주의혁명을 목표로 하는 것이라는 주장은, 의도적이든 아니든 1950년대 말에서 1960년대 초반 사이에 '한국에서 있었던' 사상 위주의 문학을 완전히 오해한 것이었다. 20세기 유럽의 부르주아사회에 대해 철저한 환멸을 가지고 있었던 사르트르와는 달리, 한국에 있어서는 사르트르적 참여문학론이 '굴절되고' 있었기 때문이다. 한국에 있어서 '참여론'은 이 시기 '근대화론'의 한 형태였던 것이다.

김우종은 1960년대 초반에 발표된 「파산의 순수문학─새로운 문학을 위한 문단에 보내는 각서」(『동아일보』, 1963.8.7)에서 다음과 같이 순수문학에 대해 '파산선고'를 내린다. "한국문학은 이제 새로운 전신을 요구한다. 순수의 기치 아래 수십 년 간 걸어온 우리 문학은 이제 솔직히 그 맹점을 자인해야 할 단계에 도달한 것이다." '순수'에 파산선고를 내리고 '참여'를 촉구하는 이 글은 실상 1950년대 후반 그의 휴머니즘론의 연장에 있는 것이다.

1959년에 발표된 「생활과 문학」에서 그는 다음과 같이 말한 바 있다. "그 진실성(예술의 진실성)은 다름아닌 이웃에 대한 사랑이다. (…중략…) 좀 더 진실성에 대하여 설명한다면 인간이 그가 소속되어 있는 사회에서 어떻게 행위하고 있느냐? 다시 말하면 그가 소속되어 있는 공동운명체 속에서 그가 그 일분자로서의 인식을 가지고 자발적으로 자기의 대외적인 책임을 다하느냐하는 것에 의한 가치판단이 곧 그것이다."[94] 요

---

94) 김우종, 「생활과 문학」, 『현대문학』, 1959.11, 205면.

컨대 "공동운명체 속에서 그 일분자로서" "이웃에 대한 사랑"의 책임을
다하는 데에 예술의 진실성 여부가 달려 있다는 논리이다. 이러한 논리
는 당시 한국사회의 지식인론 일반과 결부시켜 보았을 때, 계몽성을 그
담론의 핵심적 요소로 안고 있는 것이다.

결국 실존주의는 1950년대 후반의 한국에 와서 굴절되어 '계몽'의 담
론으로 화하게 되었다. 표층에는 '실존' 담론이 있었지만 실상 그것은
서구적 의미 그대로의 '실존주의'는 아니었으며, 지식인들의 '근대화'에
대한 강한 열망과 더불어 그 심층에 '계몽'의 담론이 강하게 자리잡아
가고 있었던 것이다.

조가경이 실존주의에 대한 연구에서 지적한 것과 같이, 만일 실존이
사유의 절대적인 출발점이 된다면 현실의 진리성을 보장할 객관적 표준
은 주어질 수 없으며 결국은 상대주의의 나락으로 떨어지게 된다.[95]
"이처럼 실존철학은 주관의 진리성을 절대적으로 정립한다. 실존은 '各
自的' 존재이기 때문에 일회적인 타당성을 가진 그의 순수직관의 내용
은 교통의 가능성을 배제할 뿐 아니라 진리의 連綿性에 대해서도 완전
히 폐쇄되어 있다." 조가경은 실존주의에 대한 이러한 지적의 끝에 헤
겔을 언급한다. 그는 헤겔이 이미 이러한 문제점을 거론한 바 있음을
상기시킨 후, "참된 진리는 전체적이요 역사적인 생성의 진리이기 때문
에 근원적으로 모든 한계를 꿰뚫고 유한성과 모순을 지양된 계기로서
자체 내에 보존하려는 끝없는 의욕"이라고 말한다.[96]

1950년대 신세대 지식인들이 전통과는 단절하고자 하면서도 '고립',
'상대주의'라는 실존주의의 근본 전제는 거부한다는 사실은, 한국에 있
어서 실존주의의 굴절의 매우 중요한 일면을 보여주는 것이다. 그것을
굴절시키는 힘이 바로 사회·역사적 이데올로기였던 것이다. 이러한 사
실은, 1950년대 신세대 지식인 담론이 실존주의를 표방했지만 조가경의

---

95) 조가경, 『실존철학』, 박영사, 1961, 424면.
96) 조가경, 위의 책, 426~427면.

언급이 시사하는 바 실은 아이러니컬하게도 헤겔적 사유가 그 저류에
존재했음을 말해 주는 것이다.

　1960년대 중반에『사상계』의 편집위원을 맡기도 했던 정명환이 1960
년대 초에 실존주의에 대해 언급한 글은, 한국의 실존 담론의 이러한
면모를 잘 보여준다. 정명환은 「사실과 가치─사르트르의 휴머니즘이
남기는 문제」(『사상계』, 1962.9)에서 먼저 사르트르의 논지를 요약한다.[97]
이어서 정명환은 사르트르의 사상이 윤리 혹은 당위의 문제를 다루지만
선험적 가치를 인정하지 않음으로 인하여 결국 상대주의로 귀결되고 투
쟁만을 결과하게 된다고 비판한다. 그는, 사르트르의 실존주의에서는
선험적 가치를 인정하지 않았지만 '우리에게 필요한 것'은 선험적 가치
에 대한 요청이라고 말하고, 따라서 "일체의 선험적인 것을 물리치는
사르트르와 결별을 고해야 하는 것은 바로 이 지점"이라고 선언한다.[98]

　정명환의 사르트르 비판의 논지는 매우 흥미로운 면을 가지고 있다.
그가 실존주의의 기본 명제 "존재가 본질에 선행한다"를 인정한다면 당
연히 '선험적' 가치는 부정되어야 마땅한 것이다. 그럼에도 불구하고 결
론에서 "선험적 가치를 요청한다"는 정명환의 말은 관심을 끌기에 충분
하다. 정명환이 자기 논리의 파괴를 인식하지 못했다고는 볼 수 없을
것이다. 결국 정명환이 말하는 '선험적 가치'란, 한국적 상황의 필요성
에 의해서 나오는 어떤 '공통된 의식 혹은 이념'을 의미했던 것이다.

　후지타 쇼죠[藤田省三]는 1950년대 후반에 출간된『일본 근대 사상

────────────

97) "내던져진다 …… 자유롭다 …… 投企(project)" 등 사르트르의 용어를 사용하면서 "그
　러나 자유로운 주체자인 내가 선택을 하는 데 있어서는 두 가지의 제약적 요소 곧 '상
　황'과 '타인의 존재'"가 작용한다고 말한다. 또한 그는 사르트르 사상의 배경을 거론하
　면서 "「실존주의는 휴머니즘이다」에서 두드러지게 표명되어 있는 사상은 (…중략…)
　저항운동에 의해서 뒷받침되어 있었던 것"이라고 해석한다. 사르트르가 말하는 자유란
　'상황' 속의 선택을 의미하는 것이며 "심연까지도 참여의 한 형식"이 된다는 것이다.
　정명환은 사르트르가 "행동 그 자체의 중요성과 의의"를 부르짖는다는 점에서 말로나
　카뮈와 마찬가지로 이상주의적 성향을 보인다고 했다.『사상계』, 1962.9, 67~68면.
98) 위의 책, 69~75면.

사』에 대한 서평을 통해99) 실존 감각과 실존주의는 구별되어야 한다고
말하고, 2차 대전 이후 일본에서 유행한 실존적 사고를 실존주의가 아
닌 '실존 감각'으로 본다고 말했다. 즉 "감각이 '주의'로 고양되어 보편
성의 차원에까지 도달하지 못"했다는 것이다. 그는 실존주의는 자기의
실존을 출발점으로 하여 그것을 초월해 나가지만, 실존 감각은 '초월'하
는 힘이 없다고 말한다. 그는 1957년의 시점에서 이러한 실존 감각을
어떻게 하여 실존주의로 고양시킬 수 있겠는가라고 문제를 던지면서,
그 고양의 과정이 동시에 인권 관념을 낳게 하고, 인권을 침해하는 정
치권력에 대한 저항을 생기게 하는 과정이 될 것이라고 말했다.100)

이러한 후지타의 일본 실존주의에 대한 시각은 어느 정도 1950년대
한국의 실존주의에도 적용될 수 있는 것이 아닌가 생각된다. 분명한 것
은 1950년대 후반으로 갈수록 한국의 '실존주의'는 어떠한 '의지'로 변
전되고 있었고, 그것은 후진성이라는 한국적 특수 상황에 대한 인식과
철저히 결부되어 있었다. 이는 또한 한국의 현대문학이 일본의 영향으
로부터 확실하게 탈피해 나가는 과정이기도 한 것으로 판단된다.

이제 이 논의의 결론을 맺기 위해, 1950년대 후반과 1960년대 초반에
걸쳐 '앙가주망'을 외치던 문인들이 이후에 보인 모습을 잠시 살펴볼 필
요가 있겠다. 『사상계』 1968년 2월의 선우휘와 백낙청의 대담 「작가와
평론가의 대결－문학의 현실참여를 중심으로」는, 1967년 10월 세계문화
자유회의 한국본부 원탁토론에서 발표된 김붕구의 「작가와 사회」(『세대』,
1967.11)로 인해 발생한 논쟁101)과 궤를 같이하는 것이다. '반항의 기수'
이어령조차도 1968년 김수영과의 이른바 '불온시' 논쟁에서 현실참여론
을 비판한다. 재미있는 것은 1960년을 전후한 시기 비평과 창작에 있어

---

99) 이 글은 일본에서 1957년 3월 『思想』에 발표되었다.
100) 구노 오사무, 심원섭 역, 『일본 근대 사상사』, 문학과지성사, 1994, 196~197면.
101) 이 논쟁에 대해서는 김영민, 『한국 현대문학비평사』(소명출판, 2000), 270~277면에
    상세히 정리되어 있다.

참여론의 대표자들이라 할 수 있었던 김붕구·선우휘·이어령이 이제는
사르트르의 참여문학론을 '용공문학'이라고 비판하는 입장(이는 1960년 전
후 자신들과 반대편에 있던 원형갑의 주장이었다)에 선다는 점이다.

　불과 10년도 지나지 않은 기간에 입장을 정반대로 바꾼 김붕구·선
우휘·이어령의 주장에 대해, '변절' 등 개인의 심리변화 차원에서 접근
하는 도덕주의적 입장은 별반 설득력을 가지지 못하는 것이다. 문제는
그들이 변한 것이 아니라, 사르트르의 참여문학론이 가지는 '한국에 있
어서의' 의미가 변한 것이라고 보아야 한다. 1960년 전후 지식인 담론이
채 분열되기 전에는, '근대화'냐 '정체, 퇴행'이냐(이 시기 참여론자들에게는
'전통 고수'가 하나의 역사적 퇴행으로 이해되었다)의 차원에서 이른바 '현대'
즉 '새 시대'의 담론으로 참여문학론이 등장한 것이라면, 이에 반해
1960년대 말에 와서는 사르트르의 참여론이 '한국적 근대화에 대한 비
판'의 맥락에서 이해되었던 것이다. 현실화되는 한국적 근대화에 주체
세력의 일부로 참여하게 된 축, 혹은 현실 정치의 경계를 벗어나 아카
데미즘의 독자적 영역으로 들어가게 된 축에게 사르트르 식의 참여론은
더 이상 의미 없는 것이었다. 이는 또한 한국사회에서 문학이 차지하는
장의 위치가 1960년대를 통과하는 과정에서 변화하고 있음을 의미한다.
즉 한국에 있어서는 '문학의 자율성'의 '제도적' 공간이 (『문학과지성』
계열이든 『창작과비평』 계열이든) '근대화 비판'의 맥락과 더불어 형성
되었던 것이다. 문학은 이제 주변부로 밀려나기 시작했다. 이후로는 문
학 담론이 정치·경제 등과 동등한 자리를 차지하는 '교양 잡지'는 다
시 등장하지 않았다.

2) 지식인의 임무와 '근대화'의 과제

　1950년대는 특히 후반으로 갈수록 '지식인론'이 많이 등장한다는 점에

주목해 볼 필요가 있다. 특히 1957년을 거쳐 1958년에 이르면 지식인의
임무와 역할을 논하는 '지식인론'이 봇물같이 쏟아진다. 이러한 경향은
특히 서북 출신의 『사상계』 지식인 집단에 의해 주도되는 경향이 있는
데, 대표적인 예로 황산덕은 「한국 지식인의 사명」(『신태양』, 1958.3)과 「지
성의 방향」(『신태양』, 1958.10)과 같은 글들에서, 한국 현실에 대한 '비판 사
명'과 함께 민족이 지향할 목표를 정해주고 견인하는 '건설 사명'을 지식
인이 감당해야 한다고 했다.

　다음의 언급은 '철학자'이기 전에 1950년대 후반 한 사람의 '지식인'
으로서 조가경의 시각을 보여주는 부분이다. "「시대를 사상에 담은 것」
이요 「역사적 현존재의 개념적 자각형식」이라는 철학의 규정에 비추어
볼 때에 국가나 민족의 현실적 문제가 거기서 근본적인 관심사 이외의
것이 될 수 없다."102) 조가경은 여기서 민족 현실에 대한 관심과 참여의
임무를 언급하고 있는데, 이어서 "철학은 따라서 하나의 분과적 학문으
로 위축하지 말고 인간의 권세욕을 견제하여 정치적 현실 속에 이성의
빛을 비치게 하는 실존적 호소의 기능을 간직하여야 한다. 이와 같은
주장은 이성적 존재자로서의 인간의 궁극적 가능성에 대한 피로할 줄
모르는 믿음에 근거를 두고 있"는 것이라고 했다.103) 이러한 언급을 통
해 그는 한국사회에서의 '철학의 과제'를 아카데미즘의 차원을 넘어서
'지식인의 임무'에 대한 논의로 연결시킨다.104)

　박종홍도 장래의 바람직한 인간상은 "'건설'에 이바지할 수 있는 인
간"이라고 하면서, "그것(허무, 절망-인용자)을 극복하고야 말겠다는 의욕

---

102) 조가경, 『실존철학』, 박영사, 1961, 476면.
103) 조가경, 위의 책, 479면.
104) 그렇지만 조가경은 실존주의가 현실개조를 즉각적으로 부르짖는 '유행사상'이 되는
　　현상에 대해서는 경계하고 있다. "어느 철학이든 간에 진리가 메마른 추상적 이념의 영
　　토에만 머물르지 않고 현실의 대지에 뿌리박고 자라기를 속깊이 바라지 않는 예는 없
　　을 것이다. 그러나 크게 되기를 염원할수록 값싼 구호를 부르짖고 현실개조를 역설하
　　는 유행사상이 되기를 삼가야 한다." 조가경, 앞의 책, 483면.

이 현대의 휴머니즘에 있어서는 강렬하게 요구되고 있"다고 말한다.[105] 박종홍이 여기서 말하는 '건설'이 '근대화'의 논리에 포섭되는 것임을 놓쳐서는 안된다. 앞서도 자세하게 분석한 바 있는 『사상계』 1957년 6월 호의 좌담회에서, 박종홍이 내린 다음과 같은 결론은 그 점을 잘 보여준 다. "(휴머니즘을) 실지로 실천하려고 하면 자기가 선 자리를 떠나서는 매우 곤란하지 않은가 생각이 됩니다. (…중략…) 잘사는 나라일수록 거 기에는 건설적 기백이 세차게 느껴졌습니다. (…중략…) 그래서 우리는 우리의 사정이라고 할까 우리의 처지를 있는 그대로 우선 잘 파악할 필 요가 있겠어요. 그리고 적극적인 건설로 다문 한 발자욱이라도 어떻게 하면 내디딜 수 있느냐 하는 면에서 우리로서 최선의 노력을 다하는 것 이 우리가 살길인 동시에 그것이 진정한 의미에 있어서 세계사적인 과 제를 수행하는 데 실지로 기여하는 所以"가 될 것이라고 했다.[106] 휴머 니즘과 실존주의의 문제의식을 지식인에게 부여된 민족사적 과제와 연 관짓고 있음이 확연히 눈에 띈다.

　민족 근대화의 과제와 지식인의 임무라는 문제에 대해서 누구보다도 일찌감치 설파한 이는 장준하였다. 『사상계』 창간 두 돌을 맞이한 시점 에서 장준하는 권두언을 통해 『사상계』 발간의 목적을 다시금 강조하는 데, 이 글은 『사상계』 지식인의 근대화론을 보여주는 부분이기도 하다. "현대화라는 것은 과학화를 의미하는 것입니다. (…중략…) 우리 민족의 역사와 우리 민족의 문화가 과학적으로 분석되고 정리되고 체계화되어 이것이 우리 민족의 현대화의 거점이 되어야 합니다. 『사상계』지가 만 25년간이란 우리나라 잡지역사로서는 그리 짧지도 않은 기간을 갖은 恨 難을 물리치고 걸어옴도 우리 민족의 현대화를 위한 과학적인 거점을 발견하고 이 기초를 튼튼히 하자는 데 있는 것입니다."[107] 1955년 8월호

105) 『사상계』, 1957.6, 267면.
106) 위의 책, 268면.
107) 「권두언」(1955.4), 『장준하 전집』 2, 세계사, 1992, 49~50면.

권두언에서도 민족 근대화의 과제로 "진보를 가로막는 누습과 타력 의존과 태만으로부터 해방되어야겠고, 터무니없는 인권유린과 권력남용으로부터 해방되어야겠고, 이 모든 것의 소치로 오는 빈곤으로부터 해방되어야" 함을 역설한다.108) 봉건의식의 타파와 정치적·경제적 근대화를 구체적 과제로 제시하는 부분이다.109)

　　문학비평을 연구하면서 그 대상을 문학 담론에 국한시켜 왔던 경향이 일반적이었으며, 그러한 경향은 1950년대 비평을 대상으로 해서도 마찬가지였다. 그렇지만 이 시기 '참여 논쟁'이 실제로는 문학의 영역에만 해당되는 문제가 아니었음은 당시 기독교계의 움직임만 보아도 잘 알 수 있다. 『사상계』 지식인 집단의 일원이면서 종교인이었던 김재준·김하태는 1950년대 후반 기존 교회에 대한 비판과 더불어 교회의 '사회참여'를 주장한다. 그들은 1957년 『기독교 사상』을 창간하여, 개인윤리를 전적으로 강조하는 기존 교회의 내세 지향적 보수신학을 비판하면서 교회는 시대와 장소에 반응하여 사회문제에 참여하여야 한다고 주장하였다. 개신교계에서 참여론자들이 출현하게 된 것은 1957년에서 1960년대 초기 사이의 기간으로 문학에서 참여론이 처음 등장하는 시기와 정확히 일치한다. 그들 개신교계 참여론자들은 특히 '국가 재건'에 관심을 가졌다. 이들도 역시 '근대화론'의 자장에 있었던 것이다.110) 분명 1950년대 말의 '순수-참여 논쟁'은 문학 담론 내부의 쟁점만은 아니었던 것이다. '순수'(보수)를 주장하는 측이 대개 남한 토착 세력이었으며 '참여'를 주장하는 측이 서북 출신 중심이었던 점도 문학과 마찬가지였다.

---

108) 「권두언」(1955.8), 위의 책, 1992, 58면.

109) 1957년에 들어와 장준하의 권두언들에서 특히 두드러지는 것은 정치 현실에 대한 비판인데, 이러한 비판은 대개 근대화의 차원에서 논의되는 것이었다. 정치적 근대화는 곧 민주주의화라는 등식이 성립했던 것이다.

110) 이영숙, 「진보적 개신교 지도자들의 사회 변동 방안 연구」, 『현대 한국의 종교와 사회』(한국사회사연구회 편), 문학과지성사, 1992, 143~144면. 이때는 지식인 담론 내부에서 '근대화론'이 채 분열되기 이전 시기라는 점을 재강조해 둔다.

민족 근대화와 관련하여 '지식인의 임무론'이 많이 운위되던 시기였
던 만큼, 지식인의 임무와 관련된 외국 학자의 글들도 번역되었다. 1961
년 1월에 『세계』지를 통해 번역된 쉴즈(E. Shils)의 글이 대표적인 경우이
다. 특히 이 글은 제3세계 지식인의 임무에 대해 중점 언급하는 것으로,
외국학자의 글로서는 가장 주목할 만하다고 할 수 있다. 쉴즈는 이 글
에서, 일반적으로 국가들은 날이 갈수록 지식인을 더욱더 필요로 하게
되었으며, 이들을 양성 충족하는 문제는 오늘날 많은 사회가 당면한 긴
급한 문제라고 말한다. 특히 "신생국가의 현대류 지도층은 그들의 조국
의 근대화를 열망하고 있으나 (…중략…) (실제로는 이들) 현대류의 지적
지도층은 그 수가 지극히 적으며 이들의 활동분야래야 정부기관, 대학
교수, 정치, 정치성을 띤 신문기자 등의 좁은 지역에 限"해 있으므로,
"이러한 정황하에서 근대화의 고비를 넘으려면 대량의 인텔리겐챠 양성
이 필요하게 된다. 더욱이 경제의 급속한 발전이라는 민족적 과제"를
고려할 때, "이 지식인 양성문제는 더욱 절박하게 제기된다"고 했다.[111]
제3세계 근대화의 방략으로 지식인 양성이 강조되고 있다.

분명한 것은 1950년대 말 지식인 담론에 있어 '민족 근대화에의 참여'
라는 문제가 화두였다는 사실이다. 전쟁을 전후해서 등장한 다수의 월
남 문인들 역시 이 문제에 골몰하고 있었음은 선우휘의 다음과 같은 말
에서도 드러난다. "나는 지금 신문사에서 분에 넘쳐 사설을 쓰고 있는
데 어떤 交友는 오히려 그것이 문학하는데 방해가 되지 않는가도 한다.
그러나 그 한가지로 어떤 형태의 사회참가를 하고 있는 것이라고 믿어
(…중략…) 그것이 결코 나의 문학을 해치는 것이 아니라 오히려 도움이
되지나 않을까 생각한다."[112] 이 부분은 김성한·선우휘 등 『사상계』
지식인 집단의 일원이라 할 수 있는 문인들이 가지고 있던 문학관과 현
실 인식의 중요한 일단을 암시한다. 한마디로 그것은 '문학' 이전에 '참

111) E. Shils, 「인텔리겐챠의 운명」, 『세계』, 국제문화연구소, 1961.1, 83면.
112) 선우휘, 「처녀작의 처녀성」, 『한국전후문제작품집』, 신구문화사, 1961, 416면.

여'가 있다고 요약될 수 있는 것이다. 재차 언급하지만 최소한 이 시기에 있어 그 '참여'는 '조국과 민족의 근대화에 주체가 되는 것'을 의미했다.

1959년 5월호 『사상계』의 「인텔리겐챠 특집」에서 『사상계』 편집위원들이 집필한 글들은 1950년대 지식인론의 집약이라 해도 과언이 아니다. 김하태·김성식·한태연, 신상초가 필자들이었는데, 대체로 이 논의들은 지식인의 '현실도피'를 경계하면서 '참여'를 촉구하는 글들이다. 본 절의 논의와 관련하여 이 글들은 상세히 살펴보아야 할 만큼 중요성을 지닌다. 우선 기고자들 가운데 김성식을 제외하고는 모두 『사상계』의 현(現) 편집위원들이었다. 김성식 역시 출신과 인맥 등을 고려할 때 같은 집단의 일원이라고 보아야 한다. 따라서 이 특집의 필진들은 『사상계』 지식인 그룹의 핵심으로서, 이들의 논의는 당시 '지식인론'의 정수를 보여준다고 할 수 있다.

당시 연세대 신학대학장이었으며 철학자인 김하태는 「지식인의 본질」에서, "생각하는 것, 아는 것을 행동으로 옮기는 것을 주장할 때에 우리는 요즘 문제가 되는 지성인의 사회참여에 논급하지 않을 수 없다"고 하면서 "우리가 문제시하는 것은 지성인의 '사상'이 사회문제, 실존적인 문제와 유리되어 아무 관련성을 맺지 않는 것을 경계"하는 것이며, "우리 동리의 주위가 더럽고 냄새난다고 하면 지성인은 냄새를 못 맡는 무감각한 동리 사람을 깨우쳐 알려주"어야 할 임무가 있다고 했다. 또한 "지성인은 항상 다른 사람들보다 먼저 진리를 파악하고 다른 사람들보다 밝히, 우리의 정세를 통찰하고 이 정세가 갖고 있는 비진리와 불의와 불결을 제거하려는 정열로 가득 차 있어야 할 것이다"라고 말한다.[113] 김하태의 논지는 요컨대, 지식인의 본질적 과제는 '사회참여'라는 것이며, 참여의 방법으로 '대중 계몽'을 중시하고 있다. 사회문제를 '실존적'

---

113) 『사상계』, 1959.5, 23면.

문제라고 말하는 점도 눈에 띈다.

당시 고려대 교수였던 김성식은 「격동기의 지식계급」에서 사학자답게 세계사의 전례를 거론한 후 한국 지식인의 과제를 이야기한다.[114] 그는 지식인의 활동 유형을 민족운동, 민주주의운동, (사회주의운동), 그리고 문화운동으로 분류하고, "지식계급이 민족운동(애국운동)의 성실한 담당자로서 활약하였다는 것은 어느 나라의 역사에서도 찾아볼 수 있는 가장 중요한 사실"이라고 하면서 지식인의 애국민족운동의 과제를 강조하였다.[115]

당시 서울대 교수였으며 헌법학자인 한태연의 글은 특히 주목을 필요로 한다. 그는 「한국의 지식계급」에서 "6 · 25 이후에 있어서의 우리 사회의 지식계급은 그들의 사상의 선택이 자유민주주의로 결단된 다음에는 역사의 창조와 사회활동에 있어서의 주도권을 일부의 정치가에게 빼앗긴 채로 다만 소극적인 현실도피에만 급급하고 있다"고 말하고, "최근에 와서는 우리 사회에 있어서도 제2차 대전 이후의 세계적인 사조로 간주되고 있는 이른바 실존주의의 영향에 따라서 실존이니 절망이니 초극이니 반항이니 하는 용어를 논의하고 있다. 그러나 오늘의 우리 사회의 지식계급에게 있어서는 실존주의에서 문제되고 있는 그 실존의 주체를 이미 상실하고 있다. 그것은 현실에의 도피자들에게 있어서는 그 현실에 대항하고 초극해야 할 그 주체의 실존을 주장할 수가 없기 때문이다"라고 '도피적' 지식인을 질타한다. 그는 현재의 한국사회의 상황을 다음과 같이 진단한다. "확실히 현대의 우리 사회는 (…중략…) 암흑의 심아에서 졸고 있는 그러한 상태에 있다"는 것이다.[116] 한태연의 이와 같은 말은 당시 지식인 담론을 주도하고 있던 『사상계』 지식인 집

---

114) 일반론, 혹은 서구적 상황에 의거하여 한국적 상황을 논하는 것은 당시 일반적인 글쓰기방식이었다고 할 수 있다.
115) 『사상계』, 1959.5, 25면.
116) 위의 책, 41면.

단이 실존주의 이해를 어떻게 하고 있는가를 보여주는 것이다. 그들은 실존주의를 지식인의 현실참여로 이해하고 있는 바, 그 지식인의 '현실 참여'란 구체적으로는 '대중 계몽'의 과제로서 지식인들에게 부여되어 있다는 것이다.

영문학자인 여석기는 「문학과 지식인」이라는 글을 통해 위 논의의 맥락에서 직접 '실존주의문학'에 대해 언급한다. "카프카의 「변신」의 주인공은 현대의 지식인을 가장 적절하게 상징"하는 것인데, 오늘날 상황은 "지식인의 행동을 강요(요청)당하는 사태"이며 "지식인이 선택을 하지 않으면 안되게끔 되는 국면이 전개"되고 있다고 했다.[117] 또한 그는 앙드레 말로를 언급하면서 "인간이 각자…… 행동의 의미는 찾아야만 되는 것"이며 이런 맥락에서 "현대의 증인으로서의 문학의 역할"이 요청된다고 했다.[118]

여석기의 이와 같은 언급은 앞 절에서 살펴보았던 김붕구의 증인문학론과 직접적으로 연결되는 것이다. 1960년대 후반 백낙청이 이철범의 사르트르 이해를 비판했던 사실, 그리고 1961년 10월호에서 한 독자가 5·16 이후 정세에 대한 『사상계』의 '반항'을 촉구했던 사실[119] 등을 고려해 본다면, 이 시기 '실존' 담론 자체가 둘로 분열될 가능성을 이미 내포하고 있었던 것이다. 이는 결국 문화적 민족주의의 이념적 계보에 있던 『사상계』 지식인들(혹은 월남 지식인)의 담론 자체가 실질적인 근대화의 움직임과 만났을 때 보일 수 있는 분열의 가능성이기도 하다. 한편으로 그것은 공화당식 근대화에 주체로서 '참여'할 근거가 될 수도 있고, 반대로 그러한 근대화방식에 저항할 근거가 될 수도 있었기 때문

---

117) 앞의 책, 53면.
118) 앞의 책, 55~56면.
119) 『사상계』(1961.10)의 「편집실 앞」이라 되어 있는 독자란을 보면, "5·16 이후 『사상계』가 우리의 현실을 어느 정도 냉정하게 비판하고 있는가"라고 질타하고 "혁명 이후 새로운 반항의 자세가 『사상계』에 의해 설정될 것으로 기대하고 있다"는 기사가 보인다(『사상계』 1961.10, 20면). 저항 담론의 출현 가능성을 보여 주는 부분이다.

이다.

앞서 공리적 문학관을 언급하는 부분에서 거론된 바 있는 김우종도 이 시기 지식인의 '민족 계몽' 임무를 분명하게 역설한다. "작가의 목적은 작품을 통해서 생명의 존엄성이 무엇인지를 가르쳐 주고 (…중략…) 독자의 행동 방향을 그 쪽으로 정착시키고 그 행동의 의지를 굳건히 다져주고, 그 의욕을 고양시켜 주는 데 있으며 (…하략…)"(강조-인용자)[120] 1950년대 중반 이후 문학에서 '휴머니즘'론이 기본적으로 '실존주의문학'의 차원에서 논의되던 것이었음을 염두에 둔다면, 김우종의 이와 같은 언급에서 그의 실존주의 담론의 배후에 작동하고 있던 것이 실은 '계몽'이었음을 간취할 수 있다. 말하자면 그는 이광수와 같이 계몽적이고 공리적인 문학관을 가지고 있었던 셈인데, 이는 곧 문학이 하나의 '지식'으로서 한국사회에서 대중 계몽적 과제를 수행해야 함을 주장하는 것이기도 하다.[121]

김우종은 작가에게 있어 창작방법론 이전에 세계관의 문제가 우선시되어야 한다고 생각했던 듯하다. 이러한 점은 김우종이 '참여', '순수'를 소재의 문제가 아니라 사상성 여부의 문제로 파악하는 데서 간접적으로 드러난다. "현실도피의 문학은 가장 긴급한 현실적인 문제를 소재로 삼은 작품 속에서도 얼마든지 있는 반면에, 가장 비현실적인 소재를 다룬 작품 속에서도 그러한 소재가 현실을 비판하는 작자의 정신에 의하여 다루어지고 거기에 작자의 개성이 살아있는 이상 현실참여의 문학이 되는 것"[122]이다.

이런 식의 생각을 가진 김우종에게 있어 문학의 '순수론'은, 단순히 문학의 발전을 가로막는 존재에 그치는 것이 아니라 민족과 국가의 발

---

120) 김우종, 「작가적 휴머니스트-휴머니즘은 방법론이 아니다」, 『현대문학』, 1963.4, 410면.
121) 이광수에 대한 김우종의 긍정적 평가는 그의 글 「당면과제의 사적 고찰」(『현대문학』, 1960.8) 등에서 발견된다.
122) 김우종, 「도피와 참여의 도착」, 『현대문학』, 1961.6, 76면.

전을 심각히 저해하는 것으로 비칠 수밖에 없었을 것이다. 이런 맥락에
서 보면 김우종의 다음과 같은 격한 표현이 왜 나오는지를 이해할 수
있다. "가난한 군상들에 대한 동정과, 권력남용으로 배를 불리는 자들에
대한 증오심의 표현은 좌익문학이라고 오해하려 드는 경우가 있을지도
모른다. 그러나 이러한 우매한 가해자에게는 어떠한 수단으로라도 항거
하는 레지땅스의 태도를 가져야 한다."123)

  김우종의 이러한 격렬한 비판의 대상이 되었던 '순수론'의 대응이 어
떤 것이었는지는, '김동리적인' 문학을 계승하고 있었다고 평가되는 오
영수의 말에서 그 일단을 볼 수 있다. 오영수가 1960년대 중반 자신의
문학에 대하여 자기 나름의 '변명'을 하는 부분은, 1950년대 후반에서
1960년대 초반에 이어진 '참여론'에 대한 '순수론자'들의 입장을 잘 보
여주고 있다. 조금 길게 인용해 보도록 한다.

  (자신의 문학이─인용자) 또 언필칭 현실 도피란 貶을 받기도 한다. 이 현실도
피란, 작가와 작품에 한해서만은 그 관념이 나오는 다르다. (…중략…) 내가 보는
현실 도피는 바로 事大다. 어떤 외래사조나 경향에 자신을 합리화 내지 편승해
버리는 것이다. 말하자면 주체성의 상실 내지 포기다. (…중략…) (자신의 문학이
─인용자) 또 너무 '로우컬 컬러'가 짙다고도 한다. 그럴는지도 모른다. 그러나
나는 미국인도 일본인도 아닌 한국인이요, 한국의 한 작가다. (…중략…) 요는 로
우컬이나 국제색이니가 문제가 아니고 한 민족의, 한 개성의 창조가 얼마만큼의
보편성을 가지며 공감과 감동을 줄 수 있느냐가 문제가 아닐까? (…중략…) 오직
참되고 아름다운 것은 시간과 국경과 민족을 초월한다. 즉 인류보편적 감동─이
것이 곧 예술의 세계성이다. 예술은 결국 예술 이외의 아무것도 될 수 없다. 예

---

123) 김우종, 「새세대, 새문학」, 『자유문학』, 1961.1, 69면. 1960년대 후반에 가면 김우종
   역시, 김붕구나 선우휘만큼 급변하지는 않지만 기존의 '참여론'의 입장에 미묘한 변화
   를 일으킨다. "오늘의 한국문학이 지니고 있는 문제는 순수문학의 장점을 살리면서 그
   약점을 수술해 버리는 데 있다"고 후퇴하는 것이다(김우종, 「한국문학의 어제와 오늘」,
   『경희대 문리학총』, 1967.11, 157면; 강경화, 『한국 문학비평의 인식과 담론의 실현화
   연구』, 태학사, 1999, 338~339면에서 재인용). 이후 그는 아카데미즘의 영역에서 한국
   현대소설사를 집필하는 등 학문적 연구를 수행하게 된다.

술은 곧 미다. 미는 곧 감동이요, 진실이다. 내가 쓴 소설에서 만에 일이라도 회로애환의 인생을 공감할 수 있었다면, 나는 그것을 사회참여라고 생각할 것이요, 또한 작가로서의 보람을 느끼겠다.[124]

'가장 민족적인 것이 가장 세계적인 것이다'로 요약되는 이러한 논리에서는, 당연하게도 서구를 모델로 한 지식과 문학의 발전이란 '사대(事大)'에 불과한 것일 수밖에 없다. 이러한 입장이, '참여'를 통해 민족의 후진성을 극복하고자 했던 『사상계』 지식인 집단의 문화적 민족주의이념과, 그리고 그에 바탕한 문학관과 날카롭게 대립하는 것은 거의 필연적일 수밖에 없었을 것이다.

이 지점에서 김우종의 비평이 '전통에 대한 항거'를 부르짖던 이어령과 어떻게 다른가를 지적해 둘 필요가 있겠다. 이어령 비평의 특성은 동시대 비평가 유종호의 다음과 같은 말에서 날카롭게 지적된다. "전후 비평의 발광체 구실을 한 그(이어령)의 비평가로서의 본질은 낡은 것에 대한 과감한 우상파괴작업과 새로운 것에 대한 왕성한 호기심을 보여준 비평에 있어서의 모더니스트란 점으로 요약된다고 볼 수 있다."[125] 유종호의 이러한 지적은, 사실 이어령의 전통부정론이 기본적으로 '모더니스트'로서 '새로운 것' 자체에 대한 호기심에 근거하고 있음을 시사하는 것이다. 이어령 비평의 이러한 특성은 이어령과 김우종의 차이를 파악하는 데에 많은 시사점을 제공한다.[126]

이 문제를 분명히 하기 위해 전후 문학인들의 시대의식의 일단을 살펴볼 필요가 있다. "6·25 사변을 겪고 있는 동안에 그 전쟁 성격과 마

---

124) 오영수, 「작가는 말한다―변명」, 『현대한국문학전집』 1, 신구문화사, 1981, 477~478면.
125) 유종호, 「성장과 심화의 궤적―한국문학 20년」, 『사상계』, 1965.8, 330면.
126) 또한 이는 이어령 비평이 이 책에서 다루고자 하는 문제영역에서 제외될 수밖에 없는 이유를 보여주는 것이기도 하다. 앞서도 언급한 바와 같이, 이어령의 전통부정론 입장은 1950년대에 그가 보여준 자세였다. 1960년대 중반에 이르러 그는 이러한 태도로부터 선회하게 된다.

찬가지로 어느새 우리의 의식 속에는 세계의식이 뿌리파고 들어온 것을 알게 되었다. (…중략…) 1950년대의 문학은 오늘날 세계가 기력을 다하여 씨름하고 있는 문제와 막바로 부딪친 것이다."[127] 장용학에게서도 발견되는 이러한 생각의 핵심은, '(전쟁을 통해) 이제 우리도 세계와 동시대(이 동시대란 곧 '현대'였다)를 살게 되었다'는 데에 있다.[128] 최소한 1960년경까지는 이러한 보편성에의 사유, 지향이 이어령 비평에서도 기반을 이루고 있는 것으로 보이며,[129] 논의가 거기서 끝난다면 그것은 분명 김우종과는 다른 것이다.

'현대'를 매개로 한 '세계사적 동시성'의 강조에는 실은 서구에 대한 '동경'이 강하게 내면화되어 있는 것으로 보인다. 이러한 '동시성'이란 서구에 대한 '관념적 동일화'라고 말할 수 있는 면이 있다.[130] 또한 이러한 의식은 일종의 '후진성 콤플렉스'라고 해석할 수도 있는 것이다. 그런데, 이 지점에서 또 다른 해석도 가능하다. 세계사적 동시성과 공간적 보편성에 주목한다는 것은 달리 보면 한국적 상황을 서구와 하나의

---

127) 이영일, 「차원의 이질성과 지양」, 『예술집단』, 1955.12, 64면; 강경화, 『한국 문학비평의 인식과 담론의 실현화 연구』, 태학사, 1999, 64면에서 재인용.

128) 장용학의 경우는 자부심에 가까울 정도였다.

129) 『사상계』(1959.11)에 실린 이어령의 소설 월평 「현실을 바라보는 여섯가지 위치」를 보면, 그의 작품 '독법'과 관련하여 흥미로운 사실을 발견할 수 있다. 이범선의 「오발탄」에 대한 평에서, 이어령은 이 작품을 하나의 '우의(寓意)'로 읽고 있다(이 작품에 대한 후대의 일반적 평가에 비추어 볼 때 이는 조금 놀라운 사실이다. 그는 이 작품을 카프카의 소설들에 견주어 본다. 카프카의 작중 인물은 상징화된 인물인데 이범선의 「오발탄」이 같은 경향에 속하는 소설이라는 것이다. 「오발탄」의 이러한 면에 입각해 볼 때, 이범선이 현실을 상징적으로 조감하고 있다는 사실을 알 수 있다고 했다. 그는 계속해서 말한다. "(카프카의 「변신」에서) 변신된 인간에게 최후로 남아있는 그 애정 …… 「오발탄」에 있어서도 그런 애정을 엿볼 수 있다." "그(영호)에게 최후로 남아 있는 것은 人情(일종의 휴머니티)이었다"는 것이다(『사상계』, 1959.11, 283~285면). 「오발탄」을 카프카의 「변신」과 같은 우의로 보는 이어령의 이러한 독법에서, 실존주의 담론이 당대에 얼마나 지배적 영향력을 발휘하고 있었는지를 알 수 있음은 물론이거니와, 나아가 이 시기 이어령의 사유에 있어서 서구와 한국 간의 거리가 무화된 '추상적 보편주의'가 바탕에 있음을 놓쳐서는 안될 것이다.

130) 강경화, 『한국 문학비평의 인식과 담론의 실현화 연구』, 태학사, 1999, 77면.

지평 위에서 비교가 가능한 대상으로 삼을 수 있게 됨을 의미한다. 이는 곧 당대 한국의 지식인들이 서구와의 비교를 통해 우리의 '후진성'을 쉽게 인정하고 출발하는 자세를 취할 수 있음을 의미한다. 더구나 당시 지식인들의 시각에서는, 일제로부터의 해방과 더불어 표면적인 차원의 '식민성'이 제거되었으므로 민족의 과제는 훨씬 분명해졌다. 글의 맥락을 떠나서 김현이 사용했던 용어를 그대로 가져오자면 그야말로 1950년대는 새로운 '개화기'였던 것이다.131) 이렇게 후진성을 인정하고 실제로 그것을 극복하고자 하는 모색이 지식인 담론 가운데서 이미 형성되고 있었고, 1950년대 후반에 이르러서는 문학비평에서도 '참여론'이 강하게 대두되기에 이르는데, 바로 그 자리에 김우종 비평이 놓여 있었다고 할 수 있다. 새로운 '개화기'의 지식인의 과제는 말할 것도 없이 '계몽'에 있었을 것이며, 그러한 계몽적 지식인 담론의 자장에 있던 문학 텍스트들은 새로이 '이념'과 '사상'을 강조하게 되었던 것이다.

3. 전통 비판과 세대론의 전략

1) 전통 비판과 '후진성'의 극복

지식인 담론에서 운위되던 근대화의 과제는 당연하게도 '후진성'의 극복과 동일한 논리였으며, 또한 『사상계』 지식인 집단이 이념적으로 승계하고 있던 '문화적 민족주의' 계보를 고려할 때 이는 전통 비판론으로 이어질 수밖에 없는 것이었다. '전통'의 문제가 문단의 이슈로 떠

---

131) 김현, 「테로리즘의 문학」, 『문학과지성』 1971년 여름호, 339~340면.

오르게 된 시기는 실존주의에 대한 논의가 지식인사회에서 일반화된 1955~1956년경부터였다.[132] 이는 1950년대 중반 한국에 있어서의 전통론·세대론이 실존주의 논의와 깊은 관련을 맺고 있었다는 사실을 암시한다. 사실 당대 문단에서 실존주의의 열풍은, 지극히 추상적인 외국관념의 '무분별한' 수입이라는 비난을 받을 수도 있는 상황이었다. 이러한 지경을 염두에 둔다면, 조가경의 다음과 같은 문제의식은 어렵지 않게 이해된다.

> 철학이 하나의 유행사조여서는 안된다는 비판 가운데에는 항상 부당한 모방과 외래사조의 맹목적 수용의 위험성에 대한 은근한 반발이 뒤따른다. (…중략…) 그러나 현대는 동양과 서양이 제각기 서로 교섭없는 독립된 역사를 가진 시대가 아니다. (…중략…) 오늘날에 와서는 오직 하나의 '세계사'가 지배적임을 부인하지 못한다. 그러면서도 뒤떨어진 문화를 일으키며 주체의식을 살리고 남의 것에 억눌리지만 않으려면 어떠한 길을 택하여야 할 것인가? 실존철학은 이 점에 있어서 우리에게 무슨 의미를 가지며 그의 유행적 삼투에 대해서 얼마만한 개방적 내지 비판적 태도를 취해야 할 것인가?[133]

조가경은 여기서 우선 "외래사조의 맹목적 수용의 위험성에 대한 은근한 반발"을 의식한다. 그렇지만 "오늘날에 와서는 오직 하나의 세계사"가 존재한다는 사실을 인정할 수밖에 없다는 것, 그렇다면 문제는 그 '하나의 세계사'에 놓여 있음을 깨닫는 바탕 위에서 "뒤떨어진 문화"를 일으킬 방도를 찾는 데에 있을 것이다. 이러한 논리는, 문협의 전통 옹호론의 입장과 다름은 말할 것도 없고, 당시 일부 '젊은' 문인들이 가지고 있었던 한국과 서구를 시공간적으로 동일시하는 식의 추상적 사고와도 다른 것이다. 이러한 입장이 추상적 보편에 대한 추수와 어떻게 다른 것인지, 또한 '전통'에 대해서는 어떤 태도를 취하는지는 다음의

---

132) 전기철, 『한국 전후문예비평 연구』, 서울출판사, 1993, 197면.
133) 조가경, 『실존철학』, 박영사, 1961, 29면.

말에서도 드러난다. 조금 길게 인용할 필요가 있다.

> 우리는 과거의 고유한 전통이 매장되고 퇴화된 상태에서 건져져야 한다고 생
> 각한다. 문화계에서 해방 이후로 입버릇처럼 된 주장은 바로 이것이다. 그러나
> 단순히 대내 대외적으로만 판단하여 우리를 단적으로 과거의 전통과 동일시하
> 려는 것도 고루한 편견이 아닐 수 없다. 한마디로 전통이라고 하지만 우리의 역
> 사적 과거가 곧 우리 자신의 산 전통일 리 없다. (…중략…) 우리에게 큰 위안과
> 자부심을 줄 만한 조상들의 업적이 있었다고 하더라도 그것을 내세우는 것만이
> 참된 자기주장은 아닐 것이다. (…중략…) 자기주장의 뒷받침은 어디까지나 현
> 재의 현실적인 힘이 주로 되어야 하며 추억에만 잠김도, 막연한 꿈에 기대함도
> 부질없는 노릇이 아닐 수 없다. 이와 같이 보아오면 우리는 (…중략…) 주체를
> 단순히 타자와 대립시키거나 또는 과거의 역사에만 얽매인 추상적인 자기동일
> 성의 면에서 파악하는 한계를 넘어설 필연성을 인정하게 된다. (…중략…) 자기
> 안에 머물러 있고 밖으로 나가서 거닐지 않은 정신은 자기의 존재를 부정하는
> 결과가 된다. (…중략…) 자기자신을 인식하려는 경우에 있어서도 일단 자기를
> 떠날 것이 요구된다. (…중략…) 사유보다는 직관으로 흘렀던 동양의 옛 사상은
> 그 자체로서도 다시금 정리되어야 할 소재이려니와 또 그러한 입장(동양의 전통
> -인용자)에 머물러 있는 한 우리는 우리 자신의 근원에 대한 참된 인식도 가질
> 수 없다.[134]

조가경의 이러한 언급은 1950년대 문화계의 '전통 논쟁'에 대한 관심을
포함하고 있어 주목할 만하다. 그는 우선 전통에 대한 자기 판단과 정립의
기준은 "현실적인 힘"이 되어야 한다고 말한다. 따라서 "현실적인 힘"을
가진 진정한 '주체'를 설립하기 위해서는 우선 우리의 과거로부터 떠날
것이 요구된다는 것이다. 조가경의 이러한 주장이 우리의 '후진성'을 전제
한다는 사실을 놓치지 않는 게 중요하다. 그가 말하는, '자기를 떠날 것이
요구된다'는 것은 곧 후진국의 주체설정문제에 대한 언급인 것이다.

김붕구의 전통 비판론 역시 이러한 사유의 맥락과 통하는 것이라 할

---

134) 조가경, 『실존철학』, 박영사, 1961, 30~35면.

수 있다. 김붕구는 「지성인과 독재」에서 이렇게 말한다. "우리는 해방 이후 이때까지, 졸연히 둑을 무너뜨리고 휘몰아 들어오는 온갖 사조와 문학의 혼돈 속에 잠시 갈피를 잃은 것도 사실이고 또 그럴 수밖에 없었던 것이다. (…중략…) 암중모색의 반성이 계속되는 반면 한편으로는 전통이니 동양정신이니 초탈이니 하는 배타적인 고집이 행세하고 있을 뿐이었다."[135] 말 그대로 '암중모색'이 이루어지고 있는 상황, 그 상황에서 "전통이니 동양정신이니" 하는 것을 내세우는 '고집'이야말로 진전을 가로막는 것이라는 인식이 보인다. 김붕구의 이러한 전통 비판론이 실은 전통 '옹호론자'에 대한 비판이라는 사실을 놓치지 말아야 한다. 일제하 문화적 민족주의와 이에 기반한 이광수의 계몽문학이 주로 '봉건 유습' 자체에 대한 비판의 논리로 기능했다면, 1950년대 문학비평의 전통 비판론에서는 그 비판의 현실적 표적이 전통 '옹호론'이었던 것이다. 이는 곧 '순수'를 주장하며 자신들의 권위를 유지하고자 했던 문협의 기성 문인들에 대한 비판과 결부되었다. 그러한 비판의 지형을 가장 잘 보여준 사람은 역시 김우종이었다.[136]

김우종 비평에서 발견되는 특징 중의 하나는, 국문학자답게 고전에 대해 특별한 관심을 보였다는 점이다. 「구원(久遠)의 비가(悲歌)」(『현대문학』, 1957.8), 「죄인을 위한 불망비(不忘碑)」(『현대문학』, 1957.11), 「수인(囚人)의 항변」(『현대문학』, 1958.8) 등에서 사설시조, 『장화홍련전』·『춘향전』에 대해 언급하는 것이 그 예들이다. 이러한 특별한 관심의 이유는 그의 다

---

135) 『사상계』, 1960.6, 316면.
136) 김양수 역시 전통 옹호론을 비판하고 민족문학의 현대화를 지향하고자 했던 대표적인 논객이었다. 그는 현대 속에서 추구해야 할 민족문학은 민족적인 것에 대한 자기비판, 대립을 통하여 발전해 갈 수 있다고 보았다. 그는 서구 현대문학의 기준에서 민족문학을 바라보면서, 민족문학이 가지고 있는 세계문학으로서의 후진성을 집중 지적했다. 김양수의 이러한 생각은 「민족문학 확립의 과제」(『현대문학』, 1957.12), 「한국 현대문학의 지향점―속, 민족문학 확립의 과제」(『현대문학』, 1958.1), 「새로운 세대의 문학정신―재속, 민족문학 확립의 과제」(『현대문학』, 1958.3) 등을 통해 드러난다. 그의 이러한 논의도 전통부정론과 신세대 옹호론의 맥락에 놓인다고 할 수 있다.

음과 같은 말에서 간취된다. "현대문학을 담당하고 있는 우리들이 그러면서도 그것(고대소설들)을 버릴 수 없는 이유는 (…중략…) 현대문학에 그대로 이어온 전통을 발견하고, 타성적으로 흐르는 문학 발전방향과 그 수정되어야 할 방향을 찾아내고자 하는 데에 있다."137) 따라서 전통에 대한 논의는 계승 운동이 아니라 탈피 운동의 차원에서 이루어져야 한다는 것이다.138)

여기서 그가 말하는 "현대문학에 그대로 이어온 전통", "타성적으로 흐르는 문학 발전방향"이란 무엇을 의미하는가? 사실상 이는 1950년대 후반 문협 계열의 문인들이 주장하던 '전통 옹호론'에 대한 비판적 언급이라고 보아야 할 것이다. 즉 김우종은 고전문학에 대한 비판적 점검을 통하여 현대문학의 후진성과 전근대성을 비판하고 현대문학의 새로운 방향을 설정하고자 했던 것이다.139)

김우종은 우리 전통에 있어 가장 큰 문제의 하나를 '비평정신의 부재'로 보았다. "한국의 오랜 역사의 흔적을 밟아볼 때 가장 슬프게 느끼는 것은 비평정신이 없었기 때문이다. (…중략…) 우리에게 그같은 비평정신이 없었기 때문에 많은 우리의 문화적 업적들은 길이 전통을 형성해 나가지 못했고 (…하략…)"140) 이와 같은 말에서 알 수 있는 바 그는 전통의 빈곤과 비평정신의 부재를 연관짓고 있는 것인데, 그가 말하는 '비평정신'이란 과거에 대한 합리적 비판정신으로서 일종의 계몽주의적

---

137) 김우종, 「단군신화의 시적 의미―심청전 비평의 결언」, 『현대문학』, 1958.2, 146면.
138) 김우종, 「전통계승론의 맹점」, 『한국일보』, 1957.6.14.
139) 전통 비판론의 맥락에서 보더라도, 앞서 잠시 언급한 바와 같이 김우종과 이어령은 비슷한 논의를 하는 것 같지만 두 사람 사이에는 중요한 차이가 있다. 강경화의 지적과 같이, 이어령이 보편적인 인간, '현대'라는 보편적인 상황에 기울어져 있었던 반면에 김우종의 참여는 구체적인 역사적 상황에서 제기되고 있었다(강경화, 『한국 문학비평의 인식과 담론의 실현화 연구』, 태학사, 1999, 336~337면). 사실 이어령은 '현대'라는 '추상적 보편성'의 영역에서 사고하고 있었던 반면, 김우종은 서구를 강하게 의식하면서 그에 비추어 한국의 '후진성', '전근대성'을 비판, '개조'하고자 한 것이다. 이 책에서 이어령을 논의하지 않는 이유가 이런 점에도 있다.
140) 김우종, 「비평의 원칙 문제」, 『현대문학』, 1958.9, 238면.

의식으로 해석될 수 있다.

비판정신의 부재에 대한 김우종의 지적은 그의 다른 글들에서도 확인된다. "이러한 온상에서 보관된 한국의 고대문학은 한번도 바깥바람을 쐬어보지 못한 채 우리 현대문학의 前身이 아니라 어느 先住民의 유산처럼 그대로 생매장되고 있다. 그리하여 조상을 갖지 못하는 우리의 현대문학은 (…중략…) 이러한 원인은 고대문학을 현대적인 비판의식이 없이 원시적인 애정으로 두둔하고 현대문학과의 유대를 단절시켜 버린 데 있다."[141] 그는 '비판'이야말로 새로운 가치를 지향하기 위한 진정한 힘이 되는 것으로 보았다. 그는 계속해서 말한다. "춘향전을 현대문학과 결부시켜 보면 거기서 발견되는 주류적인 경향은 작자의 현실 사회에 대한 비판의식의 철저한 결여다. 이러한 무비판적인 태도는 조상 적부터 경험한 敗戰의 법칙화에서 온 철저한 諦觀이고 운명관이라고 생각된다."[142]

이 글에서 특별히 주목되는 부분은, 전통 '자체'에 대한 비판이라기보다 그러한 전통에 대해 "현대적인 비판의식이 없이 원시적인 애정으로 두둔"하는 현대 문학인들의 태도에 대한 비판이다. 여기에는 해방 이전에 이미 등단하여 분단 후 한국문학의 중심부에서 권력을 행사하고 있던 김동리 등의 문학에 대한 비판이 은밀하게 내재해 있는 것으로 판단된다. 따라서 김우종의 전통 비판론은 곧 문학의 순수론자들에 대한 비판과 결부된다.

이와 관련하여 김우종이 「유적지의 인간과 그 문학」(『현대문학』, 1963.11)에서 행한 다음과 같은 언급은 그가 말하는 '참여'가 어디에 기반한 것인지, 그리고 그가 비판하고자 하는 '순수'의 실체가 무엇인지를 파악함에 있어 중요한 시사점을 던져준다. "'순수'라는 애매한 이름으로 고수되어 온 그러한 문학 — 우리는 이젠 30년 전통의 문학 방법론에 대하여

---

141) 김우종, 「항거없는 성춘향」, 『현대문학』, 1957.6, 211면.
142) 김우종, 위의 글, 220면.

아낌없이 수정을 가하고 결별을 고해야 한다. 그것은 작가들이 정치가 처럼, 경제가처럼, 혁명가들처럼, 이 비극의 현실문제 속에 적극적으로 참여하는 것이다."

이 글이 발표된 시점이 1963년이라는 사실을 염두에 두면, 여기서 말하는 "30년 전통의 문학 방법론"이란 곧 김동리·조연현 등의 문학론을 가리키는 것으로 판단된다. 이는 그가 '파산선고'(「파산의 순수문학」, 『동아일보』, 1963.8.7)를 내린 대상이 김동리 류의 순수문학론이었음을 의미하는 것이다. 이러한 사실은 다음과 같은 말에서도 확인된다. "오늘날 우리 문단에도 순수를 부르짖는 시인이 있고 작가가 있고 평론가가 있다. 아니 이것은 1930년대 이후 지금까지 수십년 간 우리 문단의 여당이요 집권당이었다."[143]

김우종이 말하듯, "1930년대 이후 지금까지 수십년간 우리 문단의 여당이요 집권당"이었던 김동리·조연현 등의 입장이 실제로 어떤 것이었는지는 『현대문학』의 창간사를 통해 단적으로 나타난다. 1955년 1월의 『현대문학』 창간사는 다음과 같이 말하고 있다. "본지는 현대라는 개념을 순간적인 시류나 지엽적인 첨단의식과는 엄격히 구별할 것이다. 본지는 현대라는 이 역사상의 한 시간과 공간을 언제나 전통의 주체성을 통해서만 이해하고 인식할 것이다. (…하략…)"[144] 『현대문학』지의 이러한 천명은 이 집단이 한국의 전통을 바라보는 관점을 말해준다. 이러한 관점은 『사상계』 지식인 집단의 이념과는 날카롭게 대립하는 것으로, 이른바 '전통논쟁'을 야기할 수밖에 없는 것이었다.

『현대문학』의 창간사에서 드러나는 관점은 이후 10년이 지난 시점에서도 조연현의 글을 통해 고스란히 나타난다. 조연현은 해방 후 20년간의 문학적 조류와 방향을 규정하는 맥락에서 "외래적인 것에의 반성과 한국적인 것의 발견과 추구의 방향"을 중요하게 거론한다. 이는 '전통' 문제에 대한 조연현의 관점, 나아가서 『현대문학』을 대표하는 관점을

---

143) 김우종, 「'순수'의 자기 기만」, 『한양』, 1965.7, 203면.
144) 조연현, 「槪說」, 한국문인협회 편, 『해방문학 20년』, 정음사, 1966, 20~21면에서 재인용.

잘 보여주는 것이라 할 수 있으므로 조금 길게 인용해 보고자 한다.

> 이 문제(외래적인 것에의 반성과 한국적인 것의 발견과 추구—인용자)는 항상 절실한 것이 되어야만 했다. 그러나 그러한 절실성은 선진문학에의 추종이라는 당면한 현실성 때문에, 항상 망각되어져 왔다. (…중략…) 우리의 신문학사는, 어떤 의미에서 이러한 망각의 역사이기도 했다. 그러나 민족의 운명이 가장 암담했던 저 일제 말기에 가서, 처음으로 그것이 자각되었다. (…중략…) 일제 말기의 우리 문학의 중요한 한 특징은 민족적인 가치의 발견이었다. 그 당시의 김영랑의 시나 김동리의 소설은 이러한 면에서 매우 중요했다. 그러나 8·15의 해방은 그 직후의 혼란과 6·25의 위기, 그리고 그 후에 밀려들어오기 시작한 새로운 각종의 문학현상에 눌려, 그 문제는 우리의 중심적, 총체적인 관심이 되어지지는 못했다. (…중략…) 前時代부터의 사람인 김동리나 서정주의 작품이 그러한 방향을 지향해 가고 있다는 것은, 새로운 것이 못된다 할 수도 있으나, (…중략…) 오영수의 소설이 한국적인 정서나 감정, 또는 한국적인 생활의 풍물과 인간을 추구해 가는 한 예라고는 볼 수 있을 것이다. (…중략…) 한국의 독자적인 문학적 의상을 발견하고 창조하려는 의욕은 의식적이든 무의식적이든, 이 20년 동안 일관해 온 가장 보편적인 문학적 조류이며, 방향이었다고 볼 수 있을 것이다. 그것은 이 20년의 세월 속에서 일부의 극단적인 모방주의자를 제외한다면, 넓은 의미에 있어서는 이 땅의 대부분의 문학이 그 방향 속에 포함된다고 볼 수도 있기 때문이다.[145]

조연현은 이 글에서 우리의 '신문학사'는 전통('한국적인 것')에 대한 "망각의 역사"였다고 단정한다. 김동리·서정주, 그리고 이를 계승하는 오영수의 문학을 치켜세우면서, 조연현이 한편으로 "일부의 극단적인 모방주의자"라고 비판하는 사람들이 장용학·이어령 등 문학의 '보편주의자'들 뿐만이 아님은 이 시기 저널리즘의 구도를 고려해보아야 발견될 수 있다.[146]

---

145) 조연현, 위의 글, 27~28면.
146) 그들 "극단적인 모방주의자"에 또 누가 포함되는지를 살피는 문제와 함께, 이들 『현대문학』 진영의 전통 옹호론에 대한 문학사적 평가를 조금 시도해 둘 필요가 있다. 해

　앞서 2장에서도 서술한 바와 같이, 『사상계』는 단순 종합 잡지가 아니었다. 그것은 강력한 이념을 바탕에 가지고 있었다. 문학영역이라는 한정된 틀에서만 보자면 『현대문학』과 대결한 것이 『자유문학』으로 보일 수 있다. 그렇지만 『자유문학』은 문단권력에서 소외된 이들이 자유문협을 결성하면서 만든 매체로서, 이념적 구심이 있었던 것으로 보기는 힘들다. 『현대문학』의 전통 옹호론과 대결할 수 있는 힘을 가진 담론은 당시 저널리즘의 구도상 김성한이 주도하던 『사상계』만이 생산할 수 있었고 또 실제로 생산하였다.

　이 문제가 단순히 문학영역만의 문제가 아니고 문화 일반, 그리고 정치적 담론의 성격도 가지고 있었음은 4 · 19 이후 문단의 움직임을 통해 감지된다. 4 · 19 직후 김우종이 문단의 '순수론자'들에 대해 보인 비판적 태도는 매우 격렬하고 단호한 것이었다. 그는 4 · 19 이후 문인들의 '행동 강령'을 제시하면서 "문화계의 민주역도들에게 협력한 문화인들의 앞으로의 태도를 철저히 감시하고 모든 언론기관을 통한 논의에서 서로가 공동 보조와 연대 책임을 가져야 한다. 그리고 앞으로의 문화인 정화작업에서 방관하는 자는 정화 대상자보다 더 비열자라고 규탄받아도 할말이 없음을 명심해야 할 것이다."[147] 오상원의 '단송족'(만송은 이기붕의 호이다) 비판과 같은 맥락에 있는 것으로 보이는 김우종의 이 글은

　방 20년의 평론을 개관하는 곽종원의 글에서 이형기의 전통론이 인용되는데, 이형기는 다음과 같이 말한다. "중세를 암흑기라고 부르는 우리들 현대인은 중세인에 비해 얼마나 행복한가? 이 물음에 선뜻 현대인이 더 행복하다고 대답할 수 있는 사람은 드물 것이다. …… 어제는 오늘을 위해, 그리고 오늘은 내일을 위해 차례차례로 부정"되는 "(전통부정론자들의) 이 영원한 부정의 연속 앞에는 역사도 전통도 있을 수가 없다."(한국문인협회 편, 『해방문학 20년』, 정음사, 1966, 53면) 이형기의 이러한 논리는 일종의 '전통회귀론'으로밖에 볼 수 없는 것으로서 '보수주의'적 성격을 강하게 띤 것이다. 1960년대 중반 이후 1970년대에 이르기까지 등장했던 민족주의자들의 전통론이 결코 '회귀론'이 아닌 진보 논리의 일면을 가졌던 사실을 상기해 본다면, 1950년대 『현대문학』 진영의 전통옹호론이 1960년대 중반 이후 새롭게 세를 얻은 민족주의와는 전혀 그 궤를 달리한다는 사실을 분명히 지적해 두어야만 하겠다.
147) 김우종, 「문화인 …… 방관자 …… 비열한」, 『동아일보』, 1960.5.12.

분명 '문학비평'이라고는 볼 수 없는 것이다.

이미 장준하는 1955년 9월호 『사상계』 권두언을 통해 사실상 최초의 지식인 '참여론'으로 '순수론'에 대한 극단적 비판을 가한 바 있다.

> 일찍이 「학문을 위한 학문」 또는 「예술을 위한 예술」이라는 말이 유행하여 그 순수 고고성을 고창한 일이 있습니다. 세태가 안정되고 평화가 무르익는 때에는 이러한 견해가 용인될 수도 있을 것입니다. (…중략…) 그러나 오늘날 구래의 세계관이 뒤흔들리고 새로운 세계의 모색에 전 인류가 총동원된 사태 하에서는 이같은 입장이나 태도는 독선 내지 도피에 지나지 않고 비겁무쌍한 처사라고 규정하지 않을 수 없습니다. (…중략…) 규탄을 받아야 할 것은 독선과 고고를 내세우는 지식인이 아닐 수 없습니다. (…중략…) 임무를 저버리고 일신의 보전에 급급하여 비겁한 침묵을 지킨다든가 성심과 성의로써 사회의 匡正, 향상에 이바지하려는 다른 지식인의 활동을 백안시함으로써 순수고결을 가장하는 따위의 학자 내지 문화인은 긴박한 우리 사회에서는 무용지물이요, 나아가서는 남의 노력에 寄食하는 해충에 불과한 것입니다.[148]

'무용지물'·'기생충' 등과 같은 과격한 용어로 현실도피적 지식인, 문인을 비판하는 내용의 이 글은, 특히 참여의 당위적 근거로 '시대'의 특수성을 거론하는 부분에서 1950년대 말 한국의 실존주의적 참여문학론자들의 논리와 매우 흡사한 면을 보여준다. '순수론', '전통 옹호론'에 대한 '참여론'의 비판이 문화적 진보주의자들의 논리라는 사실은 다음의 글에서도 확인된다.

『사상계』 1962년 1월호에서 김진만(당시 고대 교수, 영문학자)은 「외국문학의 영향─국문학의 발전을 위하여」라는 글을 통해, 국민생활의 진보를 저해하는 것은 복고적 민족주의라고 주장한다. "현재 한국이 놓여있는 처지로 보아도 잡다한 후진성을 신속하게 청산해야 하고 그러기 위해서는 남이 이루어 놓은 문명의 업적을 부리나케 소화, 도입해야 하는 것이

---

148) 「권두언」, 『사상계』(1955.9), 『장준하 전집』 2, 세계사, 1992, 59~60면.

다. 그러한 의미에서 19세기 말의 선각자들이 시도한 개혁운동은 아직도 그 실을 맺지 못했고, 오히려 가중된 정력과 속도로 그들의 뜻이 실현되어야 한다."[149] "19세기 말의 선각자들이 시도한 개혁운동"이 아직 결실을 맺지 못했다는 이러한 주장은, 『사상계』 지식인 담론의 지향점이 무엇인가를, 또한 그러한 담론의 자장에 놓여 있던 월남 문인들의 문학 텍스트 생산의 의식적 기반이 어떠한 것인가를, 나아가서 그러한 이념이 어떤 계보에 연결되는 것인가를 놀라울 만큼 직접적으로 보여준다.

이러한 생각은 그간의 한국 현대문학의 성과들을 폄하하고 그것과 선을 긋고자 한다는 면에서 '전통(부정)론'의 맥락에 놓여 있는 것이다. 또한 복고적이고 국수적인 민족주의를 배격하고 서구문화의 도입을 통한 진보의 논리를 편다는 점에서, 19세기 말로부터 출발한 개화사상, 20세기 초의 문화적 민족주의의 전통이 1950년대에 와서 『사상계』 집단을 매개로 하여 지식인들 사이에 광범하게 형성된 담론으로 연결되고 있음을 말해 주는 것이다.[150]

2) 세대론과 '진보'의 새로운 주체

이 시기 문학의 '참여론'·'전통 비판론' 등이 '근대화론'의 맥락에서

---

149) 『사상계』, 1962.1, 348면.

150) 이들 집단의 이념이 일반적으로 어떤 사회적 조건에서 가능한 것인지를 부연해 둘 필요가 있겠다. 쉴즈의 흥미로운 지적과 같이, "후진국가의 처지(에 있어서는)…… 아직 전통이 뿌리박히지 않았으며, 종래의 고유, 토착 문화양식은 이 전통과는 관련이 없는 것이다. 따라서 문제는 어떻게 이 지성의 전통을 이식시키느냐하는 것이다. 이 이식은 불가능지사는 아니지만, 이를 위하여서는, 창조적 가능성을 발휘시키고, 토착전통의 구속에서 벗어나야" 한다는 것이다(E. Shils, 「인텔리겐챠의 운명」, 『세계』, 1961.1, 국제문화연구소, 88면). 이는 신생국가의 현대적 지식인들이 새로운 지적 전통을 수립하기 위해서는 기존의 토착적 문화와의 대결을 벌여야 함을 의미한다. 이런 바탕에서라면, 『사상계』 집단이 이해하고 있는 '진정한' 전통이 단순한 '과거', 혹은 '우리 것'을 의미할 수 없었던 것은 당연하다고 볼 수 있다.

등장했던 것이라면 그러한 근대화, 즉 진보의 주체가 문제되지 않을 수 없다. 이 책은 앞서 『사상계』의 편집위원들이 모두 1920년을 전후해 출생한 이들, 즉 해방 이전 '친일'과 같은 오명을 전력으로 가지지 않은 이들이라는 점을 지적한 바 있다. 당대 지식인 담론 일반에 있어 이러한 세대문제가 어떻게 이해되고 있었는가를 살피는 것은 1950년대 문학의 세대론의 진의를 드러내는 데에 매우 중요한 의미를 가진다. 기존 연구사에 있어, 1950년대 문학의 세대론은 논의만 왕성할 뿐 별다른 의미를 지니지 못하는 것으로 인식된 경향이 강하다. 그렇지만, 논의의 지평을 확장하여 당대 지식인 담론 일반의 차원에서 파악해보면 그 의미가 달라질 것이다.

　『사상계』 1961년 9월호 특집 「한국의 지식층」에서 평양 숭실학교 출신의 사학자 김성식은 「한국 지식층의 현재와 장래」를 통해 한국 지식인의 세대 구분을 시도한다. 기본적으로 정신주의적이고 도덕주의적인 바탕에서 논지를 전개한 이 글에서, 그는 5·16 이후 지식인의 임무와 관련한 논의를 하는 중에 현실에 대한 지식인의 태도를 세 유형으로 일반화한다. 첫째, 18세기 독일 지식인들이 보여주었던 현실 도피형, 둘째, 현실의 시비(是非)를 논하나 직접 뛰어들지 않는 형(프랑스 지식인형), 세째, 실천적으로 직접 관여하는 형(영국)이 그것이다. 이 중 현실에 실천적으로 관여하는 지식인(영국 지식인이 대표적)이 "자유와 진보의 담당자요, 사회 개조의 선봉"이 될 수 있다고 했다.

　그는 이러한 세 유형에 기초하여 한국 현대 지식인상을 해석한다. 8·15를 분수령으로 하여 그 전의 지식인은 첫째 유형 즉 도피적 지식인의 모습을, 8·15 후에는 둘째 유형을 보였으며 5·16을 계기로 세째 유형이 나오리라 기대할 수 있다는 점에서 오늘날 한국의 지식인은 중대 전환기에 직면했다고 보았다.[151] 김성식의 이러한 논리는 결국 일제

---

151) 『사상계』, 1961.9, 77면.

하로부터 1961년 현재까지 지식인은 도피적 모습에서 점차 현실에 적극적이고 실천적으로 관여하는 쪽으로 변해 왔다는 이야기가 되는데, 논리의 타당성 여부를 떠나 이러한 인식은 당대 지식인의 '참여론'이 근대화론과 밀접히 연관되어 있었음을 보여주는 동시에 '세대론'의 가능성도 함께 보여주는 것이다. 그의 논의에 따르면, 사실상 8·15를 기준으로 하여 지식인의 태도가 도피와 참여로 나누어지기 때문이다. "(현실에 대한) 이러한 적극적 태도는 젊은 세대에게 더 강하게 나타난다"고 하고, 따라서 "해방 이후의 지식인은 진보적이요, 진취적이라고 하겠다. (…중략…) 보수주의라는 말 자체가 현대 지식인에게 있어서는 질식할 정도로 들리는 말"이라고 하는 데서 이러한 입장은 분명히 보인다.[152]

김성식의 이러한 시각이 가지는 특성은 8·15와 5·16같은 민족사의 중요한 정치적 사건을 기준으로 지식인의 행동 양태에 단절적 변화(실질적으로는 '진보'를 의미)가 일어난다고 보는 단순성을 띠는 것이지만, 일반적으로 세대론이 '단절의 선'을 뚜렷이 긋는 데에 그 특성이 있다는 점을 생각해 볼 때 주목할 만한 가치가 있는 논의라 할 수 있다. 그는 민족이 외국의 지배하에 있던 해방 이전에는 제국주의의 압박으로 인해 소극적이고 현실 도피적인 성격이 지식인에게 체질화되었는데, 이렇게 소극적 습성이 몸에 밴 해방 이전 지식인세대가 해방 후 오늘에 와서도 '적극적 행동'을 보이지 못함에 따라 "늙은 세대가 젊은 세대한테 배척을 받는" 것이라고 주장한다.[153] 결국 김성식의 결론은 "늙은 세대—대개 해방 이전의 지식인에 해당된다—는 물러가고 새 세대가 역사의 주인공이 되어야 한다"는 것인데, 그 이유는 "구세대의 보수주의는 신세대의 진보주의를 지도할 수 있는 능력을 이미 잃어버리고 있기 때문"이다.[154]

이런 논의들은 1950년대 중반 이후의 이른바 '세대론'이 문학의 영역

---

152) 『사상계』, 1961.9, 80~81면.
153) 위의 책, 78면.
154) 앞의 책, 81면.

에만 국한된 것이 아니라 지식인 담론 일반의 차원에서 이루어지던 것임을 알 수 있게 한다. 변화의 기준을 전쟁이 아니라 해방에 두고 있는 시각 정도를 제외하면(그러나 동인상 수상 대상작가를 해방 이후 등단한 작가에 한정했던 사실을 생각해 보라), 이 시기 문학의 세대론과 똑같은 양태를 보이는 것이다. 구세대와 신세대의 구분을 '참여'냐 '도피'냐의 기준으로 보는 것도 문학의 세대론과 같다.

그렇지만 김성식은 해방 이전 지식인들과 이후의 지식인들을 완전히 단절되는 존재로 보지는 않는다. 해방 전과 후의 지식인들은 현실에 대한 태도에 있어서는 차이를 보여 주었음에도 '이념적'으로는 계승되는 면이 있음을 암시한다. 일제시대 지식인들은 그 활동이 여러 갈래로 갈라졌다 하더라도 "공통적 배경은 민족주의 사상이었다"는 것이다. 이러한 지식인들의 민족주의는 3·1 운동 직후 절정에 이르렀고(실제로 이 시기는 문화적 민족주의의 절정기이기도 하다), 일제 말기에 표면상 사라졌지만 한번도 중단된 적이 없었다는 것이다.[155]

그의 이러한 주장은 1950년대 말의 신세대 지식인들의 참여론이 일제하부터 존재하던 문화적 민족주의이념의 계승 맥락에서 이해되어야 한다는 말로 해석될 수 있다. 이러한 논리에 따르면 구세대라 하더라도 문화주의의 계보에 있는 몇몇 지식인들은 신세대 지식인들과 이념적 동질성을 가지는 셈이 되는데, 다음 장에서 살펴보겠지만 이 시기 『사상계』의 소설 수록 양상에서도 이 점과 관련될 수 있는 현상이 나타나게 된다.

그런데, 이러한 점들 외에도 김성식의 글에서는 이후 지식인 담론의 분열 가능성이 논리적으로 암시되어 있는 것으로 보인다. 해방 이후 지식인들의 이런 "진보적 관념은 '이념적'('이상적'의 의미) 요소를 다분히 지니고" 있어서 "때에 따라서는 비현실적인 경우"가 나타난다고 했다.

---

155) 앞의 책, 77면.

요컨대 신, 구세대를 막론하고 우리 지식인의 공통 특질은 "대개 이념적(이상적)"이고 "현실성이 부족"한데, 이는 "현실보다 사상이 앞서기 때문"이라는 것이다.156) 이어서 그는 5·16을 계기로 지식인들은 "또 한번 분수령을 넘어야"한다고 말한다. 즉 영국적 지식인형으로 변화되어야 하는 것인데, 그러기 위해서는 먼저 '도덕적 결의'를 다져야 한다고 주장했다. 그는 언론이 5·16 이후 침묵하는 상황을 언급하고 나서, "오늘에 언론인이 침묵을 지킨다고 하면 그것은 분명히 그 사람에게 도덕적 결의와 판단력이 없기 때문"이라고 했다.157)

김성식의 이와 같은 주장은, 5·16 이후 군사 정부의 근대화 정책에 직면하여 지식인 담론이 새롭게 분열될 가능성을 보여주는 것이다. 다시 말해서 그가 말하는 '참여'의 의미가 근대화 '정책'에 참여한다는 의미로 쓰일 수 있음을 보여 주는 것이면서,158) 동시에 이후에 있게 될 '한국적 근대화'에 대한 저항, 비판 담론의 출현 가능성도 내포하고 있는 것이다. 이는 또한 1950년대의 세대론의 쟁점이, 1960년대 중반 이후 그 이념적 기반이 붕괴됨으로 인해 더 이상 지속되지 못하고 와해될 것임을 예고하는 것이기도 하다.

1950년대 지식인 담론에 있어 세대론의 문제는, 무엇보다도 장준하에 의해 가장 직설적이면서도 여러 차례에 걸쳐 거론된 바 있다. 대표적인 것으로 『사상계』 창간 3주년을 맞이하여 장준하가 쓴 1956년 4월호의 「새 세대를 아끼자」라는 제하의 권두언과 그 해 8월호의 권두언 「단절의 인식」, 그리고 1957년 9월호의 권두언 등을 들 수 있다. 모두 인용될 필요가 있다.

---

156) 『사상계』, 1961.9, 81~82면.
157) 위의 책, 84면.
158) 이 글의 바로 다음에 게재된 김붕구의 글(위의 책, 86~97면)에서도 이러한 가능성은 확인된다. 앞 절에서도 언급한 바 있지만, 이는 1960년대 말 문학의 순수, 참여 논쟁의 구도가 어떻게 발생하는가, 그리고 그간에 문학의 장이 어떤 변동을 일으켰는가를 시사하는 것이다.

새로운 세대를 향하여 예의동방에 독진(獨秦)의 무례를 탓하는 낡은 세대의 탄성이 가장 많은 듯합니다. (…중략…) 그러면 우리의 낡은 세대는 과연 무엇을 새 세대에 물려주었기에 자라나는 젊은 싹을 놓고 그 長을 보기 전에 우선 短을 들춰내기에 급한가? 생각이 이에 이르면 암연하지 않을 수 없습니다. 우리는 일찍이 그들에게 따뜻한 환경을 마련하여 당연한 발전을 이룩할 기회조차 제공한 일이 없고 해박한 학식과 숭고한 인격으로 그들에게 지향할 바를 비쳐준 일도 없는 반면에 외구(外寇)의 사슬에 허덕이던 當年에는 비굴과 아첨과 배반의 실례를 가는 곳마다 퍼뜨렸고 민족의 자유를 찾은 뒤에는 이 자유를 악용하여 謀利, 협잡, 모략, 중상, 암투를 일삼아 민족의 명맥과 국가의 운명을 危地로 몰아넣는 광경을 눈앞에 보여주었던 것입니다. (…중략…) 젊은 싹이 자라날 터전의 기름을 빼고 그 공기를 흐려놓고도 오히려 기름지기를 원하고 악을 베풀고도 感恩을 요구하고 醜를 보이고도 讚仰을 강요하는 괴현상이 지금 이 땅에 벌어지고 있는 것입니다. (…중략…) 나라의 힘이 젊음에 있고 희망이 청소년에게 있을진대 이같은 태도는 결코 옳은 이들의 취할 바가 아니라 하겠습니다. 우리의 새 세대는 비록 메마른 터전, 혼탁한 공기 속에서 자랐다 할지라도 청춘을 바치고 목숨을 던져 적을 물리치고 깜빡이던 자유의 명운을 건지었습니다. (…중략…) 젊은 세대는 나라의 기둥입니다.[159]

사회적 정치적으로 일대 변혁이 있을 때마다 항용 역사의 흐름은 「단절」하고 어저께는 먼 옛날로 후퇴하면서 새로운 세계가 전개되는 것은 史實이 증명하는 바입니다. (…중략…) 돌이켜 우리의 현실을 볼진대 8·15 해방은 曠古의 「단절」이었습니다. 엄정한 의미에서 이것은 광복이 아니라 신생이었다고 하겠습니다. 우리의 역사적 유산은 정치·경제·사회·문화 등 모든 면에 있어서 봉건적이었기에 이미 세계사의 현단계에는 화석으로 화해버린 이들을 다시 들추어 현실에 활용할 수는 없었기 때문입니다. 그러기에 우리는 제2차대전의 결과로 일어난 세계사의 단절과, 해방으로 생긴 민족사의 단절의 교차점에서 유산없이 새로운 출발을 해야 할 운명에 처해 있었던 것입니다. 그러나 우리는 이같은 현실을 엄밀히 인식하지 못하고 신생을 광복으로 오인하고 봉건적인 의식과 일본 제국주의 수법을 그대로 답습 원용함으로써 오늘날과 같은 낙후된 기형적 일반현상

---

159) 「권두언」(1956.4), 『장준하 전집』 2, 세계사, 1992, 73~75면.

을 가져오게 된 것입니다.[160]

동시에 우리는 몇 가지 암을 간과할 수 없다. (…중략…) 사회 만반에 걸쳐서, 허망한 권위의 고좌에 앉아 과거의 공을 반추하면서 새로운 싹을 짓밟는 폐풍은 하루속히 시정되어야 할 것이다. 과거를 현재에 대치하고 구로써 신을 억누르는 폐단은 진실로 우리 사회발전의 일대 암이라 하겠다. 수유(須臾)도 쉬지 않고 전진하는 세계의 진운에서 우리의 낙후성이 청산되지 못하는 가장 큰 원인의 하나가 여기 있는 것같다. 창의를 북돋고 영광을 새 세대에 돌리는 겸양과 아량은 실로 찾을 길이 없다.[161]

이 글들에서 장준하는, 구세대가 "새로운 싹을 짓밟는 폐풍"이야말로 "사회발전의 일대 암"이며 "우리의 낙후성이 청산되지 못하는 가장 큰 원인"이라고 말한다. 구세대에 대한 그의 대결의식은 "8·15해방은 광복이 아니라 신생이었다"는 논리에서 극명하게 드러난다. 8·15는 '새로운' 탄생일 뿐, '광복' 말 그대로 '되찾을 빛'은 없었다는 것이다. 8·15뿐만 아니라 전쟁도 마찬가지 논리로 귀착되는데, "우리의 새 세대가 목숨을 던져 적을 물리치고" 나라를 지켰기 때문이다. 이 글들에서 확인되는 바, 당시의 세대론은 참여론, 근대화론과 결부되어 있었으며, 해방 이전 유습과의 단절에 대한 주장과 연관되어 있다는 사실이 분명히 드러나 있는 것이다. 구세대는 곧 도피적 태도를 가진 이들이며, 동시에 후진적 유습이 몸에 밴 세대로 인식된다. 이후 4장에서 살펴보겠지만, 그의 이러한 논리는 김성한·선우휘·오상원 등의 소설을 통해서 서사담론으로 전환된다.

1955년 6월호의 손우성의 「주류(主流)의 생성 전기(前期)」는 문학의 세대론과 관련하여 중요한 의미를 가지는 글이다. 이 시기 세대론이 '실존'을 매개로 하는 가운데서도, 추상의 차원에서 그치지 않고 한국사회

---

160) 「권두언」(1956.8), 『장준하 전집』 2, 세계사, 1992, 82~83면.
161) 「권두언」(1957.9), 위의 책, 112면.

의 특수성을 반영하고 있었음을 여실히 보여주기 때문이다. 기본적으로 이 글은 당시까지 문단의 중심이었다고 할 수 있는 김동리 등의 문협 계열의 문학을 비판하면서 새로운 주류가 등장할 것이라는 요지의 글이다. 손우성이 당시 신세대이기는커녕 1920년대에 문단에 나온 50대 문필가였다는 사실, 그럼에도 구세대 문학을 비판하고 신세대 문학에 주목한다는 사실은 역설적인 중요성을 띠는 것이다. 그 중요성이 무엇인지를 이야기하기 전에 우선 이 글의 논지를 구체적으로 살펴볼 필요가 있겠다.

손우성은 이 글에서 "현대문학의 특징은 그 윤리성에 있"는 것이라고 전제하고, 해방 직후 "적색 사상"에 대항한 문인들이 정부수립 이후 문단의 주도권을 잡았으나 그 "저항은 어디까지나 피동이다. 그 속에 적극적인 건설면을 찾아보기 힘드는 것이며 이 피동성은 금일까지 지속되고 있다"고 문협 계열을 비판한다.[162] 그는 김동리의 「밀다원시대」, 「흥남철수」를 거론하면서 소재는 장대하나 "인생과 사회를 살아보려 하지 않고" "환각을 영감이라고 오인"하여 작품이 빈약한 것으로 떨어져 버렸다고 말하고, "작가가 독자와 사회의 의식을 잃고 자기 분위기 속에 들어앉는 날 그(김동리-인용자)는 자기 묘혈을 파고 있는 것이다"라고 극단적 비판을 가한다.

그런데, 이러한 손우성의 극단적 비판은 기성 문단 '전체'에 가해지는 것이 아니라는 점을 놓쳐서는 안된다. 전쟁을 당해 "발길에 채이며 빌어먹은 개와 같이"[163] 살아온 김동리와 같은 문인이 있는 반면, "문학의 속에 정신을 찾으며 길을 찾"아 온 문인들도 있다고 손우성은 말한다. "현문단의 쌍벽"이라 할 수 있는 그들은 박영준과 이무영이었다. 서북 출신으로 평양 숭실학교를 졸업하고, 이무영과 함께 농민문학을 전개했던 박영준을 '기성 문단'의 가치로운 존재라고 말하는 것이다.

---

162) 손우성, 「주류의 생성 전기」, 『사상계』, 1955.6, 206면.
163) 손우성, 위의 글, 207면.

특이하게도 여기서 손우성이, 박영준과 이무영의 문학을 언급하는 가운데 사르트르를 끌어온다는 점에 주목할 필요가 있다. "현대에 이르러서는 윤리성이 문학의 관심이 되지않을 수 없"다는 것, 사르트르가 보여주듯이 "새로운 윤리의 탐구는 현대문학의 초점이 되고 있다"는 것, 이러한 점을 고려할 때 박영준과 이무영의 문학은 가치있는 존재라는 것이다.164) 이러한 '윤리 탐구'의 문학이 앞으로 '새로운 세대'의 문학으로 이어질 것이라는 점에서, 이들은 비록 기성세대의 문학이지만 '고루하게' 취급되어서는 안될 존재가 된다.

손우성은 글의 말미에서 다시 한번 김동리 그룹을 비판하는 가운데, 새로운 문학의 등장을 예견한다. "어쩐지 現문단의 중심부에 문학의 속에 잠겨 사는 文士들의 一群이 있어 池塘의 魚群과 같이 썩은 물의 웅덩이 하나를 우주라고 생각하며 느리주근히 노닐고 있는 것같이 보인다. (…중략…) 진실한 작가는 (現)문단의 밖에서 성장하여 나타날 것이다"라고 말한다.165)

그가 말하는 "진실한 작가"의 예는 당시 『사상계』 주간이던 김성한이었다. 손우성은 오상원의 「유예」를 높이 평가하면서도 「제우스의 자살」의 김성한이야말로 "진실한 신예의 작풍"을 보여준다고 했다. 김성한의 소설은 "순수한 지성의 영감"을 보여준다는 것이다. 손우성은 「제우스의 자살」에 등장하는 "지도자란 뭇생명의 살육자"이며, 따라서 이 우화는 탈을 벗으면 현 사회에 대한 날카로운 비판이 된다고 했다. 김성한의 작품은 "의식 자체의 본질을 비판함으로 지성의 매력을 우리 문단에 보여주었"으며, "지성의 풍자와 비판을 품은 작품은 사색수준이 얕은 우리 문단에 새바람을 불어넣는 청량제가 될 것"이라고 했다.166) 그는 또한 김성한 소설의 의의를 언급하면서, "사회 전반의 수동적 생활상은 작가

---

164) 손우성, 「주류의 생성 전기」, 『사상계』, 1955.6, 211면.
165) 손우성, 위의 글, 215~216면.
166) 손우성, 앞의 글, 218~219면.

들로 하여금 독자적 인생관을 세울 힘을 갖게 하지 못하여 사상의 심도
를 가진 작품을 찾아보기 어렵"게 하는데 이런 의미에서 "김성한의 지적
사색을 작품에 적용한 시도가 주목의 가치 있는 것이다"고 했다.[167]

이 글에서 분명히 보아야 할 것은, "윤리성"을 매개로 할 때 세대론
의 접점이 '기성 문인 대 신인'의 구도는 될 수 없다는 암시에 있다. 이
지점에서, 구세대 문학을 비판하고 김성한 류의 신세대 문학에 기대를
거는 것을 요지로 하는 이 글이 50대의 한 평론가에 의해 나왔다는 사
실의 의미를 생각해 보아야 한다. 같은 불문학자였으며 이북 출신인 이
헌구와 함께 1926년에 '해외문학연구회'를 만들어 활동했던 손우성의
이 글은, 당시 문단의 신세대와 구세대의 대립이 단순히 생물학적 연령
을 기준으로 전개된 것이 아님을 분명히 보여준다.

1950년대 문학에 있어 '세대론'은 분명히 어떤 '이념'과 연관이 있었
다. 이 이념이 무엇인가 하는 문제에 있어서 두어 가지 요소가 착종되
어 있는 것으로 보인다. '실존주의＝참여'라는 등식이 반드시 성립할 수
는 없기 때문이다. '참여'를 매개로 할 경우,[168] 『사상계』 지식인 집단의
일원이었던 문인들이 보인 '문화적 민족주의'와 『현대문학』의 '보수적
민족주의'의 대립선이 이 시기 세대론의 본질이 될 것이다.

그렇지 않고 '실존' 감각이 세대론의 매개가 되는 경우, 신세대와 구
세대의 대립선은 조금 다르게 그어진다. 손우성이나 백철이 구세대 진

---

167) 손우성, 앞의 글, 220면.
168) 세대론과 참여론이 결부되어 있다는 사실은 다음 글에서도 확인된다. 정창범은 「이
  념적 문학동인을 위한 제의」(『현대문학』, 1960.1)에서 새로운 이념적 동인의 필요성을
  제시하면서, 그 '이념'을 "비극적인 과거와 예측할 수 없는 미래 사이에 놓여 있는 한국
  적 현재―민주주의 이전의 민주주의, 권력의 난무, 경제적 불안, 광신적 유사종교, 폭
  력의 사태, 자살, 침묵하는 지성, 서민층의 실의상태―에 대한 비판정신 내지는 구제
  에의 의지"(『현대문학』, 1960.1, 252면)라고 말한다. 덧붙여 그는 이러한 이념공동체의
  구성주체는 "새로운 세대"여야 하며 그들에 의해서만 "새로운 철학이 확립될 수 있"다
  고 했다(같은 책, 253면). 새롭고 발전적인 문학이념은 "한국적 현재"에 대한 '참여'의
  이념으로서, 이는 새로운 세대를 주체로 하여 발현되어야 한다는 것이다.

영에 속하게 되기 때문이다. 이렇게 대립선이 그어질 경우, 장용학의 구세대 비판에서 나타나는 바와 같이 백철과 김동리는 '한통속으로' 비판될 수밖에 없게 된다. 이 책의 5장의 도해에서 요약될 바, 이는 세대론의 문제가 실존주의 담론과 겹치면서도 '약간 어긋나 있기' 때문에 생기는 현상으로 판단된다.

분명한 것은 세대론의 두 양상 가운데 하나가 다음과 같이 요약된다는 점이다. 『사상계』 지식인 집단을 구성하는 월남 지식인·문인들로부터 1950년대 중반 이후의 '새로운' 세대의 담론이 형성되어 기존의 중심적 문학론, 창작 경향과 대립하는 것이다. 이 경우 세대론은 '표면'에 있었으며(극단적으로 말하면 세대론으로 '위장'되어 있었으며), 이면에는 '문화적 민족주의'와 '보수적 민족주의'의 이념대결문제, 혹은 '이념에 기초한' 출신의 문제169)가 작동하고 있었다고 볼 수 있다.

세대론을 이렇게 이해할 경우, 한국 지성계의 이러한 현상은 제3세계적 특수성을 고스란히 드러내는 것이 된다. 쉴즈가 지적한 대로, "후진국가에 있어서는 현대류의 지적소양을 가진 成年세대가 몹시 희소"하

---

169) 이 시기 문학의 장에 있어 문인의 출신지역문제는 세대론과도 결부되어 상당히 예민한 문제였던 것으로 보인다. 문협에서 편찬한 『해방문학 20년』에서 양명문은 '월남 문인'을 다음과 같이 규정한다. "(原籍을 북한에 두고 있는 문인들 중) 해방 전부터 이미 서울에서 활약하고 있던 문인들을 제외하고, 해방 후 삼팔선을 넘어서 자유대한으로 찾아온 문인들을 월남문인이라고 하겠는데 (…중략…) 북한 출신의 인사일지라도 월남 후 비로소 문단에 등장한 신인들은 여기에 해당되지 않으므로 그들은 제외"한다는 것이다(양명문, 「월남문인」, 한국문인협회 편, 『해방문학 20년』, 정음사, 1966, 86면). 그런데 이 글이 해방문학 20년을 결산하는 자리에서 나온 글이라는 점을 고려한다면, '월남 문인'에 대한 이러한 규정은 매우 납득하기 힘든 면이 있다. 1965년의 시점은 이미 해방 후 20년이 지난 시점이고 해방 후 등단한 월남 지식인들 중 상당수가 1955년경에는 대개 등단했으므로 등단한지 최소한 10년 가량은 지난 중견급 문인들임에도 불구하고 그들을 '월남 문인' 규정에서 제외한다는 것은 잘 이해가 안되는 부분인 것이다. 이른바 '전후세대' 작가들, 1950년대 중반 이후 소설계를 사실상 주도했던 장용학·손창섭·김성한·오상원·선우휘·이호철 등이 모두 이북 출신(장용학과 이호철을 제외하면 서북 출신 작가들이다) 작가들임에도 그들을 월남 '문인'에서 제외한다는 것은 1950년대 세대론적 대결구도의 연장이라고 밖에는 이해하기 힘든 면이 있다.

므로 "이들 새 국가가 요청하는 지식인의 급속한 양성은 일종 그 사회에 새 계층을 이루게 되어, 신구지식층" 사이에 갈등을 일으키게 되기 때문이다.[170] 이렇게 후진 사회의 근대화에 있어서 이른바 '신(新)지식인'을 요구하는 현상은 그 사회 전체의 전반적 변화와 맞물려 세대간의 대립을 야기하기 쉽다. 1950년대 말의 한국 문단, 나아가서 한국의 지식인사회도 그 예외는 될 수 없었던 듯하다. 한국 근대사에서 이러한 현상은 개화기와 1920년대를 통해서도 나타난 바 있었으나, 1950년대 후반에는 해방 이후 등장한 신세대 지식인들과 더불어 그 갈등이 더욱 전면적 양상을 띠었던 것이다.

---

170) E. Shils, 「인텔리겐챠의 운명」, 『세계』, 1961.1, 국제문화연구소, 80면.

『사상계』와 1950년대 소설

1. 『사상계』의 소설 수록 경향

　김동리는 1959년의 소설계를 개관하는 자리에서 그 특징적 현상으로, 1959년은 우리 신문학사를 통해 가장 많은 소설가들이 문단에 등재되어 있는 해라고 말한다. 작품 활동 중인 작가의 총수는 90여 명 가량인데, 이 중 해방 이전에 등단한 작가의 수는 불과 7~8명에 불과하며 나머지는 모두 해방 이후에 등단한 작가들이라는 것이다. 또한 그 가운데 40명 가량은 1958~1959년에 등장한 '신인들'이라고 한다.1) 김동리가 말하는 이러한 현상은 『현대문학』 등의 신인 추천제도의 확대 등과도 물론 관련이 있을 것이다. 그렇지만 이 현상은, 이 시기 종합지였던 『사상계』가 편

---

1) 김동리, 「1959년의 소설」, 『사상계』, 1960.1, 308면.

집 방향에 있어 문학에 어떤 비중을 두었는가의 문제와도 연관된 것으로 보인다.

김동리의 이와 같은 언급을 다음의 〈그림 1〉과 비교할 때, 특징적인 사실들 몇 가지가 발견된다. 1959년은 『사상계』가 편집에 있어 소설작품을 가장 많이 실었던 해이기도 한 것이다.

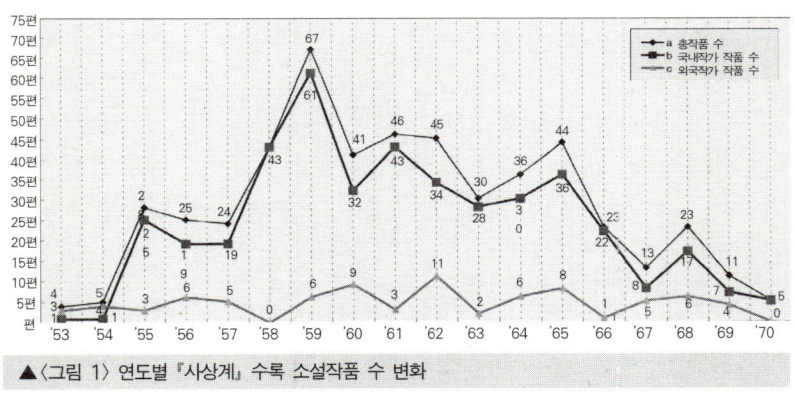

▲〈그림 1〉 연도별 『사상계』 수록 소설작품 수 변화

이 그래프를 통해 몇 가지 사실들이 발견된다. 첫째, 1955년에 이르러 본격적으로 소설작품들이 수록되기 시작한다는 점이다. 이는 앞서 2장에서 언급했던 대로 1955년 1월에 편집위원회가 구성되면서 초대 주간으로 소설가 김성한이 취임한 것과도 관련이 없지 않을 것이다. 그렇지만 이러한 현상이, 『사상계』의 주간이 소설가였기 때문에 생기는 것만으로 보는 것은 곤란하다. 김성한에서 안병욱으로 주간이 넘어가는 1958년에 오히려 수록작품 수는 더 늘어나는 데서도 이러한 해석은 설득력이 없음을 알 수 있다. 사실 1955년은 『현대문학』이 창간된 해이기도 하며, 전반적으로 문단의 재건이 이루어지는 시기였다는 점이 고려되어야 할 것이다.

그럼에도 1955년 『사상계』 편집에 있어 소설의 비중이 갑자기 커졌

다는 사실은 중요한 의미를 가지는 것으로 보인다. 이 해가 바로 『사상
계』가 급격한 발행 부수의 확대와 더불어 '지식인 담론'을 대변하는 매
체로 성장한 해이기 때문이다. 이후 좀더 논의하겠지만, 『사상계』의 발
행 부수 확대와 소설 수록 비중의 확대는 우연이라고만 볼 수 없는 연
관성을 가지는 것이다. 문학란의 확대가 대중성의 확보를 위한 것이라
는 해석도 가능할 법하다. 그렇지만 당시 한국사회가 대중사회화의 단
계로는 나아가지 못했다는 사회학의 일반적 논의에 기대어 판단해 볼
때, 그리고 이 해에 『사상계』에 수록된 소설들이 결코 '대중소설'이라고
말할 수는 없는 작품들이라는 점을 고려해 볼 때, 문학의 확대와 더불
어 『사상계』가 확보한 그 '대중성'이란 지식인사회에서의 영향력 확보
를 의미하는 것으로 보아야 한다.

둘째로 발견되는 사실은, 1958년에 이르러 수록작품 수는 폭발적으로
증가하고 이러한 경향은 59년으로 이어져 절정에 이른다는 점이다.
1959년에 『사상계』를 통해 발표, 번역된 소설은 총 67편에 이르는데, 이
는 월 평균 다섯 편 이상 꼴로 소설들이 수록된 셈이다. 이러한 숫자는,
같은 해 순문예지인 『현대문학』에 수록된 소설작품 수(80편 가량)에 육박
하는 정도였다. 이 시기 『현대문학』은 거의 매호 신인 추천작들이 한
두 편씩 수록되었으므로, 사실상 그 비중에 있어 『사상계』의 수록 소설
편수는 『현대문학』의 작품 수에 결코 못지 않았다고 할 수 있다.

흥미로운 사실은, 『사상계』의 수록작품 수의 이러한 증가 곡선이 『사
상계』 발행 부수 증가 곡선과 정확히 일치한다는 점이다. 『사상계』의
발행 부수 역시 1959년에 절정기를 맞이하기 때문이다. 물론 1959년
『사상계』 발행 부수의 폭발적 증가는 이 해의 정치적 상황과도 맞물려
있는 것이 사실이다. 그렇지만 시사성이 점차 커지는 상황에서 오히려
작품 수가 증가했음은 눈에 띠는 사실이 아닐 수 없다.

이러한 사실은 세 번째로 발견되는 사실, 즉 1960년대 중반 이후 수
록작품의 수가 눈에 띠게 감소해 간다는 점과도 연관된 문제로 보인다.

1960년대 중반은『사상계』가 명확히 공화당식 근대화 정책에 반기를 든 시점이다. 이후『사상계』는 주지하다시피 철저히 저항 담론의 형태를 띠게 되고, 그 맥이 1970년「씨올의 소리」로 연결된 바 있다. 앞서도 언급한 바와 같이 1950년대 중반 이후 활성화된 한국사회 공론 장(場)의 큰 축을『사상계』가 담당했다는 점을 염두에 둔다면, 또한 이러한 공론 영역이 1960년대 중반 이후 위축, 분열된다는 점을 고려한다면, 1955년경 시작해서 1959년에 절정에 이르렀다가 점차 줄어들어 1960년대 중반에 급감하는 수록작품 수의 곡선이, 공론영역에 기초한 '교양적' 지식인 사회의 존재의 부침과 깊은 관련을 가지리라는 점을 추측해 볼 수 있다. 다시 말해서 이는, 서론에서도 언급한 바 이 시기 문학이 공론영역의 장에서 중심적 위치 어딘가를 차지하고 있었으리라는 조심스러운 추측을 가능케 하는 것이다.

마지막으로 이 그래프에서 지적되어야 할 사실은,『사상계』 발간 초기부터 폐간에 이르는 시기까지 고르게 외국작품들이 번역, 소개되고 있다는 점이다.『현대문학』의 편집이 외국소설에는 거의 관심을 기울이고 있지 않다는 사실과 비교해 본다면, 이는 2~3장에서 자세히 논증한 바 있는『사상계』 지식인 집단의 이념과 연관된 문제로 보아야 할 것이다. 한마디로 그것은 '문화의 선진화' 작업의 일환이었던 것이다.[2]

그렇다면 이제 '누가'『사상계』에 작품을 발표했는가 하는 점을 살펴보아야 한다.[3] 다음의 통계는『사상계』에 소설을 발표한 작가들 중, 두 편 이상 발표한 작가를 대상으로 하여 많은 편수를 발표한 작가부터 순서대로 나열한 것이다. 작가별로 최초 작품 수록월과 마지막 수록월을 부기하였는데, 이는『사상계』에 각 작가들이 자신의 작품을 발표한 기

---

[2] 1950년대 중반 오영진이 운영하던『문학예술』도 외국문학에 많은 할애를 한 바 있다. 앞서도 언급한 바, 오영진은 인맥상『사상계』 집단과 강하게 결부되어 있었으며,『문학 예술』의 사무실도『사상계』 사무실을 얻어 쓰고 있었다.
[3] 이 글의 뒤에『사상계』 수록 소설 목록을 부기하였다.

간이 된다. 장편의 경우 원칙적으로 한 편으로 계산했으나, 『북간도』와
같이 시차를 두고 1부, 2부 등으로 나뉘어 발표된 경우 각각의 부분을
한 편으로 간주했다.

① 해방 이후—1959년 12월 이전 등단작가
: 총 39인, 272편(2편 이상 수록작가 작품 372편의 73%).

박경수, 16편,	1955.7~1969.3.
오상원, 15편(장편 1편 포함),	1955.12~1965.10.
서기원, 14편(전야제 2부 포함),	1959.1~1968.8.
이호철, 13편,	1958.1~1966.1.
선우휘, 12편(장편 1편 포함),	1956.12~1965.8.
송병수, 11편(장편 1편 포함),	1958.7~1967.1(1968.10 : 장편 연재 마지막월).
유주현, 11편,	1955.5~1964.6.
장용학, 9편(장편 2편 포함),	1955.3~1965.8(1966.12 : 장편 연재 마지막월).
송상옥, 9편,	1959.9~1966.8.
오유권, 9편,	1958.10~1968.9.
전광용, 8편,	1958.6~1965.4.
이범선, 8편,	1958.2~1964.11.
하근찬, 8편,	1958.10~1966.1.
최상규, 8편,	1958.8~1966.4.
한남철, 8편,	1958.10~1964.4.
손창섭, 7편(장편 1편 포함),	1955.7~1961.11.
김광식, 7편,	1954.10~1963.11.
오영수, 7편,	1958.9~1968.3.
구혜영, 7편,	1955.7~1969.8.
현재훈, 7편,	1959.12~1966.2.
정한숙, 6편,	1955.4~1960.12.
김동립, 6편,	1959.6~1963.2.
박헌구, 6편,	1959.8~1967.5(『사상계』에만 작품 발표).

남정현, 6편,		1961.8~1965.6.
백인빈, 6편,		1961.9~1968.12.
손소희, 5편,		1958.10~1968.5.
이문희, 5편,		1960.9~1965.3.
김성한, 4편,		1955.1~1961.11.
박연희, 4편,		1958.7~1966.2.
최인훈, 4편,		1961.7~1967.1.
정연희, 3편,		1959.8~1968.7.
김중희, 3편,		1955.7~1958.7.
정병조, 3편,		1955.8~1961.11.
강신재, 3편,		1960.1~1965.12.
박경리, 3편,		1959.12~1965.11.
한말숙, 3편,		1958.8~1964.7.
한무숙, 3편,		1958.12~1962.11.
박용숙, 3편,		1965.12~1970.2.
추 식, 2편,		1958.5, 1959.11.

② 해방 이전 등단작가
: 총 12인, 64편(2편 이상 수록작가 작품 372편의 17%).

박영준, 10편,	1955.2~1968.2.
이무영, 8편,	1955.2~1962.9(10월까지 연재).
안수길, 8편(장편 2, 3부 포함),	1957.4~1968.1.
황순원, 8편(장편 1편 포함),	1958.7~1965.11.
염상섭, 8편,	1955.2~1959.12.
김이석, 6편,	1958.7~1964.5.
김동리, 5편,	1957.7~1965.6.
조용만, 3편,	1957.4~1961.9.
최정희, 2편(장편 1편 포함),	1955.2, 1960.8(12월까지 연재).
주요섭, 2편,	1955.2, 1958.4.

김 송, 2편,	1956.10, 1957.10.
최태응, 2편,	1958.8, 1959.11.

③ 1960년 이후 등단작가
: 총 10인, 36편(2편 이상 수록작가 작품 372편의 10%).

강용준, 7편,	1960.7~1965.4.
박상륭, 7편,	1963.11~1970.1.
이청준, 5편,	1965.12~1969.5.
박순녀, 4편,	1962.11~1966.10.
이문구, 3편,	1967.8~1969.7.
김승옥, 2편,	1964.10, 1965.6.
서정인, 2편,	1962.11, 1963.8.
홍성원, 2편,	1964.10, 1965.9.
유현종, 2편,	1966.2 · 11월.
김용성, 2편,	1966.1 · 9월.

이 외에 소설이 단 한 편만 수록된 작가들의 수는 44명으로 그 명단
은 다음과 같다. 김팔봉(장편)·마해송(장편)·강노향(장편)·한운사(장편)·김
광주·곽학송·박태순·최인호·한승원·곽하신·서근배·이어령·서영
은·박종인·서윤성·전숙희·표문태·김용제·오승재·최인욱·최범
루·이봉구·신상웅·안동민·박화성·이채우·이병구·박용구·황수
영·신태범·이상태·이영우·김의정·김문수·오지영·김용익·권중
석·이광숙·이종환·송기동·오학영·이성훈·손장순·오찬식 등이다.

과거 일제하 발표된 작품이 재수록된 경우도 있었는데, 다음 일곱 편
이 그것들이다. 안국선의 「금수회의록」, 김동인의 「감자」, 나도향의 「물
레방아」, 최서해의 「탈출기」, 유진오의 「김강사와 T교수」, 강경애의 「마
약」, 이효석의 「산정」 등이다.

위의 통계에서 가장 먼저 눈에 띠는 사실은, 해방 이후로부터 1959년 사이에 등단한 작가들의 작품이 압도적 다수(두 편 이상 발표작가의 작품 가운데 73%)를 차지하고 있다는 점이다. 다시 말해 '새로운 세대' 작가의 작품이 『사상계』 소설 편집에 있어 중심 축이 되고 있다는 것이다. 이는 상대적으로 『현대문학』에 비해 높은 비중이라고 할 수 있다. 『현대문학』에도 신예작가들의 작품이 상당수 수록되지만, 『현대문학』의 신예작가들은 추천된 이후 작가적 명맥을 유지하지 못한 경우가 많았다. 이러한 점을 고려한다면, 이른바 '전후세대'의 문학은 주로 『사상계』를 통해 펼쳐졌다고 해도 과언이 아니다.

『사상계』가 문학 편집 방침에 있어 어떤 태도를 취하고 있었는가 하는 점, 그리고 가장 '『사상계』다운' 작가들은 누구인가 하는 점은 이러한 통계만으로 알 수 있는 사실이 아니다. 그런데 위 통계의 작가별 작품 수록 기간을 그래프화하게 되면, 이 문제에 대한 하나의 방증 자료를 얻게 된다. 다음에 오는 〈그림 2〉가 그것이다.

이 그래프를 보면, 우선 두 개의 뚜렷한 출발선이 세로로 그어진다. 1955년의 시점이 그 하나이고, 1958년이 다른 하나이다. 특히 1958년경에 이르러 새롭게 많은 작가들이 『사상계』에 작품을 발표하기 시작했음을 알 수 있는데, 이는 물론 〈그림 1〉에서 보았던 바와 같이 1959년경에 정점에 이르는 『사상계』 문예면의 강화와 연관된 사실일 것이다. 그런데 1955년에서 1958년에 이르는 기간 사이에 등장하는 이러한 작가들 전체는 실제로 1950년대 말 문단에서 창작 활동을 벌이던 작가들의 명단 자체라고 할 수 있으므로, 『사상계』적인 이념을 직접적으로 보여주는 작가들을 이로부터 추측해 내기는 불가능하다고 할 수 있다. 따라서 이 그래프에서 의미있는 출발선은 1955년경의 시점으로 보아야 하며, 이때 등장하는 작가들이 주목 대상이 될 수밖에 없다. 이들이야말로 『사상계』 초기의 문학이념을 잘 보여주는 존재들로 보인다.

해방 이전, 이후 등단작가를 통틀어 1955년과 1956년의 기간 동안 『사

상계』에 작품을 발표한 작가들은 총 18인으로 그 명단은 다음과 같다. 박경수·오상원·선우휘·유주현·장용학·손창섭·김광식·구혜영·정한숙·김성한·김중희·정병조·박영준·이무영·염상섭·최정희·주요섭·김송 등이다. 그런데 이들 18명 가운데 12명이 이북 출신의 월남 문인으로 분류될 수 있는 사람들이다. 오상원·선우휘·장용학·손창섭·김광식·정한숙·김성한·김중희·박영준·최정희·주요섭·김송이 그들이다. 또 나머지 작가들의 경우에 있어서도 박경수처럼 『사상계』에 근무하고 있었던 경우나 이무영, 염상섭 등의 과거 행적 등을 고려하면, 초기 『사상계』의 문예 편집에 있어서 월남 문인들이 결정적이고 주도적인 역할을 담당했음을 잘 알 수 있다. 이는 사실상 월남 지식인들이 『사상계』 편집위원회를 주도적으로 이끌어 나가고 있었던 것과 같은 맥락에 있는 것이다. 물론 이들 가운데 특히 해방 이전 등단작가들 5명의 경우는 『현대문학』에도 많은 작품을 수록하였으므로 『사상계』의 이념과 직접적인 연관은 없다고 할 수 있지만, 이들 가운데 김동리가 빠져 있다는 사실은 의미 심장하다고 할 수 있다. 특히 앞장에서 상세히 분석된 바 있는 손우성의 「주류의 생성 전기」에서 "현 문단의 쌍벽"이라 고평되었던 박영준, 이무영의 작품이 당시 기성 문인들 가운데서는 가장 많이 수록되고 있는 데서, 손우성의 생각이 단순히 주관적인 사견에 불과한 것이 아니라 이들 집단의 생각을 대표하고 있는 것임을 확인할 수 있다.

이 그래프에서 발견되는 또 하나의 사실은, 1964년경에 이르게 되면 전후세대를 포함하여 기존 작가들의 작품은 현저히 감소되고, 박상륭·김승옥·이청준 등 새로운 작가군이 등장한다는 점이다. 이른바 또 한 번의 '세대 교체'가 이루어지고 있는 셈인데, 5장에서 상세히 언급하겠지만 이러한 변화가 당시 한국사회의 변동과 이에 기반한 지식인사회의 변화와 맞물려 있는 점은 역시 흥미로운 부분이라 할 것이다.

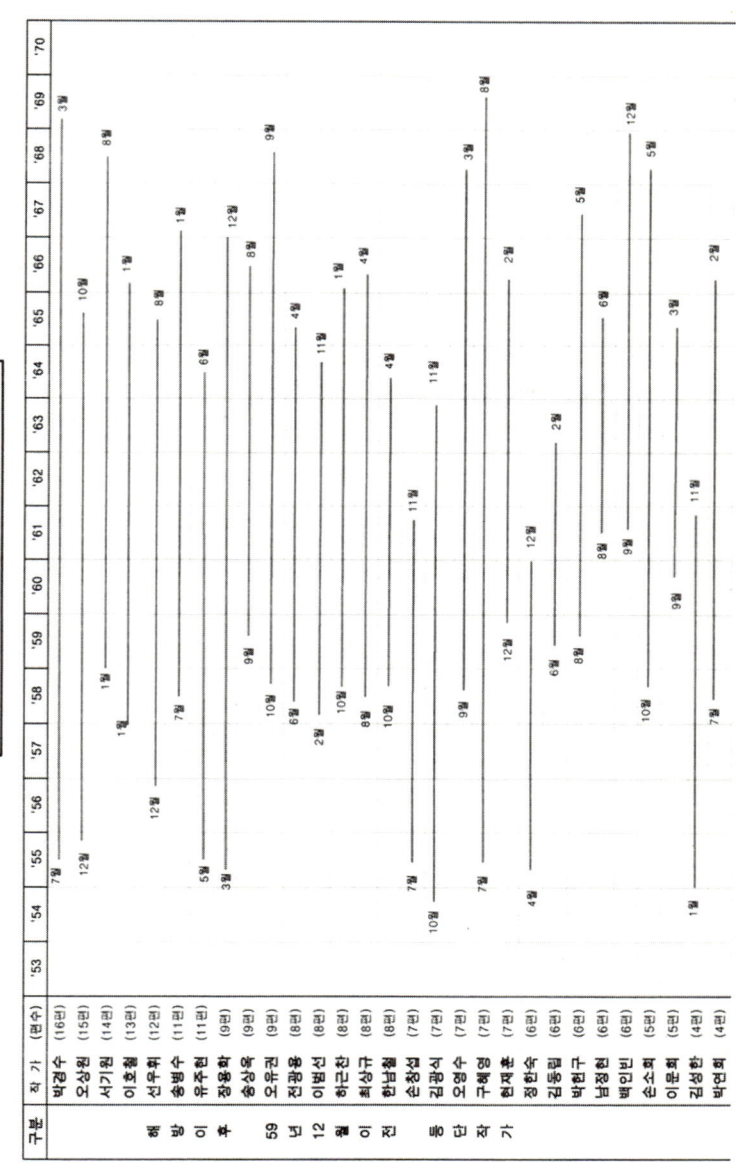

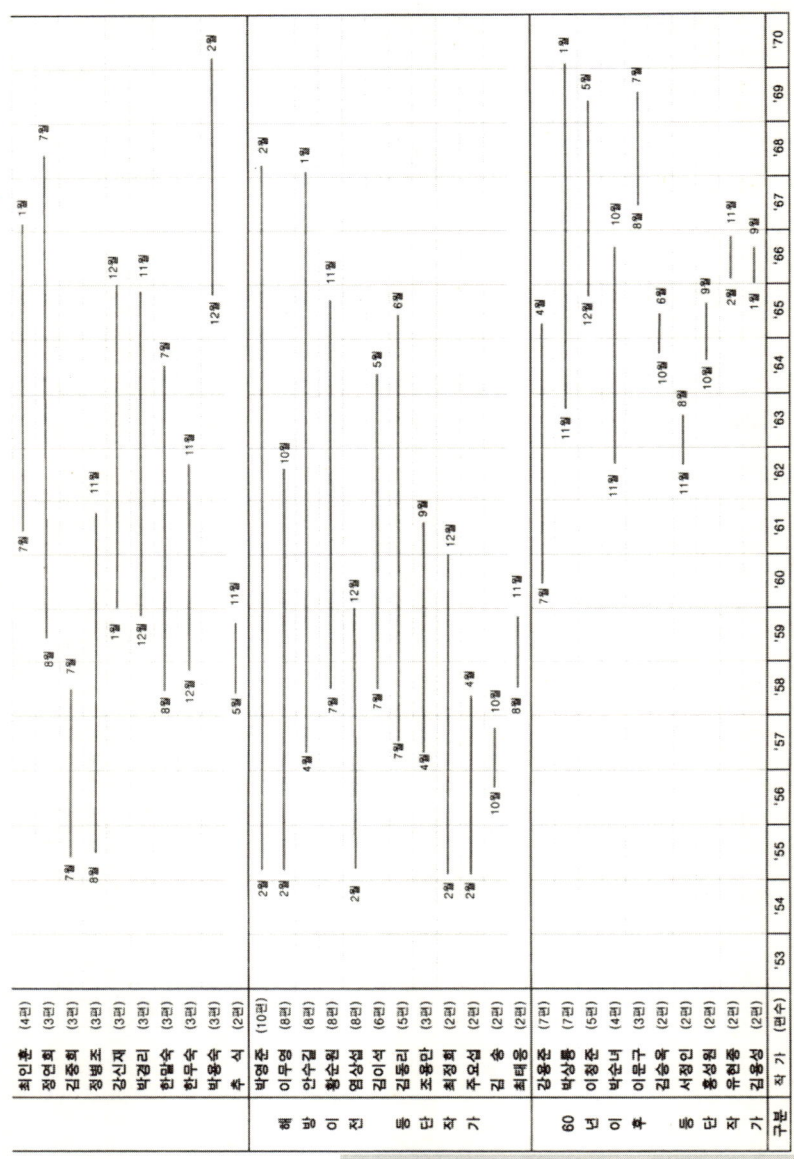

〈그림 2〉 작가별 수록 작품 수와 수록기간(좌·우)

2. '근대화'이념과 지식인 주체론의 서사화

1) 지식인 주체와 '자기의식의 각성'

황순원은 『사상계』 1960월 10월호의 제5회 동인문학상 심사평을 통해, "요즘 소설"의 일반적 풍조에 대한 비판적 언급을 한다. "소설의 무대는 도시여야 하고, 나오는 인물은 지식인이어야만 소설의 자격을 갖추는 듯한" 경향을 지적하면서 이를 왜곡된 풍조로 보았다.4) 황순원의 비판적 의도를 떠나, 이러한 그의 언급은 1950년대 후반 소설들이 가진 뚜렷한 하나의 경향을 제시해주고 있다. 기성작가들과 신진작가들을 불문하고 '지식인'을 중심인물로 하는 소설들이 대거 등장한 것이다.5)

---

4) 『사상계』, 1960.10, 325면.
5) 실제로 이 책이 대상으로 삼는 시기인 1950년대 중반에서 1960년대 초에 이르는 기간동안, 지식인이 중심인물로 등장하는 소설들 가운데 주요 작품을 언급해 본다면 다음과 같다. 김광식의 「환상곡」의 월남 예술가, 「의자의 풍경」의 은행원 '윤호', 「가난한 연기」의 교사, 「거리」의 인텔리 여성 '성희', 「고목(古木)의 유령」의 대학교수, 「표랑」의 의사, 유주현의 「일각선생」의 신문기자 '혁'과 그의 은사 '일각선생', 「패배자」의 신문기자와 그의 아내, 「노염(老焰)」의 소설가 '박청암', 「밀고자」의 대학생 '명구', 박연희의 「환멸」에서 기자 출신의 전향 지식인 '준', 「증인」의 '준', 「닭과 신화」와 「산(山)과의 대화」의 소설가, 「침묵」의 '섭', 장용학의 「비인탄생」의 교사 '지호', 「찢어진 윤리학의 기본문제」의 교사 '상주', 「요한시집」의 '누혜', 서기원의 「오늘과 내일」의 미군 정보원 '박병렬', 「달빛과 기아」의 대학생 '김두영', 전광용의 「크라운장(莊)」의 예술가 '문호', 「죽음의 자세」의 대학교수 '덕수', 「충매화」의 '충', 「의고당실기」의 대학강사 '나'와 대학을 퇴임한 '남궁 선생', 「꺼삐딴리」의 '이인국 박사', 이범선의 「219장」의 월남한 영어교사, 남정현의 「인간플랫카드」에서 법대를 졸업하고도 취직하지 못한 룸펜 '승구', 손창섭의 「고독한 영웅」의 교사 '인구', 「미해결의 장」의 법대 출신 룸펜 '지상', 오상원의 「유예」의 참전 지식인, 「백지의 기록」의 '중섭'·'중서' 형제, 「부동기」, 「죽음에의 훈련」, 이범선의 「사망보류」에서 폐병으로 죽어 가는 양심적인 교사 '철', 한무숙의 「파편」에서 부유한 집안 출신이나 힘든 피난생활을 하게 되는 '태현', 강용준의 「철조망」의 반공포로 '민수', 김동립의 「대중관리」에서 도시 샐러리맨의 전형 '이계장'과 전공(미술과 무관한 일을 하는 '창수', 「영웅」의 '태호', 「연대자」의 '홍태'와 '홍식', 「주인없는 성」의 '김대위', 이무영의 「屍身과의 대화」에서 열 식구의 가장으로 힘겨운 삶을 살아가는 '장교수', 「어떤 父女」에서 딸들의 진학문제로 아내와 갈등하는 교감

많은 경우, 이들 작품에 등장하는 인물들은 교사, 교수이며, 또한 작가의 의도가 현실 비판으로 귀결되거나 그러한 현실 속에서 갈등하는 인물을 제시하는 것이다. 유독 지식인형 인물들을 등장시키는 소설이 이 시기에 많이 나온다는 것은, '지식인론'이 이 시기 지식 담론에서 가장 중요한 관심사 중의 하나였음을 방증하는 것이면서 동시에 문학의 장이 전체 지식사회의 담론의 장으로부터 자유롭지 않았음을 의미한다. 그렇지만 단순히 지식인이 주동 인물로 등장한다고 하여 그 소설이 당대 지식인 담론의 핵심을 관통하고 있다고는 말할 수 없다. 지식인 소설로 분류할 수도 있는 이들 작품 가운데, 실제로 1950년대 후반 『사상계』를 중심으로 형성된 지식인 담론의 최대 화두였던 '한국사회의 근대화'를 가장 표나게 서사화한 작가는 역시 김성한과 선우휘로 보인다. 따라서 이 책에서도 김성한과 선우휘를 중심으로 하여 오상원 · 박연희 · 유주현 · 정한숙 · 안수길 등 '근대화론'과 밀접하게 묶인 작품들이 분석의 대상이 된다.

선우휘의 잘 알려져 있는 소설 「불꽃」은, 일제시대로부터 전쟁으로 이어지는 민족사의 격동기를 배경으로 하여, 앞으로 있어야 할 '새로운 인간형'을 제시하려는 의도가 엿보이는 작품이다. 주인공 '고현'은, 전형적인 전근대적 인간형으로서 모든 불행의 탓을 선친의 '묏자리'에 돌리는 할아버지와, 일제에 저항함으로 인해 죽게 되는 아버지의 삶 사이에서 방황해 온 인물로 설정된다. 그렇지만 작품의 마지막에 '고현'이 의식의 각성을 이루게 되는 공간이, 과거에 자신의 아버지가 죽어갔던 동굴에서였다는 설정에서 작품의 메시지는 단적으로 드러난다. '역사에 참여'하는 인간이 새로 탄생한 것이다.

'최석', 「이단자」의 소설가 '준', 「또 하나의 위선」의 중학교 교사 '훈', 안수길의 「제3인간형」, 박영준의 「도하기」의 '정훈' 장교, 추식의 「왜가리」의 신문사 부장, 곽학송의 「바윗골」, 박경수의 「화려한 귀성」 · 「의젓한 초상」 · 「김광재군」 · 「애국자」, 권태웅의 「용광로의 전설」, 「한류」, 그밖에 김성한과 선우휘의 많은 소설들이 있다.

　　선우휘 소설에 있어 주인공의 자아 인식은, 김치수의 정확한 지적과 같이 개인의 공간 속에서 이루어지는 것이 아니라 자기 '나라', 자기 '민족', 자기 '역사'의 공간 속에서 이루어지는 것이다.6) 지식인이 자기 민족의 공간 속에서 의식의 각성을 이룸으로써 새로이 '역사에 참여'하는 인간으로 태어난다는 이러한 주제의식은, 선우휘뿐만 아니라 이 시기 김성한의 소설에서도 나타난다.

　　김성한이 『사상계』의 초대 주간이 되기 한 해 전인 1954년에 발표한 「암야행(暗夜行)」에는, 교육에 뜻을 두었으나 일상에 만연한 허위에 환멸과 권태를 느끼게 된 지식인 '한빈'이 주동 인물로 등장한다. '한빈'이 원래 교사라는 직업을 택하게 된 것은 남다른 뜻이 있었다. "해방 후 고국에 돌아와서 이 나라의 급선무는 교육이라 생각하고 일생을 이에 바치겠노라 맹세하였"기 때문이다.7) 그러나 현실은 허위로 가득 차 있었다. 자신이 재직하는 학교의 이사장 오광식은, 일제하에 일본의 앞잡이 노릇을 하던 조선인 형사였으나 해방 후에는 마치 애국자인 양 행세하며 국회의원이 되고 교회의 장로 노릇을 하는 위선자였다. 이러한 현실 속에서 '한빈'은 원래 자신이 품었던 뜻에 회의하게 되고 허무적이고 권태로운 생활을 반복하게 된다.

　　　　도대체 주의니 체계니 무어냐 말이다. 일찌기 주의가 사람을 살리고 체계가 전쟁을 막은 일이 있었느냐? 창고에 가지각색으로 구비된 신들린 책들을 필요한 때 필요한 강자가 집어내다 먼지를 털어 굴려먹는 것이 그 본색이 아니냐? 결국 잡소리다. 발가숭이 한빈은 여기 있다. 될 대로 돼라.8)

---

6) 김치수, 「지식인의 고뇌, 지식인의 행동」, 『선우휘 문학선집』 2, 조선일보사, 1987, 377면.
7) 『김성한 중단편전집』, 책세상, 1988, 77면. 이런 진술 속에는 서북의 교육구국사상이 흔적을 남기고 있다.
8) 위의 책, 88면.

이렇게 냉소적인 태도로 현실을 바라보며 무의미한 생활을 반복하던 한빈이, 다시 맞게 되는 변화의 계기를 놓치지 말아야 한다. '한빈'의 새로운 변화는 작품의 표면적 서사에서 잘 눈에 띠지 않는 부분이다. 전체적으로 평면적인 서사구조를 가지고 있는 데다가, 결말 역시 오광식에 대한 냉소로 마무리되기 때문이다. 그러나 눈에 잘 띠지 않는 '변화'의 암시야말로 이 소설의 핵심 중 하나로 보인다. 한빈의 옛날 동창생인 조각가 '김치원'이 그 계기를 제공한다. 독실한 기독교인인 친구 김치원은 어느 일요일 한빈을 자신의 작업실로 데리고 가는데, 한빈은 거기서 '먼 하늘을 바라보고 있는' 대리석 조각상 하나를 보게 된다.

> 한빈은 무엇인지는 몰라도 가슴에 와 닿는 것이 있었다. 그는 다시 대리석을 바라보았다. (…중략…) 한빈은 일어서 한 걸음 가까이 가서 두 손으로 만져 보았다. 부둥켜 안고 뺨으로 쓰다듬었다. 자기도 또한 대리석같은 소재였다. 무엇이든지 파낼 수 있는 가능성의 소유자였다. (…중략…) 한빈은 일어섰다.─잠을 깨야지.[9]

이 부분은 한빈의 변화를 암시한다. 더 이상의 무의미한 생활을 청산하고 '자기의식의 각성'에 이르는 부분으로서, 선우휘 「불꽃」에서 마지막 부분에 보인 '의식의 각성'에 정확히 대응될 수 있는 것이다. 새롭게 각성한 '한빈'에게 작품의 제목이기도 한 '암야행(暗夜行)'은 끝나가는 것으로 보인다. 소설의 마지막 부분이다. "「비꼬지 말구 요 다음부터 교회에 나와.」「생각해 볼께.」…… 멀리서 기적소리가 울려온다. 한빈은 희미하나마 장차 올 듯도 한 봄의 고동소리가 들리는 듯했다."[10]
이렇게 자기의식의 각성을 이룬 지식인의 '재생'의 모습은 김성한의 1957년작 「방황」에서도 잘 나타나 있다. 이 소설은 그의 소설들 중 비

---

9) 앞의 책, 90~91면.
10) 앞의 책, 93면.

교적 묘사나 구성에 있어서 균형이 잡힌 작품이라 할 수 있다. 주인공 홍만식은 이북에서 단신으로 월남한 지식인으로, 생존을 위해서 스스로를 '생물'로 비하하면서 석탄을 훔쳐 살아가는 인물이다. 그의 눈에 비친 사회는 "소위 나는 인간입네 하는 '인격'을 가진 요물들",11) 즉 "인간을 가장한 짐승들이 간교와 아유(阿諛)의 모든 힘을 다해서 물어뜯는" 판이다.12) 그런 그들에게 "물어뜯긴 고기를 찾"기 위해서 스스로를 '인간'이 아닌 '생물'로 칭하면서 절도를 일삼는 인물이 홍만식이다.

  이 인물의 냉소적 태도는, 자신의 삶의 터전으로부터 떨어져 나온 젊은 월남 지식인들의 감각을 보여주는 하나의 표징이라고 할 수 있다. 그들 젊은 월남 지식인들에게 있어 자신이 가지고 있는 것이라곤 오로지 '지식' 뿐이었다. 이 지식에 근거한 사회 비판이란, 그들에게 있어 하나의 '집단 심리'로부터 나오는 것이라고 할 수 있다. 김성한의 소설들에서 유달리 지적 냉소와 풍자가 많은 것은, 그의 감각이 월남 지식인 집단의 심리를 대변하는 면이 강하다는 사실을 잘 보여주는 것이다. 주인공 홍만식의 냉소는 다음과 같이 가장 극단적 형태로 나타난다.

  도덕이다, 정의다, 의리다, 인간애다, 애국이다. 애족이다, 가치다, 세월이 흘러감에 따라 색동저고리에다 또 가지각색 노리개를 붙임으로써 교수도 되고 박사도 되고 권력있는 인간동물의 총애를 받아서 고깃점이나 더 얻어먹고 못나도 잘난 척하다가 땅 속에 들어가서 구데기 밥이 되었겠다.13)

  그렇지만 김성한의 소설에 있어 기성세대에 대한 젊은 지식인들의 분노, 남한사회에 대한 월남 지식인들의 분노는 예컨대 손창섭 소설의 인물들과는 확연히 다른 태도를 결과한다. 현실 속에서 '방황'하는 홍만식을 '마음 깊이' 이해하는 "활기있게 헤엄치는 생명"14)인 애꾸눈 처녀

---

  11) 『김성한 중단편전집』, 책세상, 1988, 273면.
  12) 위의 책, 271면.
  13) 앞의 책, 270~271면.

의 도움이 주인공의 삶의 방식을 돌이키게 만든다. 이 애꾸눈 처녀는
홍만식이라는 '지식인'을 '완벽히 이해'하는 '한 수 더 높은' 존재로 묘
사된다.

> "그럼 미스 김은 무어죠?" / "강철이라구 하구서두."
> 또 꺾였다. 캄푸라치하느라고 담배를 피워 물고 공격을 시작했다.
> "미스 김은 웃음이 있읍니까?"
> "웃음? 호…… 이렇게 웃는 거 말이죠 매일, 아니 쉴새 없이 웃고 있죠, 속으
> 루 말예요." / "왜?" / "연극이 재미 있어서요 가만 세상을 내다보세요 제정신 없
> 는 광대춤 아니에요?"
> "이거 해탈한 얘기로군. 그럼 미스 김은 광대가 아니겠군요?" / "누가 아니랬
> 어요? 싫건 좋건 무대에 선 자가 춤 안 추구 먹구 살 수 있나요?"
> 이건 강철 이상이다. 만식은 압도되는 것을 느꼈다.[15]

냉소란 대상에 대한 지적 거리로부터 가능하다는 사실을 고려한다면,
애꾸눈 처녀 역시 일종의 '지식인'의 반열에 속하는 인물이라고 보아야
할 것이다. 그런 애꾸눈 처녀가 홍만식을 향해 "사람마다 무대가 있"으
므로 "여길 떠나"서 "넓은 세계를 상대해 보"라고 한다. 마치 "개나리는
봄에 피고 도라지는 가을에 피"듯이 사람은 자기 그릇대로 살아야 한다
는 논리를 펴는 것이다.[16] 이 부분이 1950년대 지식인의 엘리트주의를
보여준다는 사실은 분명히 지적되어야 할 점들 가운데 하나이다.

주인공으로 하여금 "어쩌면 무슨 변동이 있을 듯도 하였다"라고 사고
를 전환하게 만드는 이 소설의 마지막은 「암야행」의 결말과 일치하는
것이며, 나아가 선우휘의 「불꽃」의 결말과도 이어진다. 이런 방식이란
기본적으로 지식인의 자기 긍정에 기초한 것이며, 따라서 손창섭 소설

---

14) 앞의 책, 269면.
15) 앞의 책, 279면.
16) 앞의 책, 281면.

들에 드러나는 냉소, 자기 모멸과는 확연히 다른 것임은 두말 할 나위 없다. 홍만식과 애꾸눈 처녀, 두 사람의 오랜 생각의 결론은 "우린 결국 인간"[17](동물이 아니라)이기 때문이다. 결국 이 소설들은, 사회가 자신들을 이해, 수용하지 못한다고 생각하는 '엘리트' 지식인들이 자기의식의 각성에 바탕하여 '무언가'를 새롭게 '시작'하는 이야기인 셈이다. 그 새롭게 시작하는 일들이 무엇인지를 다음의 절이 보여준다.

2) 참여의 양태―'비판'과 '건설'

1950년대 정치이념을 연구하는 학자들은 당시의 자유민주주의를, 공산주의를 부정하기 위한 소극적 개념으로 이해하는 경향이 있다. 실제로 자유민주주의의 전통이 없었던 상태에서 민주주의란 곧 반공을 의미하는 것이었다.[18] 이러한 방식으로 민주주의를 이해한 결과 중의 하나는, 주지하다시피 반공 이데올로기가 통치자에게 카리스마적 권위를 부여하기 위한 도구로 작용하였다는 사실이다. 반공이 통치에 이용되는 현실에 대한 『사상계』 지식인들의 비판 역시 기본적으로는, 매우 원론적인 자유민주주의론에 입각해 이루어졌다.

민주주의에 대한 이러한 소극적이고 피상적인 이해의 결과로 중요하게 지적해야 할 점은 당시 일상생활 전반에 만연하던 방종과 무질서였다.[19] 이러한 점은 당시에도 누차 지적되고 있는 사실이었다. "국법이 있어도 엄격히 적용되지 않으며 그것을 운용하는 사람들은 그때 그때의 정세와 개인적 관심에 의해서 '적당히' 처리하는 것이 오늘날 한국 사

---

17) 『김성한 중단편전집』, 책세상, 1988, 281면.
18) 김경일, 「1950년대 후반의 사회이념」, 『한국현대사의 재인식』 4(정신문화연구원 편), 오름, 1998, 35면.
19) 김경일, 위의 글, 37면.

회를 지배하는 커다란 경향"20)이라는 말에서 보듯이 지배층의 무법과 무질서는 국민 일반으로 확산되어 나갔던 것이다. 다른 말로 하자면 정치 분야 이외에서는 맹목적 자유방임이 지배하는 기형적 안정이 사회분위기를 압도하였던 것이다.21) 이러한 맹목적 자유방임이야말로 정치적 독재에 상응하여 국민에게 허용된 '자유의 공간'이었던 셈이다.

이러한 정치현실에 대한 지식인들의 비판의 준거는 원론적 자유민주주의론으로서 인간의 존엄성, 기본적 자유의 보장 등이었다. 특기할 만한 것은 이 시기 지식인 담론(특히 문학과 철학)을 지배하는 한 축이었던 '실존주의'가 현실 비판에 동원되고 있다는 점이다. '휴머니즘', '자유', '부조리'와 같은 실존주의적 용어들이 원래의 철학적 의미와는 조금 다른 형태로 굴절되어 비판의 논리적 근거로 활용된다.

이 지점에서 생각해 볼 문제 중의 하나가 비판의 문학적 형식으로서의 '우의'이다. 대중화가 고도로 진전된 서구사회의 경우와 같이 비판의 대상이 '현대사회의 기계화된 메카니즘'에 있는 경우에도 우의가 비판의 문학적 형식이 될 수 있지만, 당시의 한국사회와 같이 정치적 후진성을 면치 못하고 있는 경우에는 비판의 대상이 오히려 강력한 권력적 실체였음으로 인하여 우의가 비판의 형식이 되기도 한다. 이때 문학 텍스트를 통한 현실 비판은 이데올로기 원론에 입각한 '관념적' 진술이 되거나, 혹은 '우의적' 진술이 되기 쉽다.22)

이러한 점에서 김성한의 「바비도」 역시 사회현실에 대한 '우의적' 비판이 된다. 최인훈의 『광장』에서 지적하고 있는 '일상의 무질서'의 이면에는 역으로 국민적 일체감을 강조하는 정치 체제가 존재하였던 바, 일

---

20) 『사상계』, 1958.12, 162면.
21) 김경일, 앞의 글, 37~38면.
22) 장용학의 『원형의 전설』과 같이 추상적 보편주의에 기반한 소설의 경우에도, 문명 비판의 서사 이면에 한국사회의 현실에 대한 비판이 은폐된 형태로 존재한다는 해석이 가능하다(김건우, 「장용학의 '원형의 전설'론」, 『한국전후문학의 분석적 연구』(박동규 외), 월인, 1999).

제 식민질서와 마찬가지로 전 국가적 범위에 걸친 일종의 의사공동체를 위로부터의 동원과 강압을 통해 만들어내고자 했던 체제, 그리고 자신에 대한 비판과 대안의 제시를 불허하는 매우 경직되고 폐쇄적인 체제에 대한 우의적 형식을 통한 비판이 「바비도」의 핵심이라 할 수 있다.

제1회 동인문학상 수상작인 「바비도」를 창작할 당시, 김성한이 『사상계』의 주간을 맡고 있었음은 앞서도 언급한 바 있다. "한편으로 우리 민족의 처지를 돌아볼 때 북한에서 노예의 생활을 하고 있는 동포는 말할 것도 없거니와 자유세계라고 하는 우리 사회의 현실조차도 한탄을 금할 수 없는 형편입니다. 독립한 국가를 가진 자유민이라고 하는 우리가 과연 「살」 권리를 충분히 행사하고 있는가? (…중략…) 또한 우리 「양심의 자유」는 완전히 보장되고 있으며 정치적으로도 자유로운 생활이 유지되고 있는가?"[23]라고 장준하가 갈파하고 있을 바로 그때가 김성한의 「바비도」가 생산되는 시간적 조건이었다.[24]

3장에서 언급한 바 있는 김붕구의 글 「증언으로서의 문학」은, 김성한의 「바비도」를 보는 이 시기 독법의 한 방식을 보여준다. 김붕구는, 현대 독재국가에 있어 압도적 힘을 가진 정치적 '허망'(부조리)에 개인이 깔리게 되면 그에게는 이미 발언의 자유는 없어지게 되는데, 이때 오직 그에게 주어지는 것은 이중의 뜻을 가진 언어뿐이며 여기서 가장 처절한 증언의 문학이 나타난다고 했다. 그는 오늘날 작가에게는 전 세계에 걸친 사상적 대립에서 오는 관념의 획일화와 폭력이 또 하나의 증언의 대상이 된다고 말한다. 하나의 이념을 신성시한 결과 그 이념이 폭군으로 변할 때 작가는 거기에 저항하고 증언해야 한다는 것이다. 김붕구가 말하는 '이중의 뜻을 가진 언어'란 곧 「바비도」의 언어이기도 했다.

김성한의 「제우스의 자살」(『사상계』, 1955.1)은, 그가 사상계의 편집위원

---

23) 「권두언」(1955.3), 『장준하 전집』 2, 세계사, 1992, 47~48면.
24) 이 권두언은, 김성한이 『사상계』의 주간으로 취임한 직후인 1955년 3월호의 것이다. 「바비도」는 그 일 년 후에 발표되었다.

회 초대 주간을 맡게 된 첫 호에 발표한 작품이다. 이 글 역시 기본적으로 하나의 우화로서, 형식의 측면에서만 보자면 사실상 소설이라 하기에는 미달되는 작품이라 할 수 있다. 우화라는 형식이 계몽성과 강하게 결부되어 있다는 사실을 염두에 둔다면, 이 글이 의도하는 교육적 메시지는 두 가지 방식, 즉 제우스의 말을 통해서 그리고 서사 자체를 통해서 전달된다. 소설에서 제우스는, 모든 종교란 '노예근성'에 기반한 의식의 자기 조작에 의해 성립된 것이며, 이데올로기 역시 마찬가지라고 이야기한다. 그렇지만 '의식'은 이중적인 것이어서 자기 조작을 통해 '신'(이념)을 만들어 내기도 하지만, 그것을 '부술 수도 있는' 힘을 가지고 있는데, 바로 이 우상의 파괴에 인간의 희망이 있다고 말한다.[25] 얼핏 보아 이 이야기가 말하려는 것이 모든 이념으로부터의 해방에 있는 듯하나, 들여다보면 실상 그렇지 않다. 현실 비판의 준거가 되는 이념이 뚜렷이 나타나기 때문이다. 각성된 자기의식에 기초하여 어떤 우상으로부터도 탈피할 것을 말하지만, 서사를 통해 전달되는 것은 자유주의에 대한 분명한 지향이다. 날짐승과 길짐승들의 '질서'란 전근대적인 왕조적 질서이며, 원래 개구리들이 누리고 있던 자유로움이란 "어리석은 자의 눈에는 무질서로 보일"지 모르나 그것은 '무질서'가 아니라 "더 높은 질서"[26]라는 것이다. 여기서 '더 높은 질서'인 자유주의의 원리는, 인간을 노예로 만드는 모든 이념들에 대한 비판의 준거로 기능한다.[27]

---

25) 『사상계』, 1955.1, 144면.
26) 위의 책, 135면.
27) 정치적·문화적 '근대화'에 '참여'해야 할 과제가 지식인에게 주어져 있다고 생각하는 작가에게 있어, 그러한 임무를 방기하는 지식인들을 풍자, 공격의 대상으로 삼는 소설들이 많이 창작되는 것은 어찌 보면 자연스러운 일일 것이다. 김성한 소설 중 부정적 지식인형이 주요 인물로 등장하는 경우, 그 부정적 측면을 김영택은 다음과 같은 유형별로 나눈 바 있다. 사이비 지식인 유형으로 「김가성론」의 김가성, 「자유인」의 이광래, 「창세기」의 박경석 등이 있으며 친일 행위자형으로 「암야행」의 오광식, 「달팽이」의 원달호, 「폭소」의 한필선 등이 있다고 했다(김영택, 「김성한 소설에서 인간됨의 조건」, 구인환 외, 『한국 전후문학 연구』, 삼지원, 1995, 288~290면). 김성한 소설에 자주 등장하는 이러한 부정적 인물의 형상화가 '부정을 위한 부정'에 그치는 것이 아니라 새로운

김성한의 소설들에서는 이데올로기 비판의 서사화가 주로 우의의 방식으로 이루어지는 데에 비해, 박연희의 「증인」에서는 직접적 방법이 취해진다. 박연희는 1918년 함남 함흥 출생으로 해방 직후 월남하여 바로 『백민(白民)』 편집부에서 근무했으며, 1953년에는 임긍재와 함께, 평양 숭실학교 출신의 조병옥이 사장으로 있던 『자유세계』의 편집을 맡기도 했다. 이러한 전기적 사실은 곧잘, 박연희 소설에 나타나는 강한 정치적 성격과 연관하여 거론되어 왔다.

1956년에 발표된 이후 줄곧 그의 대표작으로 일컬어졌던 「증인」에서, 신문기자인 주인공 '장 준'은 사사오입 개헌에 관한 보도 기사를 사시(社是)에 어긋나게, "여당지면서 오히려 야당의 입장을 유리하게 썼다"는 이유로 파면을 당하게 된다. 편집국장 'S'와의 대화장면이다.

> 「그러나, 사실 그대로 보도하지 않았어요? 선량 생활도 초등 수학쯤은 알아야 사사오입도 이해한다는 것이 어디에 모순이 있습니까?」「듣기 싫어.」(…중략…) 「당신이 어떤 사실을 제삼자에게 보도하려는 양심을 가진 사람이오?」(…중략…) 「자신을 속이지 말란 말이오……」 그 날로 사표를 써서 우편으로 부쳐 버리고 말았던 것이었다. 타성과, 무비판이 태풍처럼 휩쓰는 가운데에서 자신을 건져낼 수는 없다고 믿었기 때문이었다.28)

대립하고 있는 것은 '지식인의 양심' 대 '사시(社是)'이며, 이는 사실 이 작품이 발표된 그 해 동인문학상을 수상한 김성한의 「바비도」의 대립 구도와 매우 흡사한 것이다. 차이가 있다면 앞서 언급한 대로, 김성한의 「바비도」가 중세 유럽이라는 배경을 사용하여 우의적으로 메시지

'건설' 작업의 일환으로 사고되었음은, 장준하의 다음과 같은 말에서도 유추해 알 수 있다. "오직 건설적 목적과 방안을 가진 정당한 비판만이 후진 정체사회를 문명사회로 발전시킬 수 있을 것이며 따라서 고도한 비판정신의 앙양은 이 사회의 절실한 요청이 아닐 수 없다."(장준하, 「비판정신의 창달을 위하여」, 「권두언」(1953.10), 『장준하 전집』 2, 세계사, 1992, 28~30면)

28) 박연희, 「증인」, 『현대한국문학전집』 1, 신구문화사, 1981, 301면.

를 전달하고 있는 데에 비해 박연회의 「증인」은 놀라울 만큼 직접적이라는 점에 있다. 그 직접성은 인물 설정에서도 드러난다. 이 작품의 주인공 '장준'은 일제하에는 사상범으로 옥고를 치르고, 해방 직후 북한에서 두 달간 구금된 후 바로 월남한 인물이다. 즉 전형적인 월남 지식인의 모델이라고 할 수 있다.

박연회는 이 작품에서, 정부에 대한 비판이 곧 '좌익'으로 매도당하는 현실에 대해서도 직접적으로 거론한다. 월남 지식인이 대개 강한 반공의식의 소유자들이라는 점을 염두에 둔다면, 이는 매우 아이러니컬한 것이다. 수사관으로부터 심문 당하는 장면을 살펴보자.[29] "「넌 사사오입을 아느냐?」 …… 「압니다.」 「알어? 이 자식이 …… 그래서 국제 간첩을 옹호한다는 말이냐? ……」"[30]

범죄자가 아닌 범죄자가 되는 현실은 곧 주인공이 현실의 '증인'이 되는 것임을 의미한다. 이는 김봉구의 '증인문학'의 메시지이기도 하다. 실존주의의 영향을 받았다고 고백한 박연회나, 실존주의문학을 달리 '증인문학'이라고 부르고자 했던 김봉구 등 두 사람이 공히 말하는 '증인'이란, 그것들이 당대 '젊은' 지식인들의 표층 담론인 실존주의의 맥락에서 일컬어짐에도 불구하고, 실은 정치적 '후진성', '전근대성'에 대한 월남 지식인들의 비판으로 약호화되는 것이다.

1956년의 「증인」에서 나타난 남한사회의 정치적 후진성에 대한 비판은, 1962년에 발표된 「개미가 쌓은 성(城)」에서도 직접적으로 표출된다. 소설의 주인공 '장서방'은, 아버지가 지주였던 관계로 이북에서 '반동분자'로 몰려 1·4 후퇴 때 가족과 월남한 인물이다. 근대 교육을 못 받은 그는, 월남 후 어느 신문사 청소부로 근근히 생계를 이어가는 가운데 4·19를 맞이하게 된다. "공산 독재자 김일성이가 싫어서" 월남한 장서

---

29) 작가가 필화를 피하기 위해서인지, 주인공 '장 준'을 좌익으로 엮기 위해서 수사기관이 가하는 고문 장면은 직접적으로 묘사되지는 않는다. 강하게 암시는 되어 있다.
30) 박연회, 앞의 글, 315면.

방은 막연한 분노감으로 데모대에 합류하게 된다. 그 날 밤 장서방과
아내의 대화는 이들 '월남인'들의 현실관을 잘 보여준다.

"그렁이 이 앞으로 어떻기 사오?" 아내는 천막 속에서 소리없이 눈물을 흘리
며 말하였다. "그래도 사는 구멍이 있소…… 이승만 대통령이 무시기라고 합디
까? 우리 동포는 자유를 찾아야 하고, 자유를 찾으면 다 잘 살 수 있다고 하쟀
소?" (…중략…)

"돈이 없음 못 살 것같소" / "북한은 돈이 없음 살았소?" / "그래도 내 고장이
앙이오?" 아내는 은근히 산나물을 캐어먹던 고향을 그리워하는 말눈치였다. (…
중략…)

"우리 놀고 먹지 않겠지만…… 대한민국은 백성을 사랑하는 나라랑이…… 어
떻기 다 해 줄 기오" 입으로는 말을 하나, 장서방의 눈에서도 눈물이 좌르르
흘러내렸다.

"우리만 나왔소? 우린 이승만 대통령 말씀을 믿어야 함매…… 민족을 팔아먹
는 공산당을 없애야만 잘 살 수 있다고 하지 않습데?" (…중략…)

"속았음먼다." 아내는 오래 있다가 이런 말을 하였다.[31]

그 날 밤 고등학교를 다니는 아들 '효석'은 집에 들어오지 않았고, 결
국 관통상을 입은 아들은 병원에서 죽어 버린다. 아들의 죽음으로 장서
방은 '머리가 돌아' 정신병원에 들어가게 된다. "속았다"는 한마디는 남
한사회의 현실에 대한 이들의 감각을 압축적으로 대변하고 있다. 아들
의 죽음 이전 장서방의 다음과 같은 생각은 '못 배운' 사람의 생각이라
고는 볼 수 없는 것으로, 실은 월남 지식인인 박연희의 현실관을 그대
로 노출하는 부분이다.

벌써 십 년이 가까운 세월이 흘러갔다. 월남하고 나서 (…중략…) 신부의 화
려한 면사포같은 민주주의라는 이름 아래에서 질질 끌려 살아와, 얻은 것이 무
엇이랴 싶기도 하였다. 반공이라는 이름을 내세워 무엇이든지 억누르고, 또 그

31) 박연희, 「개미가 쌓은 城」, 『현대한국문학전집』 1, 신구문화사, 1981, 357~358면.

이름 아래에 몰려들면 일제의 앞잡이도 관대히 용납되고, 政敵이고 보면 친공
을 뒤집어 씌워 타도하는 것이 민주주의는 아닐 것이라는 생각이 장서방의 머
리 속을 끄느름히 흐르는 것이었다.[32]

　"반공이라는 이름을 내세워" 민주주의를 억압하는 정치 현실에 대한
비판은, 사실상 앞서 「증인」에서 등장한 것과 동일한 논리이다. 1950년
대 말 『사상계』를 통해 민주주의를 해야만 공산주의에 제대로 맞설 수
있다는 논의가 이루어지고 있었다는 점을 생각해 본다면, 이 소설의 메
시지가 당시 『사상계』 지식인 집단의 논리와 일치하는 것임을 어렵지
않게 파악할 수 있다. 이는 결국 인물 형상화에 있어 비현실성이 감수
되고서라도, 당시의 젊은 월남 지식인들의 목소리가 '못 배운 서민' 장
서방의 입을 통해 직접적으로 표출된 것이라고 할 수 있다.

　이 지점에서 이 소설이 발표된 때가 1962년 5월, 즉 5·16이 일어난
지 꼭 일년 후란 점을 고려해 볼 필요가 있다. 이 시기는 함석헌과 같은
예외적인 경우를 제외하면, 지식인사회에서도 군사 정부에 대한 비판이
아직 본격적으로 이루어지지 않던 때였다. 이를 염두에 둘 때, 소설에서
이승만 하야 직후 장서방과 'K기자'(장서방과 동향이다)가 나누는 대화는,
이후 지식인사회의 한 축에서 이루어지게 될 5·16 정권에 대한 비판을
문학적으로 예고한다.

　　"인제 없는 사람도 잘 살게 될 것 같소?" 뿌우연 막걸리 잔을 들어 반쯤 마시
고 나서 장서방은 물었다. "그놈이 그 놈일지도 모르죠"/"아, 그럼 또 그런 세
상이 된단 말이오?" (…중략…) "글쎄 바래선 안되오 이번에 혁명을 일으키듯
이 우리가 지키고 만들어 나가야 하지 않겠소?" (…중략…) "독재자의 말로란
언제나 개죽음이오" (…중략…)
　　「그놈이 그놈이구……」, 「또 이 꼴로 산다는 거지…… 그럴 수도 있지! 나라
일을 빙자해서 놈들은 호사하고…… 에에 데럽다…… 데러바……」 장서방은 침

────────────
32) 박연희, 위의 글, 360면.

을 탁 뱉었다.33)

박연희의 「개미가 쌓은 성(城)」은 '정치적 근대화'에 대한 이야기로서 젊은 월남 지식인들의 이념의 일각을 보여주는 소설이다. 제목이 말하듯 혁명을 통해 만들어진, '개미가 쌓은 성'이 앞으로 어떻게 될 것인지에 대해 소설은 그다지 밝은 전망을 제시하지는 않는 것 같다. 아들은 죽고 장서방은 미쳐 버렸기 때문이다. 분명한 것은 월남인들이 가지고 있던 남한사회에 대한 감각이 "속았다"는 말로 압축된다는 데에 있을 것이다. 이들에게 있어서 한국사회가 앞으로도 계속 '속은' 사회로 남아 있을지는 분명하지 않지만, 확실히 그것은 "후진성을 띤 조그마한 약소국"34)의 위치는 면해야 할 대상이었다.

남한사회의 이러한 정치적 '후진성'에 대한 비판은, 크게 보아 사회 전반적인 전근대성과 봉건성에 대한 비판의 맥락에 있는 것이었다. 정한숙의 「고가(古家)」는 그러한 점을 잘 보여주는 소설이다. 정한숙은 1924년 평북 영변 생으로, 「고가(古家)」는 1957년 『문학예술』지에 발표한 작품이다. 작품의 무대가 경북 영주의 '장동(壯東)문중'으로 되어 있지만, 작가 자신의 말과 같이 묘사의 현실감을 위해서 자신의 고향(평북 영변)을 떠올렸다고 한다.35)

'필재'라는 아이의 시선을 통해 서술된 이 소설은, "오백년을 묵었다는 싸리 기둥"으로 상징되는, 뿌리깊은 유교적 봉건성에 침윤되어 있는 한 집안이 전쟁의 와중에서 어떻게 서서히 몰락해 가는가를 그린 작품이다. 머리조차 깎지 못하게 하고 전통 생활법식을 고집하는 할아버지와, 그러한 봉건성에 염증을 느끼고 집안의 '개화'를 시도하여 사사건건 할아버지와 마찰을 일으키는 숙부 사이에서 전전긍긍하는 아이의 시선,

---

33) 박연희, 「개미가 쌓은 城」, 『현대한국문학전집』 1, 신구문화사, 1981, 366면.
34) 박연희, 위의 글, 353면.
35) 정한숙, 「창작 前後譚」, 『한국전후문제작품집』, 신구문화사, 1961, 412면.

생각들이 서술의 중심부에 있다. 아이의 시선은 얼핏 중립적인 듯 보이지만, 작가는 군데군데 자신의 시각을 아이의 시선을 통해 은밀히 드러낸다.

> 그날 또 필재는 (…중략…) 멀리 가 있는 숙부님을 생각하다 돌아오던 때다. 한 때는 숙부님을 원망도 했었지만 아무리 생각해도 숙부님은 자기같은 것은 따를 수 없는 훌륭한 사람인 것만 같았다. 필재 자기도 자라면, 숙부님 모양 그렇게 용기있는 사람이 되고 싶었다.[36]

그렇게 '훌륭하고 용기있는' 숙부는 할아버지의 완고한 보수성으로 인하여 끝내 죽음에 이르게 된다. 게다가 할아버지의 첩이 종과 정을 통하여 낳은 자식이 전쟁 중에 공산주의자가 됨으로 인해 결국 이 집안은 몰락하게 된다. 개인의 심리적 외상으로 인하여 공산주의자가 되었다는 식의 맹목적인 반공의식이 내재해 있으면서도, 이 소설은 작가의 말과 같이 현대 한국의 비극의 원인을 '조부'로 상징되는 뿌리깊은 봉건성에 두고 있다는 점에서 이 시기 『사상계』 지식인 집단의 의식의 한 축도를 보여준다.[37] 요컨대 작품의 저변에 작동하는 메시지는, 이 '봉건성'이야말로 역사의 발전을 가로막는 것으로서, 한국사회의 '후진적' 상태를 보여주는 것이라는 데에 있다.

3) 현실 개조 주체로서의 '새 세대' 지식인

평북 선천 출신으로 장준하와 고향이 같은 오상원은 1958년, 나이 서른도 되기 전에 「모반」으로 제3회 동인문학상을 수상하는 영광을 얻었

---

36) 정한숙, 「고가(古家)」, 『한국전후문제작품집』, 신구문화사, 1961, 104면.
37) 정한숙은 이 작품을 통해서, 6·25의 비극은 사상의 대립에 앞서 뿌리깊은 봉건성에 더 큰 원인이 있었음을 말하고자 했다고 한다. 정한숙, 「창작 전후담」, 위의 책, 412면.

다. 해방 직후 정치적 혼란기에 테러리스트로 활동했던 주인공 '민'의 고뇌와 결단을 그린 이 작품은, 당시에는 한국 '휴머니즘'문학의 대표작처럼 인식되었고 그 점이 또한 수상의 이유가 되기도 했다. 대학 재학 당시 이미 희곡을 발표하기도 했던 오상원의 작품세계에 대하여 이후에는 그 연극적·영화적 특성과 '의식의 흐름' 수법에 적지 않은 주목이 있었다. 또한 오상원 자신의 말과 같이 앙드레 말로 류의 행동주의적 실존주의문학의 영향에도 많은 주목이 있었다.

「모반」의 경우 인물과 장면 묘사에 있어 연극적 특성이 워낙 강함으로 인하여,38) 작가의 이념이라 할 만한 것은 전체적인 서사 구성을 통해서 유추해 볼 수밖에 없다. 그러나 이 작품의 서사 역시 지극히 단순한 것이어서 '인간'이 '조직'에 우선한다는 식의 소박한 휴머니즘 이상을 발견하기가 쉽지 않다. 그러한 가운데서도, 반대 조직과 내통했다는 혐의로 조직 내에서 린치를 당한 한 인물이 주인공 '민'에게 건네는 말은 현실에 대한 작가의식의 일단을 제시하는 부분으로 보인다.

> 「그들(정치 지도자)은 과거에 모두 애국자였어. 그러나 과연 지금부터의 애국자가 그들 중의 누구라고 할 수 있겠어? 우리들이 그야말로 생명을 내걸고 따를 수 있는…… 일본 제국주의에 대항해서 싸웠다는 그 공적, 즉 과거에 애국자였다는 이름을 내걸고 지금 그들은 각자 자기 밑에 누구보다도 많은 당원을 흡수하여 자기 정권을 수립하려는 판국이거든. (…중략…) 그들은 그야말로 정권욕뿐이야. (…중략…) 그 속에 우리들은 휩쓸려 들어가서 조종되고 있거든. 다시 말하면 '우리들의 조국에 대한 순결한 정열이 더럽혀져 가고 있단 말이야.' (…중략…) 나는 이상 더 내 정열을 헛되게 더럽히고 싶지 않았을 뿐이야. 나는 누구와도 이야기

---

38) 즉각적 장면 전환과 배경 제시가 한 예이다. 작품의 초반부에 특히 이러한 특성은 강하게 나타난다. 장면을 묘사함에 있어 "해방 만 일 년의 환희가 혼돈된 갈등 속에 기울어져 가던 어느날 저녁", "여기는 어느 뒷골목에 들어앉은 조그만 선술집"(『현대한국문학전집』 7, 신구문화사, 1981, 196면) 등 희곡적 배경 제시의 특성을 보이는 부분이라든가, 인물을 지칭함에 있어서도 이름을 말함이 없이 "눈이 가느다란 친구", "세모진 얼굴"(같은 책, 196~199면) 등으로 표현하는 부분들이 그 예이다.

를 나눠야 했어. 나와 같은 동세대의 **친구들과.**」 (강조-인용자)[39]

　작품의 표층에서 '휴머니즘', '실존' 등이 서사적 장치로 기능하고 있으나, 이면에는 기존의 현실 정치와 '구세대'의 지도력 상실에 대한 비판이 작동하고 있다. 중요한 것은 '정파 간의 대립'이 아니라, "그들"과 "우리들"로 표현된 '구세대와 신세대의 대립'이다. 이때 '신세대'가 '구세대'에 비해 우위에 있을 수 있는 것은, 단지 젊기 때문이 아니라 "조국에 대한 순결한 정열"을 가지고 있기 때문이다. 이 '조국애'는 실상 실존주의와 직접적 연관이 없는 것이다. 또한 이 작품에서 '해방 직후'라는 배경도 별 의미가 없는 것으로 보인다. 해방과 함께 막 고교(용산고)에 진학했던 오상원이, 선우휘처럼 당시 테러리즘의 전말을 직접 파악하고 있었을 리는 만무하며, 이는 결국 해방기 배경이라는 소설적 수단을 통해서 1950년대 후반의 세대론을 노출하는 것으로 판단된다.

　주인공 '민'은 자신의 테러 행위로 인하여 억울하게 혐의를 뒤집어쓴 인물의 집에 찾아가 도움을 준 후, 조직의 동료들에게 다음과 같이 내뱉는다. "「잘 들어 둬. …… 위대(?)한 하나의 일의 성공보다는 나는 오히려 소박하게 살아가는 인간의 모습들이 하나라도 더 소중스러워졌단 말이다. (…중략…) 인간의 의의를 묻고 살기보다는 나는 오히려 묻지 않고 살기를 원해.」"[40]

　실존주의적 휴머니즘으로 포장되어 있는 이러한 논리가 이후에 살펴볼 김성한의 「귀환」의 참전 논리, 선우휘의 「불꽃」의 '각성' 이후의 논리와 얼마나 가까운 것인가는 확연히 드러난다. 지식인이 주도가 되어 '소박한' 인간들이 행복하게 살아가는 새로운 사회, 새로운 조국을 건설한다는 것이 그 논리들의 심층에 놓여 있는 것이다. 그 건설의 주체는 물론 '새 세대' 지식인이어야만 한다. 이는 곧 1950년대 후반 『사상계』

---

39) 『현대한국문학전집』 7, 신구문화사, 1981, 206면.
40) 위의 책, 209~210면.

지식인 집단의 논리이기도 하였다.

1921년 생으로 해방기에 박연희와 함께 『백민(白民)』의 편집을 보았던 유주현[41]이 『사상계』 1961년 6월호에 발표한 소설 「밀고자」에는, 1960년 4월 19일의 서울을 소설적 배경으로 하여 4·19 당시 대학생들이 중심인물로 설정되어 있다. 주인공 '명구'는 정부 고관의 외아들로서 'K대학'에 다니고 있는 인물이다. 그는 "오늘 무슨 큰 일이 벌어질 것 같"으므로 학교에 가지 말라는 아버지의 명에 따라 다방에서 친구들을 만나 등산을 하게 되지만 '마음이 편치 않다.' 그 자리에 우연히 동행하게 된 친구 '허윤'(그의 아버지는 여당 국회의원이다)과 논쟁 끝에 급기야는 주먹질까지 하게 된다. '명구'가 '허윤'과 주먹질까지 가게 된 것은 "이런 식으로 현실도피를 할 수야 있냐"[42]는 답답함이 자신의 처지와 관련하여 일종의 '울분'으로 표출된 때문이다. "축적된 울분을 터뜨리는 방법이라면 팔씨름이라도 의의가 있다고" 생각한 명구는, '경숙'을 두고 '허윤'과 팔씨름을 벌이다가 급기야는 주먹질까지 하게 된 것이다.

> "카뮈는 태양이 밝아서 살인을 했어요 「이방인」에서."
> "우리는 데모를 못해서 팔씨름을 하나? 바위 위에서."
> "처리할 수 없는 시간에서 헤어나자는 거 아니에요?"
> "그럼 자학이군……"[43]

명구와 허윤, 그리고 경숙의 대화에서 나타나듯이, 이들은 대학생이면서도 부모가 모두 고관대작이므로 '데모'에 참여할 수도, 안 할 수도 없는 내면적 갈등에 놓여 있는 인물들로 그려진다. 급기야 명구는 이런

---

41) 유주현은 『사상계』 집단의 일원이라고 하기는 힘들지만, 이 집단의 인물들과 일정한 친분관계에 있었으며, 『사상계』 초기부터 많은 작품을 지속적으로 발표한 작가들 중 한 사람이다. 4장 1절의 〈그림 2〉를 참고할 것.
42) 『사상계』, 1961.6, 302면.
43) 위의 책, 305~306면.

팔씨름으로나 울분을 대리표출하는 것이 "정말 미친 지랄과 다를 게 뭔가?"라고 생각하게 되고, 다음과 같이 결론을 내린다.

> 「학교로 돌아가자. 돌아가서 대열에 서자. 상대가 아버지 일파라도 회피할 수는 없다.」 문제는 아버지가 아니라 실신(失神)한 낡은 세대와의 대결이다. 그 대결이 젊음의 올바른 자세일 것이다. (…중략…) 「아버지 개인과 싸우는 게 아니다. 그 자존(自尊)하고 독선적인 기성 세대와 대결하는 것이다.」[44]

위의 인용문에는 기존의 불의한 사회 현실에 대한 비판이 '세대론'과 결합된 형태로 나타나고 있다. 결국 서사는, 명구가 데모에 참여하다가 쫓기는 '태수'와 함께 자신의 집 근처에서 경찰에 붙잡히게 되지만 끝내 자신의 '출신 성분'을 밝히지 않고 연행되는 것으로 마무리된다. 소설에서 '명구'를 추동했던 것은, 현실의 이해관계가 아니라 '젊은 지식인 특유의 울분과 열정'이다.

이 지점에서 작가 유주현의 감각을 조심스럽게 되짚어 볼 필요가 있다. 이 작품을 발표할 1961년 당시 유주현은 이미 마흔을 넘어서고 있었으며, 따라서 이른바 '4 · 19 세대'가 아니었음은 말할 나위조차 없다. 그런 그가 당시의 청년, 대학생들에 대해 가지고 있던 감각이 무엇인가가 이 소설에서는 드러나 있다. 그들 '청년, 대학생들'은 이지적이기 이전에, 우선 주체할 수 없는 '열정'의 소유자들로 나타난다. 그 '열정'은 그의 1957년 작 「일각선생」(『사상계』, 1957.11)에서 '일각선생'의 딸이 보여주는 바에도 나타나는 것처럼, 반드시 긍정적인 것만은 아니다. 그럼에도 그 '열정'은 자신의 사회적 '출신'과 같은 현실적인 이해관계조차도 극복할 수 있는 '정의로운 힘'을 가진 것으로 나타난다. 그러한 열정을 소유한 자들에게 가지는 작가세대(『사상계』 편집위원세대)의 기대란, 「일각선생」에서 은퇴를 얼마 남기지 않고 있는 교육자 '일각선생'이 신문기

---

44) 앞의 책, 306~307면.

자인 주인공 '혁'에게 가지는 기대와 동일한 것이다.

> 권력을 남용하는 사람들 앞에는, 인간의 양심이나 사회적인 공로가 한푼의 가
> 치도 없이 짓밟히고 만다는 것은 슬픈 일의 하나가 아닐 수 없다. (…중략…) 혁
> 은 무슨 말을 해야할지 몰라, 「요새 세상일이란 그저 그런 겁니다.」 했다. 그러자
> 일각선생은 펄쩍 뛰었다. 「그게 젊은 사람이 할 수 있는 말인가? 자네같은 지식인
> 이 할 소리야? 왜 그리 무기력한가? 좋건 그르건 긍정만 하면 속이 편한가?」[45]

'일각선생'은 옛 제자 '혁'(작가 자신을 모델로 한 인물이다)이 현실에 보이
는 반응에 대해, '젊은 지식인'의 모습이 아니라며 질타한다. '젊은 지식
인'이 민족의 현실에 대해 가져야 할 당연한 '사명감'은, 이제 「밀고자」
에 와서 작가세대에 의해 4·19 세대에게 투사된 형태로 나타나는 것이
다. 이러한 투사를 인정한다면, 「밀고자」에서 명구가 선언하는 '낡은 기
성세대와의 대결'은 곧 1950년대 후반 '젊은' 지식인세대가 가지고 있었
던 '기성세대'와의 대결의식의 서사적 변환으로 볼 수 있을 것이다. 이
세대론적 대결의식이 후진적인 한국적 현실에 대한 비판의 코드가 된다
는 점도 놓칠 수 없는 점이다.

이 책은 앞서 3장에서, 1950년대 후반의 세대론이 단순히 생물학적 연
령을 기준으로 전개된 것이 아니었음을 언급한 바 있다. 이러한 점은 비
평뿐만 아니라 창작의 영역에서도 나타나는 현상으로 보인다. 해방 이전
에 등단했던 구세대 작가들 가운데 누구보다도 소설에 있어서 '모랄',
'이념'을 강조한 바 있으며, 이러한 기준에 따라 이 시기 동인상 심사를
맡고 있던 안수길의 창작 가운데서도 세대론의 한 양상을 엿볼 수 있다.
『사상계』 1959년 7월호에 발표된 「등교통고(登校通告)」가 그 예가 된다.

소설의 주인공 '이경식'은 동대문시장 귀퉁이에서 구호품 옷장사를 하
고 있는 인물이다. 그는 과거 일제시대 광주학생 사건의 여파가 전국으

---

45) 『사상계』, 1957.11, 311면.

로 확대되었던 당시 'K고보 사학년'에 재학하던 중 동맹휴학에 가담한 바 있는데 이때 자신과 동료들의 오해로, 존경하던 '이한일 선생'에게 린치를 가했던 뼈아픈 기억을 안고 있다. '이한일 선생'은 실은 신간회 사건으로 이후에 옥고를 치르게 되는 '의식있는' 민족주의자였던 것이다.

이경식은 시장 철거문제로 인해 경황이 없던 중, 아들 '동일'이 재학하는 학교의 동맹휴학 소식을 접하게 된다. 재단의 공금유용문제가 사태의 핵심이었던 바, 이경식은 아들의 동맹휴학을 강압적으로 만류하고자 한다. 아들 학교의 동맹휴학은 과거에 "이경식 자신이 겪었던 때와 같이 항일 정신에 근거를 둔 것이 아니기 때문이었다."[46] 더구나 당국의 개입으로 재단과 그에 맞서던 '양교장' 양쪽 모두가 퇴진하게 되고, 새로운 교장의 자리에 자신이 존경하던 '이한일 선생'이 부임하게 되었던 것이다. 그렇지만 아들의 "과거의 애국자가 지금도 그대로 애국자가 될 수 있는 줄 아세요?"[47]라는 항변은 '이경식'의 심리의 전환을 가져온다.

'과거의 애국자'가 여전히 '지금의 애국자'로 남아 있을 것이라는 생각은 어떤 의미에서는 도덕적 자기중심주의일 것이다. 안수길이 1953년 「제3 인간형」을 통해 보여주었던 바와 같이, 그간에는 많은 일이 있었으며 그러한 현대사의 격동의 와중에서 너무도 많은 사람들이 원래 자신들이 가지고 있었던 '열정'과 '이념'을 저버렸기 때문이다. 소설의 결말은 이경식이 이제 '아들'의 세대에 새로이 희망을 두게됨을 말하는 것으로 보인다. '등교통고'를 받고 아들을 강권하여 학교로 향하던 중, 아들이 "앞으로 내빼고 있"는 것을 못 본 체 한다. "이경식은 아들의 뒤를 쫓아가 붙잡지 않았다. 삼십년 전의 그 골목에서의 일이 다시금 떠올랐"기[48] 때문이다.

1911년 생으로 자신의 과거 체험의 일부를 모델로 '이경식'의 삶을

---

46) 『사상계』, 1959.7, 387면.
47) 위의 책, 390면.
48) 앞의 책, 391면.

구성한 안수길의 이 소설에서, '이후 세대'에 대한 희망은 사실상 자기 이념을 고스란히 보존함으로써만 가능한 것이다. 소설에서 '이경식'은 아들의 동맹휴학의 이유를 납득할 수 없음에도 별 수 없이 그것을 인정하고 마는 것처럼 보이지만, 실은 여기에는 안수길 '자기 세대'(일제시대부터 활동했던 세대)가 이루어 놓은 현실에 대한 '부정'이 가로놓여 있다. 이러한 '부정' 역시 근본적으로는 '자기 이념'에 기초한 것일 수밖에 없을 것이다. 그 '이념'이 『사상계』 지식인 집단의 이념과 강하게 결부되어 있었음은 앞선 논의에서도 논증한 바이다.

『사상계』 지식인 집단의 핵심에 있던 김성한의 소설들에서도 세대론은 기능한다. 1958년작 「폭소」는, 나이 스물 근처의 3년을 옥살이로 보내고 출감 후 30년을 우편배달부로 살아온 인물 송명의 이야기이다. 송명이 옥살이를 하게 된 것은, 고등보통 시절 수학여행을 갔다가 우연히 듣게 된 일본인 교사의 조선인 비하 발언에 분개해 폭력을 휘둘렀기 때문이다. 그러나 이 소설은 그 갈등의 축이 조선인 대 일본인에 있지 않다. 송명이 일본인 교사에게 폭력을 휘두를 당시에 비굴한 태도를 보였던 조선인 학생 '어깨', 그리고 폭력 사건으로 취조를 받을 때 자신을 고문했던 '조선인' 형사 한필선이 갈등의 반대편에 있다. 삼십 년이 지나도록 친일 조선인 형사에 대한 송명의 분노는 그대로 잠재해 있었으며, 그 조선인 형사가 해방된 한국에서도 높은 사회적 지위를 가진 인물로 건재함을 확인하고 나서 그 분노는 과거의 친일 형사 한필선에 대한 응징으로 나타나면서 서사의 결말을 짓게 된다.

이러한 서사는 그 자체로, 어떤 문제가 사회적 조건에 기인한 것이라 하더라도 그 문제는 매우 개인화된 형태로 내면화됨을 말해주는 것이며 따라서 한 인간의 내면에 남은 상처는 사회적 변화와 무관하게 온전히 그대로 남아 있을 수 있음을 말해주는 것이다. 그런데 이 소설이 가지는 '역사적' 의미는 거기에 그치지 않는 것으로 보인다. 소설의 주인공보다 10년 가량이나 어린 작가 김성한의 세대에 이런 서사가 무슨 의미

를 가지고 있는가 하는 문제에 주목해 볼 필요가 있다. 1919년 생인 김
성한의 동 세대는 이른바 학병세대이며 일제 말기와 해방기, 나아가서
한국전쟁기에 20대를 보낸 사람들이다. 그들이 4·19 세대와 같은 이후
세대와 다른 점은 일본 제국주의에 대한 '기억'에 있다. 동시에 그들은
선배세대의 '변절'을 똑똑히 본 세대이기도 하다. 해방기의 혼란과 한국
전쟁까지 보고 난 이들 세대가 가졌던 세대론적 대결감각은 이로 보아
당연한 것일 수밖에 없는 면이 있다. 그렇다면 이 소설의 주인공 송명
이 행한, 현재도 건재하고 있는 과거의 친일 분자에 대한 응징은 기성
세대에 대한 김성한 세대의 대결 감각이 서사화된 형태로 해석된다. 이
러한 서사는 '기억'을 간직하고 있는 자들만이 산출할 수 있는 것으로
이 세대의 고유한, 하나의 내면적 표정이 드러난 것이라 할 수 있다. 앞
서 유주현의 「밀고자」에서는 이 세대의 세대론적 감각이 '이후 세대'에
투사된 형태로 나타났다면, 김성한의 「폭소」에서는 그 대결 감각이 '이
전 세대'에 속하는 인물의 이야기로 서사적 변용을 이룬 경우를 보여주
는 것이다.

　김성한 소설에 있어 세대론은 무엇보다도 「귀환」에서 직접적으로 드
러난다. 「귀환」에는 구세대에 대한 비판과 아울러, 개조되어야 할 현실
이 제시되며 또한 지식인의 애국 계몽적 태도까지 함께 나타난다. 이
작품은 1957년, 김성한이 『사상계』 주간을 맡고 있던 기간 중에 발표된
것으로 의식적 구성이 돋보이는 소설이다. 시간적 배경은 한국전쟁 기
간으로 설정되어 있으며, 나이 서른을 넘어 대학에서 철학교수를 하고
있는 주인공 경석은 '피할 수 있음에도' 자원 입대하여 전선에 나가는
인물이다. 경석은 아내 혜란의 만류를 뿌리치면서까지 참전을 강행한다.
만류하는 혜란의 말은 이 소설의 설정에 중요한 암시를 한다.

　　「나갈 사람두 빠지느라 야단인데 당신은 삼십두 넘잖았수? 게다가 당신
　은…… 나라의 인재예요」 (…중략…) 「당신은 철학자예요, 최고의 인텔리예요,

바보짓 마세요. 개죽음하는 건 국가적으루두……」 (…중략…) 남편은 변하였다.
남들은 배를 타네, 제주도로 가네 야단인데, 남편은 북을 향해 달리겠다고 끄덕
없었다.49)

남들은 배를 타고 전란을 피하고자 안달일 때 경석은 '나라의 인재',
'최고의 인텔리'이면서 서른이 넘은 나이에도 불구하고 전투에 참가한
다. 경석의 그러한 행위의 내적 동기는 다음과 같은 말들에 암시되어
있다.

　당신한테는 미안하오. (…중략…) 그러나 사람이란 때로는 그래야만 하는 경
우도 있어. 거름이 좋아야 싹두 좋답니다. 거름은 싫구 꽃만 생각한 것이 오랜
실수였죠. (…중략…) 하여튼 온 백성이 홍수에 빠져 아우성칠 때 돌등에 앉은
개구리 행세는 못하겠소.50)

'개구리'의 비유는 명확하다. 국가와 민족이 위기에 있을 때 나만 살
겠다고 하지는 않겠다는 의미일 것이다. '거름'과 '꽃'은 또 무엇일까?
소설의 다른 부분을 참고할 때 '꽃'은 일차적으로 '혜란'을 의미하지만,
실은 '혜란'으로 대표되는 '후방의 삶'일 것이다. 후방의 삶을 위해서 전
방의 전투가 필요하다는 이야기일텐데, "거름은 싫고 꽃만 생각한 것이
오랜 실수"였다는 말에서 암시되듯 그 의미는 거기서 끝나지 않는다.
국가의 미래를 위하여 오랜 노력과 희생이 필요했으나 '이전 세대'들은
'거름'이 되기를 싫어했다는 것, 지금부터라도 '나의 안전'을 버리고 '거
름'이 되겠다는 것이 경석의 말을 통해 암시되는 메시지일 것이다. 경석
의 참전 동기는 소설의 말미에 부상 병동에서 나누는 전우(농사꾼 '명룡')
와의 대화에서도 암시된다.

---

49) 『김성한 중단편전집』, 책세상, 1988, 310면.
50) 위의 책, 311면.

「너 뭘하러 전쟁에 나왔댔니?」 경석은 대답이 없었다. 말이란 너무나 빈약한 연장이었다. 「대학에 댕기는 아이들두 나라에 쓸 사람이라구 빼놓는데 대학 선생님이 나올 턱이 없잖아?」 (…중략…) 경석은 말을 끊었다가 이렇게 덧붙였다. 「사람은 모두 형제다.」

(…중략…)

경석은 일어섰다. 포격으로 담장이 부서진 경복궁, 북악산, 낮은 집들이 옹기종기 들어선 고요한 거리, 지게에 배추를 지고가는 노인, 그리고 남산―쓰다듬어주고 싶은 정다움이었다. 기억에도 희미한 옛날에 떠나온 땅이요 사람이었다.[51]

전쟁을 피할 수 있었던 지식인 엘리트가 죽음을 무릅쓰고 참전한 이유에는 "사람은 모두 형제"라는 이념이 있었다는 것이다. 인용문 후반부의 서술에서도 간취되듯이, 이러한 휴머니즘은 사실 실존주의적 휴머니즘이라기보다는 기독교적 박애에 바탕한 지식인의 애국계몽주의에 가까운 것으로 보인다.

이 소설은 김성한의 소설들 가운데서는 표나게, 구성이 의식적으로 이루어진 작품이다. '경석'이 처한 치열한 전선의 상황과 '혜란'이 사는 후방(부산)의 생활 모습이 작품 전체에 걸쳐 교차되어 등장한다. 이러한 의식적 구성이 단지 '새로운' 형식에 대한 시도라고만은 보기 힘들다. 교차 구성을 통해 두드러지는 것은, 전투의 '긴박성'과 후방의 '안일함'의 대비이기 때문이다.

"눈에 모래가 들어갔다. 엎드린 채 손등을 비벼댔다. (…중략…) 틀림없이 맞았다. 마지막이다! 몸뚱이가 넹쿵 들렸다가 떨어졌다. 눈을 떴다. 4번이 산산히 부숴졌다. (…중략…)

전무는 얼근히 취했다. 「그건 그렇구우, 미쓰 황이 들어오면서부터 왜 그렇게 일이 술술 되는지 몰라. 이번 고철만 하더라두 여간 아니거던요. 얼마나 재미 봤느냐구? 줄잡아두 일억환. …… 뭐 고철을 어떻게 가져가느냐구? 거 다 수가

---

51) 앞의 책, 321~323면.

있죠 되는 일이 없는 반면에 안되는 일이 없는 것이 대한민국인 줄 모르쇼?
(…중략…) 미쎄즈, 아니 미쓰 황, 얼마나 적적하시우? 나두 가족을 모두 일본에
보내구 독수공방이라 그 심경 자알 알지요.」"52)

전장을 묘사하는 앞부분은, 주인공의 의식에 초점을 맞추고 호흡이
짧은 문장을 사용하여 긴박감을 최대한 살리고자 했으며, 이에 대비되
는 후방의 모습에서는 술에 취한 인물의 주절거리는 듯한 이야기를 노
출시키는 방식이 눈에 띈다. 좀더 보아야 할 것은 술에 취한 '전무'의
이야기 내용이다. 경석의 처 '혜란'에 대한 자신의 탐욕을 노골적으로
드러내는 '전무'는, 전쟁의 와중에 고철을 불법으로 내다 팔아 막대한
부를 챙겼을 뿐 아니라 자신의 가족을 전쟁 중에 일본으로 도피시킨 인
물이었던 것이다. 이 지점에서 장준하의 『사상계』 권두언 가운데 하나
를 살펴볼 필요가 있다.

　이 曠古의 동란에 우리는 모든 것을 바쳤다. 온 나라가 초토화되도록 싸웠다.
젊은 목숨을 수없이 내던졌다. 사랑하는 아들 딸을 바쳤고 부모 형제 자매를
잃고도 후회함이 없었다. 이 모든 것은 나라를 위함이요, 자유를 위함이요, 평
등을 갈구함이었다. 결코 특권계급의 비대를 위함이 아니었다. 그러나 이 사이
에 있어서 파렴치한 특권계급은 무엇을 하였느냐? 자기를 믿는 백성을 뒤로 하
고 도망친 자는 없었던가? 이 누란의 위기를 기화로 모리를 꾀한 자는 없었던
가? 남의 아들 딸은 전쟁에 내몰고 내 아들 내 딸은 유학이라는 미명 하에 해외
로 도피시킨 자는 없었던가? 재산을 국외로 반출하여 도망칠 준비에 광분한 자
는 없었던가? 우리는 지금 이 순간에도 이같은 무리들이 여전히 특권의 테두리
안에서 만백성을 짓밟는 현상을 보고 글자 그대로 통분을 금할 길이 없다.53)

장준하는 이 글에서, 전쟁에 젊은 목숨들이 바쳐진 것은 "나라를 위
함"이지 "특권계급"을 위함이 아니었다고 하면서, 그렇지만 이 시기 "파

52) 『김성한 중단편전집』, 책세상, 1988, 314면.
53) 「권두언」(1957.6), 『장준하 전집』 2, 세계사, 1992, 104면.

렴치한 특권계급"은 위기를 이용해 이익을 꾀하고 가족을 해외로 도피시켰다고 비난한다. 위에서 살펴 본 김성한의 「바비도」의 경우도 마찬가지였지만, 「귀환」의 경우는 놀라울 만치 직접적으로 장준하의 글과 메시지가 일치한다.[54]

부상으로 병원에 누워있는 '경석'을 찾아가는 '혜란'이 까다로운 행정절차와 공무원의 권위의식에 의해 어려움을 겪는다는 에피소드 역시 이러한 맥락에서 읽힌다.

"계원은 짜증을 냈다. 「결재가 안 났다는데 왜 이렇게 말이 많으시우?」 (…중략…) 내일 오라, 모레 오라, 결재가 안 났다. —이런 식으로 열흘이 지났다. (…중략…) 「그럼 언제쯤 와 볼까요?」 문서를 보는 계원은 쳐다보지도 않"는[55] 당시 공무원사회의 현실이란, 곧 "민원서류를 결재할 아리(衙吏)들은 그 서류결재를 통하여 생활비를 얻으며 (…중략…) 부정과 착취로 모은 財로 낙을 누리며 그 마음에 가책이 없고 타를 해치고 얻은 권익으로 자랑을 삼는 마비된 양심이 토하는 죄악상만이 거리의 호화와 더불어 활개치는 이 현실"[56]인 것이다.

김성한의 소설 「귀환」의 서사는 이렇게 당대 『사상계』 지식인 담론과 가장 직접적 형태로 맞닿아 있으면서, 당시의 세대론이 문학영역뿐만이 아니라 지식인사회 전반에 걸쳐 문화 비판의 형태로 나타나고 있었다는 사실까지도 잘 보여준다.

김성한의 소설이 주로 비판과 풍자의 형태로 지식인 담론을 서사화해내고 있었다면, 선우휘의 소설 「오리와 계급장」과 「테로리스트」는 당시 지식인에게 부여된 '현실참여'의 과제가 세대론과 결부되어 국가 건설의 주체론으로 나아갔다는 사실이 서북 출신의 월남 지식인 인물을

---

54) 「귀환」은, 장준하의 이 권두언이 발표된 3개월 후인 1957년 9월에 『문학예술』을 통해 발표되었다.

55) 『김성한 중단편전집』, 책세상, 1988, 320면.

56) 「권두언」(1957.1), 『장준하 전집』 2, 세계사, 1992, 94면.

통해 잘 나타나는 경우이다.

1958년에 발표된 선우휘의 「오리와 계급장」에는 작가 자신을 모델로 한 것으로 보이는 성 대령과 그의 소학교 시절 은사 김 선생, 그리고 고향 선배 춘봉 등의 인물들이 등장한다. 선우휘가 1956년 『사상계』에 발표했던 「테로리스트」가 그러하듯 이 소설의 인물들 역시 평북이 고향인 사람들로, 그들의 대화는 평안도 사투리를 그대로 드러낸다. 은사 김 선생과 고향선배 춘봉은 과거 해방기 한 사람(김 선생)은 공산당원이었고 다른 한 사람(춘봉)은 이에 대항해 테러를 벌이던 서북청년회 소속으로 서로 강하게 대립했지만, 지금은 궁벽한 시골에서 함께 오리를 키우고 농사를 지으며 살아가는 인물들이다. 김 선생은 전쟁 때 검거되어 욕을 치르고 난 후 농사나 지으면서 살게 되었고, 춘봉은 춘봉대로 "쓸모가 없이" 되어 살길을 찾아 김 선생과 함께 오리를 치며 살게 된 것이다. 그 두 인물이 살아가는 시골에, 월남하여 대령이 된 주인공이 찾아가 보게 된 이야기가 서사의 줄기가 된다.

우선 춘봉이 과거에 몸담았던 서북청년회에 대하여 대령과 춘봉이 나누는 대화 부분에 주목해 볼 필요가 있다.

> "광화문에서 처음 뵌 것이 그때쯤 되던 것 같애요"
> "서북청년회 사무실 앞에서 만났던가?" / "그랬을 겁니다."
> "그때 님잰 신문사에 있었디?" / "예, 바로 옆이어서 가끔 찾아가서 친구들도 만나고 기사거리도 얻어 왔지요"
> "님재 그때 서청(西靑)에 가입했었던가?" / "전 안 들어 있었습니다. 지금이니 말이지 형님들 하는 일이 너무 무지무지해 보여서 겁이 났습니다."
> "거 잘했읍메니. 미련한 것이 한두 가지뿐이댔음마?"
> (…중략…) "사실, 그땐 정신 차리기가 어려웠디."[57]

'빨갱이'를 때려잡는다고 벌였던 "무지무지"한 테러와 보복은 10년이

---

57) 『현대한국문학전집』 12, 신구문화사, 1981, 385면.

지난 지금에 와서는 "미련한" 짓이었던 것으로 회고된다. '반공'이념 자체에는 추호의 의심도 없는 지금임에도 그때의 행위를 '미련한 짓'이었다고 말하는 근거는 무엇일까? 이와 관련하여 선우휘의 1956년 작 「테러리스트」를 함께 검토해 볼 필요가 있다.

「테러리스트」의 주인공 '걸'은 과거 평북에서 공산당 본부를 습격하고 월남하여 서북청년회 소속으로 있으면서 "경향 각지에서 공산당과 싸웠"던 인물이다.[58] 분단과 전쟁이 끝난 지금, '걸'과 과거의 동지들인 서북청년회 회원들은 '적'을 잃고 뿔뿔이 흩어져 다방이나 전전하며 하루하루를 살아가고 있다. 걸의 친구 학구는 살아가기 위한 방편으로 선거판에서 '이념 없이' 어느 정당의 행동대원으로 살아가고 있으며, 또 다른 친구 길주 역시 살기 위한 방편으로 국회의원 '김가'의 보좌 노릇을 하고 있다. 국회의원 '김가'는 과거 공산당원의 습격을 받았을 때 서북청년회의 도움으로 간신히 목숨을 부지한 인물로서 이후 자기에게 도움을 주었던 사람들을 외면하고 재산을 모은 자이다.

어떻게 살아야 할지를 몰라 방황하는 걸에게 선배 돈수가 건네는 말은 의미심장하다. "김가건 누구건 무작정 하구 따라다녀서는 안되지."[59] "무작정"은 안된다는 것, 걸이 보이는 그 다음 모습은 이와 관련하여 주목해 볼 필요가 있다. 길거리에서 '평화적 통일방안'을 부르짖으며 유세를 하는 연사에게 '빨갱이'라고 몰아붙이며 돌을 던지는 패거리(국회의원 김가의 운동원들)를 제지하는 것이다. 걸이 그들을 제지하면서 하는 말은 '이야기를 듣고 보자'는 것, '말로 하자'는 것이었다.

작품이 발표되던 1956년은 정부통령 선거가 있던 해로, 평화통일론은 주지하다시피 조봉암의 진보당이 내건 슬로건이었다. 이 시기 이승만 정권의 통일론이 북진통일론이었으며 진보당의 평화통일론은 용공으로 매도되던 때라는 점을 염두에 둔다면, '이야기를 듣고 보자', '말로 하

58) 『사상계』, 1956.12, 337면.
59) 위의 책, 349면.

자'는 논리는 최소한이나마 합리성에 근거하고 있음을 금방 알 수 있다. 이러한 '최소한의 합리성'에 걸이 근거하여 사태를 바라보게 되었을 때, 그가 과거에 몸담았던 서북청년회의 테러 행위는 어떻게 설명될 수 있을까? 사태가 수습된 후 걸이 생각하는 다음 부분은 이 문제에 대한 작가의 생각을 보여주는 것이기도 하다.

> ─연사를 힐난하던 청년들의 욕설, 뛰어들던 그 자세, 그것은 나와 학구와 길주와 또 그리고 친구들의 그 옛날의 모습과는? ─ 몸이 화끈 불같이 달아올랐다.60)

과거 해방기 서북청년회의 테러 행위 역시 비합리적 열정에 기초해 있었다는 것, 그 행위는 '미련한' 짓으로 최소한의 합리성의 요건도 갖추지 못한 행위였다는 것, 현실 정치에 대한 비판의 의미로도 읽히는 이러한 논리에서 '지금' 필요한 것이 무엇인가에 대한 생각이 감추어져 있음은 어렵지 않게 간취해 낼 수가 있다.

「오리와 계급장」에서 과거의 좌익과 서북청년회원, 그리고 그 좌익의 제자였으며 서북청년회원의 고향 후배인 대령은 함께 술을 마시면서 '아리랑'을 노래부르다가 흐느낀다. 대령은 자신들이 '함께' 부를 수 있는 노래가 "서글픈 가락" "아리랑 밖에 없다"는 것을 생각하고 분노한다. 그의 다음과 같은 생각은 '지금' 필요한 것이 무엇인가를 보여주려 한다.

> 「어째서 우리는 밤낮 눈물을 쥐어짜며 울어야만 하나. 이래 울고 저래 울고 도매를 맡은 울음이란 말인가? 물론 울어야 할 때는 울어야겠지. 그러나 지금은 울 수가 없어. 겨우 일 막이 끝난 막간에 지나지 않는데 울 수 없지. 그렇지. 삼 막이 모두 끝난 다음에 울어야지.」61)

---

60) 『사상계』, 1956.12, 352면.
61) 『현대한국문학전집』 12, 신구문화사, 1981, 398면.

이제 겨우 "일 막이 끝"났다는 것, 따라서 지금은 "울 수가 없다"는 논리는 현실에 대한 방관이나 냉소가 아닌 것은 분명하다. 현실은, 시골 늙은이들이 "비행기는 봤어도 자동차는 못 봤다"고 말할 정도로 낙후되고, 말로만 "반만년 유구한 역사를 가진 문화 민족"을 떠들어대는 부끄러운 곳으로 대령과 같은 인물이 직접 배우로 '참여'해야 할 연극판인 것이다. 과거의 모든 부끄러운 행위들은 이제 반성되어야 하며 최소한의 합리성에 근거한 '조국'을 건설해야 한다는 논리는 소설의 마지막 부분에서 다음과 같이 드러난다.

> 열 평도 못되는 개천을 낀 돌밭이었다. 울타리를 치고 나자 곧 오리새끼들을 몰아 넣었다. (…중략…) 「새끼들은 무슨 새끼든지 귀엽단 말이야. 돼지 새끼두 새끼는 귀엽담메.」
> 대령이 대꾸를 했다. 「그럼 보기 싫은 건 무엇이든 어른이겠군.」 모두 웃었다. (…중략…) 대령은 한참 오리장을 쳐다보았다. 십 평도 못되는 땅…… 대령의 눈에 그것은 오리장이 아니라 어떤 영토같이 보였다. 이 영토를 위해서 대령이 필요했는지도 몰랐다. 대령은 슬그머니 손으로 오른편 옷깃에 달린 계급장을 만져 보았다.
> 조국이여! 민족이여! 동포여![62]

"보기 싫은 건 무엇이든 어른"이라는 말에 내재해 있는 세대론, 그들이 망친 땅에 합리성에 기초한 새로운 영토를 만들어야 한다는 논리, 그 참여의 주체가 되어 이후 세대들이 행복하게 살아갈 수 있는 "조국"을 만들어야 하겠다는 논리는 『사상계』를 통해 형성되고 있던 이 시기 '젊은' 지식인들의 논리를 사실상 그대로 대변하고 있는 것이다. 선우휘의 소설들, 특히 「테러리스트」와 「오리와 계급장」의 저변에 끈끈한 서북 지역주의가 깔려 있다는 점을 염두에 둔다면, 뿌리뽑힌 이들 월남 지식인들의 눈에 비친 '조국'의 현실은, 그들 집단이 내면에 가지고 있

---

62) 위의 책, 401면.

던 결핍의식과 겹쳐진 황폐한 "돌밭"이었다. 이 '돌밭'을 개간하여 "어른"이 아닌 "새끼"들이 살아갈 곳을 만드는 일이 자신들의 임무라고 그들은 생각했던 것이다.

3. 계몽의 서사와 실존주의라는 '의장(意匠)'

1) 실존주의 담론과의 이념적 착종

박연희는 자신의 작품 「증인」에 대하여 스스로 다음과 같이 말한다. "작품을 발표하던 당시 정치소설이라는 렛텔을 붙이려 드는 일부 사람들의 말을 들었을 때, 나는 一笑에 붙여 버린 일이 있었다. (…중략…) '말로'나 '사르트르'의 소설을 그대로 소재에 따라 정치소설이라고 할 수 없다면, 이 함부로 붙이는 렛텔에 대한 수수께끼도 해명되리라."[63]

이 부분은 박연희가 자신의 소설을 어떻게 인식하고 있는가를 보여준다. 그는 자신의 소설이 앙드레 말로나 사르트르 류의 실존주의적 휴머니즘의 계열에 있는 것으로 보고 있었다. 실제 작품의 성격이 어떠한가를 떠나 이러한 예는 당대 많은 작가들이 자신의 작품을 실존주의적 성격을 가진 것으로 이해되기를 원했음을 말해준다.

선우휘의 「불꽃」에 대해서도 당대의 비평가들은 '사르트르적 실존주의', '행동주의적 휴머니즘'의 맥락에서 읽고 있었다는 점이 발견된다.[64] 김윤식은 선우휘 소설들에 등장하는 테러리스트들의 범죄 동기가 등장하지 않는다는 점에서 그것들을 앙드레 말로의 행동주의와 카뮈의 「이

---

63) 박연희, 「생명의 발언들」, 『한국전후문제작품집』, 신구문화사, 1961, 405면.
64) 『현대한국문학전집』 12, 신구문화사, 1981, 453면.

방인」에 견주면서, "일단 행동부터 저질러놓고, 그 행동의 결과에 따라 이데올로기를 선택하게 되는 방식이 선우휘 문학의 특징"이라고 한다.65) 그러나 작가의 의도와는 무관하게 '앞선 행동'과 같은 표층의 이러한 장치들은, 서사적 '은폐'의 전략으로 이해될 수도 있다. 그 은폐된 것은 '휴머니즘'으로 포장된 이데올로기로, 시간적으로는 행동 뒤에 따라 오지만, 논리적으로는 행동에 '앞서' 있다.

사실 실존주의의 '행동', '앙가주망'과 같은 용어들은 당대 작가, 비평가들에게 상당히 매력적이었던 듯하다.

> 세계에는 우리의 의식을 넘어선 어떠한 의미가 미리 주어져 있지 않다. (…중략…) 따라서 행동하는 인간은 역사 안에 있는 어떠한 목적과 가치의 법칙에 따라 결단을 내리게 되지 않고 스스로 결단을 내림으로써 이러한 목적이며 가치를 창조하기에 이른다. (…중략…) 사르트르의 인간은 행동의 인간이요, 그의 실존주의는 이와 같은 자유로운 행동의 인간 본위라 하여 '휴매니즘' 즉 인간주의라고 불리워진다. (…중략…) '참여'는 인간이 근원적으로 세계의 정세에 얽혀져 갇혀진 상태를 말한다. 그러나 그는 '對自存在'로서 수동적 상태를 벗어나 자유로운 가치를 내세우면서 이 정세에 능동적으로 대답한다. (…중략…) 자유는 인간이 현실을 개조할 수 있는 근거이다.66)

전통과의 단절을 원했던 한국의 새로운 지식인 세대에게 있어 실존주의의 이러한 논리는 분명 매우 매력적이었던 것으로 보인다. 그렇지만 그들에게는 '의미(가치)가 미리 주어져 있었다.' 민족이 후진적 상태에서 탈피하여 '근대화'되는 것이야말로 그들에게 주어진 '역사의 의미'였던 것이다.67) 만일 한국의 지식인들에게 역사적으로 '미리 주어진' 의미

---

65) 김윤식, 「선우휘 문학의 세 의미층」, 『선우휘 문학선집』 5, 조선일보사, 1987, 414~415면.

66) 조가경, 『실존철학』, 박영사, 1961, 245면.

67) 여기서 말하는 '그들'이란, 생물학적 연령을 기준으로 보아 1920년을 전후해서 태어난 당시의 30대들을 가리킨다는 점을 다시금 언급해 둔다. 이 책의 논의에서 벗어난 이

가 없다면, 그것은 곧 서구와 한국의 거리가 완전히 무화되는 것을 뜻
한다. 그렇다면 창작에 있어서나 비평에 있어서 보편적·관념적 언설이
가능할는지도 모른다. 1950년대의 장용학이나 이어령에게서 보이는 언
설의 특징은 한국과 일본, 한국과 서구의 거리가 무화된 상태에서 가능
한 것이다. 그렇지만 그 보편성의 세계에서 받아들여질 수 있는 서구의
실존주의란 기본적으로 비관적·고립적 속성을 면치 못하는 것이었다.
조가경은 이 점을 잘 설명한다.

> 사르트르는 인간을 끝내 의식의 존재라고 정립했을 뿐만 아니라 타인을 나의
> 의식에 대립되는 한에 있어서 오직 육체라고만 규정했다. 그에 의하면 인간은
> 서로 주체이기를 바라는 데서 결국 상대방을 서로 객체화하게 된다. 자아의 존
> 재론적 결핍을 충족시키려는 데서 필연적으로 다른 자아의 예속화, 도구화가
> 초래된다. (…중략…) 따라서 자유로서의 나는 세상에 타인들이 존재하는 까닭
> 에 스스로 도구화됨을 면치 못하여 「나의 근원적 타락의 원인은 타인의 실존에
> 있다」고 생각된다. (…중략…) 사르트르의 공동존재는 사랑과 협동의 질서가 아
> 니라 자기주장의 갈등이다. (…중략…) 무신론적 전제로부터 이끌어지는 결론은
> 사르트르의 공동존재에서 보는 바와 같이 비관주의적인 성격을 띤 것이었다.[68]

이 지점에 와서 판단해 보면, 선우휘·오상원의 이른바 '행동주의적
실존주의'는 사르트르의 논리와 명백히 갈라질 뿐더러 사실상 전혀 반
대되는 것이라고 볼 수도 있는 것이다. 오상원이 아무리 자신의 작품을
행동주의적 실존주의로 이해되기를 원했다 하더라도, 결국 이들은 사르
트르나 말로 사상의 일면만을 '보고자' 했던 것으로, 자신들이 가야 할
길은 '서구' 실존주의와는 다른 것이었다.

사르트르가 '실존주의는 인간주의'라고 말할 때, 그 휴머니즘이란 조
가경에 의하면 인간이 "존재 전체의 질서에서 벗어나 완전히 고립된 결

야기지만 당시의 20대 대학생들의 세대 감각은 이들과 또 달랐다.
 68) 조가경, 『실존철학』, 박영사, 1961, 398~399면.

과로서의 상태"에 있음을 의미한다.[69] 이러한 "실존적 위대성이라는 최후의 제약 앞에서는 모든 항구적인 구성물, 문화적 업적이나 기타의 창조적 발전, 어떠한 세계사적인 사건도 평범하고 無色하다."[70] 사르트르가 말하는 '실존주의적 휴머니즘'의 기본 전제를 생각해 볼 때, 과연 1950년대 후반 한국의 '실존주의자'들이 그러한 인식에 기초해 있었던 것인지는 의문스럽다. 주체의 의식 각성과 이념 선택, 그리고 '연대'는, 서구 실존주의에서는 철저한 고립과 단절에 기초하여 '결단'되는 것이다. 그것은 세계에 '던져져 있음', 그 '처절한 자유' 속에서 '단절적으로' 일어나는 것이다. 이러한 면에서 서구 실존주의는 무정부주의적이고 아방가르드적인 성격을 품고 있었다. 사르트르의 사유 역시 봉건사회가 아니라 부르주아사회에 대한 '미적 저항'의 성격을 지니는 것이다.[71] 이에 비해, 선우휘의 소설에서 '의식의 각성'은 실존주의적 각성의 '단절적' 모멘트와는 달리 민족적이고 공동체적인 일체감에 귀속되는 방식으로 이루어진다는 점에서 서구 실존주의의 각성과는 성격이 분명 다르다고 보아야 할 것이다.

조가경은, 사르트르가 '실존주의는 휴머니즘'이라고 말할 때의 그 '휴머니즘'이란 과연 '휴머니즘적'인 것인가라고 의문을 표시한다. 그는 사르트르의 휴머니즘이 인간 내부의 敎化(교화)와 향상이라는 휴머니즘의 원 뜻과는 거리가 멀며, 따라서 사르트르적 인간은 자유이게끔 저주받은 이상 더 이상 발전시켜야 할 개성도 가지고 있지 않다고 말한다.[72] 여기서 조가경은, 사르트르의 실존주의가 가지고 있는 '무화(無化)'의 부정적 원칙과 고전적 휴머니즘이 가지고 있는 '교화(敎化)'의 이념 사이에는 넘어서기 힘든 거리가 있음을 지적하는 것이다. 그는 이어서 다음과

---

69) 조가경, 위의 책, 47면.
70) 조가경, 앞의 책, 227면.
71) R. Poggioli, 박상진 역, 『아방가르드 예술론』, 문예출판사, 1996, 149~150면.
72) 조가경, 앞의 책, 86면.

같이 말한다.

> 모든 即自를, 즉 자기 안에 있는 자연성까지도 무화하는 대자로서의 인간은
> 그의 절대적인 무화의 행동에 있어서만 '인간적'일 수 있을 뿐이니 인간은 결
> 국 아무런 '실체'도 없는 공허한 존재로 화하고 만다. 따라서 사르트르의 실존
> 주의는 허무주의가 아니라는 그의 주장에도 불구하고 이상과 같은 극단한 의미
> 의 인간중심주의로서만 정의되는 한, 스스로 협의의 허무주의와 동맹을 맺게
> 될 우려도 없지 않다.73)

조가경은 다음과 같이 결론을 내린다. 비록 사르트르가 참여의 적극
성과 행동주의를 강조하고는 있으나, 기본적으로 인간을 오직 "고립된
내부"에서 이해하려고 하는 한, 허무주의의 법칙에서 벗어날 수 없다.74)
따라서 1950년대 후반의 선우휘, 오상원과 같은 작가들이 실존주의적
'휴머니즘'을 표방한다 하더라도 실제 그들이 결과한 것은 '고전적' 휴
머니즘일 수밖에 없었던 것이다.

정명환은 선우휘의 「불꽃」이 서구의 저항문학, 즉 행동주의적 실존주
의 문학과는 다르다는 점을 이미 지적한 바 있다. 「불꽃」은 적극적 행동
성과 거리가 먼 동시에 '극한 상황의 문학'이 보여주는 나체 상태의 인
간적 진실을 포함하지도 않는다는 것이다. 정명환은 오히려 「불꽃」의 주
인공 '현'을 인도주의적 민족주의자로 규정한다. 그는 이렇게 말한다.

> 우리가 아무리 말로나 사르트르에 관심을 기울일 망정 그들의 능동적 인간은
> 우리에게는 이질적이며, 우리들의 작가의 손을 거칠 때는 「인간조건」의 陳도 「파
> 리떼」의 오레스테스도 이른바 지조를 지키면서 작용을 겪는 인물로 변형되리라
> 는 것을 암시하는 것인지도 모른다. 아무튼 「불꽃」은 우리들의 민족적 감성에 부
> 합할 망정 서구가 보여주는 바와 같은 저항문학은 아니다.75)

---

73) 조가경, 『실존철학』, 박영사, 1961, 88면.
74) 조가경, 위의 책, 88~89면.
75) 정명환, 『한국작가와 지성』, 문학과지성사, 1978, 168~169면.

정명환은 또한 오상원의 「백지의 기록」도 저항이란 개념과는 인연이 없다고 말한다. 전쟁에서 부상당하여 상이군인이 된 '중섭'은, "온전한 인간 앞에서 병신이 지닐 수 있는 사디즘도 시니시즘도 없고 하물며 건강이라는 조건이 무너졌을 때에 엄습하는 존재에 대한 성찰도 없다"는 것이다.[76] 서구문학을 준거로 하여 한국문학을 해석, 평가하는 것이라는 점에서 정명환의 그러한 평가 자체를 그대로 수용하기는 힘들게 하지만, 당대에 행동적 실존주의작가로 알려진 선우휘와 오상원의 소설이 실은 서구적 실존주의와는 거리가 먼 것임을 분명히 지적했다는 점에서 그의 해석은 의미가 있는 것이다.

물론 선우휘의 「불꽃」에 나타난 표면적 언설에 근거해 이 작품이 사르트르나 카뮈의 논법에 바짝 다가가 있다는 반론도 가능하다. '성실'이라고 사르트르가 부르는 것은 인간이 자신에 대해 취하는 태도이며, 이는 주체적 자각과 결단의 문제라는 점에서 「불꽃」의 '현'의 자기 각성과 통하는 면이 없지는 않다. 사르트르는, 예술이 실존적이며 사회적인 기능을 발휘하여 삶의 문제를 드러내는 데에서부터 실제로 이를 제거하는 데까지 나가지 못하면 '불성실'에 빠진다고 하였다. 이 사르트르의 논법을 뒤집어 말하면, 사회에 대해 연대책임을 느끼고 정치적 행동을 취하여 현실개선을 꾀하는 것 이상으로 인간에게 부여된 긴급한 과제란 없는 것이다.[77]

문제는 그 다음이다. 어떠한 '행동'의 경우도 카뮈의 말대로 결국은 '가치'를 요청하는 것인 바, 그 '가치'가 무엇인가가 결국은 문제가 되기 때문이다. 서구의 맥락에서 요청되는 가치가 있을 수 있다면, 앞 절에서 분석한 바 선우휘의 경우에 그 가치는 '근대화'였다. 이들 소설에 드러나는 작가의식을 실존주의라 부를 수도 있고 않을 수도 있겠지만, 분명한 것은 그들 소설의 실존주의는 '서구적 의미'의 실존주의는 아니었다.

76) 정명환, 위의 책, 171면.
77) 조가경, 앞의 책, 278면.

실존주의는 한국에 들어와서 '근대화의 논리'로 굴절되었기 때문이다.

이러한 사정은 김성한에게도 적용된다. "이 자유(실존주의의 자유-인용자)는 세계적인 유대에서 자기를 해방시키는 부정적 자유일 뿐 그 무엇을 위한다는 목표에의 능동적 계기를 결여하고 있다. 그것은 이른바 '근원적 선택'으로서 결단과 선택을 통한 인간존재의 정당화의 부절한 운동이기에 하나의 영원토록 저주된 유한의 상태이다."78) 이는 분명 김성한이 「바비도」에서 보여주는 '양심의 자유'와는 다른 것이다. 「바비도」에서 말하는 '양심의 자유'는 이에 비하면 고전적 자유주의에 훨씬 더 가까운 것이다.

이렇게 보면 1950년대 후반의 한국의 '실존주의'문학이라 불리는 서사들이 실은 이념적 착종 상태에 있었음이 드러난다. 담론의 상태로 보아 그것은 '중층 결정'되어 있었다. 서구 실존주의 언설이 표층의 담론을 이루고 있었다면, 한국사회의 특수성이 요구하는 근대화 담론이 그 아래 놓여 있었던 것이다. 어쩌면 이러한 착종은 서구사상의 자장에 놓여 있는 '제3세계' 사회의 지식인 담론에서 나타나는 한 전형일는지도 모른다.

2) 이념 과잉의 서사와 계몽주의 이념의 계보

1960년대에 들어서 많은 비평가들은 김성한·선우휘·오상원 등의 소설이 가지고 있는 문제점에 대해 신랄한 비판을 가하기 시작한다. 이러한 비판은 대체로 형식 미학에 근거하여 이루어졌다. 이들 중 특히 비판의 표적이 된 것은 오상원이었다.

이어령은 오상원의 「모반」의 표층에 드러나 있는 '휴머니즘'을 야유

---

78) 조가경, 『실존철학』, 박영사, 1961, 444면.

하여, "운명하는 '어머니의 손'을 잡고 우는 것이 현대의 휴머니티는 아닐 것이다. 그런 휴머니즘은 옛날에도 참으로 많았다. 빅타 상표에 그려져 있는 '개'도 그런 휴머니즘(?) 쯤은 얼마든지 그의 주인에게 바쳤던 것"이라고 신랄하게 공격한다.79) 이어령은 이와 같이 '값싼' 휴머니즘에 대한 지적과 함께 문체의 조야함, 인물 형상화의 작위성 등도 지적했다. 이어령이 보기에도 오상원의 휴머니즘은 '현대'의 것, 즉 '실존주의적' 휴머니즘은 아니었던 것이다.

유종호도 오상원 문학이 가지고 있는 문제점을 거론하면서, 소설의 인물들이 "부자연스러운 대화언어를 나누고 있다"는 점을 지적한다. 인물들의 언어가 "너무나 빈번히 웅변의 가락을 풍긴다"는 것이다.80) 오상원 소설에 대한 유종호의 이러한 비판은 당시 한국의 이른바 '휴머니즘'문학 일반에 대한 비판으로 확대된다.

유종호는 「한국 문학에 있어서의 휴머니즘」(『사상계』, 1962.9)에서, 한국의 휴머니즘문학은 선악 이분법에 빠져 있어 진정한 인간은 거기에 없다고 말한다. 한국의 휴머니즘 문학에는 "인간을 선인과 악인으로 판별하는 획일주의"81)만이 있을 뿐이며, 이렇게 인간의 전면적 진실이 부재(不在)한다는 사실은 우리 소설의 불행이라고 했다. 유종호의 이러한 비판은 소설에서 형상화되는 인물들의 평면성·도식성에 대한 지적이기도 한데, 달리 말해서 '휴머니즘'을 주창하는 당대 한국소설의 인물들은 사실상 '이념'의 대리물이라는 것이다. 사실 이러한 점은 이른바 '행동적 실존'을 내세우던 소설들에서 보이는 '이념의 과잉'을 정확히 지적한 것이다.

인물의 형상화가 현실적이지 못하고 그들의 언설이 '웅변적'이라는 사실, 따라서 이 인물들은 도식적일 뿐만 아니라 '이념'의 대리물에 불

79) 이어령, 「휴우머니티에의 긍정-모반」, 『현대한국문학전집』 7, 신구문화사, 1981, 464면.
80) 유종호, 「途上의 문학-오상원론」, 『현대한국문학전집』 7, 신구문화사, 1981, 447면.
81) 『사상계』, 1962.9, 78면.

과하다는 지적은 제1회 동인문학상 수상작인 김성한의 「바비도」에도
고스란히 적용될 수 있는 것이다.82) 이유식은 김성한의 소설에 등장하
는 인물들이 선명하게 흑과 백으로 나누어진다고 비판한다. 선인과 악
인의 기계적 설정, 인물의 평면성 등이 치명적 문제라는 것이다. 또한
이광수의 소설이 계몽주의적 문학관 위에서 '모랄성'을 지나치게 추구
한 결과 소설이 '설교'가 되어 버렸던 문제를 김성한이 그대로 답습한
다고 비판한다.83)

　1950년대 후반의 이른바 한국의 휴머니즘문학에 대해 이루어진 1960
년대의 이러한 평가는, 이후 어느 정도 일반적 평가로 굳어진 듯하다.
김성한과 오상원에 대한 이러한 비판은 후에 선우휘에게까지 확대되었
다. 이동하는 선우휘의 「불꽃」이 프로파갠더의 문학에 가깝다는 사실,
즉 작가의 정치적 의도가 표면에 노출된 작품이라는 사실을 지적했다.84)
그는 주인공 '현'의 인간형이 전적으로 작가에 의해 조종되는 인형과 같
은 존재라는 점을 언급하면서 선과 악, 혹은 '착한 이웃들'과 '청부업자'
라는 흑백윤리적 도식 하나로 현실의 모든 문제를 재단하려 드는 소박
한 도덕주의가 선우휘 「불꽃」의 치명적 문제점이라고 말한다.85)

　김성한·선우휘·오상원의 소설에 대한 논자들의 이러한 공통된 비
판에는 주목할 만한 요소가 있다. 유종호가 지적한 이념의 대리물로서
의 인물, 이유식이 김성한을 이광수와 비교하면서 지적한 소설의 과도
한 계몽주의적 성격, 그리고 한참 후에 이동하가 지적한 '프로파갠더의
문학'은 공히 이념의 과잉을 지적하는 것이다. 인물의 도식성이나 기계
적 설정, 설교조의 대화 등 형식 미학의 관점에서 지적할 수 있는 여러
문제들은 사실 관념의 과잉, 즉 이념이 서사를 압도함으로 인해 발생하

---

82) 주인공 '바비도'가 사제 앞에서 부르짖는 일갈은, 바비도가 중세 말의 일개 직공에
　　불과한 존재라는 점을 염두에 둔다면 도무지 현실성이 없는 것이다.
83) 이유식, 「평면적 인물－김성한론」, 『현대문학』, 1964.6, 210~211면.
84) 이동하, 「한국 전후문학의 한 모습－선우휘의 "불꽃"」, 『문예중앙』, 86년 여름호, 323면.
85) 이동하, 위의 글, 326면.

는 것으로 전형적인 계몽 담론의 특성을 보여주는 것이다.

　그렇지만 소설 미학의 차원에서 이루어지는 이러한 비판들이, '1950
년대 말'이라는 특수한 시기에 놓인 김성한·선우휘 소설에 대한 설득
력있는 평가인가 하는 문제에 대해서는 조금 더 생각해 볼 여지가 있다.
김성한이 그랬던 것처럼 1960년대 초 신문사에서 사설을 쓰고 있던 선
우휘에 대해, 주위에서 창작에 방해가 되는 것이 아니냐는 우려를 보였
을 때 선우휘가 보인 반응은 "그 한가지(소설 창작과 한가지를 뜻한다.─인용
자)로 어떤 형태의 사회 참가(이 시기 '참가'라는 용어는 참여를 의미했다.─인용
자)를 하고 있는 것이라고 믿"는다는 것이었다.86) 이들에게 있어서 소설
은 근대화에 '참여'하는 도구, 즉 계몽을 위한 가장 유용한 '도구'였던
셈이다.

　선우휘의 소설에서 그 역시 계몽적 성격을 보았음에도 이어령은 오
히려 긍정적 평가를 내린다. 이어령은, 「불꽃」이 과거의 역사를 통하여
"앞으로 있어야 할 '역사'(새로운 한국적 인간상)를 推引해 냈다"고 하면서,
그것이 "이광수의 새로운 계몽소설"이 보여주었던 바이기도 한 것이라
고 했다.87) 이어령이 「불꽃」의 계몽적 성격에 대해서 지적하는 부분은
조금 길게 인용할 필요가 있다.

　　이 우울한 회색의 끊임없는 시간 속에서 그들이 부른 것은 오직 행복한 미몽
　의 환각뿐이었다. 과거의 한국인이란 엄청난 비극 앞에서 그대로 주저앉아 기
　적만을 기다리거나 혹은 자기 한 몸을 위하여 安心立命의 거처를 찾는 데만
　급급했다. (…중략…) 이 무지몽매한 꿈 속에서 아직도 우리는 눈을 뜨지 못하
　고 있는 것이다. 그 증거로는 선우휘의 「불꽃」이 이제 와서 새삼스럽게도 문제
　작으로 대두되어야 한다는 오늘의 실정 그것이다. 그러한 의미에서 「불꽃」은
　魯迅의 그것처럼 하나의 계몽성을 띤 과도기적 소설이면서도 한국문학의 轉期

---

86) 앞서 3장 2절에서도 인용한 바 있다(선우휘, 「처녀작의 처녀성」, 『한국전후문제작품
　　집』, 신구문화사, 1961, 416면).
87) 이어령, 「문제성을 찾아서」, 『한국전후문제작품집』, 신구문화사, 1961, 389면.

에 일점을 찍을 전위적인 소설이다.

우리는 고현의 할아버지에서 과거에 있던 한국인의 전형을 보았고, 고현에게 서는 그러한 잔해 가운데 허덕이다가 드디어는 하나의 「불꽃」을 발견하고 침울 한 古巢에서 벗어나는 새로 있을 한국인의 모습을 찾아볼 수 있다. 그 「불꽃」 이란 다름아닌 「민족의 자아」이며 참된 「생」이며 몇 천년 침묵한 낡은 지역 위 에 꽂혀진 새로운 旗, 새로운 행동의 계시일 것이다. (…중략…) 「불꽃」은 오랜 미몽에서 눈뜬 이 시대의 모든 독자에게 무수한 불꽃의 파도를 일으키게 할 것 을 의심하지 않는다. (…중략…) 현실에 대해서 외면을 하거나 도피를 하면서 살아가던 그 꽃밭의 시대는 끝나고 만 것이다. 선우휘는 이러한 현의 마지막 모습에서 있어야만 하는 한국의 젊은 초상을 우리에게 보여주었고 (…중략…) 스스로 자기 운명을 도피시켰던 우리 과거의 민족적 습속을 불식하였다.[88]

「불꽃」에 대한 이어령의 이러한 평가에 대해서, 이 평론이 1965년 무 렵에 발표되었다는 점을 고려할 필요가 있다.[89] 「불꽃」의 평가에 있어서 이어령은, 1950년대에 그가 보여주었던 특유의 '보편주의적' 사유 대신에 '민족'을 이야기한다. 이어령은 이 글에서 '불꽃'의 의미를 '민족적 자아 의 각성'으로 해석했다. '이 시대'에 새롭게 필요한 존재는 '참여'하고 '행동'하는 지식인, 곧 '건설'하는 지식인이라는 것이며, 선우휘의 「불꽃」 은 바로 그것을 웅변으로 말해준다는 것이다.[90]

이어령의 이해가 1950년대 중반에서 1960년대 중반으로 나아가는 과 정에서 어떻게 변모했는가 하는 문제는 차치하고, 1950년대 말 『사상 계』를 중심으로 한 지식인 담론이 '지식인의 참여'를 (1960년대 중반 이 후와는 달리) '민족과 국가의 총체적 근대화'를 위한 '계몽'과 '투신'으 로 이해했다는 점은 아무리 강조해도 지나치지 않다. 이는 「불꽃」에서 '현'의 아버지가 보여주었던 애국계몽과 민족주의 운동의 계보와 이념

---

88) 이어령, 「역사, 행동, 관조」, 『현대한국문학전집』 12, 신구문화사, 1981, 475~477면.
89) 신구문화사의 『현대한국문학전집』은 1965~1966년 사이에 편집된 것이다.
90) '참여'에 대한 이어령의 이러한 이해는 1960년대 말 김수영과의 이른바 '불온시 논 쟁'을 바라보는 데 있어 시사하는 바가 있는 것으로 보인다.

적으로, 또한 지역적으로 연결되는 것이었다. 이어령이 「불꽃」을 말하면
서 '노신'을 함께 거론한 것은 날카로운 지적이었다. 이광수의 사상에
영향을 끼쳤던 노신 류의 계몽주의는, 작가의 의식 여부를 떠나 1950년
대 후반 선우휘를 위시한 서북 계열 월남 문인들의 소설들에서 실존주
의의 옷을 입고 다시 등장한 것이다.

　이제 김성한·선우휘의 이념이 닿아 있는 사상적 계보를 좀더 구체
적으로 문학 텍스트를 통해 살펴보자. 구한말 개화파 지식인에 대하여
김성한이 가지고 있던 정서적 공감의 태도는 1961년 『사상계』에 발표된
소설 「광화문」에 직접적으로 드러나는데, 이러한 태도는 이미 1950년대
중반에도 소박한 형태로 나타난 바 있다.

　대개의 김성한의 소설들이 그러한 것처럼, 1955년에 발표된 「개마고
지의 전설」도 선악의 인물 구도가 분명한 소설이다. 애국계몽기를 배경
으로 김성한의 고향이었던 개마고지를 무대로 일제에 맞서 싸우는 의병
태양욱을 주인공으로 하는 이 소설은, 작가가 예술적 형상화를 목적으로
하고 창작한 것으로는 도저히 보기 어려운 작품이다. 소박한 민족주의를
현시하는 듯한 이 소설이 강조하는 것은 대장 차도선의 입을 통해 표현
되는 바 "민족으로서의 義氣"[91]이며, 이 의기는 장준하가 광복군 시절
등사판으로 발행했던 잡지의 이름처럼 민족의 "등불"[92]로 표현된다.

　소박한 민족주의의 메시지를 적나라하게 드러내는 이 소설이 1955년
의 시점에서 어떤 의미를 가지고 있는가 하는 문제를 생각해 보아야 한
다. 주인공 태양욱이 일본군에 패퇴하여 어린 부하 몇 명만을 데리고
은신하게 된 소설의 마지막 시점에서, 그는 스스로 목숨을 끊기 전 부
하들에게 다음과 같이 말한다. "여러 날을 두고 생각했지마는 이제는
막다른 골목이다. 썩어빠진 화승총으로 일본제국을 어쩔 수는 없다. 너
희들은 각각 산을 내려가 끈덕지게 살아서 후일을 기다리도록 하는 것

---

91) 『김성한 중단편전집』, 책세상, 1988, 141면.
92) 위의 책, 141면.

이 좋겠다."93) "살아서 세상의 횃불이 되어라"94)는 논리, "후일을 기다리"라는 논리는 일제시대 문화주의자들의 논리이기도 하면서, 동시에 1955년의 시점에서 '한국인'들이 '조국의 근대화'를 위해 무엇을 해야 할 것인가를 깨우치는 논리이기도 한 것이다. 교육적이고 계몽적인 의도가 고스란히 드러나 있는 소설이다.

선우휘의 단편 「묵시(默示)」는 1971년에 발표된 소설이지만, 선우휘 소설의 이념적 계보와 관련하여 시사하는 바가 큰 작품으로 보인다. 이 작품은 1인칭 화자가 자신의 삶을 되돌아보면서 서술하는 형식의 소설로, 선우휘의 다른 작품들이 그렇듯 상당 부분 자전적 성격을 가지고 있다.95)

소설의 주인공 '나'는 나이 열일곱 시절에 테러를 결심한 적이 있는데, 그 테러의 대상은 '이광수'였다. 그가 이광수를 테러하려고 마음먹은 이유는 다음 인용에 나타난다.

　　그 '누구'란 춘원 이광수이다. (…중략…) 그의 작품에서 만만치 않은 영향을 받아왔고 은근히 존경해 오던 터인 만큼, 그가 친일을 종용한 저서 「동포에게 보냅니다」는 어린 나로 하여금 견딜 수 없는 혐오와 분노를 느끼게 했다. (…중략…) 더욱 춘원이 동향이어서 그를 자랑으로조차 내세워 오던 나로서는 견딜 수 없는 일이 아닐 수 없었다.96)

이러한 진술은 선우휘 세대가 가지고 있던 서북의 선배 계몽주의자들에 대한 역설적 태도를 암시한다. 그들에게 있어 이광수로 대표되는 서북 민족주의자들은 한편으로 자부심의 근거이며(강한 영향을 암시한다),

---

93) 『김성한 중단편전집』, 책세상, 1988, 145면.
94) 위의 책, 143면.
95) 소설의 인물들 중 실명이 등장할 뿐더러, 주인공은 "해방 다음 해 봄에 월남해서 신문사(『조선일보』-인용자)에 들어가 사회부 기자가 되었다."(『선우휘 문학선집』 2, 조선일보사, 1987, 193면)
96) 『선우휘 문학선집』 2, 조선일보사, 1987, 183면.

다른 한편으론 일제 말의 행적과 관련하여 배신감을 느끼게 하는 존재
인 것이다.

주인공은 춘원의 친구였던 담임 선생과의 대화를 통해 결국 테러를 포
기하는데, 오랜 시간이 지나 그 당시를 회고하면서 다음과 같이 말한다.

> 지금 생각하면 노련한 선생에게 깨끗이 설유당한 것인데 지금은 이승에 없는
> 그 담임이 좋은 스승이었다는 고마운 마음이 날이 갈수록 간절하다. (…중략…)
> 해방 다음 해 봄에 나는 월남해서 신문사에 들어가 사회부 기자가 되었다. (…
> 중략…) 그런 심정에서 나는 춘원의 곤경을 동정적으로 보게 되었다. 감히 누가
> 그에게 돌을 던질 수 있는가?[97]

"감히 누가 그에게 돌을 던질 수 있는가"라는 논리는, 장준하가 최남
선의 죽음 이후 『사상계』의 최남선 특집호에 실은 권두언의 논리와 동
일한 것이다. 이는 비록 일제 말 친일로 인해 그 이념성이 훼절되었음
에도, 서북의 문화적 민족주의가 1950년대 말의 근대화 담론의 사실상
의 사상적 기반이 되었음을 강하게 암시한다.

선우휘의 소설들에 있어 중심 인물들의 의식을 강하게 지배하고 있
는 것은, 문화주의가 가장 중시하는 방략인 '교육의 영향'이다. 「불꽃」
의 주인공 현으로 하여금 현실에 대해 일종의 공포와 거리를 가지게 만
든 것도 할아버지의 '교육의 영향' 때문이었다. 한 개인의 의식을 형성
함에 있어 교육이 가지는 중요성에 대한 인식은, 선우휘 스스로 대표작
이라고 이야기했던 「단독강화」의 서사에도 내재해 있다. 눈 덮인 산 속
에 낙오되었던 주인공은 '같은 핏줄을 받은 형제'라는 논리로 '나이 어
린' 인민군을 설득함으로써 단독강화를 이룬다. 잘못된 의식은 지식인
의 '올바른' 계몽에 의해서 항상 교정되는 것이다.

조남현은 선우휘의 소설에서 '교사형' 인물이 다수 발견됨을 지적하

---

97) 위의 책, 193면.

고, 교사형 인물의 성격을 '계몽 의지'를 지닌 존재로 보았다. 그는 또한 선우휘 소설의 '교사형' 인물이 반드시 교사로만 나타나는 것은 아니며 '애비'(아버지)와 같은 형태로도 나타난다고 했다.[98] 사실 선우휘의 소설 에는 유달리 "어린 것"들에 대한 애정이 자주 모습을 드러낸다. 그의 소 설에 등장하는 "어린 것" 모티프는[99] 이 '교사형' 인물에 대응되는 것으 로 이해할 수 있다. 또한 이러한 모티프는 1950년대 후반 젊은 지식인 들의 '세대론'과도 동형관계에 있는 서사적 장치로 판단된다. 구세대에 대적하는 신세대들은 항상 자기 이후 세대를 자기편으로 포괄하고자 하 기 때문이다.

　소설은 아니지만, 선우휘의 이념적 계보와 관련하여 참고할 만한 글 이 있다. 「주관적 함석헌론」(『사상계』, 1962.11)에서 선우휘는 오산고보에 다니던 친구들로부터 들었던 함석헌에 대한 몇몇 일화들을 소개한 후, 자신은 함석헌의 「5·16을 어떻게 볼까?」에 완전히 동조하지는 않지만 그럼에도 그의 인물됨은 인정하지 않을 수 없다고 말한 바 있다. 이 글 에서 선우휘는, 함석헌을 비난하는 이야기들에 대하여 다음과 같이 격렬 하게 응수한다. "이것은 이 땅에 그레샴 법칙을 적용시키는 가장 비루한 악담이며 이 땅에 있는 참다운 인물을 참다운 인물로 대접하지 못하고 위대한 것까지 왜소케 하여 진흙 속에 처넣는 멸망적 반동심리다."[100] 선우휘 특유의 지역주의가 드러나는 것으로 이해될 수도 있는 이 글은, 사상적으로도 서북의 문화 민족주의 계보에 그가 닿아 있음을 방증하는 것이기도 하다.[101]

---

98) 조남현, 「선우휘의 소설 세계」, 『한국 현대소설의 해부』, 문예출판사, 1993, 203~204면.
99) 선우휘의 「단독 강화」의 '어린' 인민군, 「오리와 계급장」의 아이들과 '오리 새끼들', 「화재」의 '수많은 어린것들' 등이 그 예가 된다.
100) 『사상계』, 1962.11, 234면. 선우휘는, 자신의 『한국일보』 연재소설 「아아, 山河여」는 천안에서 씨알 농장을 경영하던 함석헌을 모델로 한 작품이라고 말한다. 같은 책, 236면.
101) 그렇지만 이 글에서는, 이 계보에 놓인 인물들이 5·16 이후 현실화되는 근대화 양상 에 맞닥뜨려 서로 이반할 조짐도 보이고 있다.

1960년대 중반에 들어서면, 공론영역이 위축되면서 문학에서 지식인의 자기 냉소가 두드러져 나타나게 된다. 지식인의 자기 각성에 기초한 '행동'과 '참여'의 문학을 표방하던 선우휘의 소설은, 1960년대 중반에 오면서 언론 등 사회 전반의 변화와 더불어 현실에 대해 무력감을 보이는 인물을 형상화한다. 이런 점에서 선우휘의 1965년 작 「십자가 없는 골고다」는 중요한 의미를 가지는 작품이다.

이 소설에서 '나'는 신문 기자로서 2년 동안 외국에 갔다가 얼마 전에 귀국한 인물이다. 그는 신문사 동료 'K. 김'이 정신병원에 있다는 소식을 듣고 찾아가서 K. 김으로부터 병원에 입원하게 된 경위를 듣는다. K. 김이 취기에 객기로 말한 '한국을 국제입찰에 붙이자'는 주장이 한 젊은이로 하여금 '행동'으로까지 나아가게 만든 이야기가 소설에서 속 이야기 형태로 부분부분 전개되는데, 이 소설에서 중요한 것은 물론 '국제입찰'의 내용이 아니다. "피차 못되어 먹"은[102] 한국의 현실, 그리고 그 현실에 대한 지식인의 무력감이 도드라진다. 현실은 어떤 '거대한 힘'(소설에서 이 '거대한 힘'은 "어디선가 들려오는 소리"라는 드라마적인 형식을 통해서 표현될 뿐이다)에 의해 통제되고 있으며 신문은 당연하게도 현실을 투명하게 보여주지 않는다. 신문 기자는 "사실을 있는 그대로 쓸"[103] 수 없을 뿐 아니라, 이미 신문 기사 자체가 하나의 '해석'일 뿐으로 그 '해석'은 어떤 힘에 의해 통제되고 있다. 이러한 현실 속에서 느끼게 되는 무력감, 그리고 "하나의 행동", 그것도 "깜짝 놀랄 행동"[104]에 대한 기대가 서사화된다.

이 소설에서 실제 그러한 "행동"을 시도하는 인물은 고아 출신의 칠성이인데, 그 칠성이도, 그것을 바라보는 K. 김의 존재도 한 사람의 지식인이 만들어낸 자기 열망의 표현일 뿐이라는 점이 강하게 암시된다.

---

102) 『현대한국문학전집』 12, 신구문화사, 1981, 414면.
103) 위의 책, 409면.
104) 앞의 책, 411면.

두 인물 모두 결국 자취를 감춰버리기 때문이다. 정신병원에 있던 K. 김의 칠성이에 대한 기억은 K. 김 스스로도 '환각'이었을지 모른다고 고백되고, K. 김이 병원에서 사라졌을 때, '나' 역시 "K. 김이란 인간이 과연 이승에 있었던가 없었던가"[105)라고 생각하는 것이다. 소설에서 서술되는 K. 김의 과거 인생의 이력[106)이 작가 선우휘의 그것과 같다는 사실을 고려하면 이 작품에서 '나'와 'K. 김'의 구분은 사실상 의미가 없는 것이다. "몽땅 자기의 정열을 쏟을 보람 찬 대상"[107)을 가지고 있는 칠성이에 대한 "부러운 생각"이 K. 김이자 '나'라고 하는 '한 인물', '한 사람의 지식인', '한 사람의 기자'의 내면이다.

　　1950년대 후반 소설에서 '건설과 참여'에의 강한 의욕을 보여주던 작가 선우휘가 1960년대 중반의 소설 「십자가 없는 골고다」에서는 무력한 인물을 보여주게 된다는 것은 어떤 의미를 가지는 것일까? 현실은 "깜짝 놀랄 행동"을 필요로 하지만 그러한 행동은 칠성이가 보여준 것처럼 돈키호테적인 것일 수밖에 없다는 사실은 1960년대 중반 한국사회의 한 핵심, 정확하게 말하면 선우휘 '세대' 지식인의 눈에 비치는 이 시기 한국사회의 핵심을 꿰뚫는 것이다. 이 문제는 K. 김과 동료 기자들의 대화한 부분에서도 드러나는데, 그들은 "S월간지에 실린 H옹의 논문"[108)을 가지고 내기를 한다. 정권에 대한 강한 비판을 내용으로 하는 그 논문이 『사상계』에 실린 함석헌의 글임은 어렵지 않게 알 수 있는 사실이다. 함석헌이 그 글로 말미암아 필화를 겪을 것인지 아닌가 그들의 내기 내용인데, 당국은 그 글을 표면적으로 문제삼지 않는다는 것, 달리 말해서 그 글이 '사회 전체적인 어떤 반향'을 불러일으키지 못했다는 사실이 오히려 이들 세대 지식인들에게 문제가 된다. "H옹은 이런 사회에서

---

105) 『현대한국문학전집』 12, 신구문화사, 1981, 434면.
106) 위의 책, 424면.
107) 앞의 책, 425면.
108) 앞의 책, 409면.

는 누군가가 순교자라 나타나야 한다"[109]고 생각했지만, 즉 H옹은 자신
이 '순교자'가 되기를 원했지만 결국 될 수 없었다는 것, 지식인들은 그
러한 순교자가 등장하기를 꿈꾸지만 현실에서 더 이상 순교자는 불가능
하다는 사실이 1960년대 중반의 한국사회에 대한 선우휘라는 한 계몽주
의자의 시각이었다.

결국 1960년대 중반의 한국사회는 더 이상 과거 『사상계』가 수행했
던 공론영역으로서의 지식인 담론의 장이 불가능한 곳이었던 셈이다.
이제는 그것이 불가능하다는 사실을 선우휘는 자기 세대의 감각으로 보
고 있었던 셈이며, 그러한 점에서 「십자가없는 골고다」는 그 자체로 이
시기 한국사회 변동을 소설사적으로 보여주는 징후의 의미를 가진다.
이제 문학은 '계몽'이 불가능한 곳에서 새로이 출발할 수밖에 없었다.

---

109) 앞의 책, 409면.

1950년대 후반 문학 장(場)의 구도와 이후의 변화

1955년에서 1963년 간의 시기는 불과 8~9년에 불과한 기간이었지만, 당대 지식인 담론을 주도했으며 이념적으로 서북의 '문화적 민족주의' 계보에 연결되어 있던 『사상계』 지식인 집단이 '근대화'를 과제로 하여 문학 텍스트 생산의 결정적인 하나의 조건을 형성했던 시기였다. 이 시기 문학비평에서 김우종·김붕구 등의 '참여론'은 당시 지식층 일반에서 광범위하게 논의되던 '지식인의 임무론'의 일환으로 전개되었으며 그것은 곧 '근대화론'의 다른 이름이었다. 이후 1960년대 중반 경부터 '참여'의 의미는 달라지게 된다.

『사상계』 지식인 집단의 근대화론의 이념적 기반은 멀리는 한말 자강론까지, 보다 가깝게는 일제하 문화적 민족주의 계보에 연결되는 것이었다. 이러한 이념적 지반에 서있었던 결과, 이들 지식인 집단은 민족의 발전을 위해 전통을 비판해야 했으며, 전통 비판은 곧 한국사회의 후진성 비판을 의미해야 했다. 1950년대 문단의 전통 비판론은 이러한

맥락에서 전개되면서 『현대문학』 진영과 날카롭게 대결했던 것이다. 또한 '근대화'는 필히 '주체'의 문제를 제기할 수밖에 없었던 바, '진보'의 주체론이 지식인 담론 전반에서 '세대론'의 형태로 전개되었다.

1950년대 실존주의의 열풍은 후반으로 갈수록 그 '정서적 분위기'가 점차 잦아들면서 서구적 의미와는 다른 굴절이 일어났다. 이러한 굴절은 한국적 상황이 반영된 현상이라 볼 수 있을 터인데, 『사상계』 집단에 속하는 작가들에게서 그러한 현상은 특히 두드러진다. 『사상계』 지식인 담론의 강한 자장에 있던 선우휘, 김성한 등의 소설에서는, '실존'으로 위장된 서사의 밑바탕에 당대 지식인 집단의 최대 화두였던 계몽과 근대화의 담론이 고스란히 자리하고 있다. 이렇게 『사상계』 쪽에서는 『현대문학』과 달리 전반적으로 '구성'이나 '표현'보다는 '이념'을 우위에 두는 문학 담론들이 힘을 얻고 있었으며, 이런 문학 담론들은 '동인문학상'이라는 제도를 통해서도 강하게 창작 경향을 견인해 가는 면모를 보였다.

이러한 점들에 바탕하여 1950년대 말 문학 장(場)의 구도를 다음의 〈그림 3〉과 같이 재구성해 볼 수 있다. 당대 지식 담론의 중심에 『사상계』 지식인 담론이 위치해 있다. 이 『사상계』 지식인 담론은 '문화적 민족주의'로 규정할 수 있는 이념을 담고 있다. 이 지식인 담론은 문학 장을 가로지르면서, 『사상계』 지식인 집단에 속하는 작가·비평가의 텍스트를 구성하는 결정적 조건으로 기능한다. 신세대 작가, 비평가들 중 김성한, 선우휘·김붕구·김우종의 텍스트들이 문학 장 내에서 이 담론을 수행하는 한 축이 되고 있다. 이들 김성한·선우휘·김붕구·김우종의 텍스트들은 실존주의 담론의 자장에도 포함되어 있다. 한국에서 실존주의가 근대화이념과 결합하여 굴절되는 양상은 바로 이 그룹에게서 가장 강하게 나타나게 된다. 이 그룹이 대개 이북 출신의 '젊은' 월남 지식인들로서 『사상계』의 실제 편집을 담당하던 축(안병욱·신상초 등)과 직접적으로 연결되어 있었음은 2장에서 이미 언급한 바 있다.

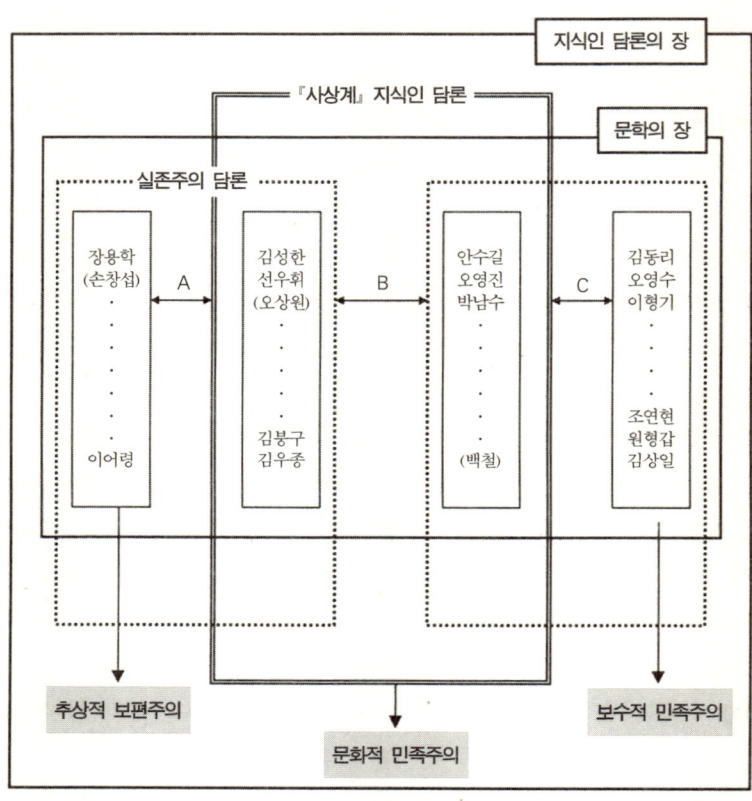

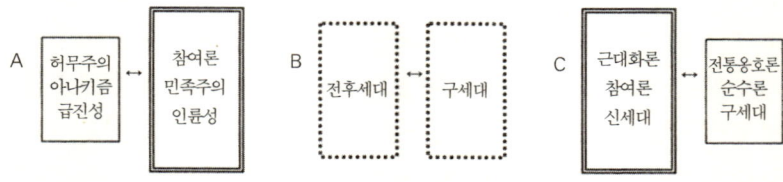

▲〈그림 3〉 1950년대 말 문학 장(場)의 구도

　같은 실존주의 담론의 맥락에 놓여 있다 하더라도, 장용학·이어령의 텍스트는 '추상적 보편주의'라 이름할 수 있는 성격을 보여준다. 이들 장

용학과 이어령의 텍스트에서는 서구와의 거리가 전혀 보이지 않기 때문이다.[1] 대립점 A는 그러한 사실을 요약적으로 드러내 보여준다. 장용학 · 이어령에게서 나타나는 급진성은 선우휘 · 김붕구 등에서 보이는 '인륜성(Sittlichkeit)'의 세계, 민족주의적 색채와는 명백히 대립되는 것이다.

문화적 민족주의가 가지고 있는 인륜성이라는 이념의 특성은, 선우휘 · 김성한 · 김붕구 등으로 하여금 안수길 · 오영진 · 박남수 등의 '전전(戰前)세대'와의 결합을 가능케 만드는 것이기도 했다. '실존'을 매개로 하는 세대론의 관점에서 보자면(대립점 B), 선우휘 · 김성한 · 김붕구 등은 장용학 · 이어령 등과 오히려 가깝다고 할 수 있지만, 대립점 A의 관점에서 보면 이들은 안수길 · 오영진 등과 훨씬 가깝다고 할 수 있다.

마찬가지 논리가 안수길 · 오영진 등과 김동리 · 조연현 그룹 사이에도 성립한다. 안수길 · 오영진 · 백철[2] 등은 전후세대의 세대론의 차원에서 본다면 김동리 그룹과 가까워 보인다. 장용학이 구세대의 대표자로 김동리 · 백철을 함께 지목한 것은 바로 이러한 이유 때문이다. 그렇지만, 안수길 등과 김동리 등은 이념의 차원에서 보면 전혀 다른 존재들(대립점 C)이다. 전자가 '문화적 민족주의' 계열로 분류할 수 있는 이들이라면, 후자는 강한 보수성을 특징으로 하기 때문이다.

김동리 · 조연현의 '보수적 민족주의'란 어떤 의미에서 보자면 또 다른 '보편주의'라 할 만한 성격을 가지고 있다. 이들의 문학을 예술 지상주의, 문학주의로 보는 논리가 가능한 것도 이들이 가지고 있는 보편주의적 특성 때문으로 판단된다. 이들 집단은 적어도 '보편주의'라는 성격 면에서는 장용학 · 이어령 등과 '통하는' 면이 있다. 두 집단은 공히 한국사회의 '역사적 특수성'에는 관심이 없었다고 할 수 있는 것이다. 그

---

1) 이어령이 이런 경향으로부터 벗어나 이른바 '한국적인 것'에 대한 탐구로 나아간 것은 아무리 일찍 잡더라도 1962~1963년경 이후의 일이다.

2) 백철이 이 그룹에 속해 있는 점에 대해 의아해 보일 수도 있겠다. 그렇지만 백철의 출신 성분은 이들과 유사하다 할 수 있으며, 최소한 '이 시기'에 발표된 백철의 글들은 1950년대 후반 상황에서 그를 이 그룹에 포함시킬 수 있는 근거를 마련해 준다.

런 면에서 김동리 그룹의 성격을 '보수적 민족주의'라는 이름으로 규정할 때의 그 '민족주의'란 사실상 '종족주의'에 가까운 개념이라고까지 말할 수 있다.

1950년대 문학에 대한 기존 연구들에서는 주로 대립점 B만이 부각되어 왔다. 이 책이 이들 연구와 가장 크게 다른 점은 '문화적 민족주의'라 이름할 수 있는 중간 집단을 설정한 데에 있다. 이 중간항의 설정을 통해 대립점은 A, B, C로 확장되었다. 이러한 설정의 가장 큰 의미 중의 하나는, 한국의 1950년대 실존주의 담론이 근대화론과 착종된 측면이 있음을 밝혀내는 것이다.[3] 이러한 착종이 제3세계적 특수성을 보여주는 현상이라는 점도 함께 언급되어야 한다. 이른바 '비동시적인 것들'의 '동시성'이 이러한 착종과 굴절로 나타나는 것일 터이다.

또한 한국의 역사적 특수성을 중시하는 이 중간 집단이 문학 장 바깥의 여타 지식인 담론의 형태들과 강하게 결부되어 있었음을 드러낼 필요도 있었다. 문학의 영역을 넘어 이 집단의 구성원들은 지맥, 학맥 등으로 서로 얽혀 있었던 이른바 '월남 지식인'들이었다. 그 뿌리가 일제 초기부터 존재하던 서북 민족주의에 닿아 있었다는 점은 이 책이 국학계 전반에 제기하는 문제라 할 수 있다. 이 집단 내부에서도 세대론은 존재했던 바, 이것이 근대화의 주체론과 연관되어 '새 세대'로 하여금 『사상계』 집단의 핵심을 구성하게 했음은 이미 본론에서 밝힌 바이다.

아울러 이러한 점들은 모두, 적어도 1962~1963년경까지는 문학의 장

---

3) 이러한 착종의 내막에 대하여 다음과 같은 해석도 가능할 것 같다. 이 시기 '실존'이 강력한 권력을 가진 담론으로 기능하고 있었다는 점을 전제한다면, 이러한 지식을 누가 소유하느냐의 문제는 문학 장의 구도에 영향을 미치게 된다(김건우, 「한국 전후 텍스트에 대한 시론적 고찰」, 『외국문학』, 열음사, 1996년 겨울호, 208~210면). 따라서 '실존'이 '참여'로 변전될 수 있다면, 참여론의 힘은 그만큼 강력해질 수밖에 없으며 실제 그러한 필요성을 느낀 그룹이 있었던 것으로 보인다. 그렇지만 이러한 변전이 의식적으로 이루어졌다고 보기는 힘들 것이다. 이러한 해석이 가능하다면 이는 담론 자체가 가지고 있는 본성상, 당시 지식인사회의 조건과 관련하여 '실존'이라는 코드(code)의 의미가 변화되는 현상으로 보아야 할 것 같다.

이 한국사회 '공론영역(public spheres)'의 중심의 한자리를 차지하고 있었음을 의미하는 것이기도 하다. 이제 1960년대 중반 이후 문학의 장이 어떻게 변화해 갔으며, 이 변화의 조건은 무엇이었는가를 언급함으로써 결론을 대신하고자 한다.

　언론계에서는 1964년 『주간한국』의 등장과 『신동아』 복간을 신호로 하여 언론 기업화가 촉진되고 '대중 저널리즘'의 시대가 열리게 된다.[4] 공화당 정권은 각종 규제법을 통해 정치적으로는 언론활동의 자유를 계속 제약하면서도 경제적으로는 언론의 기업화를 위한 물량적 지원을 강화하는 정책을 추진해 나갔다. 특히 삼성그룹의 『중앙일보』 창간 허용(1965)과 그 후 동양방송 소유 허용은 재벌의 언론참여를 가능하게 함으로써 언론 기업화를 촉진시키는 데에 결정적 계기가 되었다고 한다. 그 밖에도 중앙 일간 신문사에 대한 특혜금융과 세제상의 지원 등으로 이들 신문사의 경영여건은 크게 호전되었다. 이를 통해 각 신문사들은 본지 부수확장 경쟁을 가속화하는 한편 소년지·여성지·종합지를 비롯한 주·월간 자매지를 경쟁적으로 발간하게 되었고, 특히 1968년에는 선정성이 강한 주간지들을 대거 발행함으로써 언론의 상업화·기업화가 가속되었다.[5] 1964년 9월 한국일보사가 일간지 외에 뉴스나 생활 주

---

4) 일반적으로 신문이 기업화됨에 따라 신문사 조직이 발행인·편집인·기자 등으로 위계화되었다는 것은 신문사 조직의 분화에 따른 전문화의 경향이 진전되었다는 사실을 의미한다. 즉 신문이 수공업적 단계의 정론지에서 벗어나 기업적 형태의 대중지로 발전하면서 직업적 기자집단이 본격적으로 등장했던 과정은, 기자들이 직업적 전문성을 정립해나가는 전문직화의 과정인 것이다(박용규, 「한국기자들의 직업적 특성과 활동의 변화과정」, 『한국사회와 언론』 제6호(한국사회언론연구회), 한울, 1995.9, 141면). 1960년대 중반이 되면 기자의 전문직화의 필요성이 관훈클럽을 통해 본격적으로 제기된다. 김규환은 1969년에 발표한 글에서, 1950년대까지는 언론인들의 사회적 엘리트의식이 전문가의식으로 분화되지 못하고 있었다고 말한다. 김규환, 「전문직업인으로서의 저널리스트」, 『저널리즘』, 1969년 겨울호, 6면 ; 『한국사회와 언론』 제6호(한국사회언론연구회), 한울, 1995.9, 154면에서 재인용.
5) 강상현, 「1960년대 한국언론의 특성과 그 변화」, 『1960년대 사회변화 연구』(한국정신문화연구원 편), 백산서당, 1999, 160~162면.

변의 흥미거리 기사를 담은 주간신문『주간한국』을 발행하여 단기간 내
에 성공을 거두자 1968년에는 나머지 신문사들도 잇달아 주간신문이나
주간잡지 등을 창간, 이른바 '주간지시대'가 열리게 된 것이다.6)

　대중사회화 현상은 산업화의 진전에 따라 필연적으로 도래할 수밖에
없었고, 1960년대 후반이면 이미 대세로 자리잡고 있었다. 이러한 대중
문화의 범람 속에서 지식인의 엘리트 문화도 점차 위축되어 갈 수밖에
없었다.7) 이러한 결과,『사상계』는 1960년대 중반 이후부터 차츰 권위를
상실해 갔으며, 과거와 같은 사회적 영향력을 행사하지 못하게 된다.8)

　정진석은『사상계』의 영향력 축소의 또 다른 원인으로, 1950년대와
1960년대 초반까지『사상계』를 거의 유일한 교양잡지로 삼던 독자들이
자기 분야의 전문잡지와 전문서적을 읽는 쪽으로 옮겨간 점을 든다.9)
이는 1960년대 중반에 이르러 사회 각 분야의 전문화의 진행이 표면화
되고 있음을 시사하는 것이다. 1970년대 초반에는 대기업의 사보나 과
학기술 잡지들이 여러 종류 나타나면서 산업사회로 이행하는 분업화 과
정에서 잡지가 전문화되는 현상이 분명하게 나타난다.10) 이러한 현상은

---

6) 1960년대 주요 일간신문사의 주·월간지 창간 추이(강상현, 위의 글, 169면)

신문사	1964	1965	1967	1968	1969	1970
경향				『주간경향』		
동아	『신동아』 복간	『소년동아』	『여성동아』 복간			
서울				『선데이서울』		
조선		『소년조선』		『주간조선』		
중앙		『중앙일보』 창간		『월간중앙』	『소년중앙』	『여성중앙』
한국	『주간한국』	19(3)		『주간여성』	『일간스포츠』	

7) 홍석률, 「1960년대 지성계의 동향」,『1960년대 사회변화연구』(한국정신문화연구원
　편), 백산서당, 1999, 214~215면.
8) 정진석, 「『사상계』와 장준하」,『정경문화』222, 1983.8, 162면.
9) 정진석, 위의 글, 184면.
10) 1979년 1월 현재 일간지와 통신을 제외하고 국내에서 발행되는 정기간행물은 1385종

대중화문제와는 별도로 지식인 담론이 전문화, 분화되고 있음을 의미하는 것이다. 1960년대 말 이후 다양한 전문지들의 등장은, 과거 1950년대 (1960년대 초반까지) 『사상계』와 같은 종합잡지 한 권으로 모든 분야를 망라하던 잡지의 시대는 끝났으며 독자층도 분화되었음을 의미하는 것이다. 또한 이에 맞추어 '지식인론'에 있어서도 1960년대 중반 이후 지식인의 전문성과 기능성을 강조하는 논의가 광범위하게 나타난다.[11]

강수택은 공화당 정권의 강권적 근대화 추진이 1960년대 참여 지식인론의 양극화를 촉진하는 결정적인 계기가 되었다고 본다. 민정 이양기 이전에 여러 갈래로 분화될 조짐이 보였던 참여 지식인론은 군사 정권의 국가 운영 과정에서 비판적 지식인론과 근대화 인텔리겐차론으로 양분되어 갔다는 것이다.[12]

강수택이 말하는 지식인론의 양분은 송건호의 1964년 글에서 이미 모습을 드러낸다. 송건호는, 1960년대에 이르러 한국사회를 진단하는 논의 가운데서 '방향지'형 지식인의 퇴조와 '사실지'형 지식인의 대두를 전반적 현상으로 감지한다. 서구사회와 마찬가지로 한국사회에서도 지식층이 각종 직종으로 분화되어 일종의 기술자화되는 현상이 두드러진다는 것이다.[13] 송건호는 한국사회가 그 후진성에도 불구하고 미국의

이었는데 거의 반수인 681종이 전문지였다고 한다. 금융—경제(108), 산업(109), 보건—의약(105), 축산—임업—수산(36), 과학기술(31), 교통—체신—관광(20)의 순이었고 노조관계 33종, 기업체 사보가 206종이나 되었다. 1970년대에는 또한 기존의 문학 · 미술 · 음악 전문지 외에도 취미생활의 확대로 골프 · 등산 · 테니스 · 낚시 · 바둑 등 취미활동과 관련된 다양한 잡지들이 나왔다. 또 연극 · 미술 등 계간으로 발행되는 예술 분야의 전문지와 동인지가 새롭게 등장했다. 정진석, 「잡지 변천사」, 『신문연구』 68호(관훈클럽), 1998년 가을, 65면.

11) 홍석률은, 최문환의 "전통사회의 붕괴와 공업화"(『세대』, 1967.3), 박상식의 "지식계급과 근대화 문제"(『세대』, 1964.3) 등을 그 예로 거론한다. 홍석률, 「1960년대 지성계의 동향」, 『1960년대 사회변화연구』(한국정신문화연구원 편), 백산서당, 1999, 206~208면.

12) 강수택, 「박정희 정권 시기의 지식인론 연구」, 『사회와 역사』 59호(한국사회사학회), 문학과지성사, 2001, 118면.

13) 송건호, 「민족지성의 반성과 비판(『사상계』, 1964)」, 『민족지성의 탐구』, 창작과비평사, 1975, 86~87면.

영향하에서 급속도로 대중사회화되고 있다고 판단했다. 그는 이러한 현상과 더불어 한편으로는 현실감각이 결여된 관념적 지성이 등장한다고 진단한다. 지성이 현실 감각을 가지지 못하면 비전(vision)만이 비대해져 그들의 지식이 공허한 슬로건으로 전락한다는 것이다.[14] 요컨대 그는 한국사회의 지성이 비전 과잉의 관념화와 지식의 기술화의 양극으로 동떨어져 간다고 보았다. 두 가지 편향이 그것을 말해 주는데, 하나는 비전이 '사실지' 속에 매몰되는 경우이고, 다른 하나는 비전의 과잉으로 현실감각이 결여된 '관념지'로 나아가는 경우라는 것이다.[15]

송건호의 당시 지식인에 대한 '평가'의 타당성 여부는 차치하더라도, '지식인론'의 분열을 넘어 실제 지식인의 행태 또한 뚜렷한 양분의 양상을 띠게 된다. 『사상계』 지식인 집단도 실제로 둘로 분열된다. 장면 정권의 국토건설본부는 사실상 장준하의 기획이었는데, 이 국토건설본부가 5·16 군사 정부에 의해 그대로 접수된 이후 재건국민운동본부로 전신하게 된 것은 앞서도 언급한 바 있다.[16] 이 새로운 재건국민운동본부의 본부장을 유진오가 맡고 있다가, 얼마 후 『사상계』 지식인 집단의 일원이던 유달영에게로 직책이 넘어갔다. 이는 사실상 『사상계』 지식인들이 정·관계로 진출하여 1960년대 근대화 과정에 참여하기 시작한 것을 의미한다. 『사상계』 편집위원 가운데서 한태연이 정권에 참여하고 황산덕은 후에 법무장관으로 입각하며 심지어 신상초도 국회의원이 된다.[17]

한편 1950년대 『사상계』 지식인 집단 가운데 한 축은 1963~1964년경의 시점부터 정권 비판세력으로 전화한다.[18] 이들은 주로 한신(韓神) 계

---

14) 송건호, 위의 글, 87~91면.
15) 송건호, 앞의 글, 92~93면.
16) 박경수, 『재야의 빛 장준하』, 해돋이, 1995, 335면.
17) 박경수, 위의 책, 366면.
18) 박경수에 의하면 『사상계』의 편집방향이 일거에 정치 성향으로 급선회한 것은 1962년 5월경 장준하가 이른바 '부패 언론인' 속에 포함되면서 정치정화법에 걸려 정치활동을 금지당한 직후부터라고 한다(박경수, 위의 책, 340면). 그러나 『사상계』의 내용 변화는 표면적인 정치적 사건보다도 전체 지식인 담론의 분열, 그리고 당시 잡지시장 전

열로서 이후 1970년대 저항 운동의 한 축을 담당하게 된다. 1960년대 중
반 이후 장준하도 이전까지의 『사상계』 지식인 집단과 결별하면서 『사
상계』 주요독자였던 이른바 '6·3 세대'와 결합하게 된다.[19] 이들에 의
해 새롭게 탄생한 『씨올의 소리』·『청맥』·『창작과비평』 등의 잡지들을
언론학계에서는 상업 저널리즘에 대척되는 '대안' 저널리즘의 성격을
가졌던 매체로 평가하는 듯하다.[20]

이러한 현상은, 근대화 과정에서 그전까지 통합, 혼효되어 있던 지식
인 담론의 영역이 분열되면서 대안 담론, 저항 담론이 출현한 차원으로
해석된다. 사실상 이는 1960년대 후반에 와서 『사상계』의 성격이 변화
하는 것과 정확히 일치되는 현상인 것이다. 또한 이는 더 이상 한국사
회에서 1950년대 후반과 같은 담론적 공간은 불가능하다는 것을 의미하
는 것이기도 하다. 1950년대 후반 지식인 담론이 형성했던 공론의 장은
이제 분화되고 또 분열된 것이다.[21]

이러한 사실들은, 앞서도 조금씩 언급한 바와 같이 문학 장의 위치의
변화와도 연관된 문제일 것이다. 김치수는 1968년의 시점에서 발표한 「문
학의 기능과 비평의 자세」(『사상계』, 1968.5)에서 문학의 자율성을 강조하였
다. 그런데 여기서 김치수가 말하는 문학의 자율성이란 제도적 차원의 자

반의 변화를 고려해서 판단되어야 할 것으로 생각된다.

19) 이 시기 장준하에 대해 이호철은 다음과 같이 회고한다. "『사상계』를 경영하면서 그
    의 주위에 끌어모았던 기라성같은 편집위원들을 비롯한 이 나라의 소위 지성들도 본의
    든 본의가 아니든, 이미 불덩어리로 변해가는 그에게서 등을 돌리지 않을 수 없었다. 그
    는 이미 혼자서만 너무 멀리멀리 달아나고 있었던 것이다. 그는 『사상계』와는 전혀 상
    관이 없는 소위 6·3 세대의 주역들이던 젊은이들과 새로운 친교를 맺어갔다." 이호철,
    「재야양심세력과 직업정치인」, 『분단시대와 한국사회』(변형윤 외), 까치, 1985, 241면.
20) 정진석, 「잡지 변천사」, 『신문연구』 68호(관훈클럽), 1998년 가을, 63~64면.
21) 이용성은, 『사상계』가 지적으로 숙성시킨 4·19 세대 혹은 한글세대는 1966년에 창간
    되는 『창작과비평』이란 새로운 지식인 잡지를 맞이하게 되었다고 말한다(이용성, 「『사
    상계』의 지식인과 잡지이념에 대한 연구」, 『출판잡지연구』 5호(출판문화학회), 경인문화
    사, 1997, 70면). 그러나 이용성도 언급하고 있듯이, 『창작과비평』은 더 이상 『사상계』와
    같은 '대중적' 지식인 잡지는 아니며 소규모의 '저항적인' 지식인 잡지였던 것으로 볼
    수밖에 없다. 더구나 『창작과비평』은 적어도 그 외관에 있어서는 '문예지'였던 것이다.

율성을 의미하는 것으로 이해해야 할 것이다. 사회 각 분야가 고유의 법칙과 가치에 의하여 '서로 침범할 수 없는 질서'를 이루고 있다는 사고에서 이를 확인할 수 있다.[22]

이 지점에서 김치수가 말하는 '자율성의 공간'의 의미가, 1950년대 후반 『현대문학』이 표방했던 순수문학론과는 분명히 다르다는 사실이 지적되어야 하겠다. 1955년 『현대문학』 창간 당시 조연현의 생각은 '순문예지'에 있었고 그 가치는 이른바 '문학주의'에 놓인 것이라는 평가들이 많다.[23] 그렇지만 임영봉도 지적하고 있듯이 『현대문학』의 문학주의와 김치수의 '문학의 자율성' 주장은 그 의미가 다르다.[24] 1960년대 말 이후의 '새로운' 문학주의는 한국사회에서 문학의 '제도적' 자율성의 장이 형성되는 것과 궤를 같이하여 출현한 것이기 때문이다.

이것은 서구와는 다른 제3세계적 특수성이 반영되는 현상으로 볼 수 있다. 한국과 같은 비서구사회에서 '문학주의'니 하는 담론들은 1950년대 『현대문학』이 보여주듯이 사회 문화적 장의 성숙과 무관하게 출현할 수도 있기 때문이다. 이와 달리 1960년대 말의 문학주의의 새로운 등장은, 이 시기 매스콤의 변화와 더불어 형성된 이른바 '대중사회'의 문화 지형과 관련되어 있다. 이 '대중문화'의 형성은, 그에 대립되는 의미의 '문학의 자율적 장' 구축과 짝을 이루게 되는 바, 새로운 '문학주의'가 등장하게 되는 사회적 토대가 된 것으로 판단된다.

다른 차원에서 보면, 이는 1960년대 중반 이후 문학사의 주류가 크게 보아 근대화 비판으로 흐르게 되었음을 의미하는 것이다. 따라서 1970년대 『창작과비평』과 『문학과지성』은 담론의 표면적 층위에서의 차이에도 불구하고 동일한 지반 위에 서 있는 것으로 볼 수 있다. 결국 문학은 전체 사회의 담론의 장에서 주변부로 밀려나는 대가로 '자율적 장'을 마련

---

22) 『사상계』, 1968.5, 329면.
23) 임영봉, 『한국현대문학비평사론』, 역락, 2000, 88면.
24) 임영봉, 위의 책, 192면.

한 셈이다. 이는 또한 한국사회의 경우 1960년대 중반 이후에야 비로소
'인텔리겐차'가 아닌, 엄밀한 서구적 의미의 '지식인(intellectuals)'[25]이 등장
함을 의미한다.

---

25) P. Bourdieu, 하태환 역, 『예술의 규칙』, 동문선, 1999, 177~180면.

참고문헌

1. 일차문헌

『김성한 중단편전집』, 책세상, 1988.
『사상』, 1952.9~12.
『사상계』.
『새벽』.
『선우휘 문학선집』 1~5, 조선일보사, 1987.
『자유문학』.
『장준하 전집』 1~3, 세계사, 1992.
『한국전후문제작품집』, 신구문화사, 1961.
『현대한국문학전집』, 신구문화사, 1981.
『현대문학』.

2. 이차문헌
1) 국내 논저

강경화, 『한국 문학비평의 인식과 담론의 실현화 연구』, 태학사, 1999.
강상현, 「1960년대 한국언론의 특성과 그 변화」, 『1960년대 사회변화 연구』(한국정신문화연구원 편), 백산서당, 1999.
강수택, 「박정희 정권 시기의 지식인론 연구」, 『사회와 역사』 59호(한국사회사학회), 문학과지성사, 2001.
고 은, 『1950년대』, 청하, 1989.
공제욱, 「1950년대 한국사회의 계급구성」, 『1950년대 한국사회와 4·19혁명』(이종오 외), 태암, 1991.
구인환, 「전후 한국문학의 지형도」, 『한국 전후문학 연구』(구인환 외), 삼지원, 1995.
권성우, 「60년대 비평문학의 세대론적 전략과 새로운 목소리」, 『1960년대 문학 연구』(문학사와비평연구회 편), 예하, 1993.
권영민, 『한국 현대문학사』, 민음사, 1993.
김경일, 「1950년대 후반의 사회이념 - 민주주의와 민족주의」, 『한국현대사의 재인식』

4(한국정신문화연구원 현대사연소 편), 오름, 1998.

김경재, 『김재준 평전』, 삼인, 2001.

김귀옥, 『월남민의 생활경험과 정체성』, 서울대 출판부, 1999.

김대환, 「개발연대의 한국사회와 지식인」, 『한국의 지성 100년』(장회익 외), 민음사, 2001.

김동춘, 『근대의 그늘─한국의 근대성과 민족주의』, 당대, 2000.

_____, 『분단과 한국사회』, 역사비평사, 1997.

김민환, 「일제 통제, 민중 불신으로 언론운동 좌절─구한말과 일제강점기」, 『신문과
        방송』 349호(한국언론연구원), 2000.1.

김상태 편역, 『윤치호 일기』, 역사비평사, 2001.

_____, 「지역, 연고, 정실주의」, 『역사비평』, 1999년 여름호.

_____, 「평안도 기독교 세력과 친미 엘리트의 형성」, 『역사비평』, 1998년 겨울호.

김석수, 『현실 속의 철학, 철학 속의 현실─박종홍 철학에 대한 또 하나의 해석』, 책
        세상, 2001.

김성수, 『함석헌 평전』, 삼인, 2001.

김영민, 『한국 현대문학비평사』, 소명출판, 2000.

김영택, 「김성한 소설에서 인간됨의 조건」, 『한국 전후문학 연구』(구인환 외), 삼지
        원, 1995.

김윤식, 『한국 현대문학비평사』, 서울대 출판부, 1982.

_____, 『한국 현대문학사』, 일지사, 1983.

김치수, 「지식인의 고뇌, 지식인의 행동」, 『선우휘 문학선집』 2, 조선일보사, 1987.

남송우, 「지역자치 시대의 지식인상을 위한 변명」, 『한국의 지성 100년』(구인환 외),
        민음사, 2001.

노평구 편, 『김교신 전집 별권─김교신을 말한다』, 부키, 2001.

박경수, 『재야의 빛 장준하』, 해돋이, 1995.

박동규 외, 『한국 전후문학의 분석적 연구』, 월인, 1999.

박동규, 『전후 한국소설의 연구』, 서울대 출판부, 1996.

박용규, 「한국기자들의 직업적 특성과 활동의 변화과정」, 『한국사회와 언론』 제6호
        (한국사회언론연구회), 한울, 1995.9.

박태균, 「1956~1964년 한국 경제개발계획의 성립과정」, 서울대 국사학과 박사논문, 2000.

박태순·김동춘, 『1960년대의 사회운동』, 까치, 1991.

손정수, 「1910년대 문학에 나타난 계몽성의 변모양상에 대한 고찰」, 『한국문학과 계몽담론』(문학사와비평연구회 편), 새미, 1999.

송건호, 『민족지성의 탐구』, 창작과비평사, 1975.

＿＿＿, 『한국현대인물사론』, 한길사, 1984.

송재영, 「지식인소설의 전개」, 『현대문학의 옹호』, 문학과지성사, 1979.

신승엽, 『민족문학을 넘어서』, 소명출판, 1999.

염무웅, 「5～60년대 남한문학의 민족문학적 위치」, 『창작과비평』, 1992년 겨울호.

오산중·고등학교 편, 『오산팔십년사』, 1987.

오유석, 「1950년대 남한에서의 민족주의」, 『한국현대사와 민족주의』(문학사와비평연구회 편), 집문당, 1996.

우한용, 「전후문학의 양상과 연구과제」, 『한국 전후문학 연구』(구인환 외), 삼지원, 1995.

윤여탁 외, 『한국 전후문학의 형성과 전개』, 태학사, 1993.

윤평중, 『푸코와 하버마스를 넘어서』, 교보문고, 2000.

이동하, 「한국 전후문학의 한 모습—선우휘의 "불꽃"」, 『문예중앙』, 1986년 여름호.

이만열, 「한말, 일제 강점기의 지식인」, 『한국의 지성 100년』(장회익·임현진 외), 민음사, 2001.

이상희, 「지식인은 누구인가」, 『한국의 지성 100년』(장회익·임현진 외), 민음사, 2001.

이영숙, 「진보적 개신교 지도자들의 사회 변동 방안 연구」, 『현대한국의 종교와 사회』(한국사회사연구회 편), 문학과지성사, 1992.

이옥순, 「대학교육과 인도의 근대화」, 『아시아의 근대화와 대학의 역할』(한림대학교 아시아문화연구소), 한림대 출판부, 2000.

이용성, 「『사상계』의 지식인과 잡지이념에 대한 연구」, 『출판잡지연구』 제5호(출판문화학회), 경인문화사, 1997.

＿＿＿, 「한국 지식인잡지의 이념에 대한 연구—『사상계』를 중심으로」, 한양대 박사논문, 1996.

이은자, 『1950년대 한국 지식인 소설 연구』, 태학사, 1995.

이한우, 『우리의 학맥과 학풍』, 문예출판사, 1995.

이호철, 「재야양심세력과 직업정치인」, 『분단시대와 한국사회』(변형윤 외), 까치, 1985.

임영봉, 『한국 현대문학비평사론』, 역락, 2000.

임헌영, 『한국 현대문학 사상사』, 한길사, 1988.

임현진, 「지성의 변조」, 『한국의 지성 100년』(장회익 외), 민음사, 2001.

장준하선생 20주기추모사업회, 『광복 50년과 장준하』, 1995.

장준하선생 추모문집간행위원회 편, 『민족혼 민주혼 자유혼―장준하의 생애와 사
　　　상』, 나남출판, 1995.

전기철, 『한국 전후 문예비평 연구』, 서울출판사, 1993.

전복희, 『사회진화론과 국가사상―구한말을 중심으로』, 한울, 1996.

정명환, 『한국작가와 지성』, 문학과지성사, 1978.

정진석, 「『사상계』와 장준하」, 『정경문화』 222, 1983.8.

＿＿＿, 「광복언론 50년사(2)―자유당 말기의 언론탄압」, 『신문과 방송』 290호(한국
　　　언론연구원), 1995.2.

＿＿＿, 「인물로 본 한국언론 100년(12) : 문인언론인들―해방이후」, 『신문과 방송』
　　　258호, 한국언론연구원, 1992.6.

＿＿＿, 「인물로 본 한국언론 100년(13)―잡지 출판인들」, 『신문과 방송』 260호, 한국
　　　언론연구원, 1992.8.

＿＿＿, 「잡지 변천사」, 『신문연구』 68호, 관훈클럽, 1998년 가을호.

＿＿＿, 「한국의 언론사상」, 『한국의 언론 』 I, 한국언론연구원, 1991.

＿＿＿, 『한국현대언론사론』, 전예원, 1985.

정현기, 「문학비평의 충격적 휴지기」, 『한국현대문학사』(김태준 외), 현대문학사, 1989.

조가경, 『실존철학』, 박영사, 1961.

조남현, 「실존주의의 수용과 내면화 양상」, 『애산학보』 25집, 애산학회, 2000.11.

＿＿＿, 「현대소설에 나타난 지식인상 연구」, 서울대 박사논문, 1983.

＿＿＿, 『한국 현대소설의 해부』, 문예출판사, 1993.

조형·박명선, 「북한출신 월남인의 정착과정을 통해서 본 남북한 사회구조의 비교」,
　　　『분단시대와 한국사회』(변형윤 외), 까치, 1985.

한국문인협회 편, 『해방문학 20년』, 정음사, 1966.

한국예술연구소 편, 『한국현대 예술사대계』 II, 시공사, 2000.

한수영, 「윤리적 인간, 혹은 반공 이데올로기의 기원―선우휘 론」, 『실천문학』, 2001년 봄호

＿＿＿, 『한국 현대비평의 이념과 성격』, 국학자료원, 2000.

함석헌기념사업회 편, 『함석헌 사상을 찾아서』, 삼인, 2001.

현택수 외, 『문화와 권력』, 나남출판, 1998.

홍석률, 「1960년대 지성계의 동향」, 『1960년대 사회변화연구』(한국정신문화연구원
　　　편), 백산서당, 1999.

홍승직, 『지식인의 가치관 연구』, 삼영사, 1984.

홍윤기, 「박종홍 철학 연구」, 『역사비평』 2001년 여름호.

  2) 외국 논저

구노 오사무·쓰루미 슌스케, 심원섭 역, 『일본 근대사상사』, 문학과지성사, 1994.

Arendt, H., 이진우 역, 『인간의 조건』, 한길사, 1996.

Bourdieu, P., 정일준 역, 『상징폭력과 문화 재생산』, 새물결, 1995.

　　　　　　, 하태환 역, 『예술의 규칙』, 동문선, 1999.

Eagleton, T., *Nationalism, Colonialism, and Literature*, Univ. of Minnesota Press, 1990.

　　　　　　, 유희석 역, 『비평의 기능』, 제3문학사, 1991.

Foucault, M., 권택영 역, 「저자란 무엇인가」, 『현대시사상』, 고려원, 1993년 겨울호.

　　　　　　, 이정우 역, 『담론의 질서』, 새길, 1993.

Gella, A. 편, 김영범 역, 『인텔리겐챠와 지식인』, 학민사, 1983.

Greenblatt, S. 편, 장경렬 역, 『경계선 다시 긋기』, 한신문화사, 1998.

Habermas, J., 한승완 역, 『공론장의 구조변동』, 나남출판, 2001.

Mannheim, K., 임석진 역, 『이데올로기와 유토피아』, 청아출판사, 1991.

Mills, S., 김부용 역, 『담론』, 인간사랑, 2001.

Poggioli, R., 박상진 역, 『아방가르드 예술론』, 문예출판사, 1996.

Robinson, M., 김민환 역, 『일제하 문화적 민족주의』, 나남출판, 1990.

Shils, E., 「인텔리겐챠의 운명」, 『세계』, 국제문화연구소, 1961.1.

Storey, J. 편, 백선기 역, 『문화연구란 무엇인가』, 커뮤니케이션북스, 2000.

Thomas, B., *The New Historicism and Other Old-fashioned Topics*, Princeton, 1991.

Veeser, H.(ed.), *The New Historicism*, Routledge, 1989.

Williams, R., 이일환 역, 『이념과 문학』, 문학과지성사, 1982.

부록

思想界

Sasangge Monthly

부록 1-『사상계』 수록 소설 목록

『사상』 1952.10~11(제2 · 3호)
카뮈, 「페스트」

1953년 4월호(통권 1호)
김광주, 「불효지서」

1953년 5~6월호(통권 2~3호)
에리히 레마르크 「생명의 불꽃」

1953년 8월호
페렌츠 모르나르, 「NAB 씨」

1953년 12월호(통권 8호)
프레드릭 푸로코쉬, 「두루미」

1954년 1월호
죠이스 케어리, 「설교자」

1954년 2월호
랭스톤 휴즈, 「귀향도중」

1954년 3월호
프랭크 오코나, 「순교자」

1954년 8월호
제임스 죠이스, 「한 점의 구름」

1954년 10월호
김광식, 「환상곡」

특기사항(~1954년 12월호)
1955년 김성한 주간의 편집위원회 체제 도입 이전에는 소설은, 『사상계』 전신인 『사상』을 포함하여 총 21본 중에 단 열 편만이 수록되었다. 그 가운데 두 편만이 국내작가의 작품이며 나머지는 외국작가의 작품이었다. 특기할 만한 것은 이 시기, 『사상』에 최초로 실린 소설이 카뮈의 『페스트』였다는 점이다.

1955년 1월호
E. 헤밍웨이, 「명당」
W. 포오크너, 「해는 지고 어둠이」
김성한, 「제우스의 자살」

1955년 2월호
염상섭, 「부부」
이무영, 「숙경의 경우」
최정희, 「인정」
주요섭, 「이것이 꿈이라면」
박영준, 「피의 능선」

1955년 3월호
장용학, 「육수(肉囚)」

1955년 4월호
정한숙, 「닭」
곽학송, 「지구전(持久戰)」

1955년 5월호
이무영, 「소녀」
유주현, 「유전 이십사시」

1955년 6월호
김성한, 「오분간」

1955년 7월호
정한숙, 「금당벽화」
손창섭, 「저어(齟齬)」
김중희, 「차단」
박경수, 「그들이」
구혜영, 「안개는 거치고」
박종인, 「물망초」

1955년 8월호
김광식, 「표랑(漂浪)」
정병조, 「장날」

1955년 9월호
서윤성, 「삼면기사」

1955년 10월호
김동인, 「감자」

1955년 11월호
이무영, 「환(幻)」
나도향, 「물레방아」

1955년 12월
F. 카프카, 「판결」
오상원, 「죽음에의 훈련」

특기사항(~1955년) 소설 총 28편으로 김성한 주간 체제에 와서 소설이 많이 수록되기 시작했다. 1920년대 단편들이 재수록되는가 하면, 신인들이 대거 등장하기 시작하는 점이 특기할 만하다. 소설 28편 중에 외국소설이 세 편이 있으며(카프카 포함), 주간인 김성한이 두 편, 정한숙이 두 편, 이무영이 세 편을 발표하였다. 그 외 수필, 수상록이 55편이나 실려 있는 점이 눈에 띈다. 이전까지의 편집보다 내용 구성이 훨씬 부드러워진 감을 준다. 이 해에는 『사상계』의 발행부수가 획기적으로 증가한다.

1956년 1월
최서해, 「탈출기」
M. 쥬앙도, 「귀환병」

1956년 2월
유진오, 「김강사와 T교수」

1956년 3월
이효석, 「산정(山精)」
손창섭, 「유실몽」
L. 부룸피일드, 「연못」

1956년 4월
염상섭, 「위협」
잭 런던, 「이교도」

1956년 5월
이무영, 「작은 반역자」
김성한, 「바비도」(제1회 동인상 수상작)

1956년 6월
현진건, 「운수좋은 날」
구혜영, 「상록의 지층」

1956년 7월
강경애, 「마약」

1956년 8월
박영준, 「정형수술」
오상원, 「증인」

1956년 9월
유주현, 「패륜아」
김중희, 「배후」

1956년 10월
장용학, 「비인탄생」(~1957년 1월호까지 연재)
김송, 「심판」
J. 허어씨, 「꾸러미」

1956년 11월
이무영, 「향수」(~12월호까지 연재)
정병조, 「R씨에게」
볼트, 「어두움은 가고」

1956년 12월
선우휘, 「테로리스트」
라드너, 「금혼여행」

특기사항(~1956년)
외국소설 6편을 포함하여 소설 25편이 수록되었다. 이무영이 두 편을 발표하였다. 그
외 「움직이는 세계」란이 비대해진 점이 편집상 눈에 띠는 부분이다.

1957년 1월
김팔봉, 「날이 밝으면」(~6월호까지 연재)
헤이비스트, 「곰의 죽음」(~2월호까지 연재)

1957년 2월
박영준, 「범상(凡像)」

1957년 3월
정한숙, 「해랑사의 경사」

1957년 4월
조용만, 「삼막사」

안수길, 「대구 이야기」
호오손, 「사람과 배암」

1957년 5월
오상원, 「백지의 기록」(~12월호까지 연재)
쥬웨트, 「실종」

1957년 6월
전숙희, 「귀로」
쥬웨트, 「빈궁」

1957년 7월
박경수, 「닭」
손창섭, 「치몽(稚夢)」
김동리, 「목공 요셉」

1957년 8월
이무영, 「맥령(麥嶺)」(11월호까지 연재)
선우휘, 「똥개」
베네트, 「묘왕록(描王錄)」

1957년 9월
선우휘, 「불꽃」(제2회 동인상 수상작)

1957년 10월
박영준, 「손교장(孫校長)」
김송, 「묘표(墓標)」

1957년 11월
염상섭, 「여자란 것, 여자란 것」
유주현, 「일각선생」

1957년 12월
김용제, 「사색(四色)풍경」
최인욱, 「은하의 전설」

특기사항(~1957년)　외국소설 5편(쥬웨트 2편)을 포함하여 24편이 수록되었다. 선우휘와 박영준이 각 2편
씩을 발표하였으며, 김동리의 소설도 1편 수록되었다. 김팔봉·이무영·오상원은 중·장편을 발표하였다.

1958년 1월
선우휘, 「화재」
이호철, 「여분의 인간들」
조용만, 「서정가」(~3월호까지 연재)

1958년 2월
이범선, 「사망보류」

1958년 3월
장용학, 「역성서설」(~6월호까지 연재)
손창섭, 「침입자」

1958년 4월
주요섭, 「잡초」

1958년 5월
추식, 「죄」

1958년 6월
염상섭, 「대목동티」
전광용, 「지층」

1958년 7월
김이석, 「동면」(~8월호까지 연재)
유주현, 「비정」
박연희, 「환멸」
오상원, 「내일쯤은」
정한숙, 「낙산방 춘사」
김중희, 「운하」
이호철, 「새옹득실」
선우휘, 「보복」
송병수, 「잠성(潛聲)」
황순원, 「꽁트 삼(三)제」

1958년 8월
염상섭, 「법없어도 사는 사람」
박영준, 「지붕밑」
최태응, 「액수(縊首)」
박용구, 「무더운 비탈길」
김광식, 「원심(遠心)」

이범선, 「몸 전체로」
최상규, 「사각(死角)」
한말숙, 「낙루 부근」

1958년 9월
오영수, 「내일의 삽화」
손창섭, 「잉여인간」

1958년 10월
오상원, 「모반」(제3회 동인상 수상작)
손소희, 「어둠 속에서」
오유권, 「가을길」
하근찬, 「산중고발(山中告發)」
한남철, 「실의」

1958년 11월
박영준, 「여인삼대(女人三代)」
곽하신, 「도정(道程)」
이봉구, 「사자(死者)의 서(書)」
선우휘, 「체스타필드」

1958년 12월
한무숙, 「그대로의 잠을」
오상원, 「부동기(浮動期)」
안동민, 「어떤 고백」
박경수, 「환생」

특기사항(~1958년) 국내작가 소설만으로 총 43편이 수록되었으며, 특히 7~8월에 대거 수록되었다. 선우휘
와 오상원이 각 3편, 그밖에 손창섭·이호철·이범선·염상섭·박영준이 각 두 편씩 실었으며, 오영수의 작품
도 한 편 수록되었다. 『사상계』 편집에 있어 소설이 가지는 비중이 1957년에 비해 더 커졌으며 이러한 추세는
1959년에 이르면 절정에 이른다. 그 외 특기할 만한 것으로 「최남선, 이광수」 특집, 「실존주의」 특집이 보이
며, 「국내의 움직임」란이 신설된 것도 눈에 띈다. (이 란은 이후로 계속 비대해진다.)

1959년 1월
염상섭, 「싸우면서도 사랑은」
황순원, 「안개구름 끼다」
한남철, 「강설」
서기원, 「달빛과 기아」
토마스 만, 「신동」

1959년 2월
전광용, 「G. M. C」
이호철, 「탈곡」
이채우, 「마지막 별」
송병수, 「환원기(還元期)」
스타인백, 「하얀 메추리」

1959년 3월
손창섭, 『낙서족』(장편 편집방침에 따른 첫작품)

1959년 4월
안수길, 「북간도」(장편)

1959년 5월
마해송, 「홀러간 쪽지」
유주현, 「장씨 일가」
오상원, 「보수」
송상옥, 「제 사(四)악장」

1959년 6월
정한숙, 「꼬추 잠자리」
선우휘, 「흰 백합」
오영수, 「낙수(落穗)」
김동립, 「영웅」(~7월호까지 연재)

1959년 7월
하근찬, 「나룻배 이야기」
박경수, 「혈맥」
김이석, 「기억」
박연희, 「산과의 대화」
안수길, 「등교통고」

1959년 8월
염상섭, 「동기(同氣)」
오상원, 「표정」
서기원, 「조준」
송병수, 「그늘진 양지」
정연희, 「한뼘의 땅」
박헌구, 「오후」

1959년 9월(단편작가 10인선)
박영준, 「교회당이 있는 마을」
이호철, 「파열구」
선우휘, 「도전」
전광용, 「크라운장(莊)」
오영수, 「합창」
유주현, 「희곡사(四)제」
송상옥, 「바닥없는 함정」
한말숙, 「장마」
최상규, 「질서」
구혜영, 「암초」
A. 프랑스, 「크랭크 비이유」

1959년 10월
손창섭, 「잉여인간」(재수록, 제4회 동인상 수상작)
이무영, 「두더지」
황순원, 「뎃상」
이범선, 「환원」
서기원, 「오늘과 내일」
하근찬, 「흰종이 수염」
박경수, 「김광재 군」

1959년 11월
추 식, 「염병」
최태응, 「삼인가족」
손소희, 「태풍」
J. 죠이스「취련(醉蓮)의 성」(율리시즈 제5삽화)
마레크 홀라스코, 「제 팔(八)요일」

1959년 12월(단편소설 10인집)
박연희, 「고향」
오영수, 「소년의 경우」
오상원, 「현실」
박경리, 「해동여관의 미라」
이호철, 「중간동물」
김광식, 「고목의 유령」
염상섭, 「두 양주」
오유권, 「월광」
송병수, 「인간신뢰」
김동립, 「대중관리」

현재훈, 「분노」(신인작품, 등단작)
F. 카프카, 「촌(村)의사」

특기사항(~1959년) 이 해는 『사상계』의 발행부수도 최고조에 달한 해이지만, 소설작품도 여느 해에 비해 가장 많이 발표된 해이다. 외국소설 6편을 포함하여 총 67편이 수록(「잉여인간」, 재수록)되었다. 오상원·이호철·서기원·송병수·염상섭이 각 3편 씩, 하근찬·박경수·유주현·안수길·오영수·박경수·선우휘·황순원·박연희·전광용·송상옥이 각 두 편씩 발표하였다. 3~4월호에 장편 수록을 시도하였으나 많은 논란이 따랐으며, 9월에 와서는 다시 단편 중심의 편집 방침으로 복귀한 것으로 보인다. 그 외에 「한국과 근대화」·「인텔리겐차」·「휴머니즘」 특집이 눈에 띠며, 평론 란이 비대해진 것도 특기할 만하다.

1960년 1월
황순원, 「나무들 비탈에 서다」(~7월호까지 연재)
강신재, 「젊은 느티나무」
서기원, 「변신」
한남철, 「음지부조(陰地浮彫)」
W. 포크너, 「버비나의 향기」

1960년 2월
이병구, 「두 개의 회귀선」
서근배, 「목격자」

1960년 3월
장용학, 「현대의 야(野)」
박경수, 「의젓한 초상」
D. H. 로렌스, 「맹인」

1960년 4월
오상원, 「황선지대」(중편)
H. 카롯사, 「판이한 세계」

1960년 5월
오유권, 「새로난 주막」
정연희, 「어느 하늘 밑」
헤밍웨이, 「이제 몸을 눕히고」

1960년 6월
서기원, 「이 성숙한 밤의 포옹」
유주현, 「잃어버린 여정」(중편)

1960년 7월
강용준, 「철조망」(제1회 『사상계』 신인상 수상작)

현재훈, 「환(幻)」
한남철, 「공황」
김동립, 「연대자」
박헌구, 「오감도」
프루스트, 「스완의 사랑」

1960년 8월
최정희, 「인간사(史)」(~12월호까지 연재)
전광용, 「충매화(蟲媒花)」
김이석, 「흐름 속에서」
V. 울프, 「큐우 식물원」

1960년 9월
하근찬, 「위령제」
김광식, 「아이스만 견문기」
이문희, 「노해기(怒海記)」

1960년 10월
이범선, 「오발탄」(제5회 동인상 후보상 수상)
서기원, 「이 성숙한 밤의 포옹」(제5회 동인상 후보상 수상, 재수록)
박경수, 「하자(瑕疵)」
쎙떽쥐뻬리, 「아라스 상공(上空)을 가다」

1960년 11월
이범선, 「박사님」
서기원, 「둔주(遁走)」
이호철, 「용암류」
헉슬리, 「초상화」

1960년 12월
정한숙, 「두메」
오유권, 「돼지와 외손주」
A. 카뮈, 「넋속의 죽음」

특기사항(~1960년) 소설 총 41편 (외국 9편 포함) 중 서기원이 세 편(재수록 제외), 이범선·한남철·박경수가 각 두 편씩, 황순원과 최정희가 장편을 발표하였다. 그 외에 「세계문단」란이 신설된 점이 눈에 띈다.

1961년 1월
안수길, 「북간도(제2부)」
마해송, 「아름다운 새벽」(~5월호까지 연재)

1961년 2월
최상규, 「심야의 향응(響應)」
강용준, 「기습작전기」

1961년 3월
이호철, 「판문점」
로브 그리예, 「미궁 속에서」(앙띠 로망 특집 관련 수록작품)
L. 데 포레, 「아이들 방」(상동)

1961년 4월
서기원, 「전야제」
현재훈, 「기만」

1961년 5월
A. 테르츠, 「재판은 시작되다」(소련 현실과 관련한 반공소설)

1961년 6월
유주현, 「밀고자」
박경수, 「절벽」
김동립, 「주인없는 성」

1961년 7월
최인훈, 「수(囚)」
송상옥, 「잠복초(潛伏哨)」
오승재, 「이차적 공작」

1961년 8월
오상원, 「무명기(無明記)」(~9・11월호까지 연재)
남정현, 「기상도」
손소희, 「다리를 건널 때」

1961년 9월
조용만, 「속초행」
백인빈, 「뜨거운 태양 아래서의 질주」

1961년 10월
남정현, 「너는 뭐냐」(제6회 동인상 후보상 수상)
한남철, 「끊어진 다리」

1961년 11월
오유권, 「어떤 노인의 죽음」
이문희, 「하모니카의 계절」

1961년 11월(100호 기념 문예특별 증간호)
김동리, 「등신불」
김이석, 「허민선생」
안수길, 「서장(序章)」
오영수, 「비파(枇杷)」
장용학, 「유피(遺皮)」
한무숙, 「대열 속에서」
황순원, 「송아지」
김성한, 「광화문」
선우휘, 「유서」
오상원, 「야반」
손창섭, 「육체추」
김광식, 「탁류에 흐르다」
정병조, 「연교수와 금뺏지」
박경수, 「구돌재」
구혜영, 「메기의 추억」
한남철, 「귀를 벽에」
김동립, 「자유의 길」
송상옥, 「형제 그리고 두 죽음」
박헌구, 「유리의 벽」
현재훈, 「묵회설(默會說)」
강용준, 「석척(蜥蜴)의 항고」

특기사항(~1961년) 증간호를 포함하여 소설은 총 46편 수록되었다. (외국3편 포함) 박경수·강용준·남정현·한남철·김동립·오상원이 각 두 편씩 발표하였다. 그 외 「한국의 지식층」, 「저널리즘」 특집 등이 보이며, 「새로운 예술운동」 등의 좌담회도 눈에 띈다.

1962년 1월
전광용, 「반편들」
송병수, 「나그네」

1962년 2월
이범선, 「월광곡」
하근찬, 「나무열매」
강용준, 「둔주곡(遁走曲)」
D. 샐린저, 「에스메에게」

1962년 3월
장용학, 「원형의 전설」(~11월호까지 연재)

1962년 4월
서기원, 「전야제(제2부)」

1962년 5월
최상규, 「신지군(申之君)」
M. 질라스, 「전쟁」

1962년 6월
송상옥, 「성(聖)바우로의 신부(神父)」

1962년 7월(창작 7인집)
유주현, 「임진강」
전광용, 「꺼삐딴 리」
박경수, 「박람회」
이호철, 「닳아지는 살들」
서기원, 「야화(夜話)」
남정현, 「자수민(自首民)」
최인훈, 「칠월의 아이들」

1962년 8월(해외작가 7인집)
A. 테르사, 「너와 나」(소련)
I. 안드릿치, 「콘스탄티노플로 가는 길」(유고)
R. 가리, 「세상에서 가장 오래된 이야기」(프랑스)
H. 빌, 「방랑자여 슈파로 가려는가」(독일)
H. 벤더, 「식사당번」(독일)
P. 테일러, 「엄청난 의혹」(미국)
J. 핸리, 「아무말도 말라」(영국)

1962년 9월
이무영, 「목석(木石)부인」(~10월호까지 연재. 이무영의 遺稿)

1962년 10월
전광용, 「꺼삐딴 리」(제7회 동인상 공동수상작, 재수록)
이호철, 「닳아지는 살들」(동인상 공동수상작, 재수록)

1962년 11월
한무숙, 「배역」

존 스타인백, 「붉은 망아지」

1962년 11월 문예 특별 증간호
강신재, 「황량한 날의 동화」
김동리, 「부활」
박경수, 「우수(憂愁)와의 결별」
박영준, 「배리(背理)의 꽃」
서기원, 「재벌」
선우휘, 「도박」
송병수, 「붉은 언덕」
오영수, 「수변(水邊)」
유주현, 「갈대꽃 필 무렵」
이범선, 「돌무늬」
한남철, 「귀로」
서정인, 「후송」(『사상계』 신인상 수상작)
황수영, 「입석부근」
박순녀, 「아이러브유」
존 스타인백, 「울적한 겨울」(1962년 노벨문학상 수상작가 작품)

특기사항(~1962년) 외국작품 11편을 포함하여(노벨상 수상자 스타인벡의 작품 2편) 소설은 총 45편이 수록되었다. 증보판 수록작을 제외하면 30편이 수록되었는데 8월호 외국소설 특집 등으로 실린 외국작가 작품 10편을 제외하면 국내작가의 작품은 증보판을 제외하고는 20편이 수록된 셈이다(2편은 동인상 수상작으로 재수록된 것이므로 실제는 18편이다). 서기원이 세 편, 전광용 · 이범선 · 유주현 · 박경수 · 송병수가 두 편씩 발표하였다. 장용학이 장편을 발표하였으며, 서정인이 신인상 수상으로 등장하였다. 그 외에 3월의 「후진사회」 특집과 4월의 「대학생」 특집이 눈에 띈다. 또한 영화란의 비중이 확대되었다.

1963년 1월
안수길, 「북간도(제3부)」

1963년 2월
김이석, 「장태현(章台峴)시절」
김동립, 「에스카레이터」
A. 쏠제니친, 「이반 제니쏘비치의 하루」(소련 반체제인사 소설)

1963년 3월
선우휘, 「성채」(5~8 · 10 · 11월호, 1964년 1월호까지 연재)

1963년 4월
이호철, 「육십년의 배당(配當)」

1963년 5월
한운사, 「승자와 패자」(~1964년 3월호까지 연재)
F. 네벨, C. 베일리 2세, 「미국, 군사혁명 좌절되다」(~7·9월호까지 연재)

1963년 6월
이문희, 「영일(寧日)」

1963년 7월
황순원, 「그래도 우리끼리는」
오유권, 「가난한 형제」
박경수, 「우울한 마을」

1963년 8월
현재훈, 「육교」
서정인, 「물결이 높던 날」

1963년 10월
강용준, 「돌아갈 길 없는 육월(六月)의 떠돌이들」

1963년 11월
송상옥, 「마(魔)의 계절」

1963년 11월 문예 특별 증간호
김광식, 「깨어진 얼굴」
남정현, 「현장」
백인빈, 「산그늘에 젖은 들녘」
서기원, 「말을 주제로 한 변주」
오유권, 「백의(白衣)의 기치」
이호철, 「마지막 찬연(餐宴)」
최상규, 「또 하나의 영광」
최인훈, 「금오신화」
장용학, 「위사(僞史)가 보이는 풍경」(중편 제1부)
신태범, 「봄과 갈대와 그 아들들의 설화」(『사상계』 신인상 가작)
이상태, 「밀착된 삶으로」(상동)
박상륭, 「아겔다마」(상동)

1963년 12월
송병수, 「인형의 합창」
박헌구, 「가슴에 피가」

특기사항(~1963년) 외국소설 두 편을 포함하여 총 30편이 수록되었는데, 문예특별증간호 수록작품을 제외하면 18편만 수록된 셈이다. 이호철만이 두 편을 발표했다. 전후세대 작가들이 점차 퇴조해갈 조짐이 보인다. 『사상계』 전체 편집에 있어, 이 해는 5·16과 정권에 대한 비판적 논조, 기획이 강하게 부각되기 시작한 해이다.

1964년 1월
하근찬, 「산울림」

1964년 3월호
이영우, 「공백의 제단」

1964년 4월호(창간 11주년 기념호)
서기원, 「남해기행」
한남철, 「함정」
송상옥, 「다시 그 웃음을」

1964년 5월호
김이석, 「탈피」
전광용, 「모르못트의 반응」
백인빈, 「제 오(五)복음」
강용준, 「겨울과 쑈」

1964년 6월호
유주현, 「육인(六人)공화국」
이호철, 「일기(一期)졸업생」
남정현, 「부주(父主)전상서」

1964년 7월호
한말숙, 「이 하늘밑」
최상규, 「열외(列外)」
이문희, 「오두막집과 옹달샘」
김의정, 「사랑의 개가(凱歌)」

1964년 8월호(해외걸작 6인선)
D. 제이콥슨, 「가장 좋은 것」(영국)
E. 이오네스코, 「하늘을 걷는 사람」(프랑스)
G. 그라스, 「뼈의 산」(독일)
S. 네기그, 「진정초분(鎭定草盆)」(아일랜드)
M. 질라스, 「나병환자」(유고)
Y. 카자코프, 「아담과 이브」(소련)

1964년 9월호
오상원, 「거리」
박경수, 「속(續) 애국자」

1964년 10월호(신춘문예 당선작가 단편선)
김문수, 「싱싱한 낙엽」
김승옥, 「무진기행」
오지영, 「소쩍도 이야기」
홍성원, 「중복(中伏)」

1964년 11월호
김동리, 「유혼설(遊魂說)」
이범선, 「살모사」
박순녀, 「외인촌 입구」(신인문학상 입선 추천작)
박상륭, 「장끼전」(상동)

1964년 12월
박경리, 「풍경(B)」
하근찬, 「붉은 언덕」
현재훈, 「사자(死者)의 말」
권중석, 「공알앙당」(신인상 가작 당선작)

특기사항(~1964년) 외국소설 6편을 포함하여 총 36편의 작품이 수록되었다(하근찬 2편). 한일회담에 반대
하여 4월에 긴급증간호가 발간되었다.

1965년 1월
송병수, 「잔해」(제9회 동인문학상 수상작)
서기원, 「선호(選好)」
이호철, 「부시장 부임지로 안가다」

1965년 2월
장용학, 「부화」
오상원, 「담배」
최상규, 「문을 열고 들어가다」

1965년 3월
송병수, 「무적인(無籍人)」
이문희, 「소야(小夜)」
송상옥, 「또 다른 세계들」
박순녀, 「임금의 귀」

1965년 4월
황순원, 「소리그림자」
전광용, 「세끼미」
백인빈, 「제삼(三)폭동」
강용준, 「이 울 속은」

1965년 5월
김용익, 「변천」
박상륭, 「강남견문록」
히라바야시 다이꼬, 「사람의 목숨」

1965년 6월
김승옥, 「서울, 1964년 겨울」
김동리, 「성문거리」
남정현, 「천지현황(天地玄黃)」
안국선, 「금수회의록」('60년 전의 베스트셀러' 재수록)

1965년 7월(해외 단편 7인선)
W. 와이저, 「나의 노래-신포도는 안먹어」(미국)
M. 스파크, 「지저분한 꼴을 좀 보세요」(영국)
A. 모라비아, 「탈출」(이탈리아)
A. 도멜, 「안녕, 영원히 안녕」(프랑스)
M. 멜와니, 「전기톱」(인도)
I. 멧쩨르, 「견습생」(소련)
H. 피온테에크, 「망시(亡市)」(독일)

1965년 8월
선우휘, 「망향」
박헌구, 「미궁」
장용학, 「태양의 아들」(~1966년 2월호/4~5월호/8~12월호까지 연재)

1965년 9월
박경수, 「성년(成年)의 비밀」
오유권, 「꼭두말집」
홍성원, 「프로방스의 이발사」

1965년 10월
박영준, 「김교수」
오상원, 「그 어느 주변」
송상옥, 「묘혈」

1965년 11월
박화성, 「팔전구기(八顚九起)」
황순원, 「메마른 것들」
박경리, 「하루」

1965년 12월
안수길, 「미명(未明)」
강신재, 「강물이 있는 풍경」
박용숙, 「꿈을 꾸는 버러지」
이청준, 「퇴원」(제7회 『사상계』 신인문학상 수상작)

특기사항(~1965년) 외국소설 8편을 포함하여 총 44편의 소설이 수록되었다. 장용학이 장편 연재를 포함하여 2편, 오상원·송병수·송상옥·황순원이 각 2편씩을 발표하였다. 60년 전의 베스트셀러라 해서 안국선의 「금수회의록」이 수록되었으며, 12월에 이청준이 「퇴원」으로 『사상계』 신인문학상을 수상하며 등단한 것이 눈에 띈다. 이 해는 『사상계』가 문학에 비중을 두고 편집을 한 사실상의 마지막 해라고 할 수 있다. 8월에 한일협정 비판 긴급증간호가 발간되었다.

1966년 1월
이호철, 「시제(時祭)터 유람객」
하근찬, 「삼각(三角)의 집」
김용성, 「환멸」
김승옥, 「서울, 1964년 겨울」(재수록, 제10회 동인문학상 수상작)

1966년 2월
박연희, 「피」
이광숙, 「아이들」
현재훈, 「사각(四角)의 현실」
유현종, 「푸른 숲이 있는 붉은 강」

1966년 3월호
이청준, 「임부(姙夫)」
이종환, 「동일(冬日)」
송기동, 「고해」
오학영, 「우화」

1966년 4월호
손소희, 「그 자매」
박경수, 「경향지간(京鄕之間)」
최상규, 「필사의 대국(對局)」
백인빈, 「ㄴ, ㄱ, ㅁ」

1966년 5월호
이어령, 「무익조(無翼鳥, KIWI)」
송병수, 「대화」

1966년 8월호
이청준, 「줄」
송상옥, 「옥상에서」

1966년 9월호
김용성, 「상한(象限) 밖으로」

1966년 10월호
박순녀, 「단절」

1966년 11월호
유현종, 「다울라기리 용사(勇士)」

1966년 12월호
슈무엘 아그논, 「적과 동지」(1966년도 노벨문학상 수상작가 단편)

특기사항(~1966년)
외국소설 1편을 포함하여 총 23편의 소설이 수록되었다(재수록 1편 제외). 이청준·김용성이 각 두 편씩 발표하였다. 전후세대작가의 현저한 퇴조와 함께 새로운 작가군의 뚜렷한 등장을 발견할 수 있다.

1967년 1월호
최인훈, 「웃음소리」(제11회 동인문학상 수상작)
송병수, 「빙하시대」(~7월호 / 1968년 1~6·8·10월호까지 연재)

1967년 3월호
이보 안드리치, 「갈증」

1967년 4월호
박상륭, 「시인(詩人) 일가(一家)네 겨울」

1967년 5월호
박헌구, 「복두(幞頭) 장이」
R. 렛따우, 「마니히의 등장」

1967년 6월호
구혜영, 「어떤 평일(平日)」

1967년 8월호
이문구, 「부동행(不動行)」
J. 샐린저, 「507호실」

1967년 9월호
박상륭, 「쿠마장(場)」
J. 샐린저, 「어떤 모자(母子)」

1967년 10월호
이성훈, 「남자의 시간」

1967년 11월
마나코, 「권력자의 장례식」

특기사항(~1967년) 외국작품 5편을 포함하여 13편의 소설이 수록되었다. 박상륭이 두 편을 발표하였다. 거의 잡지 편집이 불가능한 지경에 있음을 알 수 있다(1966년에도 문제가 있었으나 이 해에 와서는 특히 그러하다). 1965년 기존의 대학교수 편집위원들이 대부분 정권의 압력에 의해 물러난 이후로는, 사실상 『사상계』가 마지막을 고했다고 할 수 있다.

1968년 1월호(이때부터 부완혁이 권두언을 썼다.)
안수길, 「삭발」

1968년 2월호
박영준, 「숨쉬는 나무」

1968년 3월호
오영수, 「명촌 할아버지」

1968년 4월호
이청준, 「병신과 머저리」(제12회 동인문학상 수상작)

1968년 5월호
손소희, 「성곽 밖의 봄」

1968년 6월호
구혜영, 「은빛깔의 작은 새」
손장순, 「우울한 한강」

1968년 7월호
정연희, 「제 오(五)의 계절」

1968년 8월호(최근 해외문학 특집)
서기원, 「공범자들(其一)」
그레암 그린, 「젠틀한 두 사람」(영국)
죠지 엘리엇, 「관광객과 순례자」(미국)
기로우, 「끌레르에게 하는 편지」(프랑스)
카슈닛쯔, 「길다란 그림자」(독일)
모라비아, 「청혼」(이탈리아)
고류쉬낀, 「베뜨루샤」(소련)

1968년 9월호
박상륭, 「열명길」
오유권, 「어촌」

1968년 10월호
최인호, 「2와 1 / 2」(제10회 『사상계』 신인상 입선작)
서영은, 「교(橋)」(상동)

1968년 11월
이문구, 「이삭」
박용숙, 「사신도(四神圖)」

1968년 12월
박태순, 「변명」
백인빈, 「단목산제(檀木山祭)」

특기사항(~1968년) 외국소설 6편을 포함하여 총 23편의 소설이 수록되었다. 부완혁이 새 발행인이 되면서 다시 잡지가 조금 모양을 갖추려고 한 흔적이 보인다.

1969년 3월
박경수, 「가나안으로 가는 길」

1969년 5월
이청준, 「소매치기올시다」(~6월호까지 연재)

1969년 7월호
이문구, 「백의(白衣)」

1969년 8월호
구혜영, 「명희」
카릴 지브란, 「마르타」

1969년 9월호
최범루, 「젊은 국민들」
카릴 지브란, 「광인(狂人) 유한나」

1969년 10월호
오찬식, 「위임장」
카릴 지브란, 「태고의 티끌과 영원히 타오르는 불길」

1969년 11월
강로향, 「화인(火印)」(~1970년 5월호까지 연재)
카릴 지브란, 「지신(地神)들」(~12월호까지 연재)

특기사항(~1969년) 외국소설 4편(모두 카릴 지브란 작품)을 포함하여 총 11편의 작품이 수록되었다.

1970년 1월
박상륭, 「천야일화(千夜一話)」

1970년 2월
한승원, 「이색(異色) 거미줄 소묘」
박용숙, 「두 나그네」

1970년 4월
신상웅, 「불타는 도시」

1970년 5월
표문태, 「합격자 수기」

특기사항(~1970년) 총 5편이 수록되었다. 5월호의 김지하의 담시 「오적」으로 인해 폐간 처분을 당하게 되었다.

    ** 약 17년간 소설 총 513편이 수록되었으며, 그 가운데 국내소설이 431편(84%), 외국소설이 82편(16%) 수록되었다.

　　미술·음악 등의 전문영역 비평과, 문학 관련 글이라 하더라도 명백히 연구논문의 성격이 강한 것은 제외하였다(예 : 정병욱의 고전 연구논문, 전광용의 신소설 연구논문, 최재서의 셰익스피어 연구논문 등).
　　그렇지만 문학·문화영역에 걸쳐 포괄적인 주제로 집필된 글은 포함하는 것을 원칙으로 하였다. 연재된 글은 각각이 독립된 주제가 아닌 이상, 한 편으로 취급하였다(송욱의 「시학평전」의 경우 연재 후반부의 글들은 각각을 독립된 글로 간주하였다).
　　문학상 심사평은 제외하였으나, 서평은 포함시키는 것을 원칙으로 하였다. 좌담·대담 등은 목록에는 포함했지만, 집계하지는 않았다.

『사상』 1952년 9월호
조향, 「20세기 문예사조」(~10·12월호)
에니드 스타키, 「앙드레 지드－그가 본 공산주의」

1952년 11월호
R. 알베레스, 「배반당한 절망－20세기의 지적모험」

『사상계』 1953년 5월호
김도성, 「현대 영시단의 동향」

1953년 6월호
오영진, 「문화정세론」

1953년 7월호
알베르 까뮈, 「작가와 진실성」

1953년 11월호
스티븐 스펜더, 「W. H. 오오덴과 그의 시」

1953년 12월호
커어미트 랜스너, 「알베엘 카뮈론(論)」

1954년 1월호
삐에르 베르토, 「지식인과 행동」

1954년 2월호
T. S. 엘리엇, 「구주(歐洲)문화 통일론」

1954년 3월호
김병철, 「전후(戰後)미국의 신(新)문학운동」

1954년 8월호
쟝 뽈 사르트르, 「실존주의는 휴매니즘이다」
T. S. 엘리엇, 「시의 원리」

1954년 9월호
이교상, 「현대철학과 문학의 일단면」
안드레 모로아, 「사랑과 예술의 괴테」

1954년 11월호
김병철, 「아메리칸 휴매니즘의 기조문제」(~12월호)
알베르 까뮈, 「자유인의 변(辯)」

1954년 12월호
신상초, 「평론과 평론가와 그 윤리」

특기사항(~1954년 12월호)   편집위원회 체제 이전에 수록된 평론의 수는 『사상』의 것을 포함하여 총 18편이다. 그 가운데 11편은 외국 평자의 평문이었다. 카뮈와 엘리엇의 글이 두 편 실렸으며, 카뮈 외에도 사르트르·알베레스 등 실존주의적 휴머니즘과 관련된 논자들의 글이 많이 실리고 있음이 눈에 띈다.

1955년 1월호
전광용, 「호소와 체념의 표백」
장경학, 「근대적 기점으로서의 '호질(虎叱)'」
A. 카뮈, 「시지프의 신화」
S. 깐도, 「낭만주의의 고찰」
E. 위트필드, 「헤밍웨이의 생활과 문학」

1955년 2월호
백철, 「신세대적인 것과 문학」
C. 오버제트, 「현대 영미사회와 그 문학」(~3·5월호)
* 좌담: 「한국문학의 현재와 장래」─김팔봉·백철·손우성·이무영·주요섭

1955년 3월호
김팔봉, 「문예시감(文藝時感)」(고정 칼럼)
김규동, 「현대시와 사상」
김동욱, 「중세기의 예술인─광대」
앙드레 모로아, 「파리문학 통신」

1955년 4월호
안병욱, 「실존주의의 계보」(철학적 성격이 강함.)
김팔봉, 「문예시감(文藝時感)」(고정 칼럼)
손우성, 「현대불안의 해부」

1955년 5월호
장덕순, 「고대소설에 나타난 미인상」(연구논문적 성격이 강함.)
김팔봉, 「문예시감(文藝時感)」(고정칼럼)

1955년 6월호
손우성, 「주류의 생성전기(前期)」
김팔봉, 「학생과 예술」
백철, 「문학을 뜻하는 학생에게」

1955년 7월호
김팔봉, 「문예시감(文藝時感)」(고정칼럼)
손우성, 「비평의 창작성」
손우성, 「5월 창작 월평」
한교석, 「전통과 문학」

1955년 8월호
김동욱, 「국문학 연구의 현상과 장래」
김팔봉, 「문예시감」(고정칼럼)
한교석, 「전통의식과 창작」

1955년 9월호
김팔봉, 「문예시감」(연재칼럼 마지막.)
손우성, 「여류와 신인작품의 비중」
김규동, 「현대시의 위치」

1955년 10월호
이무영, 「우리 문학의 가는 길, 가야할 길」
백철, 「전형기(轉形期)의 문학」
최재서, 「문학의 한계」
이태극, 「언어와 문학」

1955년 11월호
김동인, 「한국근대소설고」(일제하 문헌 재수록)
안병욱, 「현대사상강좌-휴매니즘」
정창범, 「김유정론(論)」

P. 봐데프르, 「키에로케고르와 카프카」
S. 스펜더, 「시작(詩作) 원리」

1955년 12월호
김붕구, 「증인 문학―앙드레 말로의 경우」
최재서, 「지성의 비극」

특기사항(~1955년) 외국평론 7편을 포함하여 총 40편의 평론이 수록되었다. 철학과 문학의 경계가 불분명한 글이 많으며, 분명한 문학평론이라 하더라도 외국작가를 대상으로 한 평론이 상당수에 달한다.

1956년 1월호
박성의, 「국문학 고전과 유불도(儒佛道)사상」
김성한, 「고대 그레샤 비극」
헤르만 헷세, 「전쟁과 평화」
* 대담 : 김팔봉・백철, 「1955년의 한국문단」

1956년 2월호
최재서, 「문학과 사상」
오현우, 「전후 불란서 문학사조의 주류」

1956년 3월호
최재서, 「문학과 사상」(2월호의 글을 개고(改稿)하여 재발표.)

1956년 4월호
최재서, 「현대비평에 있어서의 개성의 문제」
죠프리 브레르튼, 「이십세기 불란서소설」(5・7월호까지 연재)
S. 모옴, 「소설론」

1956년 5월호
최재서, 「문학의 목적, 기능, 효용」

1956년 6월호
최재서, 「낭만주의의 초극」
양기철, 「영화와 연극」

1956년 7월호
최재서, 「표현매체로서의 언어」
김도성, 「현대 영시(英詩)의 세계」

1956년 8월호
김팔봉, 「한국문단측면사」(12월호까지 연재)

1956년 10월호
L. 보간, 「미국문학의 모더니즘」

1956년 11월호
모옴, 「도스토엡스키론(論)」(12월호까지 연재)
보봐르, 「문학과 형이상학」

1956년 12월호
안병욱, 「문화에 관한 정열」
이종우, 「현대와 휴매니즘」
가스리, 「와일더의 예술과 인간」

특기사항(~1956년) 외국평론 7편을 포함하여 총 21편의 평론이 수록되었다. 12월호의 안병욱과 이종우의 글은 문화일반론이라 할 수 있으나 당대 문학과 깊은 연관을 가진 글이다.

1957년 1월호
김용배, 「예술의 철학」
유병천, 「헤밍웨이론(論)」

1957년 2월호
장덕순, 「설화문학과 그 계승문제」
에드워드 데볼, 「포오크너론(論)」

1957년 3월호
백철, 「국문학사 서술방법론」
박종서, 「전후의 독일문학」
쥬르 로망, 「명일(明日)의 예술가」
W. S. 모옴, 「톨스토이론(論)」(4월호까지 연재)

1957년 4월호
R. 웰렉, A. 워렌, 「문학연구론」(5월호까지 연재)
F. 스토발, 「횟트맨과 미국의 전통」

1957년 5월호
최재서, 「열정론(論)」
최일수, 「현대희곡의 특질」
박광선, 「스탕다알론(論)」

1957년 6월호
정병욱, 「고전(古典)의 현대화논의」
송욱, 「작가의 형성과 환경」
* 좌담 : 박종홍 · 손우성 · 이종우 · 최재서 · 안병욱, 「문학자, 철학자가 오늘과 내일을
　　　　말하는 좌담회－휴매니즘을 중심으로」

1957년 7월호
백철, 「상반기 신구(新舊)의 창작계」
김춘수, 「이상(李箱)의 죽음」
A. 존스, 「현대소설과 소설가」

1957년 8월호
김붕구, 「현대의 신화」
C. 우드워드, 「미국남부문학의 교훈」

1957년 9월호
정병욱, 「아카데미즘의 위기」(10월호까지 연재)
박종화, 「시인(詩人)을 통해서 본 한국문화」(11월호까지 연재)
이어령, 「기초문학함수론」
허버트 리드, 「예술의 영역」

1957년 10월호
안병욱, 「사회기구와 휴매니즘」
최재서, 「루스와 나이팅겔」

1957년 11월호
최재서, 「표현과 전달의 이론」
김용권, 「I. A. 리챠즈의 비평과 그 방법」(12월호까지 연재)
T. 위트니, 「사람은 동물이 아니다」

1957년 12월호
최재서, 「문학의 내용과 형식」(1958년 1월호까지 연재)
이어령, 「1957년 시(詩)총평」
오화섭, 「연극론」
W. 알렌, 「소설의 본질」

특기사항(~1957년) 외국평론 10편을 포함하여 총 33편의 평론이 수록되었다. 장덕순과 정병욱의 글은 고
전을 다루고 있지만 그것의 현대적 계승문제를 고민하고 있는 글이라는 점에서 평론이라 할 만하다. 6월호의
대담과 10월호의 안병욱의 글은 문학을 포함하는 이 시기 문화일반론으로 의미를 가지는 글들이다.

1958년 1월호
이어령, 「1957년의 작가들」

1958년 2월호
김팔봉, 「작가로서의 춘원」
주요한, 「춘원의 인간과 생애」
오상원, 「손창섭의 '비오는 날'」 : 서평
최일수, 「문학과 대중」
P. 씨몽, 「까뮤의 작품과 윤리」
사르트르, 「'이방인' 비판」
W. 모옴, 「에밀리 브론테론(論)」 : 3월호까지 연재

1958년 3월호
김붕구, 「대화, 정쟁(政爭), 관례」
에드먼드 윌슨, 「상징주의 문학」(4월호까지 연재)

1958년 4월호
박영희, 「현대한국문학사」(4~5월호 / 9월호~1959년 4월호까지 연재)
김형규, 「언어와 문학」(5월호까지 연재)
D. 다이치즈, 「제임스 조이스론(論)」

1958년 5월호
장덕순, 「국문학의 방법론적 제문제」
권명수, 「사실주의 문학」
백철, 「I. A. 리챠즈씨(氏)와의 문학대화」

1958년 6월호
남평우, 「레지스탕스문학과 그 작가들」
레이 웨스트, 「현대단편소설과 예술지고(至高)의 형식」

1958년 7월호
고석규, 「비평가의 교양」(유고)

1958년 8월호
안수길, 「주제를 중심으로」(소설 월평)
유종호, 「인상」(시 월평)

1958년 9월호
안수길, 「재미에 중점을 두고」(소설 월평)
유종호, 「인상」(시 월평)

1958년 10월호
박종홍, 「문화의 전승, 섭취, 창조」
정병욱, 「우리문학(文學)의 전통과 인습」
안수길, 「구성에 중점을 두고」(소설 월평)
유종호, 「고언이설(苦言利說)」(시 월평)
이양하, 「한미(韓美)의 문학정세에 관하여」(강연록)
V. 하로우, 「포크너 문학의 비극성」(강연록)
S. 얼만, 「유진 오닐의 문학세계」(강연록)

1958년 11월호
이숭녕, 「양주동씨(氏)의 도전에 답한다」
이어령, 「해학의 미적 범주」
안수길, 「인상을 더듬어」(소설 월평)
유종호, 「고언이설(苦言利說)」(시 월평)
백철, 「뉴크리티시즘의 제문제」
S. 얼만, 「테네시 윌리암스의 문학」
V. 하로우, 「헨리 제임스의 문학세계」
V. 하로우, 「윌라 캐더의 '개척자'」

1958년 12월호
이교창, 「현(現)문단의 정신적 상황」
이어령, 「1958년의 소설 총평」
박목월, 「수운록(瘦雲錄)-1958년의 시 총평」

특기사항(~1958년) 외국평론 11편을 포함하여 총 41편의 평론이 수록되었다.

1959년 1월호
김철, 「최근 일본문단의 상모(相貌)」
레나토 포지올리, 「조화의 시인-파스테르나크의 인간과 문학」

1959년 2월호
권명수, 「카라마조프의 형제」(고전해설)
김춘수, 「언어」(시 월평)
유종호, 「일별이언(一瞥二言)」(소설 월평)

1959년 3월호
전광용, 「김붕구, '불문학산고(佛文學散考)'」(서평)
김춘수, 「소박과 감상(感傷)」(시 월평)
유종호, 「일별이언(一瞥二言)」(소설 월평)

* 좌담 : 오영진·오종식·한태연·오화섭, 「문화가(文化街)의 주변」

1959년 4월호
이만갑, 「윤리의 세대적 차질(差質)」
안병욱, 「기성질서에 대한 레지스탕스의 구조」
곽소진, 「나보코브, '로리타'」(서평)
정병욱, 「현대한국문학의 진단서─백철, '문학의 개조'를 읽고」(서평)
김춘수, 「신인, 기타─3월의 시평」(시 월평)
백철, 「'낙서족'의 독후감」(『낙서족』평)
김우종, 「야유의 인생, 야유의 문학」(상동)
유종호, 「인간모멸의 백서(白書)」(상동)
이어령, 「잡음」(상동)
김동리, 「'무명(無明)'에서 '광명(光明)'으로」(상동)

1959년 5월호
여석기, 「문학과 지식인」
김붕구, 「발자크의 '인간극(人間劇)'」
이어령, 「주마간산(走馬看山)─4월의 시평」(시 월평)
곽종원, 「다시 기교면(面)의 요령」(「북간도」평)
선우휘, 「이것은 명편(名篇)이다」(상동)
최일수, 「기념비적인 노작」(상동)
백철, 「또 하나의 리얼리즘」(상동)
J. 가세트, 「프루스트에 있어서의 시간, 거리, 형식」

1959년 6월호
여석기, 「최재서 저, '영문학사'」(서평)
이어령, 「길에 도표가 없다─상반기의 시와 소설」

1959년 7월호
곽종원, 「현실긍정의 의미」(소설 월평)
박목월, 「사담록(私談錄)」(시 월평)

1959년 8월호
장덕순, 「패배주의의 유토피아증(症)─국문학에 나타난 우리 민족성」
최일수, 「한계상황의 인간」(소설 월평)
박목월, 「사담록(私談錄)」(시 월평)
* 대담 : 함석헌·이어령, 「내 것이냐 카에자의 것이냐─세대의 대질(對質)」

1959년 9월호
이진구, 「휴식, 광명, 단순─아나톨 프랑스와 그의 작품」

L. 트릴링, 「프로이드와 문학」
* 좌담회 : 김붕구 · 백철 · 오화섭 · 이양하 · 최재서 · 여석기, 「르네쌍스가 가까웠다―번
            역문학 붐이 의미하는 것」

1959년 10월호
이어령, 「오늘의 소설」(소설 월평)
유종호, 「공감(共感)의 분실」(시 월평)

1959년 11월호
여석기, 「미(美)의 사제의 문학―제임스 조이스론(論)」
이어령, 「현실을 바라보는 여섯가지 위치」(소설 월평)
유종호, 「몇 개의 아나로지」(시 월평)

1959년 12월호
김붕구, 「'인간적인 것―문학과 휴머니즘」
강두식, 「존재와 허위의 한계―프란츠 카프카론(論)」
정병욱, 「이어령 저, '반항의 문학'」(서평)

특기사항(~1959년)   외국평론 3편을 포함하여 총 43편의 평론이 수록되었다. 8월호에 수록된 함석헌과 이
어령의 대담이 이채롭다.

1960년 1월호
권명수, 「숙명의 호적수―리쳐드슨과 휠딩」
백철, 「영미의 새로운 세대 문학」
고석구, 「악의 피안의 모랄―윌리엄 프크너론(論)」
김동리, 「1959년의 소설」
조지훈, 「1959년의 시」

1960년 2월호
백철, 「한국문단 십년」
손우성, 「하늘과 땅의 비중―'사반의 십자가'론」
김우종, 「동인상수상작품론―'바비도', '불꽃', '모반', '잉여인간'론」
유종호, 「사 · 에 · 라」(시 월평)
* 40년간의 문예지들에 대한 리뷰 수록(1~2월호)

1960년 3월호
백철, 「영미(英美)의 젊은 세대문학」(1월호 수록편의 후속작 성격)
박이문, 「예술성의 부활」(세계문단)
김정옥, 「전위극의 기교」(상동)
강두식, 「허무의 극복으로서의 시」(상동)

여석기, 「작가와 사회」(상동)
유종호, 「비순수의 선언-'하여지향'론」
김춘수, 「앤솔로지운동의 반성」

1960년 4월호
김정진, 「괴에테의 부활-한스 카롯사론」
이어령, 「식물적 인간상-'카인의 후예'론」
정태용, 「신문소설의 새로운 영역」
정명환, 「알베레스 저, '20세기 문학의 결산'」(서평)
조용만, 「최재서 저, '영문학사'」(서평)
김진만, 「English Moralists」(세계문단)
김정옥, 「상황의 연극」(상동)
강두식, 「표현주의의 변천」(상동)
김종길, 「앨런 테이트의 회갑」(상동)
사르트르, 「부조리의 스캔달」(사르트르의 카뮈추도 全文)

1960년 5월호
김팔봉, 「부정선거와 예술인의 지성」
손우성, 「질서와 자유에의 길-카뮈의 사상을 넘어서」
이동식, 「실존주의와 정신분석학」
김병기, 「표현주의와 미래파」
조가경, 「현대적 인간의 신화」
김용권, 「의미론의 계보」
김붕구, 「증언으로서의 문학」
양병탁, 「사자의 꿈-헤밍웨이론」
최재서, 「희극에서 비극으로」(세익스피어論)
장왕록, 「비이트의 작가와 그 후」(세계문단)
김진만, 「로렌스 다럴?」(상동)
박이문, 「한국이 본 영웅」(상동)
김정옥, 「영원한 반성」(상동)
이근삼, 「상실된 인지의 꿈」(상동)
강두식, 「오십년대의 독일연극」(상동)
홍사중, 「강신재 저, '여정(旅情)'」(서평)
김동욱, 「이태극 저, '시조개론'」(서평)

1960년 6월호(4·19 기념호)
안병욱, 「이(利)의 세대와 의(義)의 세대」
여석기, 「뮤즈의 권위회복」
김붕구, 「지성인과 독재」

1960년 7월호
손우성, 「잃어버린 기억의 점묘화-프루스트론(論)」
여석기, 「외설의 한계-채터레이 판결문을 보고」
김진만, 「경험, 현실, 자유-산문문학의 가능성」
박이문, 「초현실주의 전시회」
김정진, 「전통과 혁신운동」
장왕록, 「미국문단의 혜성 벨로우」
이근삼, 「미국의 야외극-'심포닉 드라마'를 중심해서」
정명환, 「카뮈 이후」

1960년 8월호
정명환, 「성(性)의 실존적 고찰-사르트르의 경우」
여석기, 「새로운 성(性)의 신화-'채터레이 부인의 애인'을 예로」
오화섭, 「현대연극에 있어서의 '시(詩)'」
김진만, 「영국작가의 참여」
박이문, 「허무의 드라마-몽떼를랑의 '스페인의 재상(宰相)'」
이근삼, 「극평가(劇評家) 애드킨슨의 은퇴」
강두식, 「기대되는 새로운 사실적 경향-하인리히 뵐의 소설기술」
나영균, 「미와 진리에의 감수성-V. 울프론(論)」
알베레스, 「증인과 이방인-카뮈 추도논문」

1960년 9월호
여석기, 「현대연극의 조류」
오화섭, 「안주지(安住地)로서의 비극-E. 오닐론(論)」
김봉구, 「춘계문단의 대사건?-최근 불문학 측문(仄聞)여담」
김진만, 「세익스피어」
이근삼, 「새 극(劇)에의 연결점-겔바의 '연결점'이 갖는 의의」
박이문, 「순수의 제물-젊은 신인들의 인간상」
김용권, 「작가와 계간평론지들」
김정옥, 「연극평론가로서의 브레히트」

1960년 10월호
여석기, 「예술극장운동의 대두-현대연극의 조류 2」
김봉구, 「체험의 문학-생텍쥐페리론(論)」
이진구, 「20세기문학의 종교적 요소」
장왕록, 「현대의 고전과 카즌즈」
김용권, 「전쟁과 그 윤리」
김진만, 「영국의 뉴 오디언스」
이근삼, 「동물원에 수감된 인간상-알비이의 '동물원 이야기'」
전혜린, 「체험과 사색의 형식」

강두식, 「오스트리 문학의 위치」
* 좌담회 : 김팔봉 · 안수길 · 오영수 · 강신재 · 여석기, 「소설가의 '애(哀)'와 '환(歡)'」

1960년 11월호
권중휘, 「고전(古典)의 비중」
여석기, 「외면에서 내부로-현대연극의 조류 3」
김진만, 「슬픈 지성-A. 헉슬리론(論)」
김용권, 「인상에서 이해로-이탤리가 본 미국문학 백년사」
박이문, 「로맨티즘의 소등(消燈)-시인 훼르낭 그렛그의 경우」
이근삼, 「리리안 헬만여사(女史)의 귀향」
홍승오, 「리노세로스(무소)」

1960년 12월호
이철주, 「정치의 수단으로서의 예술-북한 문화예술의 현황과 비판」
이휘영, 「반항과 정의의 신화-카뮈론(論)」
유종호, 「사·에·라」(1960년 시 창작평)
여석기, 「다채로운 전개-현대연극의 조류(完)」
장왕록, 「내한한 펄 벅 여사」
박이문, 「문학비평은 가능한가?」
고원, 「영국에서 읽히는 시인」
이동승, 「현대독일시의 경향」
정병조, 「라보크 저, '소설기술론'」 : 서평
W. 파울리, 「새로운 프랑스연극」

특기사항(~1960년) 외국평론 3편을 포함하여 총 97편의 평론이 수록되었다. 전년도에 비해 갑작스럽게 수효가 증가한 것은, 세계문단란을 통해 외국문학에 대하여 많은 소개가 이루어졌기 때문이다.

1961년 1월호
김붕구, 「맑스주의 교리와 실존적 휴머니즘」

1961년 2월호
박이문, 「60년대 신진작가의 여건과 기질」
고 원, 「이해를 돕기 위한 문예비평」
이동승, 「현대 독일 서정시 서설(2)」
정명환, 「가치의 황무지」
김정옥, 「반연극의 언어」
홍사중, 「황순원 저, '나무들 비탈에 서다'」(서평)
* 좌담회 : R. 보트랄 · 여석기 · 김진만 · 송욱, 「영시단 주변-현대 영시의 제문제」

1961년 3월호
이어령, 「현대소설의 반성과 모색—60년대를 기점으로」
박이문, 「사조로서의 앙띠 로망」
정명환, 「반소설의 작가들」
김붕구, 「앙띠 로망 비판」
여석기, 「영구판 '채터래이 부인'의 재판」
이진구, 「앙리 또마의 '존 퍼킨즈'」
장왕록, 「스코트 피츠제랄드의 풍자」
이동승, 「현대 독일시 경향(三)—그의 이해를 위해」
고원, 「사상보다 생활을 소재로—현저한 여류작가들의 진출」
R. 보트랄, 「1955년 이후의 영시단」

1961년 4월호
알베레스, 「현대 서구문학과 후진국의 독자」

1961년 5월호
김용권, 「리차드 라이트의 세계」
이창배, 「로맨티시즘에의 추파—최근의 영미시단」
김정옥, 「파리의 무대에 올려진 카프카」
이동승, 「현대 독일시 경향(四)」
박이문, 「배반당한 논리—시몬느 보봐르 '왕성한 연대'」
홍승오, 「베케트의 '어떻게'」

1961년 6월호
조가경, 「맑시스트의 실존주의관」
강두식, 「진리와 진실—푸리쉬의 '돈 판 혹은 기하학에 대한 사랑'에 대하여」
윤병희, 「이탈리 문단의 근황」
이근삼, 「직공 디래니이양(孃)의 기적」
박이문, 「이것이냐? 저것이냐?—프랑스 지식인들의 '불복종권리의 선언'이 제기하는 것」
박태진, 「영국의 새로운 연극」
송석중, 「옥스포드의 시학교수」
김수영, 「C. 밀즈, '들어라 양키들아'」(서평)
* 좌담회 : 김성태·김영주·박용구·이청기·여석기, 「새로운 예술운동의 모색」

1961년 7월호
홍사중, 「비평의 영토(上)」(8월호에 '하편' 수록)
장왕록, 「'호밀밭의 파수꾼' 샐린저」
고원, 「로버트 그레이브스의 시」
박이문, 「시인은 아웃사이더인가?」
T. 로스, 「비이트족(族)의 성쇠」

H. 리이드, 「평화를 위한 예술」

1961년 8월호
양병탁, 「헤밍웨이의 변사(變死)」
이창배, 「인간긍정의 길로-엘리어트의 근년」
이환, 「주관성과 객관성-카뮈와 로브그리에를 중심으로」
박두진, 「박목월 시집, '난(蘭)·기타'」(서평)
A. 모르와, 「작가의 기교」

1961년 9월호
김붕구, 「한국지식인의 생태-인텔리의 앙가주망과 정치」
조요한, 「맑시즘의 예술관과 그 비판」
최석규, 「우리 예술의 반성」
정명환, 「고래 속에 들어앉은 것은 누구냐-사르트르와 헨리 밀러」
이근삼, 「애란(愛蘭)극작계의 새로운 방향」
박이문, 「발레리의 예언」

1961년 10월호
장왕록, 「'대산(大山)과 홍모(鴻毛)'와 한국여성」
박찬기, 「에리히 헬러 저, '아이러니의 작가 토마스만'」(서평)
여석기, 「헤밍웨이 저, '위험한 여름'」(서평)
P. 오도노반, 「그래엄 그린의 나환부락」

1961년 11월호
이창배, 「시는 지식이다-뉴크리티시즘의 작금(昨今)」
곽복록, 「전후독일연극」
이근삼, 「미국 극계의 젊은 전위적 작가(上)」(1962년 9월호에 '하편' 수록)
김진만, 「유모어와 지적 정직성-영국의 교양지 '인카운터', '스펙테이터'」(외국잡지 서평)
김붕구, 「20세기 불문학의 살아있는 자료-N. R. F.」(상동)
장왕록, 「하이부로의 미국문예지-'애틀랜틱', '하아퍼'지와 '쌔터디 리뷰', '뉴요커'지」
　　　　(상동)
김용권, 「미국의 지적도표-계간문학평론지」(상동)
E. 크랭크쇼, 「'파스테르타크의 올가여사(女史)'에 대한 새로운 공격」

1961년 11월 백호기념특별증간호
백철, 「르네쌍스의 현대적 감상」
이어령, 「소설과 아펠레이션의 문제」
유종호, 「경험, 상상력, 관점」
서기원, 「한국 평단에 한마디」

1961년 12월호
김춘수, 「1961년의 시단 소식」(시 연평)
유종호, 「침체성의 지양」(소설 연평)

특기사항(~1961년) 외국평론 7편을 포함하여 총 67편의 평론이 수록되었다(증간호 포함). 1960년에 이어
세계문단란이 이어졌음을 고려하면, 국내 문학작품에 대한 비평은 그리 많지 않다.

1962년 1월호
김진만, 「외국문학의 역할」
여석기, 「박수 잃은 한국연극」
김종길, 「사담(私談)-영시단 견문」
정명환, 「재평가된 작가-조르쥬 씸농을 소개하면서」
김용권, 「현대문학의 의미-트릴링의 경우」
이병찬, 「다시 문밖에서」
한솔, 「이보 안드리치 그 생애와 작품과 사상」(1961년 노벨상 수상작가 소개)
M. 페스띠니, 「안드리치와 유고슬라비아의 새 문학」(상동)
R. 럿트, 「한국인의 감수성」

1962년 2월호
김종길, 「엘리오트의 인간-그와의 대면을 회고하며」
김붕구, 「문명의 위기와 소설의 위기-누보 로망의 문화사적 의의」
이동승, 「브레히트의 '망명자의 이야기'」
R. 웰렉, 「20세기 비평의 주류」

1962년 3월호
송욱, 「시학평전」(1963년 3월호까지 연재)
김용권, 「오늘의 낭만주의」
지명렬, 「쉬테판 안드레스」
정명환, 「새로운 행복의 모색-인간에서 사물로」
A. 맥타가트, 「로빈슨 제퍼즈의 시세계」

1962년 4월호
여석기, 「고독의 변주곡-윌리엄즈의 신작극」(미국)
김붕구, 「세대독립의 문학」(프랑스)
구익성, 「릴케와 벤베누우타」(독일)

1962년 5월호
조지훈, 「한국 현대시사(詩史)의 반성」
유종호, 「현대시의 오십년」
김용권, 「'바늘없는 시계'」(미국)

정명환, 「'이방인' 재고(再考)」(프랑스)
문상득, 「세익스피어의 무대」(영국)
* 좌담회 : 조지훈·박목월·김종길·이어령·유종호, 「단절이냐 접합이냐? - 한국 현대
　　　　 시 오십년이 남긴 제문제」

1962년 6월호
김용권, 「미국비평의 변모」
김종길, 「신낭만파와 운동파 - 40년대와 50년대의 英詩」
홍승오, 「전후 불(佛)소설의 변모」
강두식, 「전후 독일 서사문학의 신경향」
박인희, 「소설의 새로운 원천 - 소설문학의 전통을 가지려는 이탤리의 새로운 세대」
피터 비어레크, 「소련문학의 분열상」(9월호에 '하편' 수록)

1962년 7월호
홍사중, 「악세사리 문화면(面)」(신문 비평)

1962년 8월호
여석기, 「위대한 남부의 증언 - 윌리엄 포크너의 문학」
* 좌담 : 평림(平林)다이고·김동리·여석기, 「한·일문학을 말한다」

1962년 9월호
정명환, 「사실과 가치 - 사르트르의 휴머니즘이 남기는 문제」
유종호, 「한국문학에 있어서의 휴머니즘」
김정진, 「헤르만 헤세의 문학과 생애」
김동리, 「한국소설의 고민과 반성과 희망」
백철, 「가난한 대로의 우리 유산 - 소설 50년사의 점경을 본다」
이진구, 「상상문학과 증언문학」(프랑스)
김진만, 「문학의 형식(1)」(영국)
김용권, 「로버트 프로스트의 영광」(미국)
* 좌담회 : 김동리·백철·안수길·유종호·장용학·여석기, 「소설 50년의 반성과 전망」

1962년 10월호
송욱, 「한국 모더니즘 비판 - 시학평전 제7회」
김학수, 「'미처 못부른 노래'와 나리짜 - '흐'에 도전한 쏘련작가」
김진만, 「문학의 형식(2)」(영국)
나영균, 「원죄의 우화」(영국)
김용권, 「현대사회의 이방인」(미국)
박이문, 「스페인의 현대시」
P. 존슨, 「반항하는 쏘련의 인텔리겐챠들」

1962년 11월호
송욱, 「상징미학과 근대적 현실─시학평전 제8회」
노희엽, 「스타인벡의 작품세계」(1962년 노벨상 수상작가론)
*방담: 장용학·김붕구·이정호, 「뛰어넘었느냐? 못넘었느냐?─'원형의 전설'을 읽고」

1962년 문예특별증간호
정명환, 「평론가는 이방인인가」
이어령, 「한국소설 맹점」
유종호, 「한국적이라는 것」
백철, 「세계문학과 한국문학」
정병조, 「번역문학의 과제」
김진만, 「몇가지 일반론」
박태진, 「우리 문학 해외소개의 사견(私見)」
곽복록, 「최근 독일연극의 동향」
이환, 「파스칼에의 낭만」(프랑스)
최석규, 「남과 나의 비극」(이탈리아)
박희영, 「쿠퍼까지의 세계문학」(미국)
이근삼, 「사라진 문호·기타」

1962년 12월호
조지훈, 「당신들 세대만이 더 불행한 것은 아니다─불운의 삼십대에 보내는 공개장」
송건호, 「세대론─4·19, 5·16에 나타난 세대의 단층과 그것의 분석비교」
민병산, 「한국 니힐리즘의 저류」
서기원, 「1962년의 문제작」(소설)
성찬경, 「1962년의 수호」(詩)
송욱, 「우주와 맞서는 이데아의 시학─시학평전 제9회」
J. 알드릿치, 「미국 전후작가들의 말로」

특기사항(~1962년) 외국평론 7편을 포함하여 총 70편의 평론이 수록되었다. 외국문학에 대한 소개가 여전히 큰 비중을 차지하고 있다. 문예특별증간호 등을 통해 번역문학·세계문학의 문제가 비중 있게 다루어졌다.

1963년 1월호
송욱, 「의식의 화염과 유리인간─시학평전 제10회」
박인희, 「영주(領主)와 같은 작가─앙드레 모르와를 방문하고」

1963년 2월호
정명환, 「비평 이전의 이야기─조연현씨의 평문을 반박한다」
이어령, 「소설의 방법─'원형의 전설'과 '후송'을 예로」
김학수, 「소련 문학계의 새 소동─'이반 제니소비치의 하루'와 솔제니친」

박인회, 「신념에 찬 아방가르드 작가-앙띠 로망의 대표 로브그리예를 만나서」
송욱, 「유미적 초월과 혁명적 아공(我空)-시학평전 제11회」
여석기, 「영국극단의 새 물결」(영국)
최석규, 「괴로운 박수-이오네스꼬의 경우」(프랑스)
A. 테이트, 「윌리엄 포크너의 회상」
A. 로브그리예, 「새 소설 새 인간」

1963년 3월호
백철, 「현대이론을 향해서 반세기」(신문학 50년 평론편)
이어령, 「오해와 모순의 여울목」(상동)
나영균, 「은, 윤리, 정치-조셉 콘라드의 '노스트로모'」
박인회, 「누벨 바그의 여류작가-크리시안느 로슈훠르를 찾아서」
송욱, 「본질적 순수와 경험적 비순수-시학평전(完)」
김선숙, 「시인 로버트 프로스트」(미국)
김진만, 「문학의 형식」(영국)
강두식, 「서사적 무대의 전형」(독일)
보와데프르, 「불문학은 어디로?」(프랑스)
헤밍웨이, 「나의 인생관, 문학관」
* 좌담회 : 백철·유종호·이어령·홍사중·김용권, 「이론과 실제의 불협화음-한국 문
             학평론 반세기의 금석(今昔)」

1963년 창간10주년기념특별증간호
여석기, 「비인간화와 추상에의 모험-현대예술의 경우」
김용권, 「두 개의 문화-C. 스노우를 중심으로」
김진만, 「전후의 젊은이들-주로 영국과 한국의 경우」

1963년 4월호
권오돈, 「역사소설과 고증-홍효민씨의 반박에 답하여」
이근삼, 「'쎈타 42' 운동의 이모저모」(영국)
문상득, 「옥스브릿지 출신의 젊은 기재(奇才)들」(영국)
안인길, 「서독문학의 수도(首都)」
이호철, 「소련문화의 진통」
M. 아라리, 「소련 전위문학의 동향」

1963년 6월호
정병준, 「20세기 쉐익스피어 비평의 경향」
노희엽, 「심리·역사학적 예술론」
곽복록, 「푸리드리히 헵벨」
이환, 「감상적 감수에서 형이상학으로」(프랑스)
김학수, 「젊은 반항시인의 굴복」(소련)

1963년 7월호
이동승, 「국가·풍자·도덕-캐스트너의 희곡 '독재자 학교'를 중심으로」

1963년 8월호
조지훈, 「반세기의 가요문화사」
장왕록, 「노벨 문학상 시비(是非)」(미국)
이창배, 「하나의 새로운 추세」(영국)
M. 뷰또르, 「탐구로서의 소설」(프랑스)
쟝 까쑤, 「현대예술의 상황」

1963년 9월호
여석기, 「이중국적의 언어문화」
손우성, 「작가와 사회참여」
나영균, 「세기적 논쟁의 주인공」(영국)
김석주, 「이차대전 후의 미국소설」
박이문, 「구조주의」(프랑스)
이동승, 「독일적 너무나 독일적인 현상들」

1963년 10월호
김병철, 「헤밍웨이의 전기물들」
홍승오, 「작품과 그 평가」(프랑스)
이동승, 「독일적 너무나 독일적인 현상들」

1963년 11월호
송건호, 「민족지성의 반성과 비판-한국 지성인론」
김정옥, 「영상의 시인 쟝 꼭또 가다」
이창배, 「루이스 맥니스의 시(詩)」
한봉흠, 「독일문학연구조류」

1963년 문예특별증간호
김종길, 「아카데미시즘과 나르시시즘-송욱 저, '시학평전'을 두고」
김진만, 「보다 실속있는 비평을 위하여」
정명환, 「전쟁과 한국작가」
유종호, 「사랑이냐 혐오냐-작가·사회·현실」
이창배, 「프로스트, 쟝꼭또 간 해-1963년의 세계문단」
M. 카울리, 「미국의 신화」

1963년 12월호
김수영, 「세대교체의 연수표(延手票)-1963년의 시단 연평」
홍사중, 「묵시록의 세대-1963년의 창작계」

김진만, 「박식과 재치의 방관자-올더스 헉슬리 가다」

특기사항(~1963년) 외국평론 8편을 포함하여 총 60편의 평론이 수록되었다.

1964년 1월호
홍승오, 「개혁의 선구-앙드레 지드의 사전(私錢)꾼들」
노희엽, 「현대소설 속의 인간상」(미국)
이동승, 「독일적 너무나 독일적인 현상들(二)」(독일)
문상득, 「원죄의식과 오거스티니언 소설가들」(영국)
올더스 헉슬리, 「나이팅겔에 대한 현대시」

1964년 3월호
최재서, 「셰익스피어의 휴머니즘」
오화섭, 「문학적 비평의 위험지대-셰익스피어 비평의 문제점」
김재남, 「신비에 싸인 공동유산-셰익스피어와 한국의 독자」

1964년 4월호
김진만, 「영화와 C. S. 루이스」(영국)
이근삼, 「미국의 꿈은?」(미국)
안인길, 「귄터 그라스」(독일)
정명환, 「전통의 연결과 단절」(프랑스)

1964년 5월호
김수영, 「모더니티의 문제」(시 월평)
유종호, 「내셔널리즘. 기타」(소설 월평)
박이문, 「정착지없는 기행」(프랑스)
존 미첼, 「'순교자'-황폐화한 한국을 정서적으로 묘파」
발터 옌스 「오늘의 독일문학」

1964년 6월호
김수영, 「즉물시의 시험 등」(시 월평)
홍사중, 「'시행착오'의 적자(嫡子)들」(소설 월평)
이근삼, 「밀러의 신작희곡 '원죄를 저지른 뒤'」

1964년 7월호
신석초, 「이육사의 생애와 시(詩)」
김수영, 「현대성에의 도피」(시 월평)
홍사중, 「정치감각의 효용도」(소설 월평)
노희엽, 「고민하는 미국의 극문학」

홍승오, 「사르트르와 보부아르의 수기(手記)」
강두식, 「독일문학과 셰익스피어」
문상득, 「엘리오트를 중심으로 한 새로운 필리스티니즘」

1964년 8월호
백철, 「대중예술과 건전성의 문제」
김붕구, 「작가와 증언」
유종호, 「소설과 현실」
김수영, 「요동하는 포오즈들」(시 월평)
홍사중, 「이 무더운 여름의 파한기(破閑記)들」(소설 월평)
이명구, 「한국의 명저—'구운몽'」

1964년 9월호
박태진, 「존재하는 시(詩)」(시 월평)
홍사중, 「인간의 조건」(소설 월평)
김세영, 「매리 맥카시의 '그룹'」(미국)
오화섭, 「부권(父權)에 대한 항거」(영국)
이동승, 「독일적, 너무나 독일적인 현상들(三)」(독일)

1964년 10월호
김수영, 「히프레스 문학론」
김붕구, 「고향없는 사람—사르트르의 '낱말' 여백에 부쳐」
박태진, 「에스프리는 어디로」(시 월평)
정창범, 「의미의 회복」(소설 월평)

1964년 11월호
박태진, 「난해성에 대한 최종시비」(시 월평)
정창범, 「계산된 분위기」(소설 월평)
헤르만 봐인, 「허무주의 백년사」

1964년 12월호
김수영, 「난해의 장막」(1964년 詩評)
유종호, 「사회, 역사, 현실」(1964년 소설평)
신일철, 「시인(詩人)적 직관의 한국학—조지훈 저, '한국문화사 서설'」(서평)
이우성, 「한국의 명저—김시습의 '금오신화'」
정명환, 「쟝 뽈 사르트르」
김붕구, 「사르트르와 보봐르의 신화」
사르트르, 「작가의 죽음—지드와 카뮈의 죽음에 부쳐」

외국평론 5편을 포함하여 총 52편의 평론이 수록되었다. 외국문학에 대한 소개와 월평이 대부분이다. 이전 해들에 비해 평론의 숫자가 계속해서 줄어들고 있음이 확인된다.

1965년 1월호
여석기, 「인종적 편견과 작가양심-볼드윈과 포크너」
성찬경, 「유사한 주제들」(시 월평)
정창범, 「지식인의 위선. 기타」(소설 월평)

1965년 2월호
김진만, 「우리 문학의 문제-외국문학자의 입장에서」
서기원, 「현대문학을 향한 과도기적 혼란-한국작가의 입장에서」
성찬경, 「극복되어야 할 시(詩)의 모호성」(시 월평)
이호철, 「작가적 렌즈의 해이」(소설 월평)
* 좌담회 : 김진만·서기원·정명환, 「우리 문학의 과거와 현재」

1965년 3월호
김붕구, 「니힐리즘과 서구문학」
천년수·노공근, 「신문소설의 윤리」
김종길, 「상징과 신앙의 위대한 시인-시인으로서의 엘리오트」
이창배, 「20세기 전반(前半)을 지배한 이론-비평가로서의 엘리오트」
여석기, 「이론과 실천 양면에 걸친 업적-극작가로서의 엘리오트」
성찬경, 「모호성에 관한 되풀이」(시 월평)
이호철, 「외떨어진 이색(異色)의 취향들」(소설 월평)

1965년 4월호
송욱, 「한국 지식인과 역사적 현실」
정한모, 「인고(忍苦)와 아픔의 계보-문학작품에서 본 한국의 여인상」
박태진, 「현대를 사는 단테」
이호철, 「작가 자세의 네가지 유형」(소설 월평)

1965년 5월호
김진만, 「지식인의 사회의식」
이환, 「현대문학과 신(神)의 행방」

1965년 6월호
이동승, 「현대문학과 카프카적 세계」

1965년 7월호
송욱, 「비평과 행동-도산(島山)에서 리프먼까지」
손창섭, 「아마츄어 작가의 변」(자전적 소설론)

장용학, 「불모의 문학풍토」(상동)
서기원, 「순교자와 지식인」(상동)
유종호, 「반성의 자료-『동인문학전집』을 읽고」(서평)
김열규, 「새 발전의 계기-『황순원전집』에 부쳐」(서평)

1965년 8월호
유종호, 「성장과 심화의 궤적-한국문학 20년」
정명환, 「서구작가와 사회의식-정치적 태도를 중심으로」
조지훈, 「나의 시(詩)의 편력-슬픔과 멋의 의미」(자전적 詩論)
박두진, 「기려(羈旅)의 역정」(상동)
박목월, 「목마른 역정」(상동)
올가 카알리슬, 「예프투셍코와의 대화-개혁자의 운명」

1965년 9월호
김춘수, 「서사시는 가능한가?」

1965년 10월호
이형기, 「작가의 성실성」
최인훈, 「문학활동은 현실비판이다」
조동일, 「순수문학의 한계와 참여」

1965년 11월호
안인길, 「현대문학과 과학시대」

1965년 12월호
김진만, 「서구적 전통과 우리의 문제」
이동현, 「'까자끄' 운명 속의 작가-노벨상을 받은 숄로호프의 '고요한 돈강(江)'의 소개」
* 좌담 : 안수길·홍사중·선우휘, 「현실추구의 작가정신」(1965년 문단총평 : 소설)
* 대담 : 박두진·김수영, 「정착과정의 시단(詩壇)」(1965년 문단총평 : 시)

특기사항(~1965년) 외국평론 한 편을 포함하여 총 40편의 평론이 수록되었다. 외국문학에 대한 소개가 줄어들었으며, 한국문학의 정체성에 대한 새로운 논의가 이루어지고 있는 점이 주목된다. 이러한 경향은 이후로도 계속된다.

1966년 1월호
김수영, 「작품 속에 담은 조국의 시련-폴랜드의 작가 센키에비치」
한종원, 「시로써 승화시킨 조국애-칠레의 여류시인 가부리엘라」
임명방, 「애국적 양심에 귀의한 반(反)파시스트-이탤리의 작가 시로내」
백낙청, 「현실참여에 바친 예술적 헌신-아일랜드의 시인 예이쯔」

조지훈, 「폭풍, 암흑 속의 혁명가―한국의 민족시인 한용운」
H. 리히터, 「해빙기 쏘련문학의 보수적 경향」

1966년 3월호
김종길, 「의미와 음악―분석적 시론(詩論)」(5월호까지 연재)
정명환, 「폐쇄된 사회의 문학―박경리론(論)」
문덕수, 「내면세계의 미학」
김현, 「이효석과 '화분'」

1966년 3월호 별책부록
정명환, 「한국작가의 자세 문제」
김진만, 「한국문학의 특수성과 일반성」

1966년 4월호
여석기, 「대중문화와 지식인」
박동규, 「인간과 그리고 새로운―한국소설의 구조적 특성을 중심으로」
이동현, 「소련의 결빙기 문학」
* 대담 : 유종호·정창범, 「한국문학 풍토와 비평의 모랄」

1966년 5월호
홍사중, 「선우휘론(論)」
최일수, 「시극(詩劇)의 가능성」
김송현, 「근작에 나타난 휴머니스트의 제형(諸型)」

1966년 8월호
이학수, 「전환기에 서야할 한국문학」
김윤식, 「소월·만해·육사론(論)」

1966년 9월호
서정주, 「한국의 시(詩), 한국의 시론(詩論)」

1966년 11월호
염무웅, 「시의 반성」
김종무, 「문화구국의 선각―신(新)문학운동」

특기사항(~1966년) 외국평론 한 편을 포함하여 총 23편의 평론이 수록되었다.

1967년 1월호
곽복록, 「현대독일서정시와 고트프리트 벤」

1967년 2월호
국정효, 「한국 현대시의 형태론(上)」('下'는 4월호에 수록)

1967년 3월호
김주연, 「신과 기도의 배반―전후독일문학을 중심으로」

1967년 6월호
김윤식, 「민족아(民族我)와 학문·예술의 참여」(김팔봉論)

1967년 7월호
임헌영, 「시의 난해성」

1967년 10월호
김병익, 「문단의 세대연대론」

1967년 11월호
김영기, 「일력(日曆)의 질서」

특기사항(~1967년)   7편의 평론이 수록되었다. 이 해는 『사상계』가 정상적으로 발행되지 못한 시기였다.

1968년 1월호
이어령, 「현대문학과 인간소외」
황동규, 「부조리와 소외의 사회풍조」
김수영, 「지식인의 사회참여」

1968년 2월호
김현, 「허무주의의 극복」
김정진, 「현대 독일작가군의 동향」
* 대담 : 선우휘·백낙청, 「작가와 평론가의 대결―문학의 현실참여를 중심으로」

1968년 3월호
이어령, 「서랍 속에 든 '불온'시를 분석한다―'지식인의 사회참여'에 대한 반론」
염무웅, 「세계의 문학과 한국문학」
김진만, 「머독크의 대화―최근 영국 작가군의 동향」

1968년 4월호
홍승오, 「현대 프랑스 작가군의 동향」
* 좌담회 : 김성한·선우휘·오상원·전광용·이호철·송병수·김승옥·최인훈, 「한국
          창작문학의 당면과제와 방향―동인문학상 12년의 편력」

1968년 5월호
김우창, 「시(詩)와 정치현실」(5·16 이후 詩評)
정창범, 「자조와 무의미한 산책」(5·16 이후 소설평)
오화섭, 「너무나 신경과민인!」(5·16 이후 희곡평)
손우성, 「지식인의 저항」
김치수, 「문학의 기능과 비평의 자세」
김용권, 「현대 미국 작가군의 동향」
문덕수, 「신(新)소월문학론」
* 대담 : 한창동·이원수, 「한국의 아동문학」

1968년 6월호
김병익, 「앙팡 모랄리스트-젊은 작가의 정신자세」
안용도, 「김동인의 리일리즘 문학 연유(緣由)」
* 좌담 : 오영진·오화섭·김기영, 「한국의 연극과 영화」

1968년 7월호
이휘영, 「구조주의의 발단과 문학에 미친 영향」(구조주의 특집)
김현, 「구조주의의 확산」(상동)
김종길, 「현대 영국 시인군의 동향」
박두진, 「조지훈론(論)」

1968년 8월호
조연현, 「불모의 문학풍토 20년」

1968년 9월호
롤랑 바르트, 「언어로서의 비평」(구조주의 특집)
롤랑 바르트, 「구조주의적 활동」(상동)

1968년 10월호
김주연, 「60년대의 시인의식」
레이몽 피카르, 「새로운 비평이냐 새로운 사기냐」(구조주의 특집)
롤랑 바르트, 「비평과 진실」(상동)

1968년 11월호
김상일, 「비평의 과학과 사이버네틱스」

1968년 12월호
김치수, 「작가의 반항의 한계」
김주연, 「시에서의 한국적 허무주의」
김현, 「1968년의 작가상황」

조연현, 「한국문학의 세계적 진출은 가능한가」
천이두, 「토속세계의 설정과 그 한계-김동리, 황순원, 오유권 등을 중심으로」
김영일, 「회화의 문학-김광균론(論)」(『사상계』 신인상 평론부문 가작)

특기사항(~1968년) 외국평론 4편을 포함하여 총 42편의 평론이 수록되었다. 비평가의 면면이 많이 바뀌어 이른바 '4·19 세대' 비평가군의 약진을 볼 수 있다. 특히, 이후 『문학과지성』을 이끌게 될 비평가들이 비평란을 주도하고 있음을 쉽사리 알 수 있다. 또한 김수영과 이어령 간의 이른바 '불온시' 논쟁 등 순수·참여 논쟁이 새로운 구도로 이루어지고 있음이 주목된다.

1969년 9월호
구중서, 「문학인의 시대적 입장」
주성윤, 「시학-고향 그 존재의 소리」

1969년 12월호
김병익, 「60년대 문학의 위치」
김현, 「왜 시를 쓰는가?」
김윤식, 「로망에로의 길-한국소설의 문제점」
임헌영, 「도전의 문학」
구중서, 「역사의식과 소시민의식-60년대의 문예비평」

특기사항(~1970년) 7편의 평론이 수록되었다. 12월호에 4·19 세대 비평가들의 특집 「우리에게 문학이 있었는가」(김병익·김현·김윤식·임헌영)가 실렸다. 『사상계』가 막바지로 접어든 해이다.

1970년 1월호
임중빈, 「70년대의 문학전망」

1970년 3월호
김윤식, 「한국인과 세계문학」

1970년 4월호
조윤제, 「황진이의 시와 한국시의 전통」
* 좌담 : 김윤식·김현·구중서·임중빈, 「사월혁명과 한국문학」

1970년 5월호
백승철, 「문학 월평」
김이철, 「미국문학의 양대 조류」

특기사항(~1969년) 5편의 평론이 수록되었다. 4월호에 김윤식·김현 등이 참여한 특집 좌담 「사월혁명과 한국문학」이 실렸다. 5월호를 마지막으로 폐간처분을 당하였다.